Gisa Pauly
Venezianische Liebe

PIPER

Zu diesem Buch

Eine Hochzeit in Venedig! Maria ist mehr als entzückt, als ihre Tochter ihr die Vorbereitungen für das Fest überlassen will. Sie kann ja nicht ahnen, dass sie es nicht nur mit Gästelisten und Tischdekorationen zu tun bekommen wird, sondern vor allem mit ihrer Vergangenheit: Leander, der Mann, mit dem sie ein Geheimnis teilt, steht verkleidet auf dem Markusplatz und musiziert! Vor zehn Jahren wurde er für tot erklärt, und jetzt verdient er sich als Straßengeiger seinen Lebensunterhalt. Maria wirft die High Heels von sich und läuft ihm nach. Dumm nur, dass sie nicht die Einzige ist, die ihn erkannt hat. Schlimmer noch, dass es andere gibt, die ein fettes Hühnchen mit Leander zu rupfen haben. Da wäre zum Beispiel Leanders Exfrau und trauernde Witwe. Oder Marias Bruder, der seine ganz eigenen Gründe hat, Leander an den Kragen zu wollen. Und natürlich ihr Exmann, der ebenfalls etwas im Schilde zu führen scheint. Ein rasantes Verwirrspiel quer durch Venedig beginnt. Ob die Hochzeit dabei ins Wasser fällt? Nein, das nicht, aber ein Teil der Hauptakteure in den Canal Grande …

Gisa Pauly hängte nach zwanzig Jahren den Lehrerberuf an den Nagel und veröffentlichte 1994 das Buch »Mir langt's – eine Lehrerin steigt aus«. Seitdem lebt sie als freie Schriftstellerin, Journalistin und Drehbuchautorin in Münster, ihre Ferien verbringt sie am liebsten auf Sylt oder in Italien. Ihre turbulenten Sylt-Krimis um die temperamentvolle Mamma Carlotta erobern regelmäßig die SPIEGEL-Bestsellerliste, ebenso wie ihre Italien-Romane. Nach »Der Mann ist das Problem« ist »Venezianische Liebe« Gisa Paulys zweiter Roman bei Pendo.

Gisa Pauly

Venezianische LIEBE

Roman

PIPER

Mehr über unsere Autoren und Bücher:
www.piper.de

Von Gisa Pauly liegen im Piper Verlag vor:
Mamma-Carlotta-Reihe:
Die Tote am Watt
Gestrandet
Tod im Dünengras
Flammen im Sand
Inselzirkus
Küstennebel
Kurschatten
Schöne Bescherung
Strandläufer
Sonnendeck
Gegenwind
Vogelkoje
Wellenbrecher

Schöne Bescherung (Hrsg.)
Der Mann ist das Problem
Dio mio!
Venezianische Liebe
Jeder lügt, so gut er kann

FSC
www.fsc.org
MIX
Papier aus verantwortungsvollen Quellen
FSC® C083411

Ungekürzte Taschenbuchausgabe
ISBN 978-3-492-31420-6
1. Auflage Januar 2019
4. Auflage Mai 2019

erschienen im Verlagsprogramm Pendo
Umschlaggestaltung: U1berlin/Patrizia Di Stefano
Umschlagabbildung: bolina/123RF; Cornelia Doerr/Getty Images; FrankwandenBergh/Getty Images; Ailbhe O'Donnell/Getty Images
Satz: Uhl + Massopust, Aalen
Gesetzt aus der Liberation Serif
Druck und Bindung: CPI books GmbH, Leck
Printed in the EU

Tischkarten, weiße Schleifen, das blaue Strumpfband, das alte Spitzentaschentuch ihrer Großmutter, der Tischschmuck … wenn sie an ihr Gepäck dachte, wurde ihr schlecht. Ein einziger Koffer allein für die künstlichen Blumen! Hoffentlich fand sie einen Träger, der sie nicht übers Ohr hauen wollte. Als sie vor einem halben Jahr den Palazzo, die Kirche und einen Pfarrer mit starken Nerven ausgesucht und die ersten Vorbereitungen getroffen hatte, war sie an einen Dienstmann geraten, der ihr weismachte, eine zarte Frau wie sie könne unmöglich das leichte Handgepäck mit eigener Muskelkraft befördern. Er hatte tatsächlich *donna tenera* gesagt, und prompt war sie auf seinen italienischen Charme reingefallen. Bis zur Tür des Palazzos hatte er dann so viel von seinen mutterlosen Kindern, den Kosten für die Beerdigung seiner geliebten Gattin und der teuren Medizin, die sein Vater benötigte, erzählt, dass Maria sich genötigt gesehen hatte, das vereinbarte Honorar zu verdoppeln. Dass er anschließend beschwingten Schrittes auf die Tür des *Devil's Forest*, eines düsteren Pubs in der Calle degli Stagneri, zuging, hatte ihr zu denken gegeben. Und dass er, als sie eine Stunde später wieder daran vorbeilief, noch immer dort an der Theke stand, erst recht. So was sollte ihr nicht noch einmal passieren.

»Wir beginnen mit dem Landeanflug auf Venedig. Bitte schnallen Sie sich an und bringen Sie die Rückenlehne Ihres Sitzes in eine aufrechte Position …«

Eine Wolke zerriss, als wäre sie vom Flügel des Flugzeugs berührt und beschädigt worden. Maria sah den fliegenden Wolkenfetzen nach, wie sie zerfransten und sich auflösten. Hoffentlich war es vernünftig gewesen, dass Amelie sich für den hauchzarten Schleier entschieden hatte, der so empfindlich war, dass Cyrill sich die Nägel manikürt und die Hände eingecremt hatte, ehe er ihn in die Hand nahm. Angeblich konnte man ihn schon mit eingerissener Nagelhaut oder einem nachlässig gefeilten Nagel ruinieren.

Amelies Hochzeit! Ihr Baby heiratete! Das Glück flatterte in Maria, als sie daran dachte, wie überwältigt sie gewesen war, als sie ihr Kind zum ersten Mal im Arm gehalten hatte, als Amelie laufen lernte, als sie ihre ersten Worte sprach, als sie eingeschult wurde. Dann ihr erster Freund, Abitur, Studium … und nun die Hochzeit in Venedig. Die feinen Stiche des Unglücks, die sie mahnten, wischte sie beiseite. In diesen Tagen würde sie sich die Vergangenheit nicht vorhalten. Die Entscheidung, die sie vor vielen Jahren getroffen hatte, warf immer wieder ihre Schatten über die Zukunft, aber in Venedig würde sie nur aufblicken, wenn die Sonne schien. Basta!

Unter ihr lagen die Boote zwischen den Inseln wie bunte Perlen auf blauem Samt, winzig und wie zufällig hingeworfen. Was würde sie tun, wenn die Glasperlen, mit denen die Servietten dekoriert werden sollten, den Flug und die rüde Handhabung der Gepäckstücke am Flughafen nicht unversehrt überstanden? Eigentlich hätte es ja sowieso viel mehr Noblesse gehabt, die Perlen vor Ort, von einem der Glasbläser auf Murano, herstellen zu lassen, aber nun war es für diese Entscheidung zu spät. Solche Spezialisten hatten viel zu tun. Aufträge von heute auf morgen? »*Impossibile, Signora!*«

Während das Flugzeug sank, trat Venedig aus dem Spielzeugparadies hervor und wurde zu einer Stadt aus Häusern, Plätzen, Türmen und Gassen. In welchem Turm sollten die Hochzeitsglocken läuten? Maria drückte die Nase ans Fenster, konnte aber die Kirche, in der Amelie heiraten würde, nicht ausmachen. Sie musste sich unbedingt vergewissern, dass das Glockengeläut keiner Rationalisierungsmaßnahme zum Opfer gefallen war. Wenn sie San Zaccaria verließen, musste auf jeder Piazza Venedigs und in jeder Gasse zu hören sein, dass eine venezianische Liebe ihr Happy End gefunden hatte. Ein Sohn der Stadt schloss den Bund fürs Leben! Die Zeiten, in denen Venedig seine Kirchen für die Eheschließungen von Amerikanern, Japanern, dirndlgeschmückten Bayern oder reichen Hanseaten zur Verfügung stellte, waren vorbei. Wer in Venedig heiraten wollte, musste heutzutage jemand sein, der in Venedig geboren war, in der Stadt lebte oder zumindest Eltern besaß, die dort einen Wohnsitz hatten. Notfalls auch so viel Geld, dass das Privileg mit Schmiergeldern zu erkaufen war. Sandro war zufällig in Venedig zur Welt gekommen, während eines Besuchs seiner Eltern in der Lagunenstadt, als sie glaubten, mit der Geburt ihres Sohnes sei erst vier Wochen später zu rechnen. Dass ihn sein Pass als waschechten Venezianer auszeichnete, hatte seine Eltern dennoch einige *tangenti* gekostet. Sandro war stolz darauf, in Venedig geboren zu sein. Hätte der Arzt seine Geburt sorgfältiger berechnet, wäre er in Mailand zur Welt gekommen, wo sein Vater eine Strumpffabrik besaß, die Sandro demnächst übernehmen sollte. Amelie und Sandro hatten sich auf einer Messe in Bologna kennengelernt, wo Sandro seinen Vater unterstützte und Amelie sich mit einem potenziellen Kunden traf, der in Deutschland Fuß fassen wollte und dafür eine deutsche PR-Beraterin brauchte.

Unter der Boeing schwankten ein paar Privatflugzeuge über der Lagune, als wären die Piloten nicht sicher, ob sie wirklich landen sollten, und wenn ja, wo der Flughafen sein mochte. Hoffentlich schafften es Amelie und Sandro, zu ihrer eigenen Hochzeit pünktlich zu sein. Vorsichtshalber würde Maria den Pastor fragen, wie gut gepolstert der Zeitpuffer bis zur nächsten Trauung war. Womöglich konnte ein diskreter und heimlich knisternder Händedruck dafür sorgen, dass der Pfarrer im Notfall dem nächsten Brautpaar erzählte, das Kruzifix sei von der Wand gefallen, was zu einer Verzögerung geführt habe. Leider nicht zu vermeiden, so verzweifelt und untröstlich das Gemeindeoberhaupt auch war.

Nun kam der Markusplatz in Sicht, der Dogenpalast, der Campanile. Die Gondeln waren nun von den schnellen Motorbooten zu unterscheiden. Das Bild gestaltete sich immer farbiger, das Leben zwischen den dunklen Gemäuern wurde bunter, je näher sie herankamen. Hoffentlich gefiel Amelie die weiße Spitzenunterwäsche, die Maria gekauft hatte, nachdem die Garnitur, die die Braut selbst ausgesucht hatte, das Opfer eines blauen Sockens geworden war, der die Weißwäsche attackiert hatte.

Die Aufgabe, die vor ihr lag, kam Maria mit einem Mal vor wie der Gang durch ein Labyrinth. So gut auch alles vorbereitet war, ihre wohldurchdachte Organisation würde sich an italienischer Sorglosigkeit reiben, ihre Pläne würde sie gegen unzählige Einmischungen verteidigen müssen. Jeder der geladenen Gäste, die in Kürze ebenfalls in Venedig eintrafen, würde versuchen, seinen Einfluss geltend zu machen, seinen noch besseren Geschmack und sein noch stärker ausgeprägtes Organisationstalent zu beweisen, seine noch praktischere Seite zum Vorschein zu bringen. Am Ende würde sich womöglich die Braut selbst einmischen.

Maria lehnte sich zurück und schloss die Augen. Das Flugzeug setzte hart auf, und im selben Augenblick fiel ihr ein, dass sie vergessen hatte, die Geschenke für Sandros Eltern einzupacken, ein Buddelschiff für den Vater und für die Mutter den Toaster, der das Hamburgwappen ins Brot toastete. Verdammt!

Als sie das letzte Mal in Venedig gewesen war und das Haus ausgesucht hatte, war es November gewesen. Der Tourismus in Venedig bestand im Winter hauptsächlich aus einigen wenigen Kulturinteressierten, die mit einem Reiseführer vor dem Gesicht von einer Sehenswürdigkeit zur anderen gingen. Jetzt jedoch, im Sommer, waren die Gassen in der Nähe der Rialtobrücke voll von Venedigbesuchern, die weniger an den Kunstschätzen der Stadt interessiert waren als am italienischen Dolce Vita und an den Museen und Kirchen nur die Treppen zu schätzen wussten, auf denen sie sich ausruhen konnten. Der Lärm war gewaltig, die Anlegestelle an der Rialtobrücke umbrandet von denen, die hinaufwollten, um den Canale Grande zu fotografieren, und denen, die ein Restaurant suchten, das nicht überfüllt war.

Die Trattoria *Luce della Laguna* auf dem Campo della Fava lag zum Glück trotz ihrer Nähe zur Rialtobrücke so versteckt, dass es einen freien Tisch gab und der Wirt es sich versagte, die Hände über dem Kopf zusammenzuschlagen, weil drei Stühle an diesem Tisch nicht besetzt sein würden. Maria war froh, dass sie dem Rat des Gepäckträgers gefolgt und hier eingekehrt war.

Er hatte sie am Flughafen gleich als Opfer ausersehen und war erstaunt gewesen, dass Maria sich auf sein Angebot einließ, denn die meisten Gepäckträger boten ihre Dienste vergeblich an. In diesem Fall jedoch war sein Auftrag noch größer geworden, als er erhofft hatte. Marias Gepäck war derart umfangreich, dass sie nicht nur jemanden brauchte, der es ihr zum Wassertaxi beförderte, sondern seine Dienste in Anspruch nehmen wollte, bis die Koffer in ihrem Apartment standen. Solche Aufträge waren selten, und der Gepäckträger, der sich als Jacopo vorstellte, war entsprechend begeistert; erst recht, als sich herausstellte, dass das Haus einen Aufzug besaß und er seine Kräfte schonen konnte.

Eigentlich hätte Maria die Koffer sofort auspacken, ihre Wohnung in Besitz nehmen und dafür sorgen müssen, dass der Kühlschrank gefüllt wurde. Aber sie hatte nur die Koffer mit den Brautaccessoires in Cyrills Apartment im Erdgeschoss gestellt, damit er sie bis zur endgültigen Verwendung beaufsichtigte, alles andere musste warten. Sie wusste, dass diese Stunden nach ihrer Ankunft vermutlich die letzten sein würden, die sie ungestört verbringen konnte. Wenn die anderen erst eingetroffen waren, würde es mit der Ruhe vorbei sein.

Sie öffnete ihren Koffer, wühlte so lange darin herum, bis sie ihr weißes Leinenkleid gefunden hatte, und zog sich um. Das Reisekostüm ließ sie einfach auf den Fußboden fallen, Bluse und Unterwäsche ebenfalls, und ging ins Badezimmer. Es schloss sich dem Schlafzimmer an, mit weiß gekachelten Wänden und einem Fußboden mit Schachbrettmuster, altmodischen Objekten und einer Dusche, die weder durch eine Glaswand noch durch einen Vorhang vom übrigen Bad abgetrennt wurde. Maria musste dafür sorgen, dass sie nicht herumspritzte, beließ es bei einer kurzen Erfrischung und trocknete sich schnell ab. Sie verzichtete sogar auf die Bodylotion und schlüpfte in frische Wäsche, obwohl ihre Haut noch feucht war. Dabei fiel ihr Blick dummerweise auf den großen Spiegel, den ein frauenfeindlicher Inneneinrichter ausgerechnet dort angebracht hatte, wo der Lichteinfall denkbar ungünstig war. Der

Abschied von der Konfektionsgröße 40 war ihr leider nicht gelungen. Dabei hatte es jede Menge Motivation gegeben. Für die 38er-Ständer in ihrer Boutique hatte sie einige hinreißende Modelle bestellt, von denen sie eigentlich mindestens drei, besser vier im Gepäck haben wollte. Ihre beiden Verkäuferinnen hatten sich sogar solidarisch erklärt und, um ihrer Chefin zu helfen, in der Kaffeepause auf süße Teilchen und Kuchen verzichtet. Und mit welchem Ergebnis? Die beiden trugen nun Größe 34 und sie selbst immer noch 40, mit der deutlichen Tendenz zu 42.

Ihren gleichaltrigen Kundinnen sagte sie oft: »So ist das eben in unserem Alter, völlig normal!« Und manchmal auch: »Die Hose fällt kleiner aus, eigentlich ist das eine 40, keine 42.«

Aber sich selbst konnte sie nichts vormachen. In ihrer Boutique gab es zu viele Spiegel, wenn sie auch dafür gesorgt hatte, dass sie allesamt von einem günstigeren Licht angestrahlt wurden als der Badezimmerspiegel hier in Venedig. Nur gut, dass sie nach wie vor gerne und äußerst gekonnt High Heels trug. Sie machten sie zu einer Frau, der gutes Aussehen nach wie vor wichtiger war als Gemütlichkeit. Niemand konnte ihr vorwerfen, sie tendiere zu einer Mode, die vor allem bequem war, die in der Taille nicht kniff, beim Sitzen nicht einengte und es gestattete, sich für einen praktischen statt für einen reizvollen BH zu entscheiden. Wer von einer derartigen Idee angefallen wurde, brauchte nur einen Blick auf ihre Schuhe zu werfen, um zu wissen, dass er sich irrte.

Maria fühlte sich müde einerseits und angeregt andererseits. Eine kurze Ruhepause wäre vermutlich richtig gewesen, aber dass sie keine Ruhe finden würde, war ihr genauso klar. Der Gepäckträger hatte recht gehabt. Wer in Venedig Ruhe suchte, war eindeutig am falschen Ort.

Jacopo war ein blonder Italiener mit heller Haut und grünen

Augen, der sich als Erstes für sein Aussehen entschuldigte. Er sei dennoch ein echter Italiener, das hatte er bei jeder Gelegenheit betont, wenn es auch nicht den Anschein habe. Bei der Handhabung des Gepäcks war jeder Zweifel an seinen Vorfahren verflogen, und bei der Handhabung seines Mundwerks erst recht. Jeden Handschlag, den er tat, hatte er kommentiert, und bei allem, was er anpackte, laut über sämtliche Alternativen nachgedacht. Er hatte mit sich selbst, mit den Gepäckstücken und mit seinen Ahnen geredet, die angeblich schuld daran waren, dass er sich als venezianischer Gepäckträger durchschlagen musste, über die Köpfe aller Anwesenden hinweg – und nur gelegentlich auch mit Maria. Erst als sie nebeneinander an der Reling des Wassertaxis standen, die Koffer zu ihren Füßen, hatte er dann endlich ausschließlich mit ihr geredet. Bei dieser Gelegenheit hatte Maria von seinem Bruder erfahren, der eine Trattoria an dem Platz besaß, auf den die Fenster ihres Apartments gingen, und ihr dringend ans Herz gelegt, nie woanders als bei Giovanni zu essen. »Seine Spaghetti carbonara – *grande*!« Er hatte Daumen und Zeigefinger an die Lippen geführt und genüsslich geschnalzt, wie es nur ein Italiener konnte. »Und sein Pinot Grigio …« Wenn man seinem Bruder glaubte, war Giovanni der raffinierteste Koch und erfahrenste Weinkenner Venedigs und seine Trattoria *Luce della Laguna* eine Perle der Gastronomie.

Als Maria durch die Calle degli Stagneri ging, merkte sie mit einem Mal, wie hungrig sie war. Und als sie auf die Brücke trat, die den Canale della Fava überquerte, fiel ihr Blick auf das Schild *Luce della Laguna*. Prompt kamen ihr die Spaghetti carbonara in den Sinn. Sie stieg die Brücke auf der anderen Seite hinab und überquerte den Campo. In ihrem Innern focht die Hochachtung vor den Schätzen Venedigs einen Kampf gegen ihren leeren Magen, dann entschied sie, dass die Huldigung der Sehenswürdigkeiten für ein Stündchen hintenanstehen durfte. Die Piazza San Marco, dieser Platz aller Plätze, lockte zwar, aber sie wusste eigentlich schon jetzt, dass sie enttäuscht sein würde, wenn sie ihn nach Jahren wiedersah. Der Besuch im November zählte nicht, sie war in Eile gewesen, hatte in sehr kurzer Zeit alles Notwendige erledigt, dem Markusplatz nicht mehr als einen flüchtigen Blick gegönnt. Wenn sie an ein Wiedersehen mit Venedig dachte, dann meinte sie die Reise mit Adrian an ihrem ersten Hochzeitstag, als sie Zeit gehabt hatte, die Stadt zu genießen. Zu dieser Tageszeit würde er voller Touristen sein, während sich in ihrer Erinnerung die Schatten über den Platz legten, die Dämmerung ihn zudeckte und die Lichter ihn zu dem machten, was er war, wenn die Touristenströme versiegten, wenn zumindest die Tagestouristen Venedig verlassen hatten. Dann, wenn die Kellner aufatmeten und die Oberkellner wieder Zeit hatten, die Gäste mit einer Verbeugung und ein paar Floskeln zu begrüßen, wenn die Zurückgebliebenen die Ruhe zu schätzen wussten, die sich dann über die Lagunenstadt legte. Keine Stille, nein. Aber auch kein Aufruhr mehr, der von Reiseleitern mit hoch in die Luft gereckten bunten Schirmen in Ankunfts-, Öffnungs- und Ablegezeiten zerhackt wurde.

Während sie die Spaghetti carbonara aß, die tatsächlich ausgesprochen köstlich waren, beobachtete sie Giovanni, der seine Gäste mit viel Herzlichkeit begrüßte und bediente, betrachtete seinen großen Mund, dessen Winkel sich niemals senkten, seine sprühenden Augen und seine großen Gesten. Heimlich ahmte sie sein Lächeln nach, öffnete die Augen so weit wie er, schenkte dem Madonnenbild an der gegenüberliegenden Wand ihre ganze Freundlichkeit … und merkte, wie sie damit die Welt um sich herum zurechtrückte. Sie spürte, dass die Umgebung freundlicher wurde, wenn man ihr so freundlich begegnete wie Giovanni. Und dass man ganz automatisch so positiv gestimmt war, wenn man sich derart präsentierte. Giovanni schien ein durch und durch lebensbejahender Mensch zu sein. Während Maria mit seinem Lächeln und seinem sprechenden Blick dasaß, entspannten sich ihre Gesichtszüge unter den wunderbaren Gefühlen von Sympathie und Herzlichkeit. Giovanni musste ein glücklicher Mensch sein. Sie konnte sein Glück auf ihrem eigenen Gesicht spüren.

Etwa eine Stunde später präsentierte sich der Markusplatz dann tatsächlich so, wie sie erwartet und befürchtet hatte: überfüllt und laut, beflattert, behüpft, besprungen, betanzt oder nur bestanden und bestaunt, von Musik überweht, an vielen Ecken von Melodien übermannt, die herabprasselten und übereinander herfielen, als ginge es jeder darum, sich gegen die anderen durchzusetzen. Tauben kreisten über den Köpfen der Touristen, flatterten auf sie herab, ließen sich zwischen den Tischen nieder, flogen wieder auf, schwebten über dem Platz, ließen sich in den Himmel über der Lagune ziehen.

Maria zögerte, ehe sie den kühlen Schatten der Arkaden verließ. Vielleicht sollte sie besser am Abend wiederkommen, wenn es ruhiger geworden war? Wenn es die vielen hochgereckten Smartphones nicht mehr gab, die unzähligen Fotoapparate, die auf stramm posierende Touristen zielten, kreischende Kinder, die Tauben vor sich her scheuchten, von Vätern mit Videokameras verfolgt, Reisegruppen, die sich rücksichtslos durchdrängten, um den Anschluss nicht zu verlieren, und Reiseleitern, die absurde Erkennungszeichen durch die Luft schwangen. Maria sah eine riesige Sonnenblume über den Köpfen schweben, der eine Schar von Japanern folgte.

Dass sie dann doch nicht kehrtmachte und den Platz betrat, lag an der Melodie. Sie kam vom *Caffè Florian*, diesem dreihundert Jahre alten Nobeletablissement, das sich an den Campanile lehnte, gegenüber von den beiden anderen berühmten Cafés, dem *Quadri* und dem *Lavena*, die etwas weniger exklusiv, etwas weniger teuer waren. Hier wie dort hatte man die gerafften hellen Markisen in den Arkadenböden heraufgezogen, nur über der winzigen Bühne auf jeder Seite des Platzes, auf der normalerweise ein paar Musiker, meist im Trio oder Quartett, das Cafépublikum unterhielten, war eine herabgelassen worden. Doch heute waren die Bühnen leer. Der Geiger, auf dessen Melodie Maria aufmerksam geworden war, stand vor der ersten Tischreihe, den Cafébesuchern zugewandt. Das Lied seiner Geige setzte sich zunächst mühsam durch, schaffte es dann aber, den tosenden Lärm zu übertönen.

Maria spürte, wie alle anderen Geräusche in den Hintergrund gedrängt wurden, hörte nur noch die Melodie, sah nichts als den Musiker, ließ sich stoßen und schieben, schaffte es lediglich, die Richtung zu verteidigen, die zu diesem Lied führte. Sie kannte es, hatte es unzählige Male gehört. Es war schwärmend, wehmütig, traurig – und löste in Maria eine Welle der Erinnerungen aus. Auch andere Passanten wurden auf den Geiger aufmerksam und blieben stehen. Aber was an ihre Ohren drang, war nicht das, was Maria hörte. Oh nein! Sie war sicher, dass es außer ihr niemanden gab, der begriff, was diese Klänge bedeuteten. Etwas, was nicht sein konnte. Etwas ganz und gar Unglaubliches …

Adrian Welhorn verstaute die Seidenschals in seinem Koffer, schob die Flasche mit dem Eau de Toilette an den Rand und legte den Leinenpullover zuoberst. Vorsichtig strich er ihn glatt, ehe er seinen Koffer schloss.

Gundula kam herein, betrachtete erst ihn und dann sein

umfangreiches Gepäck. Ihr Blick drückte aus, was sie diesmal nicht in Worte fasste, und Adrian war ihr dankbar dafür, dass sie ihm nicht ein weiteres Mal vorhielt, er übertreibe. Alles fand Gundula übertrieben: seinen Job, das Exzessive, mit dem er ihm Bedeutung verlieh, seine Körperpflege, die Kleidung und das Verhältnis zu der Familie, die nicht mehr seine war. Gundulas Angehörige waren genauso wenig Adrians Familie, aber in diesem Fall hätte sie die Sache gern anders gesehen. Als sie seufzte, war ihm klar, dass sie sich wieder einmal fragte, warum sie sich auf einen Veranstalter von Abenteuerreisen eingelassen hatte, ohne auf die Idee zu kommen, dass er sich mit seiner Berufung und jeder ausgefallenen Reiseidee auch selbst einen Traum erfüllte. Adrian kannte diesen Blick, kannte auch ihren Wunsch nach dem kleinen, einfachen Glück. Nicht gerade mit Schrebergarten, aber auch nicht mit Bungeejumping und Fallschirmabsprung. Mit jedem Anzeichen von Alterung, nach jeder Erkrankung wuchs ihre Hoffnung, dass Adrian endlich zu dem Mann wurde, den sie sich wünschte.

Sie hielt ihm eine Schachtel hin. »Hättest du etwa beinahe dein Medikament vergessen?«

»Natürlich nicht«, brummte Adrian. »Ich wollte es gerade holen.«

Gundula warf einen kritischen Blick auf den bereits geschlossenen Koffer. »Du hast eine schwere Krankheit hinter dir. Versuch nicht immer wieder, das zu vergessen. So wie deine Tabletten.«

»Ich bin geheilt. Die Leukämie ist besiegt.«

»Aber die Tabletten brauchst du trotzdem noch.«

Sie öffnete den Koffer und legte die Schachtel hinein. Er beobachtete sie, nahm ihre schlanke Figur zur Kenntnis, die schmalen Finger, die braunen glänzenden Haare, den Flaum in ihrem Nacken. Er hätte ihr gern einen Klaps auf die Kehrseite gegeben, dann über ihre gespielte Entrüstung gelacht und sie geküsst. Aber er tat nichts davon. Seine Sorge, dass sie spürten könnte, wie gern er aufbrach, war zu groß.

»Pass auf dein Knie auf. Du solltest es nicht überbelasten.«

»Ja, ja.« Er fuhr sich ein letztes Mal durch die Haare, sorgte dafür, dass sie aussahen, als hätte er keine Zeit gehabt, sich zu frisieren, dann sagte er: »Schade, dass du nicht mitkommst.«

Adrian wusste, dass Gundula diese Lüge durchschaute. Dennoch antwortete er auf ihr »Ist besser so. Ich würde ja nur stören« mit einem empörten: »Unsinn!«

Was er ebenfalls wusste, war, dass Gundula genauso log wie er selbst. »Genieß die Zeit in Venedig. Und grüß Maria von mir. Amelie natürlich auch.«

Er kontrollierte ein letztes Mal den Sitz seines grauen Anzugs, zu dem er ein weißes T-Shirt trug, und griff nach seinem Koffer.

»Komm nicht auf die Idee, von Urlaub zu reden, wenn du jemandem erzählst, dass ich in Venedig bin. Alles geschäftlich! Du weißt ja, ich kümmere mich auch um dieses neue Event. Drachenflug über den Canale Grande.« Er grinste und wunderte sich, dass Gundula diesmal nicht darauf reagierte, wo er sie doch sonst immer mit seinem Lächeln erweichen konnte, Verständnis für ihn aufzubringen. »Das wird uns reich machen, Baby.«

Gundula schüttelte nur den Kopf. Das tat sie sonst auch, aber diesmal ohne das lautlose Lachen, das ihm zeigte, wie viel Verständnis sie trotz allem für ihn hatte.

»Wenn was ist, meldest du dich?«

Gundula murmelte etwas, doch er verstand es nicht. Sein Kuss war flüchtig, er blickte sich nicht um, während er ins Auto stieg. Ein Jeep natürlich. Einmal durch den Schlamm gefahren und dann niemals gewaschen. So musste es aussehen, wenn ein Abenteurer ins Leben stach.

Venezianische Liebe! Ein Lied, das noch auf die Gesichter der nächsten Generation ein Lächeln zaubern, das in Jahrzehnten noch die Menschen aufhorchen lassen würde, wie *Time to say good bye* oder *Griechischer Wein*. Ein Schlager, ein Gassenhauer, ein Evergreen, eine Melodie, die schön, berührend und eingängig genug war, um bewahrt zu werden. In den vergangenen Jahren hatte Maria die verschiedensten Interpretationen dieses Lieds gehört, und oft hatte sie über das Bemühen des Musikers nachsichtig gelächelt oder verächtlich die Mundwinkel herabgezogen. Denn die nachgespielte Version konnte es nie mit dem Original aufnehmen.

Diesmal jedoch war es anders. Ganz anders! Angestrengt lauschte sie, lenkte ihre Schritte im Rhythmus des Liedes, wäre gern stehen geblieben, um noch besser hören zu können, brachte es aber nicht fertig zu zögern. *Venezianische Liebe* hörte sich diesmal an wie die Ursprache seiner Schöpfung. So hatte das Lied geklungen, als Maria es zum ersten Mal vernahm, so weich und doch kraftvoll, so zart, aber auch eindringlich. So hatte Leander es gespielt. Genau so! Nur er hatte es fertiggebracht, die Melodie seufzen und zögern, lachen und weinen zu lassen.

Schritt für Schritt tastete sie sich dem Klang der Geige entgegen, spürte Angst in sich aufsteigen, merkte, dass sie den Atem anhielt, ahnte etwas, ohne sich vorstellen zu können was.

LEANDER EMERICK IST TOT

Hamburg, 10.01.2005. Wie Leander Emericks Management mitteilte, ist der bekannte Geiger unter den Opfern des Tsunami, der am 26. Dezember vergangenen Jahres an der Küste des Indischen Ozeans unzählige Menschenleben forderte. Emerick war kurz vor der Naturkatastrophe nach Khao Lak, Thailand, gereist. Sein neues Album *Venezianische Liebe* wird aber wie geplant Anfang Februar in den Handel gehen. Das sei man Leander Emerick schuldig, hieß es. Seine Fans warten nun mit Spannung auf seinen nächsten Titel, der sein letzter sein wird. Der Bundeskanzler hat der Familie von Leander Emerick sein Beileid ausgesprochen.

Der Geiger stand noch immer vor den Tischen des *Caffè Florian*, wo der Cappuccino zehn Euro und ein Eiskaffee fast zwanzig Euro kostete und eine musikalische Darbietung mit weiteren sechs Euro veranschlagt wurde. Maria ließ sich nieder, so weit wie möglich von dem Geiger entfernt. Ohne ihn aus den Augen zu lassen, bestellte sie einen Espresso, wobei sie den Kellner keines Blickes würdigte und sich auch nicht bedankte, als die Tasse vor sie hingestellt wurde.

Das konnte nicht sein! Völlig unmöglich! Dieser Mann, der die Geige in seine Halsbeuge legte, wie Leander es getan hatte, der den Bogen auf diese vertraute Art ansetzte, mit einer kleinen Verbeugung den ersten Ton hervorbrachte, ehe er sich aufrichtete und den Kopf in den Nacken legte … das konnte nicht Leander Emerick sein. Das musste jemand sein, der ihn kopierte, der so sein wollte wie er, der nicht nur so gut spielte wie er, sondern auch anderes Unverwechselbares übernommen hatte. War das möglich? Ja, eine andere Erklärung gab es nicht. Leander war tot.

Und doch stand vor ihr ein Mann, der sich so bewegte wie er, der seine Augen, seinen Mund, seine Nase hatte und der *Venezianische Liebe* spielte, wie es nur einer spielen konnte. Leander Emerick! Nicht so aufrecht wie früher, nicht charismatisch, nicht mehr dunkel gelockt, kein bisschen elegant, weltmännisch oder gar avantgardistisch, nicht einmal mehr attraktiv. Aber immer noch mit schmalen Händen und Fingern, die zaubern konnten, mit einer Macht gesegnet, die aus einer Melodie mehr machte als jeder andere Geiger, mit Augen, die beim Spielen noch immer halb geschlossen waren, mit einem Mund, der zitterte, mit Schultern, die hingen, sobald er die Geige absetzte. Diese grauen schulterlangen Haare, dieses faltige Gesicht und der erloschene Blick! Wirklich? Leander Emerick? Verkleidet mit einem ungepflegten Bart, einem viel zu weiten grauen Mantel und … mit Demut. Sie war das Fremdartigste an diesem Mann, den Maria so gut kannte. Nein, sie musste sich irren! Es sei denn … War er wieder mal davongekommen? Dem Schicksal aus den Händen geglitten? Wie damals, vor seiner Reise nach Thailand? Hatte er es geschafft, aus seinem Leben auszubrechen und die Tür hinter sich zuzuwerfen? Hatte er noch einmal für seine eigene Rettung gesorgt und alle anderen sich selbst überlassen? Nein, Leander Emerick war vor über zehn Jahren beim Tsunami in Khao Lak ums Leben gekommen. Das war amtlich!

Als *Venezianische Liebe* verklang, blickte der Geiger nur kurz auf, als wollte er wenigstens zeigen, dass er den Applaus vernahm. Ob er lächelte, war in dem Bartgestrüpp nicht zu erkennen, und seine Verbeugung konnte auch Kraftlosigkeit sein, die ihn niederdrückte. Leander? Oder doch nur jemand, der Maria an ihn erinnerte? Leander Emerick war tot! Tot! Wirklich … tot?

Ihr Smartphone stimmte plötzlich in den Applaus mit ein und riss sie von dieser Frage fort. Blöde Idee, dieser Klingelton. Sie hätte sich auch einfach für ein melodisches Signal entscheiden können, das anzeigte, wenn eine WhatsApp-Nachricht eingegangen war. Natürlich Amelies Idee! Die Hochzeits-Chatgruppe über WhatsApp sollte etwas Besonderes sein, also auch ein besonderes Erkennungszeichen bekommen. Amelie hatte die Gruppe eingerichtet, was Maria anfangs praktisch erschienen war, schließlich konnte jeder, der dieser Gruppe angehörte, lesen, was jedes andere Gruppenmitglied zu vermelden hatte, und jeder konnte natürlich auch seinen Senf zu jedem Beitrag dazugeben. Da genauso selbstverständlich jeder davon ausging, dass Maria es war, die sämtliche Anregungen unverzüglich in die Tat umsetzte, jedes Wehklagen bemitleidete, jede Schnapsidee zurechtrückte und sich um alles, was die anderen vergaßen, kümmern würde, war sie mittlerweile die Einzige, die dieses WhatsApp verfluchte. Alle anderen fanden sie großartig, ihr Bruder, Amelies Patentante, der Bräutigam, der sie zum Glück nur selten in Anspruch nahm, Amelie dafür umso öfter; sogar Gundula, die aus Höflichkeit ebenfalls aufgenommen worden war, meldete sich gelegentlich zu Wort. Auch Adrian war natürlich Mitglied der WhatsApp-Gruppe. Aber er zog es Gott sei Dank meistens vor, Maria direkt zu kontaktieren, indem er ihr eine SMS oder eine Mail schickte, die nur für sie bestimmt war und keinen Rattenschwanz an Bemerkungen, Erklärungen, Forderungen und Korrekturen nach sich zog oder Scherze, über die sie nur selten lachen konnte, die von allen anderen jedoch mit Grinsemännchen versehen wurden, die ihr ebenfalls von Mal zu Mal entbehrlicher erschienen.

Der Geiger verschwand in dem großen Torbogen des Uhrturms, des Torre dell'Orologio, wurde im Nu von den Schatten verschluckt, war schon ein Trugschluss geworden, noch ehe sie das Smartphone in ihren Händen hielt. Sie zitterten! Mein Gott, sie war total von der Rolle. Aus der Fassung gebracht von einem Mann, der aussah wie Leander.

›Maamaaa!‹ Fünf As. Das ging ja noch. Die richtig dramatischen Meldungen hatten mindestens ein Dutzend As. ›Ein Kunde will noch vor meiner Abreise eine Präsentation von mir. Vielleicht nehmen wir doch den Flieger von Sandros Freund. So kurzfristig ein Linienflug, das kriegt nicht mal Sandro hin.‹ Die drei gelben, kreisrunden Gesichter mit den hängenden Mundwinkeln zeigten, dass ihre Tochter untröstlich war. Wenigstens etwas. Maria nahm sich vor, auf jeden Fall noch einmal mit dem Pfarrer zu reden. Während der vor dem Altar auf die Braut wartete, würde Amelie vermutlich gerade erst den Friseur in den Wahnsinn treiben.

Maria verzichtete auf eine Antwort, als sie sah, dass ihr Bruder bereits ein Grinsemännchen schickte, das Tränen lachte. Warum hatte sie sich eigentlich gefreut, als sie von Amelie gebeten worden war, die Hochzeit in Venedig vorzubereiten? Sie verstand sich selbst nicht mehr. Und warum hatte sie den Geiger gehen lassen? Mit noch immer zitternden Händen griff sie nach der Espressotasse. Sie trank, die Stelle, an der er verschwunden war, fest im Auge.

Das Haus lag in der Nähe von Rialto, an einem Ende die Brücke, die über den Canale della Fava führte, am anderen Ende der lebhafte Campo San Bartolomeo, wo die Tauben die Statue von Carlo Goldoni umflatterten, die Kinder sie schreiend umkreisten, die Gondolieri laut rufend ihre Dienste anboten und sich die Kellner der Snackbar *Nostro* zwischen den vielen Tischen durchwanden und dafür sorgten, dass der

Abstand zum nächsten Modegeschäft nicht zu knapp wurde. Maria liebte diese laute Fröhlichkeit, diese heitere Geschäftigkeit, die es in Hamburg nie gab. Sie stand lange auf dem höchsten Punkt der Rialtobrücke und betrachtete den Canale Grande mit seinem ständigen Hin und Her. Dann fühlte sie sich unwohl, von drängelnden Touristen zur Seite geschoben, die viel Platz brauchten, um sich vor dieser einmaligen Kulisse fotografieren zu lassen. Sie stieg die Rialtobrücke auf der anderen Seite hinab, wanderte langsam und nachdenklich über den Markt, ließ sich Tomaten und Pfirsiche anbieten und überall versichern, dass es das Frischeste sei, was sie bekommen könne. Aber sie machte sich in den meisten Fällen nicht einmal die Mühe zu antworten. Sie war mit ihren Gedanken woanders, sah nicht die Auslagen und auch nicht die lachenden Gesichter der Händler.

Mit wem konnte sie darüber reden, dass sie einen Mann gesehen hatte, der so aussah wie Leander Emerick? Sie blieb vor einem Stand stehen, an dem Nippes aus Muranoglas angeboten wurde, und betrachtete Armbanduhren, deren Zifferblätter mit einem bunten Glasrand versehen waren. Mit Judy auf keinen Fall! Sie hasste ihren Mann, seit er verschwunden war. Mit Cyrill auch nicht, er verachtete Leander ebenso. Cyrills Liebhaber gehörte nicht zur Familie, er hatte Leander nicht einmal kennengelernt, fiel also auch aus. Blieb nur … Adrian. Als er angerufen hatte, war sie sich noch nicht sicher gewesen, wie viel sie ihm erzählen sollte. Nein, am Handy wollte sie ihm gar nichts erzählen, wenn überhaupt, dann in einem ruhigen Gespräch von Angesicht zu Angesicht. Sie hatte gerade mit dem Oberkellner des *Caffè Florian* gesprochen und sich nach dem Geiger erkundigt, als Adrians Anruf gekommen war. »*Sì, Signora,* der Geiger kommt gegen Abend noch einmal. Bei Sonnenuntergang spielt er immer. *Ogni giorno!* Jeden Tag!« Sie bedankte sich für die Auskunft und nahm das Telefonat an. Adrian hatte gerade eingecheckt, sein Flieger würde pünktlich abheben. Jahrelang hatte sie seine Stimme nicht gehört, doch nun schien es so selbstverständlich zu sein wie früher. Sie hatte sich kein bisschen verändert, klang immer noch kräftig und nach wie vor ein bisschen hochmütig.

»Kommt Gundula auch?«

Adrian haspelte eine ganze Reihe von Erklärungen in den Hörer. Viel Arbeit, Besuch ihrer Mutter, und einer musste ja aufs Geschäft aufpassen und die Katzen füttern… Maria hatte gar nicht richtig zugehört. Warum Gundula in München bleiben wollte oder musste, war ihr egal. Hauptsache, sie tauchte nicht in Venedig auf und versuchte nicht, ihren Aufenthalt hier mit Friede, Freude und Eierkuchen zu umhäkeln. Wo Gundula war, musste jede Mahlzeit pünktlich eingenommen werden, sollte der Tisch immer hübsch gedeckt sein, war die Farbe der Servietten von größerer Wichtigkeit als die ausreichende Anzahl an Weinflaschen, und um zwanzig Uhr musste alle Aufmerksamkeit der Tagesschau gelten. Warum Adrian nach der Scheidung bei Gundula geblieben war, würde Maria nie verstehen. Er hatte damals eine Affäre mit ihr gehabt, im Freundeskreis hieß es sogar, Maria habe sich von Adrian getrennt, weil dieser nicht von Gundula lassen wollte. Die hatten vielleicht eine Ahnung! Dass Adrian bei Gundula geblieben war, lag vermutlich an seiner Bequemlichkeit. Eigentlich liebte er zwar das Abenteuer, hatte es sogar zu seinem Beruf gemacht, aber zu Hause hatte er es gern gemütlich und konfliktfrei. Dort hatte Gundula sich anscheinend unentbehrlich gemacht. Ein Heimchen am Herd, das als Rechtsanwältin arbeitete und manchmal den Eindruck erweckte, als sei das Bügeln von Adrians Hemden interessanter als ein Fall von Unfallflucht oder fahrlässiger Tötung. Nur gut, dass sie aus dem gebärfähigen Alter raus war. Maria war sicher, dass Gundula andernfalls alles darangesetzt hätte, von Adrian ein Kind zu bekommen. Mit Mitte vierzig konnte sie jedoch nur noch darauf hoffen, endlich seine Ehefrau zu werden. Wenn ihr das gelungen war, würde sie es vielleicht auch schaffen, mit Adrians Exfrau einen Umgang zu pflegen, der ohne Eifersucht, Unter- und Überlegenheitsgefühle auskam.

Maria ging zur Rialtobrücke zurück, ihr Blick fiel auf eine junge Frau, die neben ihr die Treppen hinaufstieg, hoch aufgerichtet, den Bauch eingezogen, die Brust herausgereckt, den Kopf erhoben. Wie fühlte es sich an, sich so zu bewegen? Maria folgte der Frau, ebenfalls hoch aufgerichtet, mit eingezogenem Bauch, herausgereckter Brust und erhobenem Kopf. Stolz fühlte sie sich mit einem Mal und selbstbewusst. Und ihr wurde klar, dass sie sich niedergedrückt vom Markusplatz entfernt hatte, deprimiert und unsicher. Und ihre Selbstachtung war in sich zusammengefallen und auf ihre Füße gerieselt. Während sie nun zur Kirche San Salvador ging, um dort eine Kerze für das Glück ihrer Tochter anzuzünden, erschien wieder das Bild des Geigers vor ihr, sein gesenkter Blick, die kleine Verbeugung, die den ersten Ton begleitete, die Unterwürfigkeit, mit der er den Applaus entgegennahm wie Almosen. Sie machte es wie er, starrte auf ihre Füße, neigte den Oberkörper vor und dankte demutsvoll, als ein junger Mann zur Seite trat, um sie passieren zu lassen. Nun wusste sie, wie der Geiger sich fühlte. Unglücklich, mutlos und ohne Hoffnung.

Leander Emerick war glücklich gewesen, als seine Karriere begann, voller Mut, weil es aufwärtsging, und hoffnungsvoll, weil er endlich die Melodie gefunden hatte, von der er sich einen großen Erfolg versprach: *Venezianische Liebe*! Aber eigentlich hatte er auch damals, trotz seiner strahlenden Verbeugungen, unglücklich gewirkt. Er war ängstlich und rastlos gewesen. Und oft hatte er den Eindruck erweckt, als zweifle er an seinem Leben mit Judy. Doch seine Frau hatte ihm gezeigt, wie Glück, Mut und Hoffnung auszusehen hatten, und Leander hatte gelernt, Beifall entgegenzunehmen und sich mit großer Geste zu verbeugen. Ohne jede Unterwürfigkeit …

Cyrill Buller liebte seinen Namen. Er liebte die fragenden Blicke, wenn er sich vorstellte, und die Bitte, den Namen zu buchstabieren. Noch mehr liebte er es, wenn er auf mitleidige Menschen traf, die ihn bedauerten und denen er dann erklären konnte, wie froh er sei, einen Namen zu haben, der aus der Masse langweiliger, verwechselbarer Namen herausragte. Andreas Schäfer? Markus Lehmann? *»Mon dieu!«*

Nur selten war er darauf aus, Verständnis für die Entscheidung seiner Eltern zu wecken, indem er verriet, dass seine Mutter Griechin gewesen war, die einen Deutschen geheiratet hatte. Das erklärte viel zu viel. Ein Mann, der seiner Frau zuliebe einem deutschen Nachnamen einen griechischen Vornamen voransetzte? So was sorgte für Rührung. Cyrill mochte zwar jede Form von Sentimentalität, nicht jedoch im Zusammenhang mit seinem Namen, der sollte für Bewunderung sorgen.

Das gelang eigentlich nie. Es gab nur einen einzigen Menschen, der anerkennend durch die Zähne gepfiffen hatte, als Cyrill seinen Namen nannte, und den hätte er am liebsten vom Fleck weg geheiratet. Das war allerdings aus verschiedenen Gründen nicht möglich …

Der unförmige schwarze Mantel mit den weiten Ärmeln stammte aus der Kollektion eines Konkurrenten und war derart unkleidsam, dass Cyrill jedem auf die Nase binden konnte, seine Marktbegleiter hätten einfach keine Ahnung von Passform. Wie ein frisch geschlüpfter Schmetterling, der vergessen hatte, seinen Kokon abzuwerfen, flatterte er zum Gepäckband und sorgte dort unverzüglich für Aufregung. Nicht gerade im positiven Sinne, aber das war ihm recht. Hauptsache, man erkannte ihn. Zeitgenossen, denen sein Name kein Begriff war, behandelte er wie Schmeißfliegen. Diejenigen aber, die sich seinen Namen gegenseitig ins Ohr flüsterten, wurden mit großer Liebenswürdigkeit bedacht. Niemand sollte Cyrill Buller für arrogant halten, nur weil er prominent war. Leutselig verteilte er freundliche Blicke in alle Richtungen, besonders dorthin, wo über ihn getuschelt wurde. Und dann zog er die Show ab, die von ihm erwartet wurde. Kreischend warf er sich dem riesigen Koffer entgegen, der über das Gepäckband schwankte und Anstalten machte umzukippen.

»*Mon dieu!* Das Brautkleid! Hände weg! Niemand fasst mir diesen Koffer an!«

»Das muss aber eine fette Braut sein, wenn das Kleid einen so großen Koffer nötig hat«, sagte ein dünner, kleiner Mann, der in den Koffer gepasst hätte, ohne vorher eine Ausbildung zum Schlangenmenschen zu absolvieren.

»*Mon dieu!* Sie haben ja keine Ahnung! Zwölf Meter Tensanseide von einem japanischen Eichenseidenspinner! Zwanzig Meter Tüll, drei Korsagen …«

»Wieso denn drei?« In dem kleinen, dünnen Mann wollte sich einfach kein Verständnis regen.

»Weil die Braut vielleicht am Abend vor der Hochzeit ein dickes Rumpsteak mit Bratkartoffeln gegessen hat. Vielleicht aber auch nur ein Saltimbocca alla romana ohne Beilagen. Oder sie hat vor lauter Aufregung überhaupt nichts runterbekommen. Man muss auf alles gefasst sein.«

Cyrill Buller ließ sich nicht gern mit Vernunft und Zweckmäßigkeit konfrontieren und konnte es nicht leiden, wenn er Ratschläge zu hören bekam. Er wollte Menschen um sich haben, die ihn nicht verstanden und ihn verrückt nannten, ohne den Versuch zu machen, ihn zu ändern. Menschen, die zwar wussten, dass er zur Übertreibung neigte, ihn aber dennoch ernst nahmen. Solche Leute gab es zum Glück überall. Auch am Flughafen von Venedig. Allerdings ahnte Cyrill, dass der kleine, dünne Mann gerade zu einer Frage ansetzte, die er nicht hören wollte. Also drehte er ihm den Rücken zu und kümmerte sich um die, die ihn für übergeschnappt hielten und über ihn lachten. Er entdeckte ja in jedem Gelächter auch ein bisschen Ehrfurcht.

»*Mon dieu!* Mein Beautycase!«

Es handelte sich um einen Rimowa-Koffer, in dem die Sommergarderobe einer vierköpfigen Familie Platz gehabt hätte. Cyrill feuchtete die Fingerspitzen an und glättete seine Augenbrauen, um anzudeuten, dass ein Mann wie er andere Bedürfnisse habe als seine Geschlechtsgenossen, die eine Woche ohne Maniküre-Utensilien und sogar ohne Feuchtigkeits- und Nachtcremes auskamen, die Cyrill im Dutzend mit sich führte, weil man ja nie wusste, ob die Haut mit Trockenheitsfältchen oder mit Unreinheit auf eine Klimaveränderung reagierte. Seine Augencreme allerdings würde er niemals in einem Koffer verstauen. Er holte sie aus der Innentasche seines Mantels und klopfte mit Ring- und Mittelfinger die Creme auf die empfindliche Augenpartie. Das Reiben würde die Krähenfüße nur vertiefen, das schärfte ihm seine Kosmetikerin immer wieder ein.

Als alles getan war, was seiner Ansicht nach notwendig war, um ordentlich für Wirbel zu sorgen, und er endlich seine Koffer und Reisetaschen um sich geschart und in diverse Handykameras gelächelt hatte, ließ er sich auf eine Bank fallen und holte seinen Blackberry hervor. Es wurde Zeit, dass er Maria anrief.

»Lass uns gehen«, drängte Adrian. »Ehe Judy hier auftaucht.«

»Es steht noch nicht fest, wann sie kommt. Du weißt doch, ihr Magen-Darm-Infekt. Hoffentlich schafft sie es überhaupt.«

»Und Cyrill?«

»Der dürfte mittlerweile gelandet sein.«

Adrian stand auf und zog Maria vom Stuhl hoch. Sie hatte sich gerade entspannt zurückgelehnt, wurde von seiner Hand überrascht und ärgerte sich, dass Adrian keine dynamische Endvierzigerin, sondern einen Sandsack in die Höhe wuchten musste. »Also los! Cyrill darf nichts davon erfahren.«

Er strich über sein T-Shirt, als hätte Gundula es nicht gut genug gebügelt, warf sich sein Jackett wieder über und stieg in die zweite Etage des Hauses, wo seine Wohnung lag. Maria wusste, dass er nun eins seiner Seidentücher holen würde, die aus dem beruflichen Abenteurer bei Bedarf einen Gentleman machten. Sie lächelte, als ihr klar wurde, wie gut sie ihn immer noch kannte. Daran hatten ihre Scheidung und die jahrelange Trennung nichts geändert – nicht einmal Gundulas Einfluss, die zweifellos versucht hatte, Adrian nach ihrem Bild zu formen. Oder tat Maria ihr unrecht? Hatte sich Gundula damals in genau diesen Adrian verliebt, der er immer bleiben würde? Was wusste sie schon von ihr! Eigentlich viel zu wenig, um sich ein Urteil zu erlauben.

Sie waren im selben Augenblick vor der Tür des Palazzo angekommen, Adrian von der Anlegestelle des Vaporetto Nr. 2, direkt an der Rialtobrücke, Maria von der anderen Seite, vom Campo della Fava. Adrian hatte sein Gepäck zu Boden fallen lassen und wortlos die Arme ausgebreitet, als er Maria erkannte, und sie war die letzten Stufen hinuntergeeilt und hatte sich hineingeworfen, ohne nachzudenken. Seit über zehn Jahren hatten sie sich nicht gesehen. Nur gelegentlich, vor allem seit Amelie ihre Hochzeit plante, waren Mails und ein paar SMS zwischen ihnen hin- und hergegangen, telefoniert hatten sie kaum. Und nun stellten sie fest, dass diese Jahre nichts geändert hatten. Adrian war immer noch der Mann, in den sie sich einmal verliebt hatte, und immer noch der Mann, mit dem sie es nicht ausgehalten hatte. Nichts Neues war dazugekommen, nichts, was noch mehr trennte, aber auch nichts, was Reue erzeugen könnte.

»Maria! Wie schön, dich endlich wiederzusehen!«

Es hatte ehrlich geklungen, trotzdem war es Maria schwergefallen zu antworten. Dann aber waren die Worte wie von selbst aus ihr herausgefallen: »Adrian! Ich bin so froh, dass du da bist.« Und im selben Augenblick schien es richtig zu sein, dass sie gesagt worden waren.

»Du siehst wunderbar aus.«

Sie wusste, dass sie nicht wunderbar, sondern älter aussah, aber sie lächelte und erwiderte: »Du siehst noch genauso aus wie immer.«

Das war ebenfalls nicht ganz ehrlich gewesen, aber auch nicht gelogen. Klar, Adrians Haare waren grauer geworden, ein paar Kerben in seinem Gesicht hatten sich vertieft, aber sein Lächeln war das gleiche geblieben, und seine Augen strahlten noch genauso wie früher. Dass er sich nicht mehr so leichtfüßig bewegte, bemerkte sie erst später. Er ging schwerfälliger, obwohl er noch genauso schlank war wie vor Jahren, vorsichtiger und sogar ein wenig zaghaft. Nach ihrer Scheidung hatte sie sich jedes Mal gefragt, warum es ihnen nicht gelungen war, ihre Liebe über die Zeit zu retten, und diesmal fragte sie sich erneut. Aber eine Antwort fand sie auch an diesem Tag nicht.

»Wie ist es möglich, dass du schon so früh in Venedig angekommen bist?«, fragte Adrian.

Maria grinste. »Weil ich immer noch zu den Menschen gehöre, die ihre Flüge früh buchen. Ich hatte einen Direktflug von Hamburg kurz vor sieben und bin um halb neun in Venedig gelandet.«

Sie wusste, dass Adrian die Buchung mal wieder vor sich hergeschoben hatte, weil es ja vielleicht günstige Last-minute-Tarife gab und weil er natürlich als Reiseveranstalter beste Kontakte hatte … aber am Ende war ihm doch nur ein Flug mit einem Zwischenstopp in Wien angeboten worden. So war er zwar nur eine halbe Stunde später als Maria in München abgeflogen, aber erst nach zehn in Venedig gelandet.

Maria war bei ihrer Ankunft am Morgen zu unruhig gewesen, um die Zeit zu nutzen, ihre Wohnung so herzurichten, wie es ihren Bedürfnissen entsprach. Die künstlichen Blumensträuße hatte sie in den Abstellraum räumen wollen, die unzähligen kleinen Teppiche gleich hinterher, die Nippesfiguren, einige bunt bemalt, andere in schlichtem Weiß, aber nicht minder kitschig, gehörten in eine Ecke des ausladenden Buffetschranks, wo sie nicht störten. Und auch jetzt verschob sie das Einrichten und Auspacken auf später. Während sie auf Adrian wartete, der schnell in sein Apartment im zweiten Stock gegangen war, um sich ein Halstuch zu holen, ging sie durch das große Wohnzimmer, betätigte den Schalter jeder Lampe und stellte zufrieden fest, dass sie alle funktionierten. Dann zog sie die dünnen Gardinen von den Fenstern, die den Blick auf den Canale della Fava verhängten. Unter ihr führte die Brücke über den Kanal, zwei Gondeln begegneten sich, ein Frachtkahn wartete geduldig, bis die Fahrt frei war. Ein wunderbares Bild! Es schenkte ihr Ruhe, so unruhig es auch war. Gerade das Übersprudelnde da draußen, das Hin und Her auf dem Kanal, die Eile an seinem Ufer, die lauten Stimmen, das Lachen, das Rufen, das Dröhnen des Wassertaxis, das gegenüber am Steg des Hotels *Ai Reali* anlegte, machte die Ruhe in diesen vier Wänden noch ruhiger, schied die Abgeschiedenheit noch weiter ab.

Sie hätte sich gern länger in dieses Gefühl, diesen Genuss,

diese Erkenntnis vertieft, aber ihr Handy ließ es nicht zu. Cyrill rief an. Sie lächelte, als sein Name auf dem Display erschien. »Bruderherz! Gut gelandet?«

»Mon dieu!« Cyrills Stimme hörte sich an, als hätte er den Weg nach Venedig zu Fuß zurückgelegt. »Ich bin fix und fertig. Der ganze Flughafen voller Fans! Ich bin kaum dazu gekommen, mein Gepäck zu sortieren.«

Maria hatte keine Lust, sich Cyrills Klagen über die Zudringlichkeiten anzuhören, unter denen Prominente wie er zu leiden hatten. Zum einen, weil sie das alles zu oft hörte, zum anderen, weil sie genau wusste, wie sehr Cyrill es genoss. »Du hast hoffentlich an alles gedacht?«

»Natürlich!« Cyrill hatte es sich nicht nehmen lassen, das Brautkleid von seinem besten Schneider in Frankfurt persönlich abzuholen, um dann in Venedig letzte Hand anzulegen. Dass der Modeschöpfer Cyrill Buller etwas nahm, ohne es zu verbessern, war ausgeschlossen. Erst recht nicht, wenn es um das Kleid seiner Nichte ging.

»Amelie ist nicht die erste Braut, die von mir ausgestattet wird. Weißt du eigentlich, dass ihr Kleid noch sensationeller ist als das von Prinzessin Caroline bei ihrer ersten Hochzeit?«

Maria verkniff sich weitere Nachfragen, sonst hätte das Telefonat so schnell kein Ende gefunden. Entweder hätte Cyrill ihr in allen Einzelheiten von den Anproben in Monte Carlo erzählt oder sich stundenlang in Vorwürfen ergangen, weil seine Schwester die Details dieses wichtigen Meilensteins in seinem Designerleben einfach vergessen hatte.

So musste sich Maria nur etwa eine Viertelstunde lang anhören, wie perfekt die Schnittführung des Brautkleides war, das sie längst kannte, und dass die Reporter, die zweifellos in Scharen vor der Kirche auftauchen würden, womöglich mehr an dem Kleid als an der Braut interessiert waren. »So leid es mir für meine Nichte tut!«

Maria lauschte nervös ins Haus hinein, aber von oben drang kein Laut herab. Anscheinend war Adrian noch nicht so weit. Deswegen ließ sie Cyrill eine Weile darüber klagen, dass das Leben ihm übel mitspiele, weil Mike Reinert das große Liebeslied nicht singen konnte, das doch so gut zum Auszug des Brautpaares aus der Kirche passen würde. »Stell dir vor! Nicht Mike Reinert aus dem Lautsprecher, sondern Mike Reinert persönlich! Er würde es wunderbar machen. Die Hochzeitsgäste würden in Tränen ausbrechen.«

Maria stimmte ihm scheinheilig zu und ließ ihn nicht spüren, wie erleichtert sie war, dass ihr die Diskussion über einen möglichen Beitrag Mike Reinerts an Amelies Hochzeit erspart blieb. Sein bekanntestes Lied *Alle Träume werden wahr* wurde bei vielen Hochzeiten gespielt, hätte aber Amelies Geschmack nicht entsprochen. Nur gut, dass der Sänger dem Brautpaar nicht die Schau stehlen konnte, dass niemand von seinem Besuch in Venedig wissen durfte und erst recht geheim bleiben musste, wer ihm seinen größten Hit auf den Leib geschrieben hatte. Aber daran war sie ja gewöhnt. Die Sache mit Leander dagegen …

Nein! Sie schüttelte den Kopf, als könnte sie jeden Gedanken an den Geiger vom Markusplatz aus ihrem Gedächtnis herausschütteln, ging ins Bad, zog ihre Lippen nach, bürstete ihre schulterlangen Haare, strich sie hinter die Ohren und holte die Ohrclips heraus, die genau zu ihrem Kleid passten. Noch ein Hauch von L'Eau d'Issey, dann trat sie aus ihrer Wohnung. Kühler Marmor empfing sie, weiße Wände, ein goldener Lackstrich, der sich wie ein Schattenriss der Treppe an der Wand entlangzog. Hoffentlich hatte Cyrill nicht die Adresse des Maklers vergessen, in dessen Büro er den Hausschlüssel abholen musste.

Sie hörte Adrian oben in der zweiten Etage rumoren, das Klappen von Türen, das Scharren eines Stuhls, das Poltern eines Gepäckstücks, dann seine Schritte im Hausflur und schließlich ein Summen. Er nahm den Aufzug! Er, der sonst jede Möglichkeit nutzte, sich zu bewegen, der in einem New Yorker Hotel einmal den dicken Ladys, die vor dem Lift warteten, um in die nächste Etage zu kommen, einen Vortrag gehalten hatte, wie leicht sie ihr Übergewicht verlieren könnten, wenn sie gelegentlich die Treppe benutzten.

Als der Aufzug in der ersten Etage hielt, stellte sie fest, dass er sich umgezogen hatte. Er trug nun ein schwarzes T-Shirt und eine dunkelgraue Jeans, das Jackett baumelte an seinem Daumen über der Schulter, das schwarz-weiß gemusterte Seidentuch hing ihm locker um den Hals. Er sah strahlend und gesund aus, vital und lebensfroh. Gesunder und vitaler, als er wirklich war, so viel stand fest. Die schwere Krankheit, die er überstanden hatte, sah man ihm tatsächlich nicht an, aber dass er den Aufzug von der zweiten in die erste Etage genommen hatte, musste er erklären.

»Arthrose.« Er versuchte zu lachen, aber besonders gut gelang es ihm nicht. »So ist das eben, wenn man älter wird.«

»Und sonst?«, fragte Maria leise und so beiläufig, als ginge es ums Wetter, weil sie wusste, dass Adrian Fragen nach seiner Gesundheit nicht leiden konnte. »Bist du okay?«

»Ich bin gesund«, betonte er. »Ich muss noch Tabletten nehmen, das ist alles. Hat Amelie dir das nicht erzählt?«

Maria überhörte die Frage. »Kennst du eigentlich den Namen des Stammzellenspenders?«

»Nein, dabei würde ich mich gerne bei ihm bedanken.«

Seine Antwort war wie eine Rüge gekommen, als hätte er ihr den Vorwurf gemacht, sich in etwas einzumischen, was sie nichts anging. Er wirkte verärgert, als er ihr die Tür des Fahrstuhls öffnete. Aber kaum setzte sich das altmodische Ding in Bewegung, fiel der Verdruss von ihm ab.

»Das Haus ist schön«, sagte er während der Fahrt ins Erdgeschoss. »War es schwierig, so einen Palazzo zu finden, in dem alle Platz haben?«

Maria antwortete erst, als sie auf der Straße standen. »Schwierig ist gar kein Ausdruck. Das Haus sollte nicht nur ausreichend Platz bieten, sondern auch zentral gelegen sein. Zum Glück sind mir Sandros Eltern bei der Suche behilflich gewesen. Sie kennen sich ganz gut aus, weil sie hier Freunde haben und häufig zu Besuch nach Venedig kommen.«

Adrian rieb Daumen und Zeigefinger aneinander und sah Maria fragend an.

Sie antwortete gleichmütig. »So was ist natürlich nicht billig. Ich schicke dir dann die Rechnung. Machen wir halbehalbe? Oder willst du alles bezahlen? Schließlich bist du der Brautvater.«

»Ich dachte, ich bin für die Hochzeitsfeier zuständig.«

»Okay, dann bezahle ich das Haus.«

Auf dem Weg zum Markusplatz plauderten sie über Amelies Zukünftigen, über dessen Familie und den Kurzurlaub, den sie in Venedig verlebt hatten, als sie ihren ersten Hochzeitstag feierten. Über Leander Emerick sprachen sie kein einziges Wort. Erst als sie an dem Punkt angekommen waren, an dem der Platz sich öffnete, kam Adrian auf das zurück, was Maria ihm nach seiner Ankunft erzählt hatte. »Es kann nicht sein, Maria«, sagte er sehr ernst. »Leander lebt nicht mehr. Judy hat ihn für tot erklären lassen. Du musst dich geirrt haben.«

»Ja, ja.« Maria starrte auf den Platz, ohne zu bemerken, dass sich sein Bild gewandelt hatte, dass die Reisegruppen nicht mehr zu sehen waren, dass es ruhiger geworden war, dass es nicht mehr ums Kaufen und Verkaufen, ums Konsumieren und Abhaken ging, nicht mehr ums Erleben, sondern ums Leben. »Aber seine Leiche ist nie gefunden worden.«

»Viele sind mit dem Tsunami spurlos verschwunden. Aber wir wissen, dass Leander zu der Zeit in Khao Lak war. Niemand hat je wieder etwas von ihm gehört. Er muss also umgekommen sein. Er ist tot!«

Maria trat in die Sonne und spürte sofort, dass sie gnädiger mit ihr umging als am frühen Nachmittag, dass die Hitze samtener geworden war und nun mit einem schwachen Wind spielte, der vom Meer herüberkam. Der Markusplatz bereitete sich auf den Abend vor.

»Der Oberkellner hat gesagt, er kommt jeden Abend.«

Die Sonne war gegenüber dem Dom untergegangen. Eine Weile noch hatte sie auf seiner Fassade gespielt, hatte die Mosaiken aufblitzen lassen und ihre Farben so lange verändert, bis ihr Schein die Kraft dazu verlor. Die Schatten waren länger geworden, die Sonne war nur noch ein greller Glanz auf den Dächern der Häuser, die die Piazza einrahmten. Und dann war sie verschwunden. Doch bis auch die Wärme nicht mehr zu spüren war und das Licht sich dem Abend ergab, würde es noch eine Weile dauern.

Sie saßen an einem kleinen Tisch des *Caffè Florian*, ganz nah bei den Arkadengängen, weit von der ersten Tischreihe entfernt, wo die meisten gern sitzen wollten. Anstatt sich einander gegenüber zu setzen, um sich während des Gesprächs ansehen zu können, hatten sie sich nebeneinander niedergelassen. Ohnehin redeten sie wenig, waren sich aber dennoch nah, obwohl sie sich einander nicht zuwandten. Sie genossen denselben Blick, lächelten beide das Kind an, das versuchte, eine Taube zu fangen, und blickten den Fußgängern nach. Den schönen Venezianerinnen, den eiligen Geschäftsmännern in ihren schwarzen Anzügen, den müden Touristen, die sich fragten, ob sie alles gesehen hatten, was der Tag geboten hatte. Und dann starrten sie auf den Uhrturm mit seiner blau-weißen Fassade, von einem Markuslöwen gekrönt und dem riesigen Ziffernblatt. Dort hatte Maria den Geiger aus den Augen verloren. Adrian wusste Bescheid, Maria hatte mit keiner Einzelheit gespart, die sie an Leander erinnerte. Und so oft er auch gesagt hatte »Es kann nicht sein!«, spürte sie doch, dass er genauso angespannt war wie sie.

»Die Sonne ist untergegangen«, flüsterte er.

Und Maria flüsterte zurück: »Er wird kommen, ich spüre es. Und dann wirst du ja sehen …«

Den Applaus in ihrer Handtasche ignorierte sie, froh, dass Adrian nicht mitbekommen hatte, dass eine WhatsApp-Nachricht eingetroffen war. Vermutlich von Cyrill, der sich nach seinem Empfangskomitee erkundigen wollte und nicht verstehen konnte, dass niemand parat stand, um ihn zu begrüßen.

Maria entschied gerade, dass sie das Geräusch nicht länger ertragen konnte, und wollte nach ihrem Handy greifen, da trat ein schwarz gekleideter Mann aus dem Bogen des Uhrturms und kam auf sie zu.

»Mein Gott«, flüsterte Adrian.

PLAGIAT AUF DEM PLATTENMARKT?

Hamburg, 03.02.2005.
Ein schwerer Plagiatsvorwurf bewegt derzeit die Musikbranche. Nur zwei Tage, bevor Mike Reinerts Song *Never ever* veröffentlicht wurde, erschien *Venezianische Liebe*, gespielt von dem Geiger Leander Emerick, auf dem Plattenmarkt.
Beide Lieder ähneln sich derart, dass sogar ein Laie einen Zufall ausschließen kann. Mike Reinert ließ ausrichten, er wolle sich derzeit nicht zu dem Thema äußern. Leander Emericks Managerin und Ehefrau, Judith Emerick,

veröffentlichte eine Pressemitteilung, in der es heißt, man wolle keine Vermutungen äußern, sondern an der Aufklärung des Sachverhalts arbeiten. Leander Emerick geriet vor Kurzem bereits mehrfach in die Schlagzeilen, nachdem er Ende vergangenen Jahres zunächst unter mysteriösen Umständen verschwand und später das Opfer des Tsunamis in Khao Lak, Thailand, wurde.

Sie rührten sich nicht, während der Geiger spielte, redeten nicht miteinander, antworteten auch dem Kellner nicht, der nach weiteren Wünschen fragte. Das änderte sich erst beim dritten Stück des Geigers.

»Nein, er ist es nicht«, flüsterte Adrian. »Das *Ave Maria* würde er anders spielen.«

Maria konnte nicht sagen, ob seine Worte sie erleichterten oder enttäuschten.

»Und die Geige«, fügte Adrian hinzu. »Er hätte doch niemals seine Geige weggegeben.«

»Zumindest kann auf dieser Fiedel selbst der beste Geiger das *Ave Maria* nicht so spielen, wie Leander es konnte«, flüsterte Maria zurück. »Oder es klingt vielleicht nur anders, weil Leander sich beim *Ave Maria* früher immer von einem Pianisten begleiten ließ.«

»Trotzdem! Es hörte sich anders an. Nein, das ist nicht Leander. Er hat mit mehr Emotion gespielt.«

Maria schwieg. Würde Leander dieses Stück immer noch für sie spielen? Mit der ganzen Macht seiner Gefühle? Mehr als zehn Jahre waren vergangen, der Rausch hatte sich längst als vergänglich erwiesen, schon vor zweimal zehn Jahren.

Aber wenn er das *Ave Maria* gespielt hatte, war immer noch etwas da gewesen, was sie schnell, ohne nachzudenken, Erinnerung genannt hatte, was aber vielleicht doch mehr gewesen war. Sie hatte es nicht wissen wollen, damals, und jetzt war es zu spät, um es zu erfahren.

»Es hörte sich anders an«, beharrte Adrian.

»Aber *Venezianische Liebe* klang genau so, wie Leander es spielte.«

Viele Menschen waren nun stehen geblieben, an den Tischen des Cafés verstummten die Gespräche, der Oberkellner lehnte sich an eine Säule und lauschte, eine Taube landete vor den Füßen des Geigers, als wollte sie dem *Ave Maria* so nah wie möglich kommen. Dieses Stück ließ niemanden kalt, vielleicht weil es überall seinen Platz fand, in einem Konzertsaal genauso wie auf der Piazza San Marco von Venedig, in der Stille nicht besser als hier, wo es niemals ganz still war. Niemandem blieb es verborgen, dass sich die Schritte der Passanten der Musik anpassten, dass die Pfennigabsätze der Frauen den Rhythmus der Musik aufnahmen, die nahen Stimmen leise und die fernen zu einem klingenden Rahmen wurden. Das *Ave Maria* schaffte es, sich von allen anderen Geräuschen aufnehmen zu lassen, überall in der Welt, und dennoch immer vor ihnen zu stehen wie ein Solist vor einem Orchester.

Ein Kellner huschte mit geschlossenen Augen vorbei, einerseits war er auf die Musik konzentriert, andererseits hatte er sich damit abgefunden, dass die Arbeit weitergehen musste … und rempelte prompt einen Stuhl an, der über den Boden schrammte, genau in das »ri« von Maria hinein. Aber er stand schon wieder auf seinen vier Beinen, als ein Vorübergehender das »a« mitsang. Es schien in jedem Kopf zu summen, in jedem Herzen zu vibrieren, sogar die Kinder zu berühren, die die Tauben für ein paar Augenblicke in

Ruhe ließen. Bis plötzlich ein Schrei das Lied des Geigers zerriss.

Judith Emerick wusste genau, was sie wollte. Sie wusste sogar, was andere wollten, auch wenn diese selbst keine Ahnung davon hatten. So wusste sie zum Beispiel, dass ihre Angestellte ihren Job behalten wollte. Zwar war Judith klar, dass sich Doro häufig fragte, in welchem Tollhaus sie eigentlich gelandet war und wie lange sie das noch aushalten würde, aber das spielte keine Rolle. Judiths Mitarbeiterin würde bald einsehen, dass die Anstellung bei *Künstler-Fuchs* ihr Lebensinhalt war, und dann würde sie nichts anderes wollen, als ihre Chefin zufriedenzustellen. Doro bekam ja täglich mehrmals gesagt, dass sie das wolle, mal unverblümt, mal andeutungsweise, und sicherlich würde sie bald selbst glauben, dass sie gerne zwölf Stunden am Tag arbeiten und auf jegliche Freizeit verzichten wollte. Dass sie sehr gut verdienen wollte, musste Doro nicht erst suggeriert werden, genauso wenig wie die Tatsache, dass es nichts umsonst gab. Die Sehnsucht nach einem Job in der Gemeindeverwaltung überfiel sie dennoch regelmäßig, und dann wollte sie sogar mit der Hälfte des Gehaltes auskommen. Aber Judith Emerick hatte ein Gespür dafür, wann sich die Wünsche ihrer Angestellten von ihren eigenen entfernten, und fand dann immer einen Weg, Doro klarzumachen, was sie zu wollen hatte.

Zurzeit wollte Doro angeblich die Künstleragentur ganz alleine leiten. Denn Judith Emerick, die sich seit mehr als zehn Jahren kein Privatleben gönnte, für die ein paar Urlaubstage normalerweise eine Bestrafung waren, mit der ihr Arzt regelmäßig drohte, der sie aber genauso regelmäßig entkam, wollte nun tatsächlich eine gute Woche nichts von Arbeit hören. Vielleicht deshalb, weil der Urlaub, der vor ihr lag, die Maske der Notwendigkeit trug. »Meine Freundin wird allein nicht mit dieser Aufgabe fertig.«

Doro glaubte ihrer Chefin aufs Wort. Eine Hochzeit in Venedig! Wie sollte die störungsfrei über die Bühne gehen, wenn Judith Emerick ihr Organisationstalent nicht einbrachte? Dagegen war der Auftritt eines Tenors während eines Freiluftkonzertes vor zehntausend Zuschauern ein Klacks! Selbst wenn ein Platzregen die Veranstaltung ruinierte und Doro sich anschließend mit der Versicherung und Dutzenden von Presseanfragen herumschlagen und sich darüber hinaus um die seelische Verfassung des Tenors kümmern musste. Judith wusste ja, dass Doro wusste, was sie wollte: ihre Chefin würdevoll vertreten und dafür sorgen, dass sie stolz auf ihre Mitarbeiterin war. Judith hatte es ihr beim Abschied mehrmals eingeschärft.

Während sie Venedig entgegenfuhr, wurde Judith allmählich wieder zu Judy. So hatte ihr Vater, der alte Fuchs, der nicht nur wegen seines Nachnamens so genannt wurde, seine Tochter gerufen, sämtliche Kinder- und Au-pair-Mädchen hatten sie so genannt und die Schulfreundinnen ebenfalls. Mittlerweile war ihr Vater, der die Künstleragentur aufgebaut hatte, gestorben, aus der Zeit, in der sie Judy genannt wurde, war nur Maria übrig geblieben. Ihre einzige Freundin! Judy freute sich auf Maria, auf ihre Patentochter Amelie und das Hochzeitsfest. Sie freute sich auch auf Adrian, den sie nicht mehr gesehen hatte, seit Leander verschwunden war, und sogar ein wenig auf Cyrill. Jedenfalls musste sie so tun, als freute sie sich auch auf dieses Wiedersehen. Schließlich war Marias Bruder einmal sehr großzügig mit ihr umgegangen, dafür musste sie sich erkenntlich zeigen, indem sie sich auf ihn freute. Blieb nur zu hoffen, dass Mike Reinert nicht ebenfalls in Venedig auftauchte. Das fehlte noch! Judy konnte Sänger, die sich nicht von *Künstler-Fuchs* vertreten ließen, nicht leiden. Erst recht nicht, wenn sie erfolgreich waren. Dazu kam, dass Mike Reinert sie damals oft so fragend angesehen hatte. Misstrauisch sogar! Judy hatte immer das Gefühl gehabt, er wolle ihr etwas vorwerfen, traue sich aber nicht. Oder er unterließ es Cyrill zuliebe. Sie war Mike Reinert in den letzten Jahren gelegentlich begegnet, das ließ sich ja nicht vermeiden, wenn man in derselben Branche unterwegs war, aber den Eindruck, dass er mit ihr ein Hühnchen rupfen wollte, hatte sie nie verloren.

Sie griff sich in die kurzen Haare, als wollte sie kontrollieren, ob sie noch da waren, lehnte sich zurück, schloss die Augen und legte die Hände auf ihren flachen Bauch, der zurzeit noch flacher war als sonst, weil sie zwei Tage nichts anderes als Tee herunterbekommen hatte. Am Morgen dann hatte sie endlich Appetit auf eine Scheibe Knäckebrot bekommen und Mut gefasst. Erst als diese ihren Körper auf normalem Wege passierte, hatte sie ihre Zugfahrkarte bestellt. Stolz auf ein Ergebnis, das viel Selbstdisziplin erfordert hatte, so schien es, strich sie immer wieder über ihren Bauch. In Augenblicken wie diesem hatte sie Freude daran, ihre spitzen Hüftknochen zwischen Daumen und Zeigefinger zu nehmen und sich zu sagen, dass die meisten Frauen in ihrem Alter erst merkten, wo ihre Hüftknochen waren, wenn sie ihnen wehtaten. Außerdem hatte sie Freude an ihrer Louis-Vuitton-Tasche, dem Gucci-Gürtel und ihren Prada-Schuhen, sogar an dem Revolver in ihrer Tasche, der nicht nötig wäre, wenn sie zu den armen Kirchenmäusen zählte. Sie zeigte gerne, dass sie reich war. Wenn auch erst seit gut zehn Jahren. Seit Leander tot war …

Ärgerlich setzte sie sich aufrecht hin. Der Gedanke an Leander kam zur unrechten Zeit. Sie dachte niemals gern an ihn, in diesen Tagen aber noch weniger. Dann fiel ihr jedes Mal ein, dass sie nicht nur Vorfreude empfand, wenn sie an

Venedig dachte und an die Menschen, die dort auf sie warteten, sondern auch … Unsicherheit. War das der richtige Ausdruck für ihr Gefühl? Für dieses Rumoren in der Körpermitte, das garantiert nicht von ihrem in Unordnung geratenen Magen-Darm-Trakt kam? Sie wusste es nicht und verbot sich, darüber nachzugrübeln.

Was Cyrill für Gesang hielt, war objektiv nichts als Geschrei. Der Versuch, den Namen seiner Schwester zu singen, in den Tönen, die der Geiger vorgab, war grausam. Maria fuhr herum und starrte entsetzt auf den Mann im weiten schwarzen Mantel, der die rechte Hand aufs Herz gelegt und den linken Arm weit von sich gestreckt hatte. Ein verhinderter Opernsänger, dem lediglich die Pose gut gelungen war. Tief holte er Luft, um zum nächsten »Maria« anzusetzen, aber zum Glück war Adrian schneller. Während Maria entsetzt zu dem Geiger auf der anderen Seite der Tischreihe blickte und nicht wusste, was sie tun sollte, sprang Adrian auf. Er stürzte sich auf Cyrill, der darüber dermaßen erschrak, dass er seinen nächsten Einsatz verpasste. Gottlob! Adrian näherte sich ihm mit erhobener Hand, als wolle er ihm den Mund zuhalten, und Maria war ziemlich sicher, dass er genau das vorhatte. Aber zum Glück war es nicht nötig. Cyrill schloss den Mund freiwillig und grinste breit.

»Du möchtest mich vom Fleck weg engagieren? Tut mir leid, ich singe nur für meine Schwester.«

Marias entgeisterten Blick interpretierte er falsch. Lachend zog er sie vom Stuhl hoch, drückte sie so lange an sich, bis sie sich energisch von ihm löste, und sah amüsiert zu, wie sie einen Spiegel aus ihrer Handtasche holte, um sich ihre Wimperntusche von den Wangen zu wischen. Eine Umarmung von Cyrill zog immer eine Rundumerneuerung nach sich. Maria hatte sich schon oft vorgenommen, es ihm einmal heimzuzahlen und ihn so lange zu herzen, bis ihm der Terrakottapuder auf die Hemdbrust rieselte. Er würde einen hysterischen Anfall bekommen, während er bei seiner Schwester nur lachte, wenn er ihr Äußeres derangierte.

»Ich dachte mir, dass ich euch hier treffe. Jeder Venedigbesucher geht zuerst zum Markusplatz.« Er breitete die Arme aus, als wollte er Marias Make-up ein weiteres Mal in Gefahr bringen. »Freust du dich gar nicht, deinen kleinen Bruder zu sehen?«

Maria versicherte, dass ihre Freude grenzenlos sei, hatte aber Mühe, ihren Blick von dem Geiger zu lösen, der glücklicherweise keine Augen für seine Zuhörer hatte, nichts von seiner Umgebung wahrzunehmen schien und sich entweder ganz auf sein Spiel konzentrierte, oder alles tat, um mit der Musik allein zu bleiben, sich wenigstens einreden zu können, mit ihr allein zu sein. Himmel, warum musste Cyrill auf dem Markusplatz erscheinen? Und warum ausgerechnet in diesem Moment? Was sollte sie tun? Wie konnte sie ihn von dem Geiger ablenken? Adrian schien zu diesen Fragen auch nichts einzufallen. Er starrte Cyrill an, als wäre mit Hypnose zu erreichen, dass er den Geiger nicht zur Kenntnis nahm. Maria rückte den Stuhl ihres Bruders so zurecht, dass er dem Geiger den Rücken zuwandte, aber Cyrill drehte ihn zurück, ehe er sich setzte.

Mit beiden Händen wedelte er den Kellner herbei, machte mit Schmelz in der Stimme deutlich, dass er ihn für ein schnuckeliges Kerlchen hielt, und bestellte einen Espresso Macchiato. Als der Kellner sich abwandte, der seine nonverbalen Äußerungen zum Glück nicht verstanden hatte, schoss in Maria die Sorge hoch, Cyrill könnte ihm die Kehrseite tätscheln. Sie war dankbar, dass ihr Bruder es bei einem langen Blick auf ebendieses Körperteil bewenden ließ.

»Der Geiger hat was drauf«, sagte er, ohne ihn eines Blickes zu würdigen. »Das *Ave Maria* hat genau den richtigen Ausdruck. Leander spielte es viel zu gefühlvoll.«

Maria vermochte nicht zu sagen, ob er spürte, wie heftig sie erschrak, als er Leanders Namen aussprach. Und auch Adrian zuckte zusammen. Maria sah ihren Bruder nicht an, um nicht in seinen Augen zu lesen, was er empfand und ob er sie durchschaute. Leanders Name war ja lange nicht mehr gefallen. Viele Jahre nicht.

Aber er schien zu lauern, dieser Name, versteckte sich hinter den Menschen, die an den Tischen des Cafés vorbeigingen, blitzte auf, wenn der Blick auf den Geiger frei war, und schien umso deutlicher zu werden, je weniger sie alle drei auf den Geiger achteten. Maria drehte ihm ostentativ den Rücken zu, Adrian machte es genauso, nur Cyrill hätte ihn im Blick haben können, schaute jedoch in eine andere Richtung. Absichtlich? Maria beobachtete ihren Bruder heimlich. Wollte er zeigen, dass ihm der Geiger egal war? Diese Demonstration würde bedeuten, dass er sehr wohl an ihm interessiert war, dass er sah, was auch Maria gesehen hatte, dass er aber gleichzeitig zurückwies, was Adrian nicht sehen wollte. Aber dann … dann spielte der Geiger wieder *Venezianische Liebe*. Und das veränderte alles …

KATASTROPHE AUF DEM GELÄNDE DES MODESCHÖPFERS CYRILL BULLER!

Hamburg, 06.12.2004.
Wie aus gut unterrichteten Kreisen zu erfahren war, hat sich im Park der Villa, die Cyrill Buller seit einem Jahr bewohnt, ein tragischer Unfall ereignet. Die fünf scharfen Wachhunde, mit denen der Modeschöpfer sein Eigentum sichert und unerwünschte Eindringlinge fernhält, waren versehentlich nicht in ihrem Zwinger eingeschlossen worden. Der bekannte Geiger Leander Emerick und seine Frau und Managerin Judith Emerick hielten sich zu der Zeit als Gäste im Garten des Modeschöpfers auf und wurden von den Hunden angegriffen. Über ihre Verletzungen ist noch nichts bekannt.
Cyrill Buller steht unter Schock. Seine Mitarbeiter teilten mit, dass er zu keiner Stellungnahme bereit sei.

Cyrill sprang so plötzlich auf, dass Maria unfähig war zu reagieren. Sie erschrak heftig, wollte etwas sagen, wollte ihn zurückhalten, weil sie schlagartig begriff, was ihn in die Höhe getrieben hatte.

»Das ist er«, keuchte Cyrill. »Er ist es wirklich! Dieser Mistkerl! Jetzt packe ich ihn mir.«

Die Entfernung zu der Stelle, an der der Geiger stand, betrug ungefähr zwanzig Schritte und bot einen schwierigen Parcours, an Tischen vorbei, die nicht mehr in der Flucht standen, und Stühlen, die herausgerückt waren und zum Slalom zwangen. Cyrill, der dick war und kurze Beine hatte, benötigte für eine solche Strecke mindestens vierzig Schritte und hatte überdies seine liebe Mühe, die vielen Engpässe zu überwinden. Noch dazu sorgte die Erregung dafür, dass er stolperte, sich am Ärmel eines Mannes festhielt, der darüber nicht erfreut war, und viel Zeit verlor, als er sich bei dem Mann entschuldigte, wie es seine Art war, auch in diesem emotionsgeladenen Moment: mit viel Trara, großen Gesten, überflüssigen Worten, überzogener Freundlichkeit und der Bereitschaft, schon im nächsten Augenblick eine Autogrammkarte zu zücken. Darauf wurde der Geiger aufmerksam und blickte in diesem Moment von den Saiten seines Instrumentes auf. Der nächste Ton verrutschte, der übernächste kreischte. Als Cyrill mit wehendem schwarzem Mantel auf ihn zuhielt, ließ er die Geige sinken, öffnete den Mund, als wollte er um Hilfe rufen, wirbelte dann herum und lief davon.

Er war nicht viel besser zu Fuß als Cyrill, weil er augenscheinlich schnelles Laufen nicht gewöhnt war. Er steigerte sein Tempo nur allmählich, blickte zurück, um sich zu vergewissern, ob es wirklich Sinn machte davonzulaufen, wurde dann, als er Cyrill sah, geringfügig schneller und verschwand schließlich unter dem Torbogen des Torre dell'Orologio. Dahinter dehnten sich die Mercerie aus, mehrere lange, aber enge und unübersichtliche Einkaufsstraßen, in denen er schnell würde verschwinden können.

Aber Cyrill blieb ihm auf den Fersen. Wäre er ein professioneller Läufer gewesen, hätte man jetzt davon gesprochen, dass er zu seinem Laufrhythmus gefunden hatte. Er rannte auf den Torbogen zu und wurde im Nu von ihm verschluckt.

»Nein«, flüsterte Maria. »Nein.«

Sie sprang auf, riss sich die High Heels von den Füßen und rannte ebenfalls los. Adrian folgte ihr zunächst, griff sich dann aber ans Knie und blieb zurück, um die Rechnung zu bezahlen. Schon bei den ersten Schritten Marias hatte der Kellner aufgemerkt, der es womöglich gewöhnt war, dass jemand angesichts der gepfefferten Preise die Flucht ergriff.

Maria rannte wie der Teufel, jedenfalls wie ein Teufel, der sich lange nicht mehr derart schnell bewegt hatte, der in die Jahre gekommen war und an Gewicht zugelegt hatte. Sie stieß beiseite, wer sich ihr in den Weg stellte, umrundete, was sich nicht wegdrängen ließ, achtete nicht auf spitze Steine und flatternde Tauben. Sie war schnell, schneller als Cyrill. Im Nu hatte sie den Torbogen erreicht und sah ihren Bruder zaudernd auf den Mercerie stehen, wie er nach rechts und links blickte und sich von den Passanten hierhin und dorthin schieben ließ. Er hatte den Geiger verloren, so viel stand fest. Dann aber, ehe Maria ihn erreichte, lief er in eine winzige Gasse, die links abzweigte, parallel zu den Arkadengängen, die Calle dei Baloni. Maria war sofort die Idee gekommen, dass der Geiger dort verschwunden sein könnte. Eine Flucht auf der belebten Einkaufsstraße war viel zu schwierig. Der einzige Vorteil war, dass er von den Menschenmassen verschluckt werden konnte. Aber zu Leander passte es nicht, sich rücksichtslos durchzudrängen, er würde eher einen Fleck suchen, wo er allein war. Er würde sich nicht in der Masse schützen, sondern in der Isolierung.

Maria zögerte, hielt Abstand zu ihrem Bruder, der sie noch nicht wahrgenommen hatte. Sie wollte nicht dabei sein, wenn er Leander fand, wollte dann nicht an seiner Seite stehen. Nein, auf keinen Fall!

Sie trat hinter einen Mauervorsprung zurück, als sie sah, dass Cyrill in die Calle dei Baloni einbog, dann erst folgte sie ihm. Er passierte soeben einen winzigen Abzweig, einen niedrigen Durchgang, in dem sich, kaum dass Cyrill vorbei war, ein Geigenhals zeigte. Ganz kurz! Wie ein Aufblitzen! Dann war er verschwunden. Als Cyrill am Ende der Calle angelangt war und feststellte, dass sie an einem Kanal endete, dem Rio delle Procuratie, war nichts mehr von diesem verräterischen Bild zu sehen. Cyrill ging in den Fotoladen, als wollte er sich dort nach Leander erkundigen, kam aber schnell wieder heraus. Er wischte sich den Schweiß von der Stirn und schien sich nicht zu wundern, als er merkte, dass seine Schwester ihm gefolgt war. »Hast du ihn gesehen?«

Maria zögerte nicht und wies nach hinten. »Ich glaube, er ist auf der anderen Seite der Mercerie in die Gasse gelaufen. Rechts ab!«

Cyrill machte kehrt und lief zurück, ohne darauf zu achten, ob sie ihm folgte. Als er nicht mehr zu sehen war, machte Maria ein paar Schritte auf den Durchlass zu. Der düstere Gang hatte sogar eine Bezeichnung: Corte dei Baloni. Er führte auf einen winzigen Platz mit einem kleinen Torbogen, hinter dem sich das Wasser des Kanals zeigte. Links und rechts befand sich je ein Hauseingang. Neben dem rechten war das Schild eines Architekten angebracht, das Haus sah gut renoviert aus, besaß eine gepflegte Eingangstür. Das andere hatte im Erdgeschoss auf der linken Seite vergitterte Fenster, dahinter waren Farbutensilien zu sehen, Reinigungsmittel, Sprühdosen mit Lack. Auch auf der rechten Seite der Haustür war das Fenster vergittert, aber dahinter gab es eine Gardine, schneeweiß, sorgfältig in Falten gelegt.

Maria lehnte sich an die Hausecke, schloss die Augen und konzentrierte sich auf ihren Herzschlag. Sie war viel zu schnell gelaufen und hatte gerade erkennen müssen, dass sie für eine Verfolgung zu untrainiert, zu unbeweglich, schlichtweg zu alt war. Genau wie Cyrill. Und der Geiger? Der hatte das Gelingen seiner Flucht nicht seiner Fitness, sondern seiner Ortskenntnis zu verdanken. Hinter einer dieser beiden Türen musste er verschwunden sein.

Als sie sich von der Hauswand lösen wollte, hörte sie das Knarren des Fenstergriffs. Die Gardine bewegte sich, eine

Hand war zu sehen. Maria wagte nicht, sich zu bewegen, als sie eine Frauenstimme hörte: »Nichts zu sehen.«

In diesem Augenblick waren erneut Schritte zu hören. Schnell lief Maria durch den Gang zurück auf die Calle dei Baloni. Dort stand Cyrill, schwer atmend, mit hängendem Kopf, schweißgebadet, deprimiert.

Als er seine Schwester erkannte, wurden seine Lebensgeister wieder geweckt. Nun entdeckte er auch den Durchgang. »Dort?«

Maria schüttelte den Kopf. »Eine verlassene Werkstatt, mehr nicht. Ich habe dir doch gesagt, wo er abgebogen ist.«

»Was machst du dann noch hier?«

»Ich konnte nicht mehr weiter.« Maria bemühte sich um ein Lächeln. »Ich habe gerade eingesehen, dass ich mal wieder joggen gehen sollte.«

Cyrill griff nach ihrem Arm und drehte sie in die Richtung, aus der sie gekommen waren. »Du hast ihn auch erkannt?«

Maria entschloss sich, den Kopf zu schütteln. »Leander Emerick ist tot. Du bist auf eine Ähnlichkeit reingefallen. Er spielt *Venezianische Liebe* so gut wie Leander. Das ist schon alles.«

»Warum ist er dann geflohen?«

»Kannst du dir nicht vorstellen, dass man Angst bekommt, wenn du auf einen losgehst? Dein schwarzer Mantel wirkt wie der Umhang des Sensenmannes.«

Cyrill schritt auf das grelle Licht des Markusplatzes zu, auf die Wärme, die ihnen entgegenkam. »Er war es! Jede Wette!«

Maria hatte Mühe, ihm zu folgen. »Unmöglich, Cyrill!« Sie zog sich ihre High Heels wieder an und wunderte sich, dass ihre bloßen Füße ohne Verletzungen geblieben waren.

Adrian kam ihnen entgegen, sah ihnen fragend ins Gesicht und entdeckte darin die Feststellung, dass der Geiger entkommen war. »Leander ist tot«, sagte er begütigend. »Da war eine gewisse Ähnlichkeit, stimmt. Eigentlich aber war es nur die Art, wie er *Venezianische Liebe* spielte. So wie Leander …«

Maria sah ihm an, dass er nicht die Wahrheit sagte. Auch er fragte sich, warum der Geiger weggelaufen war. Adrian, der kurz vorher noch gezweifelt hatte, war nun so sicher wie Cyrill. Aber er gab es nicht zu. Warum nicht?

›Maaamaaaa!‹ Siebenmal das A. Amelies Anliegen wurden dringlicher. ›Hast du schon mit dem Pfarrer gesprochen? Er muss mit dem Organisten reden. Sandro will unbedingt, dass er das *Ave Maria* spielt, während wir uns die Ringe anstecken.‹ Wie immer hatte Amelie ihre Nachricht mit roten Herzchen und runden Gesichtern abgeschlossen, die Luftküsse verschickten.

Maria lächelte, spitzte die Lippen für einen Luftkuss, den Amelie nicht sehen konnte, dann drehte sie sich auf die Seite. Den Termin mit dem Pfarrer hatte sie am späten Vormittag, kurz bevor die Kirchentür für eine Mittagsandacht geöffnet werden sollte. Zeit genug, um auszuschlafen. Sie hatte es weiß Gott nötig. Die Nacht war kurz gewesen und der vergangene Abend feuchtfröhlich. Vor allem feucht.

Judy hatte nach ihrer Ankunft nur einen kurzen Blick in den Kühlschrank geworfen, nichts von dem gerade überstandenen Magen-Darm-Infekt hören wollen, befunden, dass die Weinvorräte bei Weitem nicht ausreichten, und war in die Trattoria *Luce della Laguna* gegangen, um Giovanni zu überreden, ihr ein paar Flaschen seines Hausweins zu überlassen. Maria hatte ihr nachgeblickt und war von ihrer Miene, als sie sich an der Tür umdrehte, übertölpelt worden. Judys Gesicht war anders als sonst, nicht so scharf gezeichnet, nicht mit so ruhelosen Augen, die von einem zum anderen hetzten, nicht mit dem strengen Mund, der sogar noch verkniffen wirkte, wenn Judy lachte. Diesmal war es nur ein kleines Lächeln, aber es sah bei Weitem nicht so freudlos aus wie ihr lautes Lachen mit weit geöffnetem Mund, das selten wahre Freude ausdrückte. Ihre Augen blickten sanft, die Wangenpartie war weich. Maria fragte sich, was diese Veränderung bewirkt hatte. Als sich die Tür hinter Judy schloss, ging es ihr auf. Maria öffnete wie sie die Lippen leicht, spürte die Mundwinkel, aber nicht die Kraft, die sie auf die Wangen ausübten, und stellte den Blick nach, den Judy zurückgeworfen hatte, ganz ohne Kontrolle und Wachsamkeit. Danach wusste sie, was Judy verändert hatte. Sie war glücklich, dass es eine Familie gab. Keine richtige, echte Familie, aber eine Gruppe von Menschen, die zu ihr gehörten. Wenigstens für ein paar Tage. Maria hatte nicht gewusst, wie einsam Judy war, in diesem Augenblick wurde es ihr klar. Und sie bekam eine Bestätigung, als sie Judy in ihre Wohnung begleitete, um ihr beim Auspacken zu helfen. Als Erstes holte Judy eine gefährlich aussehende Waffe aus der Tasche und legte sie neben ihr Bett.

»Was ist das denn?« Maria war total entgeistert.

»Der Nachteil, wenn man zu den Besserverdienenden gehört«, antwortete Judy lapidar. »Man weiß nie, wann und wo ein Erpresser oder Kidnapper lauert.«

Maria zog die Bettdecke bis zu den Ohren und lauschte auf das Rufen eines Gondoliere, auf den Gesang eines anderen und auf das Knattern eines Bootsmotors, der die Romantik zunichtemachte. Als es sich entfernte, blieb es draußen zwar trotzdem lärmend, aber Maria hatte dennoch das Gefühl, in ein Tal der Ruhe zu sinken. Der Dämmerschlaf kam zurück und mit ihm weitere Erinnerungen …

Judy war erst sehr spät eingetroffen. Völlig entnervt natürlich, weil die Deutsche Bahn sich nicht um ihre Sonderwünsche geschert und es nicht einmal fertiggebracht hatte, für saubere Toiletten, ein akzeptables Speisenangebot und angenehme Mitreisende zu sorgen. Bis zu ihrer Ankunft hatte

Maria mit Cyrill und Adrian an dem großen Esstisch in ihrer Wohnung gesessen und Erinnerungen auferstehen lassen, um sie, kaum dass sie über den Rand des Vergessens lugten, zurückzustoßen ins Abgelebte.

Cyrill war nicht davon abzubringen gewesen, dass er Leander Emerick gesehen hatte. »Dieses Schwein! Aber den werde ich erwischen. Kann ich ihm also doch noch heimzahlen, was er mir damals angetan hat! Ich bleibe so lange in Venedig, bis ich ihn habe!«

Maria sagte es zum wiederholten Male: »Es war nicht Leander. Es kann nicht Leander gewesen sein. Leander ist tot!«

Cyrill warf sich vornüber auf den Tisch, ohne Rücksicht auf die Rotweingläser. »Seine Leiche ist nie gefunden worden«, stöhnte er auf die Tischplatte.

»Aber es ist erwiesen, dass er sich zu dem Zeitpunkt, als der Tsunami auf Thailand zurollte, in Khao Lak befunden hat.«

»Dann hat er sich eben in Sicherheit bringen können.« Cyrill richtete sich wieder auf und warf sich gegen die Rückenlehne seines Stuhls. »So was kann er doch, unser Leander. Es würde mich nicht wundern, wenn er einen anderen vom Baum gestoßen hat, damit er selbst genug Platz hatte, um sich an einem Ast festzuklammern. Und dann hat er sich retten lassen und ist in dem ganzen Chaos verschwunden.«

»Warum hätte er das tun sollen?«, fragte Maria, obwohl sie wusste, wie Cyrill auf diese Frage reagieren würde.

»Damit Judy ihn nicht mehr suchen und zur Rechenschaft ziehen konnte. Und ich auch nicht! Leander ist immer weggelaufen, wenn's ernst wurde.«

Maria musste zugeben, dass Cyrills Verdacht seine Berechtigung hatte. Und wenn es stimmte, was er vermutete, war es nur folgerichtig, dass Leander sich nach Venedig abgesetzt hatte.

Als ahnte er die Gedanken seiner Schwester, fuhr Cyrill schon fort: »Er leidet unter Agyrophobie. Was liegt für ihn näher als eine Zukunft in Venedig?« Immer wieder warf er sich gegen die Rückenlehne seines Stuhls. In dem Rhythmus, in dem er redete. »Angst, verkehrsreiche Straßen zu überqueren! Was war das für ein Theater, mit Leander über den Gänsemarkt zu gehen! Man musste ihn an die Hand nehmen!« Er sah aus, als wollte er ausspucken, unterließ es aber zum Glück, griff stattdessen zu seiner Augencreme und drückte einen kleinen Schnörkel auf seinen ausgestreckten Zeigefinger. »Der war wirklich zu nichts zu gebrauchen. Nur Geige spielen, das konnte er!« Mit sehr lauter Stimme korrigierte er: »Das kann er.« Bebend vor Erregung tupfte er die Creme in seine äußeren Augenwinkel.

Cyrill blieb dabei, dass der Geiger seine Identität verraten hatte, indem er geflohen war. Adrians Worte konnten da nichts bewirken. »Wenn jemand so drohend auf mich zugelaufen käme, würde ich auch abhauen.«

Adrian wich Marias Blick aus, während sie ihn betrachtete, seine markanten Züge, die mittlerweile tiefen Falten auf der Stirn und der Nasenwurzel, die hellgrauen Augen, die er nun niedergeschlagen hatte, als wollte er niemanden erkennen lassen, was er dachte.

»Was würdest du tun, wenn der Geiger wirklich Leander wäre?«, fragte Adrian. »Wenn du es beweisen könntest?«

Aber bevor Cyrill antworten konnte, klingelte es an der Tür. Judy! Und wie auf ein verabredetes Zeichen hin hatte keiner mehr ein Wort über Leander verloren.

Judy war in dieses Trio geplatzt, so laut und stark, als hätte es nie einen Magen-Darm-Infekt gegeben, hatte sich in die Tischrunde geworfen, sie mit ihren Umarmungen, ihrem Bussi-Bussi aufgescheucht und als Erstes alles neu organisiert. Nicht genug Wein! Keine Appetithäppchen! Keine Espressotassen! Eine Beleuchtung, in der ihr Teint fahl wirkte!

In einer Ecke zu viel Licht, in einer anderen zu wenig. Gläseruntersetzer aus Keramik, deren Klack-klack Judy unmöglich einen ganzen Abend ertragen konnte!

In ihre eigene Wohnung im Erdgeschoss hatte sie nur einen kurzen Blick geworfen, ihren Koffer hineingestellt und Wein bei Giovanni besorgt, dessen Antipasti-Theke geleert und sich von ihm sechs Espressotassen geliehen. Als hätte sie Angst, dass Maria, Cyrill und Adrian zu Bett gehen könnten, wenn es nichts gab, was sie daran hinderte.

»Die Deutsche Bahn! Ihr glaubt es nicht! Wenn ich doch bloß nicht diese Flugangst hätte!«

Der Abend war mit Judys Erzählungen über schnarchende Fahrgäste, unfähige Schaffner, schreiende Kleinkinder und der Behauptung vorübergegangen, dass die Deutsche Bahn nur von Judy Emerick organisiert werden müsse, damit sie funktionierte. So etwas machte müde. Als Judy endlich auf den eigentlichen Zweck der Reise, Amelies Hochzeit, zu sprechen kam, hatte Maria darum gebeten, das Organisationsteam für dieses Projekt erst am nächsten Tag zusammenzustellen.

Sie spürte, dass sie nicht wieder einschlafen würde. Nicht nur Judys Aktionismus, schon allein der Gedanke an sie nahm Maria jede Ruhe. Cyrill war bereits eine halbe Stunde nach ihrem Erscheinen nur noch ein Schatten seiner selbst gewesen, schläfrig geredet, in Müdigkeit gehetzt, und Adrian hatte sich ständig über die Augen gewischt, als schaffte er es nicht, Judys schnellen Bewegungen zu folgen. Und wie das so war, wenn einer ständig redete und die anderen nicht dazu kamen, etwas beizutragen … sie tranken zu viel und waren im Nu benebelt, während Judy nur dazu gekommen war, ein paarmal an ihrem Glas zu nippen.

Maria stand auf und lauschte ins Haus. Alles war ruhig. In den beiden Erdgeschosswohnungen, wo Judy und Cyrill wohnten, war es still, über ihr in Adrians Wohnung waren auch keine Schritte zu hören. Ob sie noch vor dem Frühstück in die Corte dei Baloni gehen und an die Tür der Erdgeschosswohnung klopfen sollte? Sie musste Leander warnen. Unbedingt! Warum? Sie schüttelte die Frage ab. Das spielte jetzt keine Rolle.

Mike Reinert war das, was man einen schönen Mann nannte. Aber wie das so ist mit schönen Männern … sie haben immer einen Haken. Den hatte auch Mike Reinert. Aber kaum jemand kannte ihn, und das war gut so. Auf keinen Fall durfte ein Mensch etwas von diesem Geheimnis erfahren. Seine Karriere wäre am Ende, sein Ruf dahin, die Bewunderung, die man ihm entgegenbrachte, würde sich schlagartig ins Gegenteil verkehren. Das wollte er nicht riskieren, unter gar keinen Umständen. Dazu liebte er sein Leben zu sehr, dieses Leben als Star …

Seine Frau Dörte war ebenfalls attraktiv, jedoch auf eine schlichte, sogar biedere Weise, die Mike gefiel. Dörte liebte er ebenfalls, wenn auch anders, als sie es erwartete. Ob er von ihr auch geliebt wurde, fragte er sich manchmal, ohne eine befriedigende Antwort zu finden. Bei längerer Überlegung kam er immer wieder zu dem Punkt, dass sie wohl vor allem das Leben an seiner Seite liebte. Und natürlich die Kinder, die finanzielle Sorglosigkeit, den Neid ihrer Geschlechtsgenossinnen, die Bewunderung ihrer Anverwandten, weil sie es als Einzige ihrer Familie geschafft hatte, etwas aus ihrem Leben zu machen, indem sie den richtigen Mann heiratete.

Mike fand es praktisch, dass es auf seine Anwesenheit zu Hause nicht ankam. Die Kinder waren es gewöhnt, dass er ständig unterwegs war, und Dörte war manchmal derart überrascht, wenn er in der Tür stand, dass es schien, als hätte sie ihren Gatten zwischenzeitlich vergessen. Mike war das recht. Was immer er vorbrachte, um nicht zu Hause sein zu müssen, Dörte akzeptierte es und hinterfragte keine seiner vielen, manchmal sehr fadenscheinigen Begründungen. Oft dachte er sogar an die Möglichkeit, dass sie ihn betrog, dass sie alles, was er ihr geben sollte, von einem anderen bekam. Mike kannte ihre Wünsche ja. Wenn er sich auch nicht in der Lage sah, sie zu erfüllen. Er hatte schon einmal daran gedacht, einen Detektiv zu beauftragen, um Dörte der Untreue zu überführen, dann hätte er einen Scheidungsgrund, der ihn erst recht zum Liebling aller Frauen machen würde. Aber wenn er daran dachte, was er von seinen Verehrerinnen zu erwarten hatte, wenn sie ihn auf dem Heiratsmarkt vermuteten, gab er den Gedanken schnell wieder auf. Nein, alles sollte so bleiben, wie es war, so war es am einfachsten. Er musste nur aufpassen. Höllisch aufpassen! Am meisten auf Cyrill.

Das Konzert war ein voller Erfolg gewesen. Seine Managerin hatte dafür gesorgt, dass seine Fans, vornehmlich Frauen zwischen Mitte dreißig und Ende fünfzig, am Bühneneingang darauf warteten, von ihm ein Autogramm aufs nackte Dekolleté zu bekommen, während er selbst durch den Verwaltungstrakt des Konzerthauses geschlichen war. Dort hatte seine Managerin zuvor in einem Spind eine Perücke verstaut, blond und kinnlang, eine schrecklich altmodische Bundfaltenhose und einen Seidenblouson, der einfach unterirdisch war. Seine Managerin hatte ihm noch ein Herrenhandtäschchen à la Horst Schlemmer verpassen wollen, aber das war Mike dann doch zu viel gewesen. So weit wollte er es nicht treiben. Nur nicht auffallen, auch nicht als jemand, dem keine Frau einen zweiten Blick gönnen würde.

Schnell war er in diese grauenhafte Verkleidung geschlüpft

und in das Taxi gestiegen, das vor dem Ausgang auf ihn gewartet hatte und ihn ins Flughafenhotel brachte. Am nächsten Morgen würde sein Flug nach Venedig gehen. Auf seinem Ticket stand sein echter Name. Heiner Liesegang. Es wusste ja niemand, wie er wirklich hieß.

Als Mike Reinert erwachte, frisch und munter, rief er seine Frau an, erzählte ihr von dem erfolgreichen Konzert und von seinem Plan, drei oder vier Tage im Bayerischen Wald auszuspannen, seinen PR-Berater zu treffen und sich Gedanken über sein nächstes Album zu machen. Übers Handy könne sie ihn natürlich jederzeit erreichen, das betonte er ausdrücklich. Er war sicher, dass sie schon im nächsten Augenblick nicht mehr wusste, dass er vom Bayerischen Wald gesprochen hatte, und dass sie sowieso immer auf dem Handy anrief, war praktisch. Sie verlangte nie, dass er ihr eine Festnetznummer gab, wenn er behauptete, er habe im Tonstudio zu tun oder wolle zwei, drei Tage mit seinem Management zusammensitzen, um irgendeine neue Strategie zu entwickeln.

Als er auflegte, wurde ihm klar, dass Dörte nicht einmal gefragt hatte, in welchem Hotel im Bayerischen Wald er abgestiegen war. Ein wenig gekränkt war er nun doch, so praktisch Dörtes Gleichgültigkeit auch war.

Cyrill sah am nächsten Morgen durch die Menschen, die ihn umgaben, hindurch. Sein Blick war zwar freundlich, aber er lächelte die anderen an wie putzige Kätzchen, die auf einem Fenstersims in der Sonne saßen. Maria probierte diesen in die Ferne gerichteten Blick aus, verzog die Mundwinkel zu einem winzigen, völlig unverbindlichen Lächeln und spürte prompt, was in Cyrill vorging: Er sah seinem Glück entgegen und sah dabei nichts anderes. Wohin er auch blickte, dahinter und darüber stand die Freude auf Mikes Ankunft. Er hatte sich sehr bewusst gekleidet an diesem Tag, trug ein weit geschnittenes weißes Leinenhemd über einer ebenfalls weiten schwarzen Hose, dazu schwarze Lackschuhe mit weißen Schnallen und eine Halskette aus schwarzen Perlen, an der ein riesiges silbernes Kreuz hing. Er roch so stark nach Dior Sauvage, dass Giovanni den Ventilator anstellte, als Maria mit ihrem Bruder zum Frühstücken ins *Luce della Laguna* kam. Cyrill, der es liebte, wenn die Welt sich um ihn drehte, bedankte sich überschwänglich bei Giovanni, als hätte dieser ihm angeboten, ihm persönlich mit einem Palmwedel Luft zuzufächeln.

Adrian erschien kurz darauf, auch er mit einem weißen Hemd und einer schwarzen Hose, aber beides schmal geschnitten, unauffällig, klassisch. Um den Hemdkragen hatte er ein rotes Seidentuch mit schwarzen und weißen Tupfen gelegt. Ein Abenteurer, der am Tag zuvor noch in einem Einbaum den Amazonas überquert hatte und über Nacht zum Gentleman geworden war. Seine Miene war versonnen, als hätte er lange über etwas nachgedacht und wäre zu einem erstaunlichen Ergebnis gekommen. Maria fragte sich, was es sein mochte, setzte denselben nachdenklichen Blick auf und betrachtete ihre Umgebung wie in einem Museum ein imposantes Gemälde. Sie war sich dennoch nicht ganz sicher, wie Adrian sich fühlte, glaubte aber, dass er nach dem Aufstehen noch nicht mit Gundula telefoniert hatte. Ein Gespräch mit ihr katapultierte ihn jedes Mal in die Realität zurück, in der es um Zahnarzttermine, gute oder schlechte Friseure und Straßenbauarbeiten auf dem Weg zur Arbeit ging. Eine Fahrt im Einbaum passte nicht in dieses Leben.

Judy erschien als Letzte und sorgte nach ihrem Eintreffen erst mal dafür, dass die Tische und Stühle in der Trattoria praktischer angeordnet wurden, sodass sich Giovanni nicht mehr mit hoch erhobenen Armen, über den Köpfen jonglierenden Tellern und zappelnden Hüften durch die Tischreihen drehen und wenden und mit seinem Unterleib dafür sorgen musste, dass nichts im Wege war. Nun hatte er einen schnurgeraden Gang von der Theke bis zur Eingangstür, sah aber nicht so aus, als wäre er besonders glücklich darüber.

»*Buongiorno!*«, jubelte Judy und riss Mund und Augen weit auf, als wollte sie alles auf einmal sehen und allzeit zum Lächeln bereit sein. Maria machte es wie sie, riss erst die Augen und dann den Mund auf, und spürte, dass Judy nicht glücklich war, aber unbedingt glücklich sein wollte. Was immer sich bieten würde, um dieses Ziel zu erreichen, würde sie sehen und ausgiebig belachen. Sie trug weiße Jeans in Größe 34, oder eher 32, und ein rosa Shirt mit Spitzenärmeln. Ihre Haut, die schon einige Altersfalten zeigte, war mit einer dicken Puderschicht bedeckt, als hätte Judy nach dem Aufstehen das Bedürfnis verspürt, alles zuzudecken, was sie nach Venedig begleitet hatte, obwohl es eigentlich in München bleiben sollte.

Während sie an ihrem Espresso nippte und an einem Keks knabberte, erwähnte Maria die letzte WhatsApp von Amelie. »Ich habe um elf einen Termin mit dem Pfarrer.«

»Lass mich das machen«, bat Judy. »Ich kann gut mit Gottesmännern«, behauptete sie und lachte so lange, bis alle eingestimmt hatten. »Wenn meine Patentochter das *Ave Maria* beim Ringwechsel haben will, dann bekommt sie es.«

Schon zog sie ihr Smartphone hervor, klickte sich in die Hochzeitsgruppe auf WhatsApp, tippte einen erhobenen Daumen ein und verschickte ihn. »Alles klar«, sagte sie zufrieden und bestellte einen weiteren Espresso.

Maria hätte gern protestiert, unterließ es aber, weil ihr die Aussicht gefiel, ein paar Stunden von Judys Aktionismus befreit zu sein. Sie würde eine Weile allein sein, die Gelegenheit war also günstig. Cyrill würde schon bald zum Flughafen fahren, um Mike in Empfang zu nehmen. Und Adrian …?

»Ich werde einen Spaziergang machen«, sagte er und sah Maria an. »Kommst du mit?«

Sie wehrte ab. »Ich will noch mal die Tischordnung durchgehen. Und dann werde ich dem Hotel einen Besuch abstatten und mir den Saal zeigen lassen. Da wird heute Abend eine Hochzeit gefeiert. Dann kann ich mich davon überzeugen, dass wirklich Platz für hundertzwanzig Gäste ist.«

Adrian nickte, sah Maria aber an, als wollte er den Kopf schütteln. Für einen Augenblick sah er sogar so aus wie damals, als sie sich in ihn verliebt hatte. Beinahe hätte sie sich gefragt, woran ihre Ehe eigentlich gescheitert war. Dabei wusste das nun wirklich niemand besser als sie selbst. Womöglich war sie sogar die Einzige, die es wusste …

»Wir sehen uns heute Mittag im *Luce della Laguna!*«

In der Calle dei Baloni war es still. Der Lärm vom Markusplatz drang zwar bis hierher, aber gedämpft und ohne zu stören. Als Maria in den Durchgang trat, zog sie den Kopf ein, als könnte sie zu groß sein und sich den Kopf stoßen. Sie trat nur zögernd auf den winzigen Platz und starrte lange auf die gemauerte Öffnung, hinter der ein Boot geräuschlos vorüberglitt. Dann erst wandte sie sich nach links und ging auf die Tür zu.

Dort gab es drei Klingeln, für jede Etage eine. Auf der unteren stand der Name Rodolfo. Maria zögerte. War es richtig, was sie vorhatte? Wenn der Mann, den sie hier antraf, wirklich Leander Emerick war, wie würde er reagieren, wenn sie vor ihm stand? Wenn Leander dafür gesorgt hatte, dass man ihn für tot hielt, hatte sie dann das Recht, ihn wieder ins Leben zu zerren? Wenn ihm vor über zehn Jahren die

Flucht gelungen war, durfte sie sie jetzt noch vereiteln? Aber wenn sie verhindern wollte, dass Amelies Hochzeit durch eine familiäre Katastrophe gestört wurde, dann musste sie handeln. Dennoch zauderte sie erneut, als ihr Blick auf den Namen Rodolfo fiel.

Hatte Leander sich einen neuen Namen zugelegt? Oder trug die Frau, deren Stimme Maria gehört hatte, diesen Namen? Vorsichtig berührte sie den Klingelknopf, ganz zaghaft und nur kurz. Hatte sie überhaupt geklingelt? Hatte die Berührung etwas ausgelöst? Vor der Tür war kein Geräusch zu vernehmen gewesen.

Doch dann hörte Maria das Schnarren des Türöffners. Sie stieß die Haustür auf und blickte in einen dämmrigen Flur. Die Tür zur Erdgeschosswohnung war nicht zu sehen, sie lag auf der rechten Seite, im Winkel des Treppenpodestes.

Kühle kam ihr entgegen und ein Geruch, der nicht angenehm war. Es waren Ausdünstungen, die schon lange in diesen Wänden hingen, immer wieder von Neuem angereichert, Gerüche, die von außen hereindrangen und von oben herunterkamen. Maria stand vor den drei Stufen direkt hinter der Haustür und starrte auf die schmale, steile Stiege, die in der oberen Etage verschwand. Sie wartete, dass derjenige, der die Wohnungstür geöffnet hatte, sich zeigte, aber nichts geschah. Erst als sie den Fuß auf die erste der drei Stufen gesetzt hatte, fiel ein Schatten über sie. Sehr langsam nahm sie die beiden letzten Stufen, dann erst blickte sie auf. Vor ihr stand Leander Emerick. Es gab nicht den geringsten Zweifel, dass er es war.

Hotel Andamano, Khuk Khak, Khao Lak 28910, Thailand

Hiermit bestätigen wir, dass Herr Leander Emerick vom 15.12.–26.12.2004 unser Gast war. Das Hotel Andamano liegt auf einer Anhöhe und war daher von der Naturkatastrophe nicht so stark betroffen wie andere Gebäude in der Umgebung. Einige unserer Gäste, die sich zum Zeitpunkt des Aufpralls der Flutwelle im Hause aufhielten, haben überlebt. Wie ein Mitarbeiter an der Rezeption bestätigen kann, hatte sich Herr Leander Emerick schon am frühen Morgen zu einem Ausflug aufgemacht, von dem er zu unserem größten Bedauern nicht zurückkehrte.

Leander Emerick wurde geboren, um Geige zu spielen. So jedenfalls hatte es ihm seine Großmutter versichert, und ihr Mann, Leanders Opa, hatte es immer wieder bestätigt. Nach der Meinung seiner Eltern wurde nicht gefragt. Der Junge wuchs im Hause seiner Großeltern auf, als Kind von Zigeunern, wie die Großmutter seine Eltern nannte, die als Schauspieler von Ort zu Ort zogen. Also wurden alle wichtigen Entscheidungen dort getroffen, wo der Junge erzogen wurde. Wenn seine Mutter gerade kein Engagement hatte, nach Hause kam und den kleinen Leander zu sich nahm, bekam sie ihn nur mitsamt der Geige und der Ermahnung, auf regelmäßiges Üben zu achten. Später bekam sie ihn gar nicht mehr. Das war, als der Vater ein festes Engagement an den Münchner Kammerspielen erhalten und sich dort in die Altstimme des Theaterchors verliebte hatte. Nach der Scheidung konnte sich die Mutter die kleine Wohnung nicht mehr leisten, in der sie zwischen ihren Engagements ein paar Tage mit ihrem Sohn Normalität gespielt hatte. Wenn sie nun kam, zog sie ins Haus ihrer Eltern, bewunderte ihren begabten Sohn und betrank sich jeden Abend. Das schien sie auch zu tun, wenn sie nicht bei ihren Eltern zu Besuch war, denn mit ihrer Karriere, die nie besonders eindrucksvoll gewesen war, ging es steil bergab. Niemand wollte eine in die Jahre gekommene Schauspielerin engagieren, die in ihrer Garderobe Alkoholvorräte versteckte und ihren Text entweder vergaß oder lallte.

Dass sie ihr Leben verlor, als sie volltrunken die Autobahn überquerte und dabei die deutsche Nationalhymne sang, erschien allen nur folgerichtig und hinterließ bei ihren Angehörigen mehr Erleichterung als Trauer. Leander sah bei dieser Gelegenheit sogar seinen Vater wieder, der zur Beerdigung seiner Exfrau gekommen war, und ließ sich von ihm versichern, dass er jederzeit zu ihm ziehen könne.

Darauf musste er schon bald zurückkommen, denn seine Großeltern überlebten ihre Tochter nur um ein paar Monate. Sie gerieten mit ihrem altersschwachen Opel mitten auf eine belebte Kreuzung, weil Leanders Opa eine rote Ampel übersehen hatte, und starben in den Trümmern ihres Autos, das keine Airbags hatte und dessen Gurte nie benutzt wurden.

Leander zog also zu seinem Vater und der Chorsängerin, aber das Zusammenleben funktionierte von Anfang an nicht besonders gut und wurde richtig schwierig, als die Chorsängerin ein Auge auf den Sohn ihres Lebensgefährten warf. Eines Abends erschien sie splitternackt an seinem Bett. Der arme Junge, der kurz vor seinem achtzehnten Geburtstag stand, stieß einen gellenden Schrei aus, der seinen Vater auf den Plan rief. Daraufhin wurde Leander Zeuge einer wüsten Prügelei, deren Ende er nicht mehr mitbekam. Als er seine Sachen zusammengesucht, seine Geige geschultert hatte und aus dem Haus geflohen war, wusste er nicht, wer als Sieger aus dem Konflikt hervorgegangen war. Jahre später wusste er es immer noch nicht, er hatte nicht einmal erfahren, ob die beiden die Schlägerei überlebt hatten. Jedenfalls hörte er nie wieder etwas von seinem Vater.

Das war das erste Mal, dass Leander Emerick vor einem Problem davonlief…

Die Frau hieß Aurora Rodolfo und arbeitete als Kellnerin in der Trattoria *Vecchio Gondoliere*. Sie war Anfang vierzig, eine schwarzhaarige Signora mit tiefbraunen Augen und einem schmallippigen Mund. Sie wäre hübsch gewesen, wenn sie für die Menschen um sie herum ein Lächeln übriggehabt hätte, wenn ihre Haut nicht so fahl gewesen wäre und ihre Augen nicht so stumpf.

»So ist sie seit dem Tsunami«, sagte Leander. »Sie hat viel verloren.«

Er war zu Tode erschrocken gewesen, als er Maria vor sich stehen sah, hatte zitternd einen Halt gesucht und sich schließlich an der Wand abgestützt, ohne zu merken, dass unter seiner Berührung der Putz herabrieselte. Als Maria erschrocken auf ihn zutrat, um ihn zu stützen, wich er so entsetzt zurück, dass sie ihre ausgestreckte Hand zurückzog und verlegen hinter ihrem Rücken verbarg.

»Leander«, brachte sie nur hilflos heraus.

Der Schreck in seinem Gesicht veränderte sich. Mit einem Mal wurde ihm klar, dass er erwartet hatte, was nun geschehen war. So jedenfalls erklärte er es Maria später. Als Cyrill aufgesprungen und hinter ihm hergelaufen war, hatte Leander Emerick geahnt, dass das Schicksal ihn ereilt hatte. In der Nacht hatte er es sich noch nicht eingestanden, hatte gehofft, Cyrill könne später von einer starken Ähnlichkeit sprechen und ihn wieder vergessen, aber als Maria vor ihm stand, konnte er es nicht mehr leugnen. Und weglaufen konnte er nun auch nicht mehr. Wortlos starrte er sie an, lange, wie es Maria schien, zu lange, um in diesen Blick noch Wiedersehensfreude zu legen, nachdem so viel Schreck und Angst darin gestanden hatte.

»Das ist meine größte Sorge, seit ich hier bin«, flüsterte Leander. »Dass mich jemand erkennt, der als Tourist nach Venedig kommt …«

»Ich bin hier, weil Amelie am Sonnabend in Venedig heiratet.«

»Amelie!« Er sprach den Namen aus, als nähme er ihn vorsichtig in den Mund, um ihn zu liebkosen, bevor ihn seine Lippen wieder freigaben. »Sie heiratet? Ausgerechnet in Venedig?«

Auf eine Erklärung Marias wartete er nicht, griff nach der Jacke, die hinter der Wohnungstür an einem Haken hing, rief etwas Italienisches in die Wohnung, zog die Tür ins Schloss und griff nach Marias Arm. »Wir können hier nicht bleiben. Francesco weiß nicht, was damals geschehen ist.«

»Wer ist Francesco?«

»Der Sohn von Aurora.«

»Von der Frau, mit der du hier wohnst?«

»Ja.« Leander trieb Maria durch den Durchlass, die Calle dei Baloni hinab bis zur Einmündung in die Mercerie. Dann über die nächste Brücke bis zur langen Calle dei Fabbri, ebenfalls eine Geschäftsstraße, aber nicht so elegant wie die Mercerie. Danach erst wurde er ruhiger, seine Schritte verlangsamten sich. »Lass uns in die Trattoria gehen, in der Aurora arbeitet. Dort können wir in Ruhe reden.«

»Aurora weiß Bescheid?«

Leander nickte, griff nach Marias Hand, ließ sie aber schnell wieder los, als hätte er sich verbrannt. Da er ihr von da an vorausging, konnte sie kaum verstehen, was er sagte.

»Ich habe sie in Thailand kennengelernt. In dem Hotel, in dem ich abgestiegen war. Sie war dort mit ihren Eltern und ihrem Bruder. Als die Welle kam, waren wir zu einem Ausflug aufgebrochen. Nur wir zwei. Den Eltern war es zu beschwerlich, sie waren gesundheitlich angeschlagen, Auroras Bruder wollte eigentlich mitkommen. Aber dann hatte er sich den Magen verdorben und es vorgezogen, im Hotel zu bleiben.«

Er schwieg so lange, bis Maria begriff, dass Auroras Bruder diesen Entschluss mit dem Leben bezahlen musste.

Dann erst sprach Leander weiter. »Stundenlang haben Aurora und ich auf einem Dach gesessen und auf Rettung gewartet. Irgendwann fängt man dann an, sich gegenseitig sein Leben zu erzählen.«

Er bog rechts ab in die Calle delle Balote, an deren Ende es eine Brücke gab, die Ponte delle Balote. Das Ristorante *Vecchio Gondoliere* hatte jeden Quadratzentimeter vor und neben dem Haus mit Tischen und Stühlen besetzt. Im Hochsommer ein herrlicher Ort, wenn alle den Schatten zwischen den Häusern suchten. Neben der Brücke hatten einige Boote angelegt, gelegentlich tuckerte ein Lastkahn vorbei, oder eine Gondel glitt lautlos unter der Brücke durch. Die Kellnerin servierte zwei Touristen gerade riesige Pizzen, als Maria und Leander eintrafen. Sie winkte ihnen zu und zeigte auf einen Tisch, der etwas abseits stand.

Während sie darauf zugingen, fragte Maria: »Ist sie … deine Frau? Deine Geliebte?«

»Nein, wir bilden nur eine Wohngemeinschaft, mehr nicht.«

Maria sah in seine Augen, die noch dieselben waren, aber einen Ausdruck bekommen hatten, der früher nie darin zu sehen gewesen war. Dann, als sie sich am Tisch gegenübersaßen, auf seine Hände, die sich am wenigsten verändert hatten. Sie fragte sich, ob er auch bei ihr nach Veränderungen suchte, ob er feststellte, dass ihre Wangen schlaff geworden waren und ihre Nase Anstalten machte, sich mit ihren Mundwinkeln zu verbinden, dass ihre Brust nicht mehr so prall war und sich ihr Bauch nicht mehr einziehen ließ. Wenn es um ihren eigenen Körper ging, sprach Maria vom Wandel oder auch lachend vom Zahn der Zeit, bei Leanders Anblick dachte sie ans Alter. Er hatte jegliche Farbe verloren. Ohne die Perücke, die er auf dem Markusplatz getragen hatte, sah Maria nun, dass seine Haare kurz geschnitten waren, sehr kurz. Und nicht nur sie waren grau geworden, auch seine Haut, und sogar seine Augen waren blass. Über seiner Gestalt lag etwas Aschfahles, so trist und eintönig wie die Spur der Verwüstung, die der Tsunami hinterlassen hatte. Maria hatte im Fernsehen genug von der Zerstörung gesehen, die wächsern und totenbleich auf dem Land lag, nachdem die Welle sich zurückgezogen hatte. Nun konnte sie sich sagen, dass das Gefühl, das sie zu Leander geführt hatte, Mitleid hieß. Was er auch getan hatte, Leander hatte dafür bezahlt.

»Es war die *Venezianische Liebe*«, flüsterte sie. »Daran habe ich dich erkannt. Und dann das *Ave Maria* …«

Die Stille, die entstand, hatte es auch früher oft zwischen ihnen gegeben. Maria hatte es genossen, mit einem Mann schweigen zu können, und es als Beweis ihrer Vertrautheit erkannt. Später aber hatte sie ihn manchmal angeschrien: »Sag endlich was!«

Aurora nahm die Bestellung auf und stellte kurze Zeit später zwei Tassen auf den Tisch, eine Latte Macchiato für Maria, einen Espresso für Leander. Sie trank in kleinen Schlucken, er ließ die Tasse unberührt.

Sie wusste nicht, wie viel Zeit vergangen war, bis er

sagte: »Das *Ave Maria* spiele ich noch immer für dich. Nur für dich.«

So leise hatte er gesprochen, dass sie nicht sicher war, ob sie seine Worte richtig verstanden hatte. Ein Blick in seine Augen jedoch bestätigte es ihr. Mit einem hässlichen Klirren stellte sie die Tasse zurück. »Du magst anders aussehen, du magst dich verändert haben, an deiner Musik, Leander, wird man dich immer erkennen.«

Er lächelte mit einem Mundwinkel. »Obwohl die Geige nicht halb so gut ist wie die, die ich früher besaß.«

»Deine Geige ist in Thailand geblieben?«

»Dem Tsunami zum Opfer gefallen. Ich hatte sie im Hotelzimmer zurückgelassen.«

»Wie war das …?«, begann Maria.

Aber Leander unterbrach sie. »Ich habe Cyrill noch nie so wütend gesehen. Warum hat er mich beschimpft? Weil ich euch alle belogen habe? Weil ich so ein … Feigling bin? Was wollte er von mir? Ging es um Judith?«

Maria sah ihn verwirrt an. »Ja … natürlich … um Judy auch. Aber vor allem …«

Wieder unterbrach Leander sie. »Wie geht es ihr?«

»Judy? Ganz gut so weit.« Maria zögerte. Was wollte Leander hören? Was sollte sie ihm erklären? »Es war natürlich nicht leicht für sie nach deinem Verschwinden. Nach deinem … Tod.«

»Wo lebt sie? Und wie?«

Es fiel ihr schwer zu antworten. Er stellte nicht die Fragen, die sie erwartet hatte. »In München. Sie wollte weg von Hamburg, die Agentur kann sie ja überall führen. Euer Haus hat sie verkauft. Sie musste einen Schnitt machen, die Erinnerungen hinter sich lassen. Nach deinem Verschwinden konnte sie nicht einfach weitermachen wie vorher.«

»Wer hilft ihr?«

»In der Agentur? Sie hat mehrere Angestellte, der Laden brummt. Seit dem Erfolg von *Venezianische Liebe* hat sie viele namhafte Künstler unter Vertrag. Doro, ihre Assistentin, entlastet sie sehr. Aber du kennst Judy ja …«

»Ich meine … privat. Sie kann doch nicht allein leben. Wer ist bei ihr, wenn …«

Diesmal war es Maria, die unterbrach. »Du denkst an einen anderen Mann?« Nun glaubte sie zu verstehen. »Nein, Leander, Judy ist …«

Erschrocken verstummte sie, als er aufsprang. Sein Stuhl fiel um, beinahe wäre er darüber gestolpert, als er herumfuhr und auf den Eingang der Trattoria zulief. In Sekundenschnelle war er verschwunden.

Maria sah ihm entgeistert nach, unfähig, sich zu rühren, mit offenem Munde, mit versteinerter Geste. Was war geschehen? Das erkannte sie erst in dem Moment, in dem hinter ihr eine Stimme sagte: »Was für ein Zufall! Venedig ist eben klein.«

Polizeiprotokoll

Hamburg, den 10.12.2004

Frau Judith Emerick, Besitzerin der Künstleragentur *Künstler-Fuchs* in Hamburg, erscheint und gibt eine Vermisstenanzeige auf. Ihr Mann, der Musiker Leander Emerick, sei seit zwei Tagen verschwunden. Sie befürchtet, dass ihm etwas zugestoßen ist, hält es sogar für möglich, dass Leander Emerick einem Verbrechen zum Opfer gefallen ist. Diese Vermutung erscheint dem anhörenden Beamten, Polizeiobermeister Markus Kramer, jedoch nicht plausibel. Frau Judith Emerick gibt nach intensiver Befragung zu, dass sämtliche Papiere ihres Mannes verschwunden sind, ebenso ein Koffer und ein Teil seiner Kleidung. Schließlich räumt sie ein, von ihrem Mann möglicherweise verlassen worden zu sein. Dennoch äußert sie die Vermutung, die Abreise ihres Mannes könne von einem Täter inszeniert worden sein, um eine Entführung zu verschleiern. Das erscheint jedoch keinem der anwesenden Beamten wahrscheinlich. Vielmehr erweckt Frau Emerick den Eindruck, unbedingt in Erfahrung bringen zu wollen, wo sich ihr Mann aufhält, und für diesen Zweck auf die Hilfe der Polizei drängt. Die anwesende Kommissarin Gesa Wenzlaff erinnert sich, dass zwei Tage zuvor ein Streifenwagen zum Haus des Modeschöpfers Cyrill Buller gerufen worden war, von einem Nachbarn alarmiert, der beobachtet hatte, wie zwei Personen im Garten des Anwesens von Herrn Buller vor scharfen Wachhunden zu fliehen versuchten. Bei diesen Personen handelte es sich um Frau Judith Emerick und ihren Ehemann. Frau Emerick streitet ab, dass das Verschwinden ihres Mannes mit diesem Ereignis in Zusammenhang stehen könnte. Ihrem Wunsch, die Polizei solle herausfinden, wohin ihr Mann geflohen sei, wurde nicht stattgegeben. Die Tatsache, dass Frau Emerick am Ende ihrer Aussage von Flucht spricht, während am Anfang von mysteriösem Verschwinden und Entführung die Rede war, erweckt bei dem diensthabenden Beamten den Eindruck, dass das Verschwinden des Ehemanns Folge eines Streits ist und sich Herr Leander Emerick diversen, womöglich vor allem finanziellen Verpflichtungen entziehen will.

Cyrill ließ sich auf den Stuhl fallen, auf dem kurz zuvor noch Leander gesessen hatte, griff in die Brusttasche seines Hemdes und holte seine Augencreme hervor. Während er sie vorsichtig einklopfte, fragte er: »Warst du schon in dem Hotel?« Er betrachtete Leanders Espressotasse, als fragte er sich, wer sie auf den Tisch gezaubert haben könnte. »Alle Gespräche zu deiner Zufriedenheit verlaufen?«

Maria starrte ihren Bruder noch immer an, als fiele ihr in diesem Augenblick zum ersten Mal auf, dass er eine Nase und zwei Augen besaß.

Aurora enthob sie einer Antwort. Sie nahm die Espressotasse vom Tisch und murmelte: »*Scusi*, ein Irrtum!«

Ohne auf eine Antwort zu warten, drehte sie sich um und verschwand mitsamt der Tasse in der Trattoria.

»Ist die Tür zum Speisesaal breit genug für das Brautkleid?«, fragte Cyrill. »Du weißt ja, der Rock besteht aus sieben Lagen Tüll. Im Saum ein Fischbeinreif. Ganz traditionell! So was braucht Platz!«

Von der Brücke her kam ein Schrei, der von einer dröhnenden Stimme unterbrochen wurde. Darauf ein erneuter Schrei, lauter und länger, während die andere Stimme wütender und schriller klang und schließlich so, als trampelte ihr Besitzer auf einer Mütze herum, die er zornig zu Boden geworfen hatte.

»Du wolltest doch Mike vom Flughafen abholen«, sagte Maria, ohne den Blick von der Treppe zu nehmen, die am Ende der Gasse auf die Brücke führte. Darunter, auf dem schmalen Stück grauen Kanals, herrschte Unruhe, die mehr zu spüren als zu erkennen war. Mal war es die schwankende Spitze eines Bootes, die Maria sehen konnte, dann ein Fuß, ein Arm. Und schließlich erschien ein Mann auf der Treppe, der einem Boot hinterherschimpfte, das an ihm vorbeifuhr und im Nu verschwunden war. Sein Motor tuckerte aufgeregt.

»Der Flieger hat Verspätung«, gab Cyrill zurück, ohne zur Kenntnis zu nehmen, was hinter ihm geschah. »Ich hatte keine Lust, zwei, drei Stunden am Flughafen herumzusitzen.«

Der Mann, der gerade noch dem Boot hinterhergeschimpft hatte, kam nun laut fluchend auf die Tische der Trattoria zugelaufen, ein junger Kerl in Arbeitskleidung, mit ölverschmierten Händen und schmutzigen Gummistiefeln. Aufgebracht blieb er vor dem Tisch, an dem Maria und Cyrill saßen, stehen. »Hier hat der Dieb gesessen!«, schrie er auf Italienisch, was Maria, die Grundkenntnisse in dieser Sprache hatte, mühelos verstand, während Cyrill den Mann ansah, als fragte er sich, ob er seine Autogrammkarten hervorholen sollte.

Unsicher erkundigte er sich bei Maria: »Was will der von uns?«

»Hört sich an, als hätte er etwas verloren.« Etwas Besseres fiel Maria gerade nicht ein.

Cyrill stand auf und hob seinen Stuhl an, was den Mann keineswegs mit Dankbarkeit erfüllte. Vielmehr schien sein Zorn mit Cyrills Hilfsbereitschaft eine neue Siedestufe zu erreichen. Mit schriller Stimme forderte er von Maria den Namen des Diebes, der sein Boot gestohlen hatte. Während sie ihm auf Italienisch einzureden versuchte, dass der Mann, mit dem sie kurz zuvor hier gesessen hatte, ein Fremder gewesen war, fragte Cyrill erneut: »Was will er?«

Der Mann schlug mit der Faust auf den Tisch, sodass die Silberdose mit den Zuckerstückchen in die Höhe sprang und einen Teil ihres Inhalts auf dem Tisch verteilte. Das holte Aurora auf den Plan, die den Mann anscheinend kannte. »*Finito, Davide!*«

Doch Davide dachte nicht daran, auf sie zu hören, verlangte weiterhin, dass ihm der Name des dreisten Diebes genannt wurde, ärgerte sich darüber, dass Maria ihn nicht verstehen wollte, wischte aufgebracht Cyrills Zwischenfragen aus der Luft und schüttelte Aurora ab, die ihn beruhigen wollte. »Wer war der Mann?« Dass Maria mit einem Fremden am Tisch gesessen hatte, wollte er sich einfach nicht weismachen lassen.

Cyrill fiel mit einem Mal die Tasse ein, die an seinem Platz gestanden hatte. »War das sein Espresso? Hatte er ihn schon bezahlt, und die Kellnerin hat ihn in die Küche zurückgetragen?« Sein Gesicht leuchtete, als hätte er soeben mit der Macht seiner Kombinationsfähigkeit ein Verbrechen aufgeklärt. »Deswegen ist er so aufgebracht?«

Maria beglückwünschte ihren Bruder zu dieser Erleuchtung, verglich ihn mit Sherlock Holmes und tat so, als gäbe sie seine Idee an Aurora und Davide weiter. In Wirklichkeit versicherte sie Davide ein ums andere Mal, dass sie nicht wisse, von wem er redete, während Aurora in einem Tempo auf ihn einsprach, das es Maria unmöglich machte, etwas zu verstehen.

Cyrill holte einen Fünfeuroschein aus der Jackentasche und legte ihn auf den Tisch. »Sag ihm, ich bezahle den Espresso, wenn er abhaut und uns in Ruhe lässt.«

Davide schien den Eindruck zu haben, dass Cyrill ihn mit diesem Geldschein abfinden wollte, und geriet in Raserei. Dieser reiche Sack – Maria verstand eindeutig *»sacco ricco«* –, der aussah, als hätte er sich noch nie die Hände schmutzig gemacht, war der Meinung, sein Boot, mit dem er seine gesamte Familie ernährte, sei nicht mehr als fünf Euro wert? Davide machte Anstalten, die Decke vom Tisch zu ziehen, um Cyrill damit zu strangulieren, wurde aber von Aurora daran gehindert, und beließ es schließlich dabei, seine Fäuste vor Cyrills Augen zu schütteln, der erschrocken zurückwich und dabei beinahe vom Stuhl gefallen wäre.

Empört sah Cyrill seine Schwester an. »In dieser Trattoria

kann der Espresso nicht mehr als fünf Euro kosten. Wir sind hier doch nicht auf dem Markusplatz!«

Maria pflichtete ihm bei und empfahl Davide, sein Boot am Ende der nächsten Gasse zu suchen. Sie sei sicher, dass der Dieb schon ein paar Meter weiter, in der Calle del Gambaro, angelegt und das Weite gesucht habe. Auf die Frage, warum der so dumm sein sollte, ein Boot zu stehlen, nur um es zehn Meter weiter wieder stehen zu lassen, gab sie ihm keine Antwort. Und auch auf die folgende Frage, ob sie sich vorstellen könne, wie wertvoll seine Ladung sei – *»sette barili!«* –, schwieg sie. Wie sollte sie auch wissen, was der Mann für die Lieferung von sieben Ölfässern bekommen würde? Und wie Davide erklären, dass es dem dreisten Dieb garantiert weder um das Boot noch um die Ladung gegangen sei? Im Dasein dieses jungen Mannes sahen die Komplikationen des Lebens ganz anders aus.

»Mehr kriegt er nicht«, beharrte Cyrill. »Für fünf Euro kann er zweimal Espresso trinken. Soll er doch in eine billigere Bar gehen!«

Auch hier bestärkte Maria ihren Bruder und war Aurora dankbar, als diese es übernahm, Davide eine Erklärung abzugeben, die er einerseits verstehen konnte, die andererseits nicht zu viel verriet. Und vor allem, von der Cyrill kein Wort mitbekam.

Aurora tat ihr Bestes und wäre vermutlich erfolgreich gewesen, wenn sich die beiden Engländerinnen, die am Nachbartisch saßen und ihren Bemühungen folgten, nicht eingemischt hätten. Sie waren gebildete junge Damen, die neben ihrer Muttersprache gut Italienisch und auch ein wenig Deutsch beherrschten, und begriffen nicht, dass sich Aurora in ihren Erklärungen absichtlich ungenau verhielt, dass die Übersetzungen, die Maria ihrem Bruder lieferte, vorsätzlich falsch waren, und weder Maria noch Aurora daran gelegen war, dass die Wahrheit auf den Tisch kam. Jedenfalls nicht, solange Cyrill daran saß.

Die beiden Engländerinnen mischten sich also ein, ohne zu bemerken, wie unerwünscht ihre Korrekturen waren. Denn leider sprach Cyrill als Geschäftsmann natürlich gut Englisch und erfuhr somit, dass die beiden beobachtet hatten, wie ein Mann, der kurz vorher auf seinem Stuhl gesessen hatte, in die Trattoria gelaufen sei. Und sie wussten auch, da sie schon einmal die Toilettenanlagen des Restaurants benutzt hatten, dass es eine Tür an der Rückseite des Hauses gab, durch die die Küchenabfälle auf ein Boot geworfen wurden, das sie dann wegtransportierte.

Sie zeigten auf den Bootsbesitzer. »*The man is right*«, stimmten sie ihm zu, der es mittlerweile bei nonverbalen Äußerungen in Form von Fäusteschütteln und Augenrollen beließ. Und es habe durchaus so ausgesehen, als hätte der flüchtende Mann etwas Böses im Schilde geführt.

Maria ließ die beiden gar nicht zu Ende reden, beugte sich zu Cyrill und erklärte ihm so leise wie möglich, dass die Damen anscheinend nicht besonders gut Italienisch sprächen und nicht begriffen hätten, worum es hier ging.

Das jedoch bekamen die Ladys mit und verwehrten sich empört gegen Marias Unterstellung. Ihr Italienisch sei gut, und mit ihren Kenntnissen der deutschen Sprache wären sie noch im vergangenen Jahr ohne Verständnisschwierigkeiten von Ostfriesland bis Bayern gereist. Dass ihre Hilfsbereitschaft hier derart unhöflich zurückgewiesen würde, könne nur damit zu tun haben, dass Deutsche in diese Diskussion verwickelt seien. Engländer und auch Italiener seien nun mal erheblich formgewandter, das wisse schließlich ganz Europa.

Damit hatten sie sich Cyrills Sympathien schlagartig verscherzt, der sich ihnen gerade noch höchst interessiert zugewandt hatte und sicherlich in den nächsten Augenblicken dezent darauf hingewiesen hätte, dass die Ladys es mit einem Prominenten zu tun hatten.

Maria unterstützte ihn darin, auf die Fakten in dieser Debatte zu pfeifen und nur noch darauf zu pochen, dass die Engländerinnen ihre ungeheuerliche Behauptung zurücknahmen. Sie war froh, dass die beiden nicht daran dachten, stattdessen lang und breit auf ihrem Standpunkt beharrten, und zwar derart ausführlich, dass, als Cyrill endlich wieder zu Wort kam, niemand mehr so genau wusste, worum es ursprünglich eigentlich gegangen war.

Fünf Minuten später waren alle miteinander verkracht, außer Maria und Aurora natürlich, die sich ihre freundlichen Gefühle füreinander jedoch nicht anmerken ließen, und Cyrill und Maria, weil Cyrill nach wie vor glaubte, dass er mit seiner Schwester am selben Strang zog. Dass mittlerweile ein Freund des Bootsbesitzers vorbeigekommen war, der Davide darauf hinwies, dass sein Boot am Ende der Calle del Gambaro lag, war von niemandem bemerkt worden. Und Cyrill wunderte sich nur ganz kurz darüber, dass sich der Mann davongeschlichen hatte, ohne den Espresso zu bezahlen. Ebenfalls sehr lang und breit teilte er Aurora mit, dass er nun nicht mehr bereit sei, die Rechnung zu übernehmen. Dass Aurora damit sofort einverstanden war, störte ihn ein bisschen, denn er hätte es lieber gehabt, später darüber reden zu können, wie knallhart er die Verhandlungen geführt habe und dass man nicht nachlassen dürfe, egal ob es um fünf oder um fünftausend Euro ginge. Jedenfalls war, als Maria und Cyrill sich auf den Weg zu ihrem Haus in der Calle degli Stagneri machten, nur noch die Rede davon, dass ein Bootsbesitzer, der klar erkennbar nicht zu den gut Verdienenden Venedigs gehöre, sich einen Espresso leisten könne, der mehr als fünf Euro koste, und die weibliche Einwohnerschaft von England so gar nichts mit der Queen und Prinzessin Kate gemein habe.

In der Hochzeits-WhatsApp-Gruppe war der Teufel los. Es musste häufig in Marias Handtasche applaudiert worden sein, aber bei dem ganzen Geschrei zwischen Cyrill, dem Bootsbesitzer und den beiden Engländerinnen hatte sie nichts davon mitbekommen. Amelie hatte mehrmals nachgefragt, ob das Gespräch mit dem Pfarrer zufriedenstellend verlaufen war, ohne dass Maria es bemerkt hatte. Und Amelie, mit dem ihr eigenen Hang zur Dramatik, vermutete bereits, ihre Mutter sei von der Rialtobrücke gefallen und im Canale Grande ertrunken. Zum Glück hatte Judy bereits sämtliche Fragen ihrer Patentochter beantwortet, Adrian hatte alle mit erhobenem Daumen abgesegnet und Sandro ein Grinsemännchen hinzugefügt, das seine Anerkennung ausdrücken sollte. Also alles paletti!

Giovanni war hocherfreut, als Maria das *Luce della Laguna* betrat, wo von Judys Einfluss nichts mehr zu sehen war und die Tische und Stühle nun wieder so kreuz und quer standen wie eh und je. Erst recht sein Bruder, der gerade an der Theke einen Espresso trank und auf Maria losstürmte, als wollte er noch einmal einen Koffer für sie transportieren. Dass sie seinem Rat gefolgt und in der Trattoria seines Bruders eingekehrt war, machte aus ihr ganz automatisch eine gute Freundin, die man zum Espresso einladen oder der man, wenn sie keinen Espresso wollte, mindestens zu jedem Gericht, das in diesem Hause angeboten wurde, eine fachkundige Meinung offerieren musste.

Maria ließ alles bereitwillig über sich ergehen. Besser, sich von Jacopo unterhalten zu lassen, als ganz allein an einem Tisch zu sitzen und auf den Rest der Hochzeitsgesellschaft zu warten. Cyrill war ja schon wieder zum Flughafen aufgebrochen, um Mike abzuholen, und Adrian hatte sich irgendwo im Gassengewirr verlaufen und in der WhatsApp-Gruppe zum Besten gegeben, dass er soeben zum dritten Mal an derselben

Kirche angekommen sei, ohne zu merken, dass er schon wieder im Kreis gelaufen war. Daraufhin hatte Gundula bewiesen, dass sie die Ereignisse in Adrians Leben sehr genau, wenn auch meistens schweigend, verfolgte. In diesem Fall hatte sie sich eingemischt, per WhatsApp das Angebot gemacht, mit einem digitalen Stadtplan Venedigs auszuhelfen, und außerdem darauf hingewiesen, dass Adrians Smartphone mit Google Maps ausgestattet sei, womit er eigentlich auch ohne ihre Hilfe zurückfinden müsse. Diese hatte Adrian abgelehnt, indem er eine Hand schickte, die den Daumen nach unten drehte.

Als er in der Trattoria erschien, sah Jacopo ein, dass sein Entertainment nicht mehr gefragt war, und zog sich an die Theke zurück, während Adrian an Marias Tisch Platz nahm. Lächelnd erzählte er von seinem Spaziergang durch Venedig, merkte aber schnell, dass Maria zu aufgewühlt war, um ihm zuzuhören. Er unterbrach sich selbst mitten im Satz und fragte: »Was ist passiert?« Und als sie nicht sofort antwortete, fügte er gleich die nächste Frage an: »Hast du was unternommen in Sachen Leander Emerick?«

Wie gut er sie noch immer kannte! Sie warf ihm einen dankbaren Blick zu und stellte bei dieser Gelegenheit fest, dass sein Seidentuch verrutscht war. Auf einer Seite hing es weit herab, auf der anderen machte es Anstalten, auf den Rücken zu fallen und verloren zu gehen. Mit einer Geste, die verriet, dass sie aus einer Gewohnheit von vielen Jahren entstanden war, zog sie das Seidentuch wieder zurecht. Und Adrian ließ es geschehen, was ebenfalls einer Gewohnheit von vielen Jahren entsprach. Maria lächelte ihn an, und wie ein jäher Zahnschmerz, wenn ein Stück Praline in einen kariösen Zahn geriet, durchfuhr sie das Bedauern, dass ihre Ehe gescheitert war. Dass es unvermeidlich gewesen war, dass es so hatte kommen müssen, war eine Gewissheit, die sie sich am besten dreimal täglich vorhielt, damit sie sie nicht vergaß.

Aber es tat gut, Adrian nicht erklären zu müssen, warum sie Leander gesucht hatte. Er verstand sie, das wusste sie. Und ihr schlechtes Gewissen, das auch diesmal den Versuch machte, ihr den Mund zuzuhalten, verscheuchte sie mit einem Kopfschütteln. Sie waren geschieden, ein schlechtes Gewissen hatte zwischen ihnen nichts mehr zu suchen. Dass das Schuldgefühl auch nach ihrer Scheidung keine Ruhe gegeben hatte, vergaß sie vorübergehend.

»Ich habe mitgekriegt, wohin Leander geflohen ist, als er von Cyrill verfolgt wurde.«

Adrian sah aus, als wollte er die Augen verdrehen, so wie früher, wenn sie etwas getan hatte, was er nicht guthieß, oder ihn etwas fragte, was er ihr schon mehrmals erklärt hatte. Aber er schien sich rechtzeitig zu erinnern, wie aufgebracht sie dann jedes Mal gewesen war, und unterließ es. »Du bist zu ihm gegangen?«

Maria blickte immer wieder zur Tür, während sie Adrian erzählte, was geschehen war, angefangen beim Klingeln an der Haustür bis zu Leanders Flucht und dem Diebstahl des Bootes. »Dass nur Judy nichts davon mitbekommt. Ich weiß nicht, wie sie reagiert, wenn sie erfährt, dass Leander noch lebt.«

»Ihre größte Sorge«, entgegnete Adrian trocken, »wäre vermutlich, dass sie ihr Geld nicht mehr für sich allein behalten kann. Mit *Venezianische Liebe* hat sie ein Vermögen gemacht.«

»Du solltest nicht schlecht von ihr reden. Sie hat viel aushalten müssen.«

»Hat Leander dir erklärt, warum er nach Thailand geflüchtet ist?«

»Das musste er nicht. Ich weiß es, alle wissen es.«

Adrian bestellte Wein und Wasser und bat Giovanni, einen Vorspeisenteller zu bringen, von dem sie alle essen wollten.

»Warum hat er Judy in dem Glauben gelassen, dass er tot ist?«

Maria zupfte an ihrem Ausschnitt herum und ließ die Hände erst sinken, als sie merkte, dass Adrian genau beobachtete, was in, an und unter ihrem Dekolleté geschah. »Wir haben nur kurz geredet, dann kam Cyrill …« Sie beugte sich vor und sah Adrian eindringlich an. »Eins fand ich komisch. Mir scheint, Leander ist eifersüchtig. Das passt überhaupt nicht zu ihm.«

»Wie kommst du darauf?«

»Er fragte, wie es Judy geht, wie sie allein zurechtkommt, wer ihr hilft. Ich glaube, er wollte wissen, ob es einen neuen Mann an ihrer Seite gibt.«

»Du glaubst? Hast du ihn nicht gefragt?«

»Ich konnte das Gespräch mit ihm nicht zu Ende führen.«

»Was für ein Pech, dass dein Bruder dazwischenkam!«

Maria nickte bedrückt. »Cyrill hat gesagt, er will heute Abend noch einmal zum Markusplatz gehen. Er rechnet damit, dass Leander wieder spielen wird. Und dann will er sich ihn schnappen.«

»Und vor Gericht zerren?«

»Grund genug hätte er. Aber Leander könnte seine Schadenersatzansprüche ja niemals erfüllen. Also ist es eigentlich sinnlos.«

»Aber es wäre Cyrill vermutlich eine Genugtuung, wenn Leander bestraft würde. Und wenn damit klar wäre, wer der eigentliche Urheber von *Venezianische Liebe* ist. Dass Cyrill darauf verzichtet hat …« Er lächelte ein Madonnenbild an der gegenüberliegenden Wand an. »Er erscheint immer so selbstverliebt, aber in Wirklichkeit ist er ein Mann mit einem starken Gefühl für andere. Wenn er einen Prozess gegen Judy geführt hätte, wäre er heute ein ganzes Stück reicher.«

»Er hat genug Geld, mehr braucht er nicht.«

Giovanni stellte den Vorspeisenteller in die Mitte des Tisches und legte kleine Gabeln und Papierservietten daneben. Ehe er ging, goss er beide Gläser wieder voll. *»Salute!«*

»Vor allem aber wollte er es Judy nicht antun. Und dir auch nicht, da Judy deine älteste und beste Freundin ist.«

Maria griff nach einer Gabel und spießte einen marinierten Champignon auf. »Er will aber auch seine Liebe zu Mike schützen. Wenn er einen Prozess geführt hätte, wäre herausgekommen, dass der Frauenliebling Mike Reinert schwul ist.«

»Und dann wäre es mit der Liebe vorbei.« Nun erhielt das Madonnenbild einen sehr kritischen Blick und verlor Adrians Interesse schließlich ganz. »Mike würde sich niemals öffentlich zu Cyrill bekennen. Seine Karriere wäre am Ende. Die vielen Verehrerinnen würden sich sofort von ihm abwenden.«

»Seine Frau würde jede Menge schmutziger Wäsche waschen.«

»Und zwar in aller Öffentlichkeit.«

»Mike hat von Anfang an gesagt, dass es für ihn nicht infrage kommt, sich zu outen.« Sie lächelten sich nun an wie zwei Komplizen. »Also ist Cyrill doch vor allem selbstverliebt.«

Auch Adrian stach in einen marinierten Champignon und hielt ihn hoch, als wollte er mit Marias Champignon anstoßen. »Es ist jedenfalls hart für ihn, dass Mikes *Never ever* gefloppt ist, während die *Venezianische Liebe* ein Superhit wurde.«

»Und das eigentlich nur, weil der Interpret unter so mysteriösen Umständen verschwand.«

»Du meinst also, ein Gerichtsurteil würde Cyrills Rachegefühle befriedigen?«

»Ich weiß nicht, ob er immer noch auf Rache aus ist…«

Adrian zuckte mit den Schultern. »Ich könnte es allerdings verstehen. Was Leander getan hat, war wirklich unverzeihlich.« Bei den Worten, die er anfügte, behielt er Maria genau im Auge. »Er ist ein Feigling. Das war er immer. Wenn's heiß wurde, lief er weg, wenn's gefährlich wurde, duckte er sich oder…«

Maria fragte sich, warum er den Satz unvollendet ließ. Sie wusste doch, was er meinte. Es gab keinen Grund, es nicht klar auszusprechen. Deswegen tat sie es an seiner Stelle: »…oder er wirft einen anderen den Bestien zum Fraß vor, um sich selbst in Sicherheit zu bringen.«

»Sehr theatralisch ausgedrückt.«

Maria und Adrian prosteten sich zu, tranken, lächelten sich an, während sie die Gläser zurückstellten, genossen das Vertraute zwischen ihnen, das es immer noch gab, aber auch die Freiheit, die entstanden war, seit sie sich getrennt hatten. Eine schöne Erkenntnis, die leider durch Judys Erscheinen gestört wurde.

»Dieser Pfarrer! Der hat wirklich Nerven!«

Zum Glück, dachte Maria, deswegen habe ich ihn ja ausgesucht.

»*In nome di Dio!* So hat er auf jeden meiner Vorschläge reagiert.«

Bestens! Das heißt, wir können machen, was wir wollen.

»Ave Maria…!« Judy sang, bis sie sich Gott sei Dank schon am I verschluckte. »Er hat angeboten, es selbst zu singen, falls es Schwierigkeiten mit der Musikanlage gibt. Oder wenn die Gondolieri mal wieder Ruhe und Romantik haben wollen und aus allen Lautsprechern die Stecker rausziehen.«

Mit großen Gesten schlug sie das Kreuzzeichen, um zu zeigen, dass der Pfarrer sich damit gegen alle eventuellen Anwürfe aus dem Himmel oder vonseiten der Gläubigen zur Wehr zu setzen gedachte.

Lautsprecher? Musikanlage? Hatte Judy etwa ihre Aufgabe falsch verstanden? Aber Maria kam nicht dazu, sich zu erkundigen, Judy ließ niemanden zu Wort kommen.

»Livemusik, habe ich dem Pfaffen gesagt. Wir dachten an einen fähigen Organisten. Aber er sagt, die Orgel sei kaputt. Sie zu reparieren, mache keinen Sinn, denn es gebe schon lange keinen Organisten mehr, der sie spielen könne.«

Maria erschrak. »Was nun?«

»Wir müssen einen Musiker organisieren. Geiger, Keyboarder oder meinetwegen ein Balalaikaspieler. Hat Amelie diesbezüglich Wünsche geäußert?«

Maria dachte nach. Nein, hatte sie nicht. Amelie hatte lediglich Sandros Begehr übermittelt, und das hatte gelautet: das *Ave Maria* beim Ringwechsel. »Ein Sänger oder eine Sängerin vielleicht?«

»Auch gut.« Judy war jetzt ganz im Element der Künstleragentin, die den Wunsch des Veranstalters mit dem des Stargastes in Einklang bringt. Sie zog ihr Handy hervor und öffnete die Hochzeits-WhatsApp. »Ich frage mal eben nach.«

Schon zwei Minuten später hatte sie die schlichte Antwort: ›Egal!‹ von Amelie, die gerade in einem Meeting saß, während Sandro nur ein rotes Herzchen schickte, was Judy dahin gehend interpretierte, dass er über alles glücklich sein wolle, was die Patentante seiner Zukünftigen zu organisieren gedachte.

»Eine Gospelsängerin wäre nicht schlecht. Ich schaue in meiner Kartei nach. Ich habe Dutzende von Hunger leidenden Künstlern, die jeden Auftrag annehmen, den sie kriegen können.«

Die Länge der Liste machte sie sichtbar, indem sie beide Arme ausbreitete und dabei beinahe eine Rose enthauptete, die auf dem Nachbartisch in einer Rotweinflasche stand. Bei dieser Gelegenheit fiel Judy auf, dass die Anordnung der Tische, die sie beim Frühstück optimiert hatte, schon wieder verloren gegangen war, als wollte Giovanni unbedingt einen

Hindernislauf absolvieren, wenn er Pizza und Pasta servierte. Stirnrunzelnd folgte sie mit den Augen seinem Slalom durch die Tische und Stühle, und Maria fürchtete schon, ihre Freundin könne sich erneut zur Alleinherrscherin über das Mobiliar aufspielen, da erschien ein exaltierter Mann in der Tür, der sofort alle Blicke auf sich zog, in Begleitung seines Gegenteils, dessen einziges modisches Wagnis die Punkte auf seinem Hemd waren. Dass Giovanni in diesem Moment die Stereoanlage lauter drehte und *Frühling in Marbella* ertönte, war natürlich reiner Zufall. Trotzdem sah es so aus, als wollte Mike Reinert automatisch die Arme hochreißen und sich bei seinem Publikum bedanken. Gerade noch rechtzeitig fiel ihm ein, dass er hier Heiner Liesegang war und unter gar keinen Umständen auffallen wollte.

FRÜHLING IN MARBELLA STEIGT AUF PLATZ 1 DER CHARTS EIN

02.04.2008. Auch der neueste Hit von Mike Reinert ist bereits kurz nach der Veröffentlichung ein Riesenerfolg. *Frühling in Marbella*, wie immer aus der Feder von Carlo Ahland, der seit Jahren für Mike Reinert komponiert und textet, erklomm innerhalb weniger Tage Platz 1 der Charts. Schon seit vielen Jahren verhilft Ahland dem Sänger Mike Reinert zum Erfolg. Einzige Ausnahme war der Song *Never ever*, der 2004 veröffentlicht wurde. Bis heute ist allerdings ungeklärt, ob dieses Lied, das völlig floppte, überhaupt von Carlo Ahland komponiert wurde. Damals war nur zwei Tage vor Veröffentlichung von *Never ever* das Stück *Venezianische Liebe* auf den Markt gekommen und hatte eine heftige Plagiatsdebatte in der Musikbranche ausgelöst. Während die *Venezianische Liebe* dem Geiger Leander Emerick einen Welterfolg bescherte, fragt sich die Branche, wer Carlo Ahland ist, der nie in der Öffentlichkeit gesehen wird.

Dass Giovanni zu den Mike-Reinert-Fans gehörte, gefiel besonders einer munteren Frauengruppe, die in einer Ecke der Trattoria viel Rotwein zur Pasta tranken. Sie sangen gelegentlich mit und benahmen sich überhaupt so, wie es Touristen gern tun, wenn sie sich sagen können: Hier kennt uns ja keiner. Sie flirteten mit den Kellnern, ließen sich auf schlüpfrige Gespräche mit den Männern am Nachbartisch ein und verkündeten, dass Venedig hauptsächlich deswegen so schön sei, weil man hier nicht betrunken vor ein Auto laufen könne.

Mike wurde unruhig. »Wollen wir nicht woanders essen? Wenn die was merken …«

Cyrill drückte seine Hand. »In dieser Verkleidung erkennt dich niemand.«

Judy und Adrian bestätigten es lebhaft, nur Maria hatte Zweifel. Dass Mike eine Perücke trug, musste jedem auffallen, der genau hinsah, und seine Kleidung war derart spießig, dass sie auch aus dem Fundus eines Bauerntheaters stammen konnte, also alles andere als unauffällig. Und neben Cyrill, der es schaffte, sogar in einem Käfig voller Narren aufzufallen, wirkte er derart deplatziert, dass ihn allein das schon enttarnen konnte. Maria, die absolut keine Lust hatte, Giovannis gemütliche Trattoria gegen eine überfüllte Touristenkneipe mit viel Nepp und wenig Service einzutauschen, pflichtete dennoch den anderen bei: »Niemand wird dich erkennen.«

Sie beobachtete den Liebhaber ihres Bruders, während Judy darlegte, wie sie Maria bei den Hochzeitsvorbereitungen zu unterstützen gedachte. Die Schönheit Mike Reinerts verwandelte sich während dieses lebhaften Gesprächs immer wieder für kurze Augenblicke in Hässlichkeit, die Maria jedes Mal erstaunten, so gut sie diese äußere Zwiespältigkeit mittlerweile auch kannte. Das geschah immer dann, wenn er lachte. Er zog die Mundwinkel nach unten, kniff die Augen zusammen, presste die Lippen aufeinander, als würde ihm ein heftiger Schmerz zugefügt oder als sollte er etwas essen, dessen Anblick ihn mit Ekel erfüllte. Danach erst entspannten sich seine Mundwinkel, hoben sich, die Augen öffneten sich. Mike Reinert lachte nun und sah wieder so attraktiv aus wie vorher. Maria wusste von ihrem Bruder, dass das Management viel unternommen hatte, um Mike Reinerts Lachen den Umweg über die Grimasse zu nehmen, aber vergeblich. Daraufhin hatten sie ihm das Lachen ganz und gar verboten. In Talkshows und Interviews hatte Mike Reinert ernst zu bleiben oder durfte bestenfalls ein winziges Lächeln produzieren. Jetzt aber konnte er ungeniert lachen, was ihn optisch zum Glück weit von Mike Reinert, wie ihn die Öffentlichkeit kannte, entfernte. Als sich die Tischrunde über eine Geschichte amüsierte, die Mike zum Besten gab, machte Maria es wie er, zog die typische Grimasse – und konnte nachempfinden, dass Mike eigentlich gar nicht lachen wollte und es lediglich hinnahm, fröhlich geworden zu sein, obwohl er sich hinter einer ernsten Miene wohler gefühlt hätte.

In Maria stieg Mitleid auf. Was sie auf ihrem eigenen Gesicht gespürt hatte, war die Angst vor dem Leben, das Mike führen musste, die Angst vor dem Erfolg und der Frage, ob er ihn eigentlich wollte, ob er so viel davon hatte haben wollen und ob ein riesiger Erfolg wirklich mehr wert war als ein kleines Glück in einer kleinen Ehrlichkeit.

Dass Mike schon auf dem Rückweg vom Flughafen über die aufregenden Ereignisse des vergangenen Tages informiert worden war, erfuhr Maria, als Judy von Doro angerufen wurde und mitsamt dem Handy vor der Tür verschwand. Cyrill schien nur darauf gewartet zu haben, dass sie den Weg frei machte für das, was ihn zurzeit am meisten interessierte, vielleicht sogar noch mehr als die gemeinsamen Tage mit Mike, die ihm bevorstanden.

»Leander spielt jeden Abend auf dem Markusplatz. Ich habe mit dem Geschäftsführer des Cafés gesprochen.«

Maria machte einen schwachen Versuch, die Gefahr abzuwenden. »Du meinst den Geiger, der Ähnlichkeit mit Leander hat?«

Cyrill wischte ihre Bemerkung vom Tisch. »Es war Leander!«

Während Mike schweigend von einem zum anderen sah, warf Adrian ein: »Dass er vor dir geflohen ist, ist kein Beweis.«

Maria warf ihm einen dankbaren Blick zu, ehe sie sich wieder an Cyrill wandte. »Was hast du vor?«

»Ich will ihn mir schnappen. Aus seinem eigenen Mund will ich hören, dass er mich bestohlen hat.«

»Und dann?«

»Das weiß ich noch nicht. Es kommt darauf an, wie er reagiert. Wenn er sich rausreden oder mich mit einer Lüge abspeisen will, zerre ich ihn vor Gericht.«

Mike legte eine Hand auf Cyrills: »Bitte nicht.«

Cyrill entzog sich ihm, indem er seine Augencreme aus der Jackentasche holte. »Es muss doch möglich sein, einen Prozess zu führen, ohne dass die Öffentlichkeit davon erfährt.«

Mike sah nicht so aus, als teilte er diese Überzeugung. »Oder willst du das? Würdest du bewusst das Risiko eingehen?«

Maria ahnte, dass das Gespräch auf eine gefährliche Kontroverse zusteuerte, auf Cyrills Wunsch, sich zu Mike bekennen zu dürfen, und Mikes Wunsch, seine Ehe und damit auch seine Karriere nicht zu gefährden. Schon seit Längerem litt er unter dem Verdacht, dass Cyrill nach einer Gelegenheit suchte, dem Zufall etwas in die Hand zu spielen, was die Liebe der beiden entlarvte. Maria wusste das, ihr Bruder selbst hatte es ihr erzählt.

Cyrill beeilte sich zu versichern, während er die Augencreme auf seine Krähenfüße klopfte, dass er nichts dergleichen im Schilde führte, aber Mike sah nicht so aus, als glaubte er ihm. »Er hat dich um einen großen Hit gebracht. Wenn mir Leander die Melodie nicht gestohlen hätte, wäre *Never ever* niemals gefloppt. *Venezianische Liebe* konnte nur ein Superhit werden, weil Leander kurz vor der Veröffentlichung unter mysteriösen Umständen verschwunden war. Das Interesse an seiner Person wurde auf die Melodie übertragen. Meine Melodie! Die ich für dich geschrieben hatte! Nur für dich!«

»Wieso eigentlich mysteriös?«, fragte Mike. »Dass er vor seiner eigenen Feigheit weggelaufen ist, lag doch auf der Hand.«

Cyrill seufzte, als hätte er Mike schon oft erklärt, wie sich die Sache damals verhalten hatte. »Judy wollte die Angelegenheit nicht an die große Glocke hängen. Und ich habe das verstanden. Ihre Ehe wäre in den Dreck gezogen, ihr Privatleben in der Sensationspresse auseinandergepflückt worden. So was will niemand.« Er steckte seine Augencreme weg und versicherte sich Mikes Zustimmung. »Das hätte ich Judy niemals zugemutet. Schließlich ist sie die beste Freundin meiner Schwester. Und Maria …«

Adrian machte mit einer heimlichen Geste darauf aufmerksam, dass Judy an den Tisch zurückkehrte. Cyrill brach mitten im Satz ab und schaffte es, innerhalb einer Sekunde ein Gesicht aufzusetzen, als lausche er schon länger dem Mike-Reinert-Hit, der aus dem Lautsprecher kam. Er summte die Melodie mit und schüttelte den Kopf, als ein hoher Ton dem Sänger einiges abverlangte. »An dieser Stelle habe ich damals lange gefeilt.« Er hauchte Mike einen Kuss aufs Ohr, als müsste er sich bei ihm dafür entschuldigen, dass er ihn als Sänger dermaßen gefordert hatte. »Bis ich auf die Idee gekommen bin, von Dur zu Moll zu wechseln.«

Er erhielt keine Antwort, schien auch nicht damit zu rechnen. Judy setzte sich währenddessen wieder, betrachtete Cyrill erstaunt, unterbrach ihn aber nicht, weil sie gut genug wusste, dass er aus dem Schlagerhimmel, in dem er sich inkognito aufhielt, bald herausfallen und wieder nichts anderes als Modeschöpfer sein würde.

»*Brennende Gefühle*«, sang Cyrill leise mit. »Dieser Titel ist mir erst spät eingefallen. *Sieger und Verlierer*, so hieß der Song zunächst. Aber eine Silbe, die Betonung erhält, sollte nie mit einem I gesungen werden. Ein Ü ist viel besser.«

Mike stimmte Cyrill zu, machte ihn aber auf Ausnahmen aufmerksam. »Beim *Ave Maria* funktioniert es.«

»Das *Ave Maria* ist ein Sonderfall. In jeglicher Hinsicht.«

Die kurze, aber intensive Stille, die eintrat, traf zum Glück nicht nur auf die Erinnerung von Maria, Adrian und Cyrill, sondern gleichzeitig auf Judys Arglosigkeit. Sie wusste nichts von dem *Ave Maria*, das am Vortag auf dem Markusplatz zu hören gewesen war. »Hast du nie daran gedacht, das Komponieren und Texten zu deinem Beruf zu machen, Cyrill? Du bist viel zu erfolgreich für diese Heimlichtuerei.« Judy sah aus, als dächte sie schon darüber nach, wie Cyrill Buller als Schlagerkomponist und -texter zu vermarkten sei.

Aber Cyrill schüttelte den Kopf. »Mode war immer mein Hauptanliegen. Die Schlager sind ein Hobby.«

Mike lächelte ihn verliebt an. »Cyrill hat meinetwegen auf den Ruhm verzichtet. Wenn bekannt geworden wäre, wer meine größten Hits geschrieben hat, hätte Cyrill sich vor Aufträgen nicht retten können. Wetten, dass sich Andrea Berg einen Song aus deiner Feder gewünscht hätte? Und gleichzeitig hättest du eine Kollektion für sie entwerfen können.« Er schüttelte den Kopf und tat so, als könnte er seinen Liebsten nicht verstehen. »Aber Carlo Ahland arbeitet eben nur für mich.«

Cyrill winkte bescheiden ab, war aber nach einer Weile des Zuredens doch bereit, die Möglichkeit in Erwägung zu ziehen. Anfällig für Komplimente, wie er nun mal war, ließ er sich von dieser Aussicht in Hochstimmung versetzen, wenn auch Andrea Berg niemals von seinen Qualitäten als Songschreiber erfahren würde. *Brennende Gefühle*, der Hit, mit dem Mike zum ersten Mal die Spitze der Charts erklommen hatte, wurde nun von Cyrill noch lauter und deutlicher begleitet. Er ließ seine Stimme auf dem Ü vibrieren, wie auch Mike Reinert es tat, wenn auch weniger eindrucksvoll und professionell. Doch es reichte, um Giovanni auf den Plan zu rufen, der mit einem erstaunlichen Bariton einstimmte, woraufhin auf dem Campo eine dritte Stimme einfiel. Jacopo schaffte trotz der beiden Koffer, die er vorbeitrug, ohne Weiteres das tirilierende Ü, was in Mike anscheinend den Wunsch beflügelte, den beiden Brüdern zu zeigen, was ein Profi zu bieten hatte. Er übertönte sie beim Refrain mühelos. Es schien, als hätte er vergessen, dass er die Absicht hatte, sich unauffällig zu verhalten. Erst bei den letzten Tönen, als seine Stimme aus dem Lautsprecher ihr Bestes gab, um den Zuhörer final mit aller Kraft von den brennenden Gefühlen zu überzeugen, nahm er sich zurück, obwohl es ihm sichtlich schwerfiel und er gerne aufgestanden wäre, die Arme ausgebreitet und den letzten Ton an die Decke der Trattoria geschmettert hätte.

Giovanni war dennoch tief beeindruckt. Er trat an den Tisch und fragte: »Willst du mitmachen bei meiner Doppelgänger-Show, *amico*? Du singst ja beinahe so gut wie Mike Reinert! Und wenn wir dich ein bisschen flotter anziehen, siehst du ihm auch ähnlich.«

Cyrill lachte. »Das macht er gern!«, antwortete er für Mike. »Er wird ja häufig mit Mike Reinert verwechselt.«

Maria versetzte ihm unter dem Tisch einen Stoß gegen das Schienbein, weil ihr schien, als spielten die beiden mit dem Feuer, aber Cyrill kümmerte sich nicht darum.

Und Mike packte mit einem Mal der Übermut. »Klar, ich mache mit!«

Maria lächelte, als Adrian sofort in ihren Rhythmus fiel, und er lachte zurück, ohne Worte, denn einer wusste, woran der andere dachte. Offenbar erinnerte sich Adrian daran, dass er, wenn er mit Maria unterwegs war, langsamer gehen und kleinere Schritte machen musste. Egal, wohin der Weg sie geführt hatte, Maria war selten bereit gewesen, ihre High Heels gegen bequeme flache Treter zu tauschen. So dauerte der Weg länger als nötig, aber das war in Venedig natürlich kein Problem. Im Gegenteil! Sie genossen es, durch die Gassen zu bummeln und Zeit für all das zu haben, was Venedig außer seinen Sehenswürdigkeiten zu bieten hatte: das verworrene Einerlei venezianischer Normalität, die düstere Vornehmheit der Gondeln, die unter den Brücken hindurchglitten, der Sonnendunst, der aus den Gassen auf die Kanäle gedrängt wurde, wenn der Tag sich neigte. Und außerdem schien Adrian auch froh zu sein, sein Knie schonen zu dürfen, indem er langsam ging.

Als sie am Teatro La Fenice vorbeikamen, sagte er: »Hier wurden viele Werke von Igor Strawinsky uraufgeführt. Weißt du, dass er verfügt hatte, in Venedig beerdigt zu werden? Er liegt auf der Toteninsel San Michele.«

Während ihrer Ehe hatte Maria ihn oft einen Besserwisser geschimpft und ihm unterstellt, er wolle mit seiner Bildung beeindrucken. Als der Ton gegen Ende ihrer Ehe schärfer geworden war, hatte sie ihm sogar vorgeworfen, ihr Selbstbewusstsein untergraben zu wollen, um damit seiner eigenen Stärke mehr Bedeutung zu geben. Nun aber spielte das keine Rolle mehr. Sie fand es schön, dass sie nun annehmen konnte, was er ihr voraushatte, es aber genauso gut lassen konnte. Egal! Es gab kein Kräftemessen mehr.

Sie überquerten den Markusplatz, auf dem es am Nachmittag besonders hektisch war, weil jeder der Tagestouristen noch etwas erleben und viele Fotos machen wollte. Maria fiel auf, dass Adrian sich nicht mehr so zielstrebig vorwärtsbewegte. Und das lag nicht nur an seinem schmerzenden Knie. Früher hatte er nicht zu Boden, sondern geradeaus geblickt, war manchmal angeeckt, hatte sich oft entschuldigen müssen, weil er jemanden übersehen hatte oder über etwas gestolpert war, was er zu seinen Füßen nicht bemerkt hatte. Die Vorsicht, mit der er sich jetzt Schritt für Schritt vorwärtsbewegte, hatte es während ihrer Ehe jedenfalls nicht gegeben. Seine Arthrose oder Gundulas Einfluss? Maria wusste, dass seine Freundin jede Gefahr gerne ausschloss, alles andere als risikofreudig war und Adrians Kunden nicht verstehen konnte, die für ein Abenteuer, das mit Gefahren einherging, viel Geld bezahlten. Ob sie schon dafür gesorgt hatte, dass Adrian die Risiken, ohne die keine seiner Abenteuerreisen auskam, nicht mehr selbst erprobte, sondern von anderen testen ließ? War deshalb ein Mann aus ihm geworden, der achtsam seines Weges ging und darauf aufpasste, dass er sich an keinem spitzen Stein verletzte? Vermutlich ermahnte sie ihn täglich, auf seine Arthrose zu achten und kein Risiko einzugehen. »In deinem Alter!« Maria war sicher, dass dieser Zusatz täglich mindestens einmal fiel.

Sie warfen nur einen kurzen Blick zum *Caffè Florian* und gingen, ohne zu zögern, auf den Turm mit der großen Uhr zu, bogen in die Mercerie dell'Orologio ein und gleich wieder links ab. Kurz darauf blieb Maria vor dem Durchgang stehen, der zu dem Haus führte, in dem Leander wohnte.

»Wir müssen ihn warnen«, flüsterte sie, als wollte sie sich selbst Mut machen. »Es wird eine Katastrophe, wenn Cyrill ihn in die Finger kriegt. Er darf heute nicht auf dem Markusplatz erscheinen.«

»Bis zu Amelies Hochzeit nicht«, bekräftigte Adrian.

Im Haus war es still. Kein Fenster war geöffnet, in den beiden oberen Etagen waren die Läden geschlossen. Das Haus wirkte verlassen, als seien seine Bewohner unterwegs, um Einkäufe zu erledigen oder ihrer Arbeit nachzugehen. Die Fenster der Werkstatt im Erdgeschoss waren dunkel, dahinter regte sich nichts.

»Ist es überhaupt richtig zu klingeln?«, fragte Adrian. »Du hast gesagt, die Mitbewohnerin hat einen Sohn, der Leanders Geschichte nicht kennt. Wenn der nun die Tür öffnet …«

Maria schüttelte den Kopf und setzte einen Finger auf die Klingel. »Dann lasse ich mir was einfallen.«

Aber es gab keine Reaktion, keine Schritte, kein Türöffnen, nichts.

»Er ist nicht da.« Adrians Stimme hörte sich an, als sei er zufrieden. Scheute er das Treffen mit Leander? Maria warf ihm einen kurzen Blick zu, ehe sie noch einmal klingelte. Mit einem Mal kam es ihr absurd vor, ausgerechnet mit ihrem Exmann hier zu stehen, um ihrem früheren Liebhaber zu helfen. Adrian schien zu spüren, dass er in eine Rolle geraten war, die er abgelehnt hätte, wenn ihm das Drehbuch vorher bekannt gewesen wäre. Ein intuitiver Mann. Er wusste nichts, aber er ahnte etwas, spürte, was in Maria vorging, ohne es beim Namen nennen zu können. Oder hatte er, tief in sich, einen Namen dafür? Maria kam es so vor, als trüge sie ihr Schuldgefühl wie ein Parfüm auf der Haut, hinter den Ohren, im Dekolleté, an den Handgelenken. Roch Adrian es? Vorsichtshalber machte sie einen Schritt zur Seite.

»Was nun? Warten, bis er zurückkommt?«

»Wer sagt dir, dass er in seine Wohnung zurückkehrt, ehe er auf den Markusplatz geht?«

Maria machte zwei, drei Schritte in die Richtung, die sie mit Leander gegangen war. »Ich weiß, wo wir etwas erfahren können. Komm!«

Sie verliefen sich ein paarmal, aber dann hatten sie endlich die Calle dei Fabbri gefunden, und Maria wusste, in welche Gasse sie einbiegen mussten. Kurz darauf standen sie vor den Tischen des *Vecchio Gondoliere.*

Aurora sah ihnen entgegen, ohne zu lächeln. *»Come sta?«*

»Bene, grazie.«

Sie ließen sich an demselben Tisch nieder, an dem Maria mit Leander gesessen hatte. »Sprechen Sie Deusch?«

Aurora nickte. »Wer in Venedig im Service arbeitet, muss auf jeden Fall Deutsch sprechen.«

Maria redete jetzt so leise, dass Aurora sich zu ihr hinabbeugen musste, um sie zu verstehen. »Wo ist Leander? Wir müssen mit ihm reden.«

Aurora blickte zu Adrian, als wollte sie sichergehen, dass dieser Fremde ihrem Gespräch zuhören durfte.

»Das ist Adrian Welhorn, mein Exmann. Wir waren früher alle miteinander befreundet, Leander und seine Frau, Adrian und ich.«

»Und der Mann, der Leander verfolgt hat?«, fragte Aurora, ohne den Blick von Adrian zu lassen.

Maria erklärte ihr so schnell wie möglich, dass sie Leander

vor gerade diesem Mann warnen wollten. »Er ist mein Bruder. Und er hat noch ein Hühnchen mit Leander zu rupfen. Wenn Cyrill ihn erwischt, sieht es schlecht aus für Leander.«

»Warum?« Nun setzte Aurora sich und übersah das Winken eines Gastes, der zahlen wollte.

»Leander hat ihn vor Jahren betrogen. Er hat meinem Bruder eine Melodie gestohlen. *Venezianische Liebe*! Wissen Sie, dass, zwei Tage, nachdem sie auf den Markt kam, ein Album von Mike Reinert erschien, auf dem es ein Lied mit derselben Melodie gab?«

Aurora nickte. »Leander hat mir davon erzählt. Später. Als wir schon wieder in Europa waren. In Thailand hatte er nichts mitbekommen. Dass sein Geigenstück ein Hit geworden war, davon wusste er nichts, und von dem Skandal mit diesem anderen Lied auch nicht.« Sie stand auf, ging zu dem Gast, der ungeduldig geworden war, und präsentierte ihm die Rechnung. Als sie zurückkehrte, setzte sie sich wieder neben Maria. »Leander hat mir erzählt, dass zwei Stücke mit derselben Melodie auf den Markt gekommen waren. Aber er hat nichts davon gewusst.«

Maria stieß ein bitteres Lachen aus. »Nichts gewusst? Von wegen!«

Aurora sah sie sehr aufmerksam an. »Leander soll die Melodie gestohlen haben? Davon hat er nie gesprochen.«

»Dann war es ihm wohl peinlich, es zuzugeben.«

»Er sagte, seine Frau sei es gewesen, die mit Komponisten und Textern verhandelt hat. Leander hat sich um nichts gekümmert, sagt er, er hat nur seine Geige genommen und gespielt. Alles andere war Sache seiner Frau. Sie war seine Agentin.« Unsicher fügte sie an: »Oder?«

»Das stimmt.« Maria wurde unruhig. »Aber mit dieser Melodie hat es sich anders verhalten. Leander hat sie seiner Frau präsentiert. Angeblich hatte sie ein Fan komponiert und ihm überlassen. Als Zeichen seiner Wertschätzung. Die Noten waren ihm per Mail geschickt worden. So hat er es seiner Frau erklärt.«

Aurora machte große Augen. »Leander hat mich belogen?«

Diese Frage wollte Maria nicht beantworten. »Wir haben später recherchiert, wie es sich verhalten hat. Im Haus meines Bruders gab es eine Party. Viele Leute, zu wenig Badezimmer. Wir, die engsten Freunde und Angehörigen, benutzten in so einem Fall immer das Bad, das an Cyrills Arbeitszimmer angrenzt. Auf seinem Schreibtisch lagen die Noten. Leander muss sie gesehen und kopiert haben. Anscheinend hat er gleich das Potenzial dieser Melodie erkannt.« Mit Sarkasmus in der Stimme ergänzte sie: »Einen Kopierer gibt es in Cyrills Arbeitszimmer ebenfalls.«

»Wenn das stimmt …« Aurora starrte zur Calle dei Fabbri, als wartete sie dort auf Leanders Erscheinen. »Warum wollen Sie ihn dann warnen? Warum schützen Sie ihn, wenn er ein Betrüger ist?«

Diesmal war es Adrian, der antwortete. »Wir tun es vor allem für seine Frau. Sie hat genug durchgemacht. Mittlerweile hat sie Leander für tot erklären lassen. Es wäre schrecklich für sie, wenn sie erführe, dass er noch lebt. Es hat lange genug gedauert, bis sie abschließen konnte.«

Maria sagte langsam und vorsichtig: »Aber da war noch was …«

Aurora winkte ab. »Ich weiß. Als wir auf dem Dach saßen und auf Rettung warteten, hat mir Leander davon erzählt. Es muss entsetzlich für seine Frau gewesen sein.« Sie sah auf und blickte Maria und Adrian lange und eindringlich an. »Aber für Leander auch. Er leidet heute noch darunter.«

Adrian beugte sich so weit vor, dass sein Seidentuch die Tischplatte berührte. »Also! Wo ist Leander?«

Aurora sah auf ihre Armbanduhr. »Um diese Zeit spielt er

an der Rialtobrücke. Vor der Bar *Omnibus*, an der Vaporetto-Haltestelle.«

»Von dort geht er zum Markusplatz und macht da weiter?«

Sie nickte wortlos. Wieder fiel Maria auf, wie versteinert ihre Mimik war. Nur mit ihren Augen drückte sie etwas aus, ein Lächeln, Erschrecken oder Trauer. Ihr Gesicht schien zu sagen, dass sie niemals wieder lachen wollte und für Trauer viel zu traurig war.

»Espresso?«

»Ja, bitte.« Adrian sah Maria fragend an. »Du auch?«

Maria nickte, dann machte sie sich auf den Weg zu den Waschräumen der Trattoria. Als sie zurückkehrte, standen die beiden Espressotassen auf dem Tisch, Adrian hatte sein Handy am Ohr. Sein Gesicht wirkte angestrengt, die Stirn war in Falten gezogen. Er sagte etwas, was Maria nicht verstehen konnte, und steckte das Handy weg, als sie an den Tisch trat. So, als sollte sie nicht merken, dass er während ihrer Abwesenheit telefoniert hatte.

»Gundula oder Amelie?«

»Weder noch. Ich stehe in Verhandlung mit dem venezianischen Bürgermeister. Ich will Drachenflieger über den Canale Grande fliegen lassen. Aber bis jetzt ist jeder Antrag abgelehnt worden.« Er stürzte seinen Espresso herunter und nickte ungeduldig zu ihrer Tasse. »Wir sollten uns beeilen.«

Kaum hatte sie ausgetrunken, schob er einen Zwanzigeuroschein unter den Aschenbecher, damit er nicht wegflog, und erhob sich. Das Wechselgeld, das Aurora auf den Tisch zählte, ließ er liegen.

Maria berührte beim Abschied Auroras Arm. »Das mit Ihren Eltern und Ihrem Bruder tut mir sehr leid.«

Aurora nickte nur, ohne etwas zu sagen.

Maria und Adrian traten auf die Calle dei Fabbri und ließen sich von dem Strom der Touristen treiben, die dort entlangschlenderten. Sie sprachen lange Zeit nicht, erst nach einer Weile sagte Maria, und es klang, als spräche sie mit sich selbst: »Komisch, dass er ihr gestanden hat, was er Judy angetan hat …«

»Seine verdammte Feigheit«, bekräftigte Adrian.

»… aber nichts von dem Diebstahl der Noten verraten hat. Wiegt der nicht viel leichter? Den jedoch hat er verschwiegen.«

Wie jung waren sie damals gewesen, als das Leben nach ihnen griff! Aber beide, Maria und Judith, waren davon überzeugt gewesen, längst alles zu wissen, was nötig war, die Zukunft in der Hand zu halten wie etwas, das sich von ihnen formen und kneten ließ, bis es so war, wie sie es haben wollten. Erfahrungen? Das war etwas, mit dem die ältere Generation ihre Nachkommen verunsichern wollte. Bildung? Warum dieser ganze Examensstress, wenn man den Mann fürs Leben gefunden hatte und eine Ehe führen würde, die nach zwanzig Jahren noch genauso glücklich war wie am Tag der Hochzeit? Maria und Judith kannten ihre Zukunft in- und auswendig und schlugen sämtliche Ermahnungen in den Wind. Alle anderen hatten keine Ahnung!

Arrogant, so nannte es Maria heute, anmaßend, großspurig und selbstgefällig. Ihre Eltern hatten lange auf sie eingeredet, sie schließlich sogar angefleht, ihr Studium abzuschließen, bevor sie ans Heiraten dachte, aber Maria war nicht zu überzeugen gewesen. Und über den Seufzer ihrer Mutter, dass man auch als verheiratete Frau studieren könne, hatte sie nur gelacht. Sie ehelichte einen Mann, der ein paar Jahre älter war, der schon eine Ehe hinter sich hatte, der beruflich bereits sehr erfolgreich war … so einer wollte keine Studentin an seiner Seite haben. So einer kaufte seiner Frau eine Boutique in Hamburgs bester Lage und sagte: »Mach was draus, Baby.«

Tatsächlich hatte sie was draus gemacht. Der Laden florierte, sie verdiente gut und war wirtschaftlich von ihrem Mann unabhängig. Ihre Eltern hatten trotzdem noch eine ganze Weile gebraucht, bis sie versöhnt waren. Kurz bevor Maria und Adrian die Scheidung einreichten, vermochten sie endlich zu glauben, dass sich ihre Tochter für den richtigen Mann und das richtige Leben entschieden hatte.

Bei Judy waren die Weichen schon früher gestellt worden. Sie hatte von Anfang an gewusst, dass sie die Künstler- und Eventagentur ihres Vaters übernehmen würde. Dafür brauchte sie kein Studium. Schon während der Schulzeit hatte sie ihrem Vater, dem alten Fuchs, geholfen, hatte Augen und Ohren offen gehalten, die Schularbeiten an seinem Schreibtisch in der Agentur erledigt und das Geschäft in sich aufgesogen wie andere Kinder, die in der Küche ihrer Mutter aufwuchsen, das Gemüseputzen und Suppekochen. Als sich ihr Vater zurückzog und Judy die Geschäftsführung übernahm, kannte sie alle Künstler, die von der Agentur vertreten wurden, wusste, wie man sich erfolglose Musiker und Schauspieler vom Hals hielt, wo hoffnungsvolle Talente zu finden waren und wie man Künstler umgarnte, die bereits mit einem Fuß im Ruhm standen, ohne es zu wissen oder sich zu trauen, den ganz großen Schritt zu tun.

So einer war Leander Emerick gewesen, Judy hatte es schnell erkannt. Aber ihn hätte sie vermutlich auch unter Vertrag genommen, wenn sein Geigenspiel lediglich für den neunzigsten Geburtstag der Uroma gereicht hätte oder zur Silberhochzeit eines Mannes mit schlechtem Gewissen.

Mit Leander war ihr der ganz große Wurf gelungen, in jeglicher Hinsicht. Er erwies sich als das, was Judy im ersten Augenblick in ihm gesehen hatte: ein Musiker mit einem unglaublichen Talent und einer Ausstrahlung, die sämtliche Frauenherzen höherschlagen ließ, ein Mann, der auch ohne

Geige Judys Herz zum Schmelzen brachte. Sie sorgte dafür, dass er sie heiraten wollte, genauso wie sie dafür sorgte, dass er ein Weltstar werden wollte. Was Leander selbst wollte, was er ohne Judy gewollt hätte, wurde nie ganz klar. Er war damit zufrieden, dass jemand sein Schicksal in die Hand nahm, und fügte sich, rebellierte nur heimlich und dann so, dass es Judy nicht auffiel, und nie mehr und öfter, als es für sein Selbstwertgefühl nötig war.

Für Judy und Leander Emerick stand von Anfang an fest: keine Kinder! Für Maria hieß es von Anfang an: auf jeden Fall Kinder! Adrian dagegen zeigte sich ambivalent. Er betonte, dass er kein Kind zu seinem Glück brauche, war aber bereit zu akzeptieren, dass seine Frau sich eine Ehe ohne Kinder nicht vorstellen konnte. Bis es so weit war, vergingen ein paar Jahre, dann aber, als die kleine Amelie geboren wurde, war er ein so hingebungsvoller Vater, als hätte er ein Leben lang auf diese Tochter gewartet.

Der Menschenstrom wurde immer dichter, das Vorkommen teurer Fotoapparate, Videokameras und hochgehaltener Handys ebenfalls. Je mehr sich Adrian und Maria der Rialtobrücke näherten, desto exklusiver wurden die Auslagen, die Souvenirs kostspieliger, die Freundlichkeit der Händler ließ immer mehr zu wünschen übrig. Am Ende war das Gedränge groß. Die Sättigung der Entgegenkommenden prallte auf die Erwartung der Eintreffenden, und keiner wollte dem anderen Platz machen.

Maria sah sich um, lauschte, ob sie in dem Stimmengewirr den Klang einer Geige vernahm, aber in dem Lärm war nichts zu hören. Sie nahmen ein paar Stufen in der Mitte der Brücke, wo die Geschäfte sich öffneten, die Schmuck, Leder, edles Papier und Schreibutensilien anboten, und wechselten dann erst zu ihrem Rand, um über die Brüstung schauen zu können.

Unter ihnen, in dem Café zu ihren Füßen, spielte kein Geiger. Sie stiegen höher, um Leander wenigstens sehen zu können, wenn sie ihn schon nicht hörten. Aber wieder nichts. Auf der anderen Seite des Kanals, vor einem der Restaurants, standen zwei Gitarristen, die gegen den Lärm anspielten, ansonsten sahen sie in keinem der Bistros, Cafés und Restaurants einen Straßenmusikanten, auch auf der Brücke vor den vielen Schmuck- und Souvenirläden nicht.

Maria wurde unruhig. »Er ist nicht da.«

Adrian deutete auf die Tische am Fuß der Brücke, die das Hotel *Rialto* dort nah an der Wasserkante aufgestellt hatte. Einer wurde gerade frei. »Wir können hier auf ihn warten. Vielleicht kommt er noch.«

Sie hatten keine Zeit, sich diesen Entschluss zu überlegen, die Zahl derer, die ein Auge auf den freien Tisch geworfen hatten, war groß. Adrian klärte die Besitzverhältnisse, indem er kurzerhand seine Jacke über die Rückenlehne eines Stuhls warf. Auf dem zweiten ließ Maria sich nieder, der dritte wurde, kaum dass sie saßen, an einen Nachbartisch gezogen. Sie sahen den ankommenden Venedigtouristen entgegen, die ihre schweren Koffer von der Anlegestelle des Vaporettos, der vom Flughafen kam, die Treppe hinauftrugen und am anderen Ende wieder herab, bis sie sich zum Campo San Bartolomeo durchschlagen konnten, um von dort ihre Hotels anzusteuern.

»Was machen wir, wenn er nicht kommt?«, fragte Maria, als sie ihren Stuhl zurechtgerückt und ihre Tasche zu ihren Füßen platziert hatte. »Nicht, dass er bei Sonnenuntergang ahnungslos zum Markusplatz geht!«

»So dumm wird er nicht sein«, gab Adrian zurück. »Er muss damit rechnen, dass Cyrill noch einmal dort auftaucht.«

»Trotzdem sollten wir hingehen, wenn wir ihn hier nicht antreffen. Vorsichtshalber! Noch vor Sonnenuntergang. Vielleicht können wir ihn abfangen, bevor er seine Geige auspackt.«

»Wie gesagt, er wäre dumm …«

Aber Maria ließ Adrian nicht ausreden. »Vielleicht hat er keine andere Möglichkeit. Er muss spielen, wenn der Cafébesitzer ihn dafür bezahlt. Womöglich hat er einen Vertrag unterschrieben.« Sie beugte sich vor und sah Adrian eindringlich an. »Er darf heute nicht spielen. Wenn Cyrill ihn erwischt …«

»Wie du willst.« Adrian nickte versöhnlich. »Sollte Leander hier nicht auftauchen, gehen wir später zum Markusplatz und warten dort auf ihn.«

Ein Kellner schob einen weiteren Tisch heran, nötigte die anderen Gäste, ihre Stühle noch weiter zur Wasserkante zu rücken, und achtete nicht auf deren ängstliche Gesichter.

»Warum tust du das, Adrian?«

Am Nachbartisch wurde ein Stuhl verrückt, der aufgrund der Enge auf Adrians Fuß landete. Erschrocken schrie er auf, stieß den Mann von sich fort und damit das Stuhlbein von seinem Fuß, den er augenblicklich in Sicherheit brachte. Der Tischnachbar landete bäuchlings auf seinem Teller, stieß dabei sein Bier um und beschwerte sich lauthals über Adrians Benehmen, das er rüpelhaft und rücksichtslos nannte. Bis er begriffen hatte, dass für jemanden, dem ein Stuhlbein mitsamt einem wohlgenährten Rheinländer auf dem großen Zeh gelandet war, Höflichkeit zu lange dauerte, hatte der Kellner den Kaffee serviert und sich bemüht, in die Empörung des Rheinländers, Adrians Erklärungen und Marias Beschwichtigungsversuche nicht hineingezogen zu werden. Schließlich war jedoch alles gesagt und verstanden worden, jeder hatte sich wortreich entschuldigt, den anderen mit großer Herzlichkeit angelächelt und Adrian nur ganz unauffällig seinen Zeh betastet. Vorsichtshalber rückten sie noch ein Stück näher zusammen, als eine kinderreiche Familie an einem der Nachbartische Platz nahm.

Maria wartete, bis die Unruhe sich gelegt hatte, dann wiederholte sie: »Warum tust du das?« Ehe Adrian fragen konnte, was sie meinte, ergänzte sie: »Leander helfen.«

»Und du?«, fragte er zurück. »Warum tust du es?«

Maria zögerte. »Wegen Judy. Und weil wir mal Freunde waren.«

»Eben! Deswegen tu ich es auch.«

»Aber was er damals getan hat, war schrecklich.«

Adrian sah Maria nicht an, während er antwortete: »Vermutlich war er immer ein egoistisches Arschloch. Wir haben es vorher nur nicht gemerkt.«

Maria fuhr zusammen. »So nennst du ihn?«

»Kennst du einen besseren Ausdruck?« Adrian zupfte an seinem Seidentuch herum. Er sprach mit so sachlicher Stimme, als ginge es nicht um eine eklatante menschliche Schwäche, sondern um den Preis für eine seiner Eventreisen.

»Jeder hofft insgeheim, ein Held zu sein«, sagte Maria leise, »aber die meisten von uns werden nie entsprechend gefordert. Wer weiß, wie man selbst in einer solchen Situation reagieren würde.«

Sie blickte auf die Passanten, die sich über ihnen die Treppe hochdrängten. Ein egoistisches Arschloch! So deutlich hatte Adrian es noch nie ausgedrückt.

»Und dann noch abhauen! Das war der Gipfel. Ab nach Thailand! Ich bin dann mal weg! Will mich nicht zur Verantwortung ziehen lassen. Will mich nicht entschuldigen. Lasse die Scherben einfach liegen. Was kümmert mich der Schaden, den ich angerichtet habe?« Adrian drehte sich um, als wollte er herausfinden, ob ihm jemand zuhörte. Er hatte immer lauter gesprochen, ein Teil der kinderreichen Familie war auf seine Worte aufmerksam geworden. Nun beugte er sich vor und flüsterte: »Dass er sogar Cyrill bestohlen hat…« Kopfschüttelnd betrachtete er Maria, als hätte sie Leander verteidigt. »Du musst zugeben, dass wir Leander wohl alle nicht richtig gekannt haben. Oder hättest du ihm damals so etwas zugetraut? Diese Feigheit! Und dann noch Diebstahl! Nicht irgendeiner, nein! Einen Freund hat er bestohlen! Also, mich wundert es nicht, dass er dieser Aurora verschwiegen hat, was für ein Riesenarschloch er ist.«

Maria fühlte sich, als wäre von ihrer eigenen Schuld die Rede, als gälten die Vorwürfe ihr. Was sollte sie Adrian antworten? Er hatte ja in allem recht. Was Leander getan hatte, war unverzeihlich. Dass Judy ihn hasste und ihm seinen vermeintlichen Tod gönnte, war verständlich. Maria fragte sich zum ersten Mal, ob der Diebstahl der Noten nicht doch schwerer wog als die Feigherzigkeit und die Fahnenflucht Leanders. Dass er sein eigenes Leben retten wollte und dafür das Leben seiner Frau aufs Spiel gesetzt hatte, war das Ergebnis von Angst, Panik und unüberlegtem Handeln gewesen. Schlimm genug! Den Diebstahl der Melodie jedoch, die Cyrill für Mike geschrieben hatte, musste Leander wohl überlegt haben. Er hätte die Noten liegen lassen können, er hätte es sich anders überlegen und die Kopien später vernichten können, er hätte erkennen müssen, was er Cyrill und Mike antat. Er hätte auch vorhersehen müssen, dass er damit Cyrills Freundschaft den Todesstoß versetzte und Judys Reputation als Künstleragentin zerstörte. In diesem Fall hatte er Zeit zu überlegen gehabt, Zeit zu erkennen, wie egoistisch er handeln wollte. Aber er hatte den Diebstahl trotzdem begangen. Ein großer Hit, seine Karriere… das alles war offenbar wichtiger gewesen als die Freundschaft zu Cyrill, zu Marias Bruder. Aber auch in diesem Fall war er bestraft worden: Leander hatte nicht miterlebt, wie *Venezianische Liebe* ein Hit wurde, und sich nie in diesem Erfolg sonnen können.

Polizeiprotokoll

Hamburg, den 08.12.2004

Oberkommissar Stefan Fuhrmann und Kommissar Ansgar Samuel werden über den Notruf informiert und in das Haus von Cyrill Buller gerufen. Ein Nachbar Bullers, Theo Katerberg, will von einem Fenster seines Hauses beobachtet haben, wie die scharfen Wachhunde des Herrn Buller zwei Personen verfolgten, die versuchten, vor ihnen zu fliehen. Ob es ihnen gelungen ist, sich in Sicherheit zu bringen, hat Herr Katerberg nicht erkennen können. Die Schreie, die er beschreibt, lassen jedoch darauf schließen, dass mindestens eine der beiden Personen von den Hunden angefallen worden ist.

Oberkommissar Stefan Fuhrmann und Kommissar Ansgar Samuel sind wenige Minuten später vor Ort, sehen einen Mann flüchten, verzichten jedoch auf eine Verfolgung. Sie beschließen vielmehr, sich zunächst um die akute Gefahr zu kümmern und in das Haus einzudringen. Sie machen sich bereit, die Hunde, sollten sie das Leben einer oder mehrerer Personen gefährden, zu erschießen.

Herr Buller öffnet ihnen unaufgefordert die Tür.

Die Gefahr sei bereits abgewendet, erklärt der Hausbesitzer, Frau Judith Emerick sei nichts zugestoßen. Oberkommissar Fuhrmann und Kommissar Samuel überzeugen sich von der Unversehrtheit des potenziellen Opfers und lassen sich versichern, dass die Hunde von

Herrn Buller wieder in den Zwinger gesperrt worden sind. Dieser beteuert sein Bedauern über den Vorfall nachdrücklich. Normalerweise sorge er dafür, dass die Hunde eingesperrt seien, wenn sich Gäste im Haus aufhalten, nur wenn niemand im Hause sei, lasse er sie frei auf dem Grundstück herumlaufen, um Einbrecher abzuwehren.

Der Verlauf der Ereignisse wird von den Beamten Fuhrmann und Samuel wie folgt rekonstruiert: Judith und Leander Emerick, Freunde des Herrn Buller, halten sich als Gäste in dessen Villa auf und beschließen, einen Spaziergang im Garten zu machen, da Herr Buller mit seiner Arbeit beschäftigt ist. Sie befinden sich ungefähr in der Mitte der großen Parkfläche, als die Hunde auf sie zukommen. Das Ehepaar Emerick weiß, wie gefährlich sie sind, und versucht zu fliehen. Herr Leander Emerick läuft voraus, auf die Tür zu, durch die das Paar den Garten betreten hat, seine Frau Judith folgt ihm. Herr Emerick erreicht die Tür als Erster, stößt sie auf, rettet sich ins Haus und wirft die Tür hinter sich zu, sodass seiner Frau die Flucht verwehrt bleibt. Nur dem Umstand, dass Herr Buller auf das Geschehen aufmerksam geworden ist und die Hunde rechtzeitig zurückpfeifen kann, ist es zu verdanken, dass Frau Emerick nicht den Hunden zum Opfer gefallen ist. Buller ruft einen Arzt, der sich um Frau Emerick bemüht, die unter Schock steht. Herr Leander Emerick verlässt das Haus von den Anwesenden unbemerkt, und ist bislang unauffindbar. Die Beamten Fuhrmann und Samuel gehen davon aus, dass es sich bei dem Flüchtenden, den sie bei ihrer Ankunft am Haus Cyrill Bullers beobachtet haben, um Leander Emerick gehandelt hat. Judith Emerick bittet darum, von einer

Verfolgung abzusehen, ihr Mann habe in Panik gehandelt, ganz sicher nicht mit der Absicht, ihr zu schaden. Da die ermittelnden Beamten davon ausgehen, dass es sich hier nicht um einen Tötungsversuch, sondern um einen Unfall handelt und somit keine Straftat vorliegt, wird in diesem Vorfall nicht weiter ermittelt.

Maria wusste, dass sie beide das Gleiche dachten, während sie die Vorübergehenden anstarrten, die Brücke betrachteten, ohne sie zu sehen, und vorgaben, nach dem Geiger Ausschau zu halten, um ihn zu warnen. In Wirklichkeit war längst jeder in seine eigenen Gedanken verstrickt. Maria war sicher, dass Adrian an Leanders Verschwinden vor vielen Jahren dachte, und Adrian vermutete sicherlich, dass auch Marias Erinnerungen bei diesem Tag waren. Ein schrecklicher Tag!

Als sie Adrians Hand auf ihrem Arm spürte, zuckte sie zusammen. Erschrocken blickte sie ihn an und er lächelte. »So hast du immer ausgesehen, kurz bevor du mir etwas gestehen wolltest.«

Gestehen? Sie erschrak noch einmal. Hatte es auf ihrem Gesicht gestanden? War es von ihrer Miene abzulesen gewesen, was damals geschehen war? Leander, so unglücklich in seiner Ehe, sie selbst nicht glücklicher in der Lieblosigkeit, die entstanden war, als Adrian nur noch seinen Beruf im Kopf hatte, sein Reiseunternehmen, für das er ganz und gar da war. Tag und Nacht! Was immer sie sich wünschte, es ging nicht, weil Adrian zu arbeiten hatte. Zeit für gemeinsame Unternehmungen? Fehlanzeige! Zeit für die Liebe? Himmel, man war doch aus den Flitterwochen heraus! Warum hatte er damals nicht gespürt, dass sie sich entfremdeten? Wie konnte es ihm entgehen, dass sie sich von ihm abwandte, Leander zu, der nur die Arme ausbreiten musste? Sie war hineingeflogen und hatte ein Verhältnis mit dem Mann ihrer besten Freundin begonnen, mit dem Freund ihres Mannes. Heute konnte sie nicht mehr verstehen, wie leichtfertig und liederlich sie gehandelt hatte. Aber sie wusste auch: Damals war es seltsam folgerichtig gewesen. Für beide!

»Warum haben wir es eigentlich nicht geschafft?«, fragte Adrian jetzt. »Was hat uns auseinandergebracht? Wir waren doch mal ein tolles Paar.«

Sie sah ihn forschend an. Wusste er etwas? Hatte er damals doch etwas mitbekommen und nur geschwiegen, weil er den Konflikt scheute?

Sie bemühte sich um einen leichten Tonfall. »Auseinandergelebt … so sagt man wohl in einem Fall wie unserem. Du hattest so wenig Zeit …«

»… und du so wenig Lust, auf mich einzugehen.«

»Du warst häufig verreist.«

»Wenn ich zu Hause war, warst du weiter weg von mir als ich von dir, wenn ich nach Namibia flog.«

Sie schüttelte den Kopf. »Lass uns nicht wieder mit Schuldzuweisungen beginnen. Es ist vorbei.«

Er ließ sie nicht aus den Augen, als er leise sagte: »Ich wollte, wir hätten mehr gekämpft. Unsere Liebe wäre es wert gewesen. Wir haben zu früh aufgegeben.«

Sie betrachtete ihn lange, das Gesicht, das ihr so vertraut war, den Augenausdruck, den sie geliebt hatte, seinen Mund, der lächeln konnte, auch wenn er ernst war. Ja, Adrian hatte recht. Ihre Liebe wäre es wert gewesen. Aber nun war es zu spät. Am liebsten hätte sie Gundula zur Sprache gebracht, aber sie fürchtete sich davor, dass er sagen würde, er könne die Beziehung beenden, es würde ihm nichts ausmachen, wenn er dafür Maria zurückbekäme. In seinen Augen stand eine solche Aussage. Aber wollte sie provozieren, dass er sie aussprach? Nein!

»Da gab es doch mal einen Mann in deinem Leben. Amelie hat mir von ihm erzählt.«

»Es gab mehrere!« Was dachte er sich eigentlich? Dass sie in ihrem Alter keine Chancen mehr bei Männern hatte? Sie zog den Bauch ein, damit die Knopfleiste ihres Kleides nicht mehr spannte, und ließ die High Heels an ihren Zehen baumeln. »Du meinst Benjamin?«

»Du hast eine Weile mit ihm zusammengewohnt.«

»Nur ein Jahr. Dann habe ich festgestellt, dass ich keine Lust mehr habe, mich an neue Marotten zu gewöhnen. Ich lebe lieber allein.«

Adrian beugte sich vor und lächelte, mit den Augen, mit dem Mund, mit seinem ganzen Körper. »Eigentlich gut, dass du an meine Marotten längst gewöhnt bist.«

Maria war froh, als in diesem Moment das Handy in ihrer Handtasche klingelte. Aber sie ärgerte sich, dass ihre Finger zitterten, als sie es hervorzog. »Judy! Was gibt's?«

»Wo bist du?«

»An der Rialtobrücke. Warum?«

Judy war eingefallen, dass es Dinge gab, die sie nicht einfach über den Kopf der Brautmutter hinweg bestimmen konnte, erst recht nicht über den Kopf der Braut. »Amelie sagt, wir sollen den Hotelsaal fotografieren. Jetzt gleich! Diese andere Hochzeitsgesellschaft ist gerade eingetroffen. Es herrscht ein ziemliches Gewimmel im *Bonvecchiati*, da fallen ein paar Fremde, die fotografieren, gar nicht auf. Amelie will sehen, wie eng es wird, wenn hundertzwanzig Gäste den Begrüßungs-Champagner gereicht bekommen. Und sie will deine Meinung hören.«

»Okay, wir kommen.«

Es handelte sich um die Hochzeit der einzigen Tochter eines reichen Venezianers, der augenscheinlich gezwungen gewesen war, die Mitglieder einer Mafiafamilie einzuladen. Der Anteil düster aussehender Männer mit abenteuerlich geschmückten Frauen war jedenfalls gewaltig. Der Champagner floss in Strömen, der Schweiß des Servicepersonals ebenfalls. Die Sorge der Brautmutter, die ersten Gäste könnten schon vor Sonnenuntergang betrunken in den Kanal fallen, war nicht zu übersehen, sowie die Freude des Brautvaters, mit der Hochzeit der Tochter gleichzeitig ein paar erfreuliche Geschäftsabschlüsse unter Dach und Fach zu bringen. Maria kannte Amelies zukünftige Schwiegereltern nur flüchtig und hoffte, dass sich ihre Kontakte zur Mafia in Grenzen hielten und ihre Verwandtschaft so war wie Sandro: unterhaltsam, gut erzogen und nur so erfolgreich, dass es die Umgangsformen nicht verdarb.

Judy war bereits voller unglaublicher Eindrücke, die sie Maria ins Ohr tuschelte und genüsslich vor Adrian aufbauschte. »Mit dieser Hochzeitsgesellschaft könnte ich ein Theaterstück inszenieren. Die brauchen sich nur so zu geben, wie sie sind.«

Maria bat darum, von dieser Idee Abstand zu nehmen und nicht den Versuch zu machen, während dieses Empfangs, in den sie sich eingeschmuggelt hatten, ganz nebenbei und unauffällig ein Casting zu veranstalten. Sie dachte mit Schrecken an die Party anlässlich Cyrills fünfzigsten Geburtstags, bei der Judy ganz spontan die Idee zu einem Karaoke-Festival gekommen war. Den ganzen Abend lang hatte sie in dem Versuch, Teilnehmer zu rekrutieren, Cyrills Gäste belästigt und schließlich einige männliche Unterwäschemodels schriftlich verpflichtet, die sich jedoch am nächsten Tag an nichts erinnern konnten. Judy hatte lange überlegt, ob sie auf die Einhaltung der zwar improvisierten, aber unterschriebenen Verträge bestehen und sie notfalls mit Hilfe ihres Anwalts durchsetzen sollte.

Maria hatte den Verdacht, dass sich Judy in dieser Hochzeitsgesellschaft nicht ganz so unauffällig verhalten hatte, wie es verabredet gewesen war, denn der Hotelmanager trat auf sie zu und erkundigte sich zwar höflich, aber sehr bestimmt und leicht gereizt nach ihren Wünschen. Er machte keinen Hehl daraus, dass er ihnen den Zugang zu den Kanapees verweigern würde. Als er jedoch hörte, dass es um die Hochzeit von Sandro Pompili und Amelie Welhorn ging, wollte er sie umgehend in sein Büro bitten.

Doch Maria, die alle Einzelheiten gern ohne Judy besprechen wollte, lehnte seine Einladung dankend ab. »Sie haben genug zu tun, ich komme noch einmal vorbei, wenn gerade keine Hochzeitsgesellschaft im Hause ist. Wir haben alles gesehen, was uns interessiert.«

Dass ihr der Schweiß ausbrach, versetzte den Hotelmanager in Sorge, und er versicherte mit vielen Worten, er würde die Klimaanlage anders einstellen, wenn deutsche Gäste erwartet wurden, die an venezianische Temperaturen nicht gewöhnt seien.

In diesem Plan wurde er bestätigt, als Adrian seinen Seidenschal in die Hosentasche steckte, sein Jackett auszog und es sich über die Schulter warf. Dabei fiel sein Smartphone aus der Innentasche der Jacke und landete vor seinen Füßen. Erschrocken hob er es auf und reichte es Maria. »Kannst du es in deine Handtasche stecken? Ich möchte es nicht verlieren.«

Maria nahm es wortlos entgegen und schalt sich, weil sie diese Vertraulichkeit genoss. Schon während ihrer Ehe hatte Adrian alles, was er gern bei sich haben wollte, in ihrer Handtasche untergebracht.

»Schön wäre ein Musiker während des Empfangs«, meinte Adrian nachdenklich. »Etwas Unaufdringliches, zum Beispiel …«

»Ein Geiger?«, rief der Hotelmanager. »Ich könnte Ihnen einen hervorragenden Geiger empfehlen.«

Maria warf Judy einen Blick zu, aber ihre Freundin sah nicht so aus, als wäre in ihr eine unliebsame Erinnerung geweckt worden.

»Am besten, Sie gehen kurz vor Sonnenuntergang zum Markusplatz. Dort spielt er vor dem *Caffè Florian*. Wenn er Ihnen gefällt, sagen Sie mir Bescheid. Ich engagiere ihn für Sie.«

Maria fuhr der Schreck in alle Glieder. Sie tastete nach einem Halt und hätte ihn beinahe in dem Silbertablett mit den Champagnergläsern gefunden, das ein Kellner hereintrug. Auch Adrian fiel es schwer, Haltung zu bewahren. Judy jedoch tat begeistert und lachte so ausgiebig, dass der Puder an ihrem Haaransatz abplatzte.

Maria drehte sich weg, damit Judy ihr Gesicht nicht sehen konnte, und lachte, wenn auch lautlos, ein paar alberne Hochzeitsgäste an, mit weit aufgerissenem Mund, mühsam glatt gehaltener Stirn und möglichst unbewegten Augenwinkeln. Nun wusste sie, wie Judy sich fühlte. Nicht fröhlich oder gar ausgelassen, sondern angespannt und mit einer großen Sorge im Herzen. Die Erwähnung des Geigers hatte also doch etwas in ihr berührt, was sie sich nicht eingestehen wollte. Maria fühlte es wie sie.

Judy trieb es sogar so weit zu fragen, ob der Geiger auch *Venezianische Liebe* spielen könne. Und als der Hotelmanager bestätigte, dass dieses Lied heutzutage zum Standardrepertoire eines Musikers gehöre, erlosch ihr großmündiges Lachen zwar, aber sie blieb dabei, dass ein Geiger während des Hochzeitsempfangs genau richtig sei. Maria verstand, was sie damit sagen wollte: Ich bin über Leander längst hinweg, über meine Ehe mit ihm, über seinen Tod erst recht. Ein Geiger kann mein Herz nicht berühren, und wenn er noch so gut *Venezianische*

Liebe spielt. Ich bin stark! Sentimentalität kommt für mich nicht infrage.

Judy zog ihr Smartphone hervor und öffnete die Hochzeits-WhatsApp-Gruppe. »Ich frage gleich mal bei Amelie nach.«

Maria sah Adrian panisch an. Ihr Blick fragte: Was sollen wir tun?, und Adrians Augen entgegneten: Keine Sorge, ich kümmere mich darum. Er beugte sich an Marias Ohr und flüsterte: »Lenk Judy bis Sonnenuntergang ab. Er wird weg sein, bis ihr auf dem Markusplatz auftaucht. Ich sorge dafür.« Er nickte, als Maria etwas sagen wollte, und ergänzte, weil er wusste, was ihr auf dem Herzen lag: »Cyrill wird ihn ebenfalls nicht zu Gesicht bekommen.«

Maria sah ihm nach und spürte, wie die Ruhe in ihr Herz zurückkehrte. Wenn sich Adrian um etwas kümmerte, dann war die Last, so groß sie auch gewesen sein mochte, von ihrer Seele genommen. So war es immer gewesen. Auf Adrian war Verlass. Was er in die Hand nahm, gelang. Wenn Cyrill schon früher auf dem Markusplatz angekommen sein sollte, wenn es Adrian nicht gelungen war, Leander vorher abzufangen, dann würde ihm irgendetwas anderes einfallen, um Leander vor ihrem Bruder in Sicherheit zu bringen. Den ehemaligen Geliebten seiner Exfrau! Ob Adrian so hilfsbereit wäre, wenn er davon wüsste?

Judy steckte ihr Smartphone weg, im selben Moment toste der Applaus in Marias Tasche. Die Nachricht, die Judy an ihre Patentochter geschickt hatte, war bei allen Mitgliedern der WhatsApp-Gruppe angekommen.

»Ein Geiger ist so romantisch«, sagte Judy, aber ihre Worte klangen mit einem Mal tapfer und waren ohne jede Euphorie. Was ging in ihr vor? Gestand sie sich erst jetzt ein, dass es schwer sein würde, einem Geiger zuzuhören, der *Venezianische Liebe* spielte? Wie oft mochte sie in den letzten Jahren vor diesem Lied geflohen sein? Aus Einkaufspassagen, vor

Straßenmusikanten oder aus Supermärkten? Maria sah, wie Judy auf ihrer Unterlippe herumkaute, und machte es wie sie. Ja, Judy war voller Angst. Sie war im Laufe der vergangenen Jahre nicht ruhiger geworden, sondern neigte immer noch zu spontanen Handlungen, die sie kurz darauf bereute. Maria fühlte sich bestätigt, als Judy nach einem herrenlosen Champagnerglas griff und es in einem Zug leerte. Der Hinweis auf ihren noch immer angegriffenen Magen-Darm-Trakt kam zu spät.

Maria zog Judy zum Ausgang und behauptete, sie schaffe keine zehn Schritte auf ihren High Heels, wenn sie nicht zuvor einen Eiskaffee mit besonders viel Sahne zu sich genommen habe. Und der Geiger, der angeblich bei Sonnenuntergang zu spielen beginne, würde sicherlich noch immer auf dem Markusplatz stehen, wenn dort die Lichter angegangen seien. »Zeit genug!«

Judy sah es ein und ließ sich bereitwillig aus dem Hotel ziehen. Sie fanden sich auf der Rückseite des *Bonvecchiati* wieder und sahen sich nach einem Café um. »Vielleicht sollten wir doch lieber auf die Calle dei Fabbri gehen«, schlug Maria vor.

Aber Judy hatte bereits das *Hard Rock Cafe* ins Auge gefasst, das zwischen dem Markusplatz und dem *Bonvecchiati* lag. Zielstrebig steuerte sie auf den Eingang zu, der von Jugendlichen belagert wurde, und schien sich zwanzig Jahre jünger vorzukommen, nur weil alle anderen, die dort saßen, höchstens dreißig Jahre alt waren. Zwei ältere Herren schienen sich ins Innere des Cafés verirrt zu haben, sie reagierten erfreut, als sich Maria und Judy in ihrer Nähe niederließen, und begannen sogar einen Flirt mit Judy. Das machte sie derart größenwahnsinnig, dass sie, als die älteren Herren gegangen waren, zwei jungen Kerlen schöne Augen machte, die an der Bar standen und Espresso tranken. Dass ihre Bemühungen keinen Erfolg zeigten, steckte sie locker weg. »Man kann's ja mal versuchen.«

Sie beugte sich zu Maria, weil die Musik im *Hard Rock Cafe* so laut war, dass man sich nicht in normaler Lautstärke unterhalten, sondern sich nur gegenseitig etwas ins Ohr schreien konnte. Während Judy von Doro erzählte, der sie ihre Agentur anvertraut hatte, von der Eigenheit eines Musicalstars, hundertmal pro Stunde einen Lippenpflegestift zu benutzen, von ihrem Ärger, dass sie Mike Reinert nicht unter Vertrag hatte, und einer Bekannten, die sich unterstand, mit dem Mann ihrer besten Freundin ins Bett zu gehen, hörte Maria in ihrer Handtasche ein Zirpen. Eine SMS war eingegangen. Froh, dass sie Judy nicht ins Gesicht sehen musste, während diese pikante Einzelheiten von dem Seitensprung verriet, zog sie das Handy mit der Miene einer Geschäftsfrau hervor, der keine Nachricht verborgen bleiben durfte. Sie war entschlossen, irgendeine lapidare Mitteilung so zu lesen, als würde sie darüber informiert, dass die Ladenkasse ausgeraubt worden sei. Das musste unbedingt so lange dauern, bis Judy mit der Empörung über ihre treulose Bekannte fertig war und von dem Thema »Ehebruch im Freundeskreis« zu irgendeinem anderen gewechselt hatte, was bei Judy zum Glück sehr schnell ging.

Es dauerte ein paar Herzschläge, bis Maria klar wurde, dass sie nicht ihr eigenes, sondern Adrians Smartphone in Händen hielt, der das gleiche Modell besaß wie sie. ›Du hast deinen Schlüssel bei mir vergessen. Habe ihn in der Trattoria *Vecchio Gondoliere* für dich hinterlegt. Gruß L.‹

Anwaltskanzlei Winter

Hamburg, den 23.02.2005

Zum Fall »Diebstahl der Noten mit dem Originaltitel NEVER EVER«
Herr Cyrill Buller, Modedesigner in Hamburg, bestätigt, dass die beiden Musikstücke, die am 03.02.2005 und am 05.02.2005 erschienen, auf einer Melodie basieren, die aus seiner Feder stammt. Er selbst hat die Melodie unter dem Titel NEVER EVER, gesungen von Mike Reinert, zur Veröffentlichung gebracht, das Gegenstück mit dem Titel VENEZIANISCHE LIEBE sei durch den Diebstahl seiner Noten auf den Markt gekommen.
Frau Judith Emerick, Inhaberin der Künstleragentur *Künstler-Fuchs* und Ehefrau des Geigers Leander Emerick, sagt aus, dass ihr Mann ihr diese Noten vorgelegt habe mit dem Hinweis, ein begeisterter Fan habe sie ihm als Geschenk überlassen und zwar mit dem ausdrücklichen Wunsch, diese Melodie zu spielen und zu veröffentlichen. Frau Emerick ist der Name dieses Fans nicht bekannt. Ihr Mann habe ihr erklärt, der Komponist wolle anonym bleiben. Herr Buller gibt an, dass Leander Emerick Gelegenheit hatte, die Noten an sich zu nehmen und zu kopieren.
Nach reiflicher Überlegung verzichtet Cyrill Buller auf eine Anzeige gegen Leander Emerick und zwar aus folgenden Gründen:
1. Leander Emerick ist seit dem 06.12.2004 verschwunden und am 26.12.2004 in Khao Lak allem Anschein nach das Opfer des Tsunamis geworden.
2. Herr Buller möchte Frau Judith Emerick keine Schwierigkeiten verursachen, die die beste Freundin

seiner Schwester ist. Zudem empfindet Buller ihr gegenüber Schuldgefühle, seit Judith Emerick Opfer einer Attacke durch mehrere Hunde wurde, weil Herr Buller es versäumt hatte, seine Wachhunde wegzuschließen.

3. Herr Buller legt großen Wert darauf, dass sein Inkognito gewahrt bleibt. Er möchte auch deshalb auf eine Anzeige verzichten, weil er nicht als Urheber vieler Mike-Reinert-Songs im Interesse der Öffentlichkeit stehen möchte.

Herr Buller behält sich jedoch vor, anders zu entscheiden, wenn sich neue Gesichtspunkte ergeben sollten.

Frau Judith Emerick bietet Herrn Buller an, die Einnahmen aus dem Titel VENEZIANISCHE LIEBE mit ihm zu teilen, dies lehnt Herr Buller ab aus Gründen, die sich aus Punkt 2. (s.o.) ergeben.

Die Dunkelheit hatte sich über Venedig gesenkt, ein Schleier, der zunächst über der Lagune schwebte, dann die Türme und Dächer berührte und schließlich in die Gassen gefallen war. Dort wurde der Abend schnell finster und undurchdringlich, während über den Kanälen der Himmel noch eine Weile grau blieb und sich erst mit der Nacht abfand, als alle Lichter der Stadt angeknipst worden waren. Der Markusplatz strahlte wie eine Brautmutter, deren Tochter den schönsten Tag ihres Lebens genießt. Würdevoll und bescheiden, stolz, aber zurückhaltend, weil die Hauptrolle bereits vergeben war. Die Piazza San Marco prunkte nicht, sie stand da und zeigte, dass ihre Schönheit ein Teil Venedigs war. Die Stadt war eine Kostbarkeit, und deshalb musste ihr größter und bedeutendster Platz ein Kleinod werden.

Judy hatte mehrere Anrufe von Doro erhalten und sich notgedrungen ein paar Stunden ihrem Agenturgeschäft widmen müssen. Maria fühlte sie wie befreit, als Judy sich in ihr Apartment zurückzog und ankündigte, sie werde zum Abendessen im *Luce della Laguna* erscheinen. Eilig überquerte Maria jetzt den Markusplatz und gönnte dem *Caffè Florian* auch diesmal keinen Blick. Sie wollte auf Nummer sicher gehen. Vielleicht gab es einen kürzeren Weg, aber sie ging dann doch so, wie sie mit Leander zu der Trattoria gegangen war, in der Aurora arbeitete. Die Mercerie hinab, dann in die Calle dei Fabbri, dort würde sie die richtige Abzweigung finden.

Sie verlief sich kein einziges Mal. Als sie die Lichter sah, mit der die Trattoria ihre Gäste lockte, blieb sie stehen. Am liebsten hätte sie ihre High Heels ausgezogen, um sich den Tischen lautlos nähern zu können. Wie man auf sein Schicksal zuschleicht, um notfalls vor ihm fliehen zu können, obwohl doch jeder weiß, dass man dem Schicksal nicht entkommen kann. Aber Angst und Hoffnung waren eben schlechte Weggefährten, wenn man jedes dieser Gefühle an eine Hand nahm und sich von ihnen mal zur einen, mal zur anderen Seite ziehen ließ.

Maria schüttelte sie beide ab und schritt auf die Trattoria zu. Das Stakkato ihrer hohen Absätze gefiel ihr jetzt, nachdem sie den Mut an ihre Seite genommen hatte und den festen Vorsatz, die Wahrheit zu akzeptieren, wenn sie auch noch so hart war. Leander und Adrian! Was lief zwischen den beiden? Wie konnte Adrian seinen Schlüssel bei Leander vergessen haben? Was wusste er? Und wieso schwieg er? Warum hatte er nicht gesagt, dass er Leander einen Besuch abgestattet hatte?

Aurora wurde schnell auf sie aufmerksam. Das Klacken von Marias Absätzen hatte die Ruhe durchdrungen, die sich auf Venedig senkte, sobald die Touristenschiffe abgelegt hatten und zwischen den Kanälen wieder Platz für die Venezianer war. Sie hatte gerade ein Essen serviert und wollte in die Trattoria zurückgehen, blieb nun aber stehen und sah Maria entgegen. Unbewegt, ohne ein Lächeln, wie es ihre Art war. Seit dem Tsunami, hatte Leander gesagt, lächelte sie nicht mehr.

Maria griff in ihre Handtasche, während sie auf Aurora zuging, holte Adrians Handy heraus und hielt es ihr hin. So, als brauchte sie einen Beweis. »Ich soll den Schlüssel bei Ihnen abholen.«

Wenn Aurora überrascht war, ließ sie es sich nicht anmerken. Sie drehte sich um, verschwand in der Tür und kam schon wenige Augenblicke später wieder heraus, mit dem Schlüssel in der Hand.

Maria betrachtete ihn eine Weile. Ja, das war der Schlüssel für Adrians Wohnung. Sie selbst besaß einen ganz ähnlichen, nur mit einer anderen Nummer gekennzeichnet.

Sie steckte ihn weg und nickte zu einem freien Tisch. »Kann ich einen *vino rosso* haben?«

»Natürlich!« Aurora rückte ihr einen Stuhl zurecht.

»Wären Sie so nett, mir Gesellschaft zu leisten?«

Aurora warf einen Blick auf ihre Gäste, von denen keiner den Wunsch erkennen ließ, eine Bestellung aufgeben zu wollen, dann holte sie zwei Gläser und eine Karaffe Rotwein und goss ihnen ein. *»Salute.«*

Sie sah Maria erwartungsvoll an, als rechnete sie mit Fragen. Das machte es Maria leichter. »Waren Sie bei dem Gespräch dabei? Ich meine … als Adrian Leander besucht hat?«

Aurora machte eine wegwerfende Geste, als wäre eine Erklärung überflüssig. »Nein, ich war in der Küche.«

»Aber Sie haben etwas mitbekommen?«

»Manchmal haben sie lauter geredet, oft nur ganz leise.«

»Über mich?«

»Nein, von Leanders Frau.«

»Judy?« Maria wartete auf eine Erklärung Auroras, hätte gern weitergefragt, brachte es aber nicht fertig. Obwohl es viele Fragen gab, auf die sie gern Antworten erhalten hätte, wollte sie dennoch an der Oberfläche bleiben, nicht in die Heimlichkeit eindringen, die sie nicht verstand.

Aurora war es, die das Schweigen unterbrach. »Er hat es sich nie verziehen. Er hat es nicht einmal verstanden.«

Maria dachte an das, was Adrian am Nachmittag gesagt hatte. Es muss schlimm sein festzustellen, dass man ein egoistisches Arschloch ist. »Es muss schlimm sein festzustellen, dass man schwach und feige ist.«

»Jeder glaubt daran, in einem Augenblick der Gefahr das Richtige zu tun. Auch Leander hat es geglaubt. Er hatte keine Ahnung, was die Angst aus einem Menschen machen kann. Wir alle haben keine Ahnung. Oder waren Sie schon einmal in einer solchen Gefahr?«

Maria brauchte nicht nachzudenken. »Nein.«

»Wer noch nie Mut beweisen musste, sollte nicht über Leander urteilen.« Aurora trank einen Schluck Wein, ehe sie fortfuhr: »Ich habe während des Tsunamis Menschen gesehen, die andere vom Baum gedrängt haben, damit sie selbst Platz hatten, um sich festzuklammern. Wie schwer mag es sein, mit dem Überleben fertigzuwerden, nachdem man andere dafür in den Tod gestoßen hat! Unmöglich, dieses Glück zu empfinden oder gar zu genießen! Das Überleben wird dann zu einer schrecklichen Last!«

Maria betrachtete sie lange, die Blässe unter ihrer gebräunten Haut, das Leblose in ihren dunklen Augen, ihr glanzloses Haar, ihren verhärmten Mund. »Sie fühlen sich schuldig, weil Ihre Eltern und Ihr Bruder gestorben sind und Sie selbst überlebt haben?«

Zum ersten Mal glomm ein Feuer in Auroras Augen auf. »Ja. Und dabei trage ich nicht einmal die Schuld. Ahnt eigentlich niemand, was mit Leander danach geschehen ist? Ging es immer nur um seine Frau?« Sie nickte einem Mann zu, der nach der Rechnung winkte. »Nicht, dass ich kein Mitleid mit ihr habe«, sagte sie, während sie aufstand. »Im Gegenteil! Ich habe großes Mitleid mit ihr. Aber mit Leander eben auch. Und ich wollte, das könnte jemand verstehen.« Sie erhob sich, machte einen Schritt auf den wartenden Gast zu, blieb dann aber noch einmal stehen und drehte sich zu Maria um. »Sie haben von dem Diebstahl gesprochen ... dem Diebstahl dieser Noten ... Leander hat das nicht getan.«

Ohne ein Wort des Abschieds ging sie zu dem Gast und kassierte, danach betrat sie die Trattoria und kehrte nicht zurück. Maria wartete eine Weile, bis sie begriff, dass Aurora das Gespräch nicht fortsetzen wollte. Sie legte einen Geldschein unter ihr Glas und erhob sich. Adrian hatte also mit Leander über Judy gesprochen. Warum? Und warum in dieser Heimlichkeit? Und wie kam Aurora darauf, dass es nicht Leander gewesen war, der Cyrill die Melodie gestohlen hatte?

Das *Luce della Laguna* hatte alle Türen und Fenster geöffnet, ließ den Lärm hinaus und die Mücken, Schnaken und Bremsen herein. Sie ließen sich von den Decken in die Rotweingläser fallen, nisteten sich in den Haaren der Frauen ein und krochen den Männern in die Hemdsärmel. Während der lebhaften Gespräche an der Theke und an den Tischen wurde in die Luft geschlagen, gegen die eigene Stirn und nach einem flüchtigen *»Scusi«* auch dem Gegenüber auf den Arm oder die Schulter. Aber diese Plagegeister konnten niemanden dazu bewegen, sich in die Dunkelheit hinauszubegeben, weg von den Lichtern, dem Schweiß und der Schwüle, die die Insekten anzogen. Dass sie in einer Ecke der Trattoria zum Thema wurden, lag nur daran, dass dort eine Frau behauptete, sie würde seit der vierten Schwangerschaftswoche so viel von Insekten gestochen wie sonst nie. Das läge am Kohlendioxid, auf das die Mücken reagierten, und da eine schwangere Frau praktisch für zwei ausatme, fänden die Mücken bei ihr besonders viel Kohlendioxid. Diese These wurde von der Tischrunde stark angezweifelt und führte zu einer lebhaften Debatte, die mit den absurdesten Beispielen untermalt wurde.

Am Nachbartisch verkündete daraufhin Judy, wie froh sie sei, niemals schwanger geworden zu sein, weswegen sie auch niemals unter einer Mückenplage habe leiden müssen. Es gäbe im Übrigen noch andere Vorteile, wenn man sich entschied, auf Fortpflanzung zu verzichten, aber … die fielen ihr gerade nicht ein. Ihre Hände zappelten in der Luft, dann betrachtete sie ihre Fingerspitzen, als könnten dort Argumente kleben geblieben sein, die sie an den Meinungen der anderen abwischen konnte.

Maria hatte schon beim Eintreten erkannt, dass Judy viel getrunken hatte. Jetzt wies ihre Freundin Adrians Argumente, die für reichen Kindersegen sprachen, mit großer Geste zurück, die sämtliche Rotweingläser in ihrer Nähe erzittern ließ, ohne jedoch nüchtern genug für Gegenargumente zu sein. Die Sache mit den Mücken blieb das Einzige, was ihr zum Thema Schwangerschaft einfiel. Adrians Erfahrungen als Vater einer Tochter, die er über alles liebte, wischte Judy mitsamt den Erdnüssen vom Tisch, die Giovanni seufzend zusammenkehrte. Sie waren wohl nicht das Erste, was Judys Motorik an diesem Abend zum Opfer fiel.

»Wo warst du so lange?«, fragte Cyrill, als seine Schwester auf dem freien Stuhl Platz genommen hatte, den die vier nach Mikes Darstellung bis aufs Blut hatten verteidigen müssen.

»Es gab eine Menge zu erledigen«, wich Maria aus. »Oder habt ihr vergessen, dass ich in Venedig bin, um Amelies Hochzeit vorzubereiten?« Sie fasste Mike und Cyrill ins Auge, die sich bei den Händen hielten und verliebt anlächelten. »Nicht, um diese gute Gelegenheit für *amore* zu nutzen.«

»Schade eigentlich«, flüsterte Adrian, und Maria war froh, dass außer ihr niemand etwas davon mitbekam.

Judy konterte mit einer Gegenfrage: »Hast du etwa vergessen, warum ich in Venedig bin? Um dir zu helfen! Du musst dich nicht um alles allein kümmern.« Den letzten Satz bekam sie nur mühsam heraus, immer wieder unterbrochen durch einen Schluckauf, den sie tapfer zu ignorieren versuchte.

Maria versicherte, es habe ihr sehr geholfen, dass Judy am Nachmittag die Besichtigung des Festsaals übernommen habe, bedankte sich für das Glas Rotwein, das sie vorgesetzt bekam, ließ Jacopos Begrüßung über sich ergehen, den die Wiedersehensfreude übermannte, und schüttelte Adrians Hand ab, die sich auf ihren Rücken legte. Dies war ein Abend, wie sie ihn liebte. Trotz des Schlüssels, den Adrian bei Leander vergessen hatte, trotz seines heimlichen Besuchs bei ihm, trotz seiner Unehrlichkeit. Laut wie überall, wo mehr als drei Italiener zusammengekommen waren, fröhlich, wo Rotwein ausgeschenkt wurde, ausgelassen, wo sich eine hübsche Frau dazugesellte, dramatisch, wo ein Ehestreit zur Sprache kam, und unangemessen theatralisch, wenn über *amore* geredet wurde, oder auch nur über einen Nagel, der sich nicht hatte in die Wand schlagen lassen. Sie konnte die Fragen, die sie Adrian gern gestellt hätte, für eine Weile vergessen und war erleichtert, das Karussell, das sich in ihrem Kopf drehte, anhalten zu können. Wenigstens für ein paar Stunden. Sie war hier, um Amelies Hochzeit vorzubereiten. Ihr Baby würde in Venedig vor den Traualtar treten. Sie würde eine wunderschöne Braut sein und so glücklich, wie ihre Mutter es sich immer gewünscht hatte. Nur daran wollte sie denken.

Der WhatsApp-Applaus riss sie alle aus dem Gespräch über den Service in Fünfsternehotels, das Mike soeben begonnen hatte, der zurzeit Heiner genannt werden wollte, um sein Inkognito zu wahren, und auch, weil dieser Name besser zu seiner Perücke, zu seinem auberginefarbenen Seidenblouson und den Bundfaltenhosen passte. Er war der Einzige, in dessen Tasche kein tosender Applaus einsetzte. In allen anderen meldete sich die Hochzeits-WhatsApp mit Beifallsstürmen. Amelie hatte ja darauf bestanden, dass alle den gleichen Ton geladen hatten.

Augenblicke später redete Heiner Liesegang noch immer darüber, dass ihm in einem Fünfsternehotel zugemutet worden war, sein Gepäck höchstselbst zu befördern, aber niemand hörte ihm zu. Jeder hatte sein Smartphone vor Augen und las die Mitteilung, die Amelie in die Gruppe geschrieben hatte: ›Der Hotelmanager kannte keine eurer Handynummern, deswegen hat er mich kontaktiert.‹ An dieser Stelle hatte sie ein Smiley mit hängenden Mundwinkeln eingefügt. Anscheinend war sie von diesem Anruf belästigt worden. ›Es geht um irgendeinen Geiger, der während des Empfangs spielen soll.‹ Wohl um zu zeigen, dass die WhatsApp einen heiteren Grundton haben sollte, hatte Amelie das Abbild einer Geige und eines Notenblattes eingefügt. ›War das überhaupt verabredet? Keine Ahnung, aber echt coole Idee. Er hat heute Abend nicht auf dem Markusplatz gespielt, sagt der Hotelmanager, aber ihr könnt ihn im *Da Roberto* hören, dort tritt er bis gegen Mitternacht auf. Also, schaut ihn euch an. Ich muss jetzt zu der Geschäftseröffnung eines Kunden. Keine Lust, aber geht nicht anders.‹ Vier rote Herzchen zierten das Ende der Nachricht, für jeden von ihnen eins.

Das *Da Roberto* lag am Campo San Provolo, in der Nähe von San Zaccaria, der Kirche, in der Amelie und Sandro heiraten würden, in einem Eckhaus, dessen gesamtes Erdgeschoss von der Trattoria eingenommen wurde. Die Tische vor dem Restaurant reihten sich an zwei Seiten auf, man konnte sich entscheiden, ob einem der Blick auf die Brücke besser gefiel als auf Andenkenläden und andere Restaurants.

Maria, die gelaufen war, so schnell sie konnte, näherte sich auf den letzten Metern langsam und vorsichtig. Sie wollte nicht gesehen werden, nicht von Adrian, erst recht nicht von Leander. Dies war die Gelegenheit, mehr zu erfahren, die musste sie nutzen. Warum war Adrian auch diesmal sofort bereit gewesen, Leander zu schützen? Was würde er noch tun, damit niemand den Geiger zu Gesicht bekam? Und für wen tat er es? Für Maria? Daran mochte sie nicht mehr glauben. Für Leander? Auch das erschien ihr nun nicht mehr wahrscheinlich. Für sich selbst? Aber warum?

Nachdem Amelies Nachricht eingetroffen war, hatte er nach seinem Handy verlangt, das Maria noch immer in ihrer Handtasche trug. »Gundula wartet seit Stunden auf meinen Anruf.« Er hatte sich an Judy, Cyrill und Mike gewandt, während er unter dem Tisch verschwörerisch Marias Oberschenkel gedrückt hatte. »Danach werde ich wohl ein paar Mails schreiben müssen. Sorry! Wir sehen uns beim Frühstück?« Dann hatte er jeden von ihnen angesehen. »Brauchen wir wirklich einen Geiger beim Hochzeitsempfang? Dem würde doch sowieso niemand zuhören.«

Judy hatte ihn betrunken angeglotzt, aber das Wort Geiger hatte dann doch ein paar Lebensgeister in ihr geweckt. »Ich rufe morgen David Garrett an«, hatte sie genuschelt. »Vielleicht hat er Zeit.«

Jeder von ihnen hatte eine Bemerkung heruntergeschluckt, keiner hatte sich ein verächtliches Lächeln erlaubt. Adrian hatte nur freundlich geantwortet: »Genau! Wenn schon, denn schon!«

Maria erklomm Stufe um Stufe die Brücke, ging schließlich auf die erleuchteten Fenster von *Da Roberto* zu und lauschte. Keine Geigenmusik! Nur das Dudeln eines Radios aus einem Wohnzimmerfenster des Nachbarhauses. Sie zögerte und betrat das Restaurant erst, als die Kellner, die an den Tischen vor dem Eingang Bestellungen aufnahmen, nicht mehr auf sie achteten.

Der Gastraum war gut gefüllt, aber leicht zu überblicken, ohne dass sie einen Schritt hinein machen musste. In der Mitte des Raums war ein Notenständer aufgestellt worden. Der Platz, an dem der Geiger stand und spielte! Wenn es draußen kühler wurde, erhoben sich die Gäste oft von ihren Tischen auf der Piazza, die Musik sollte sie hereinholen, damit der Abend nicht vor dem Haus enden musste. Nun jedoch war der Platz vor dem Notenständer leer. Hatte Adrian es schon geschafft, Leander einen Wink zu geben?

Ein Paar drängte nach ihr herein, Maria machte einen Schritt zur Seite und ließ die beiden passieren. Den fragenden Blick des Kellners ignorierte sie. Was tun? Heimgehen und froh sein, dass die Gefahr gebannt war? Hatte es überhaupt eine Gefahr gegeben? Und wenn ja, war sie wirklich gebannt? Wo war Adrian?

Maria war nicht ganz sicher gewesen, ob sich Mike bewusst war, wie sehr er die Lage entschärft hatte, als er sagte: »Ich fände einen Klarinettisten viel schöner. Saxofon ist auch nicht übel.«

Cyrill hatte ihn lebhaft bestätigt. »Dieser Hotelmanager bekommt vermutlich eine Provision, wenn er den Geiger vermittelt. Wetten, dass das einer ist, der auf seiner Fiedel kratzt, bis man ihm einen Hunderter zusteckt, damit er aufhört?«

Alle hatten gelacht, nur Judy nicht. Und Adrian hatte mit einem kurzen Winken die Trattoria verlassen, mit dem Smartphone in der Hand, als wollte er tatsächlich Gundula anrufen. Dass Cyrill an einen anderen Geiger als Leander Emerick dachte, hatte Maria nicht glauben können. Wenn es um einen Geiger ging, der an diesem Abend nicht auf dem Markusplatz gespielt hatte, musste von Leander die Rede sein.

Was Adrian plante, war auf den ersten Blick zu erkennen gewesen, wenn er auch Judy zuliebe geschwiegen hatte. Er musste schnell sein, das hatte Maria sofort verstanden. Was würde er antworten, wenn sie ihn jetzt noch einmal fragte, warum er Leander half?

Maria hatte besorgt festgestellt, dass ihre Freundin den Rotwein hinunterstürzte, dass ihr ein Tropfen übers Kinn lief, ohne dass sie ihn abwischte, und nicht einmal merkte, dass ihr weißes T-Shirt in Gefahr geriet. Judy war betrunken gewesen, sturzbetrunken. Als das erste Mal von dem Geiger die Rede gewesen war, hatte sie zu trinken begonnen. Und Maria hatte Cyrill und Mike über Gesten und Bemerkungen, die Judy nicht mehr erreichten, an ihrer Sorge teilhaben lassen, dass die Freundin es nicht allein in ihre Wohnung schaffen würde.

Natürlich hatten sie Maria geholfen, für sie die Tür aufgeschlossen, die Lichtschalter in Judys Wohnung gesucht und Maria angeboten, ihr dabei zu helfen, die Freundin ins Bett zu bringen. Als Judy protestierte, hatte Maria genauso aufgeatmet wie Cyrill und Mike. Während sie die Wohnungstür ins Schloss zogen, hatten sie sich gegenseitig versichert, dass sie schon zurechtkommen würde. Es war ja nicht das erste Mal, dass Judy volltrunken ins Bett fiel. Am nächsten Morgen würden sie alle so tun, als wäre nichts gewesen, und Judy würde niemandem verraten, wie viele Kopfschmerztabletten sie nötig gehabt hatte, um ein halbes Panino herunterzubekommen, und wie viel Foundation, um ihren farblosen Teint aufzufrischen.

Maria hatte vorgegeben, zu Bett zu gehen, war die Treppe hochgestiegen und hatte geräuschvoll ihre Tür aufgeschlossen.

Dann hatte sie ins Haus gelauscht, bis die Wohnungstür von Cyrill und Mike ins Schloss gefallen war, um sofort die Treppe wieder hinunterzuhasten, weil ihr das Geräusch des Aufzuges zu laut gewesen war, und war aus dem Haus gelaufen. Auf den Fersen war ihr die Frage, was Cyrill vorhatte. Dass er sich nicht für den Geiger interessierte, glaubte sie ihm nicht. Und dass er die Gelegenheit nicht nutzen würde, ihn zu schnappen, erst recht nicht. Also musste sie schnell sein, schneller als Cyrill.

»Prego, Signora?« Der Kellner wurde deutlicher. *»Un tavolo?«*

»No, grazie«, wehrte Maria ab. »Ich möchte nicht essen. Ich wollte nur … Hat der Geiger schon Feierabend?«

Der Kellner sah zur Theke, als traute er seinem Gehör nicht. »Er macht eine Pause. Gleich spielt er weiter.«

Maria tat so, als gäbe sie sich mit dieser Antwort zufrieden, und verließ den Gastraum wieder. Was nun? Adrian anrufen, damit sie erfuhr, was er erreicht hatte? Nein, er sollte nicht wissen, dass sie ihm gefolgt war. Auf keinen Fall! Es war wohl am besten, in die Wohnung zurückzukehren und zu warten. Vielleicht klopfte Adrian an ihre Tür, wenn er heimkam.

Aber irgendetwas hielt sie zurück. Vielleicht die Frage, was hier geschehen war, wo Adrian geblieben, wohin Leander geflüchtet war. Und wieder mal die Frage, diesmal laut und nachdrücklich, als schlüge jemand mit dem Rohrstock den Takt dazu: Warum will ich, dass Leander davonkommt? Er hat es verdient, wenn er endlich einmal gezwungen wird, zu seiner Verantwortung zu stehen. Er hatte Judy verlassen, und auch sie, Maria, war einmal von ihm allein gelassen worden. Warum gab es immer wieder Menschen, die Leander verziehen und ihm halfen? Sogar Adrian!

Die Nacht war lau, stand in den Gassen und bewegte sich nur leicht und träge auf der Piazza. Der Rio di San Provolo schwappte lustlos unter der Brücke und gurgelte miesepetrig, wenn eine Gondel vorüberfuhr. Mit jeder Welle schienen sich die Gerüche, die er ans Ufer trug, zu verändern. Eine Nacht, die roch und schmeckte, die einhüllen konnte und sich abwerfen ließ wie ein Schleier, der mit sanften Schwüngen folgte, bis er zu Boden sank. Eine Nacht, zu der keine übereilten Bewegungen, keine Ungeduld, erst recht kein Zorn passte.

Doch all das brach im nächsten Augenblick über diese Nacht herein. Die Flaneure, Barbesucher und Menschen, die ihr Essen im Freien zu sich nahmen, sie alle horchten auf, blieben stehen, legten das Besteck zur Seite. Eine kolossale Figur tauchte auf der Brücke auf, größer und breiter, als sie tatsächlich war, mit einem Habitus, über den niemand hinwegsehen konnte.

Mike lief hinter Cyrill her, versuchte nach seinem Arm zu greifen, tat alles, um ihn zurückzuhalten, erwischte schließlich seinen Ärmel … und machte damit alles noch schlimmer. Cyrill war kein Mensch, der sich zurückhalten, schon gar nicht einer, der sich zwingen ließ. Mit einer so heftigen Bewegung wehrte er Mike ab, dass dieser taumelte, als wäre er geschlagen worden, erschrocken nach einem Halt suchte, um nicht von der letzten Stufe der Brücke zu stürzen, und dabei so unglücklich mit den Armen ruderte, dass seine Perücke zur Seite rutschte, sein linkes Auge bedeckte und bei dem Versuch, das unansehnliche Monstrum wieder auf der Mitte des Kopfes zu platzieren, schließlich auf seine Schultern fiel.

Verstohlenes Gelächter war zu hören. Maria machte auf dem Absatz kehrt, verließ die Trattoria, verfluchte ihre High Heels, die sie auf dem unebenen Pflaster zum Straucheln brachten, war einerseits froh, dass sich keinerlei Aufmerksamkeit auf sie richtete, und andererseits wütend, dass Cyrill es mal wieder schaffte, in ein ruhiges Stück Leben einzufallen, um sich dann später darüber zu beklagen, dass die Welt einfach nicht über ihn hinwegsehen könne, damit er seinen Frieden habe.

Sie blickte sich hektisch um. Wohin? Sie wollte hier nicht

gesehen werden! Auf keinen Fall sollte Cyrill bemerken, dass sie an dem Geiger genauso interessiert war wie er.

Sie hatte Glück. Der Disput auf der Brücke, die Cyrill nutzte wie eine Bühne, währte lange genug, dass Maria Gelegenheit hatte, sich unsichtbar zu machen. Sie lief geduckt zu den beiden öffentlichen Telefonen, die mit einer großen Plastikhaube zum Schutz gegen Regen und unerwünschte Zuhörer versehen waren, und beugte sich über die Tastatur, als wollte sie jemanden anrufen. Dann tat sie so, als fehlte ihr das nötige Kleingeld, und trat hinter Cyrills und Mikes Rücken wieder auf den Platz. Sie hatte in diesen wenigen Augenblicken erkannt, wo sie sich verbergen konnte, ohne dem Schauspiel ganz und gar den Rücken zu kehren.

Mit großen Schritten, als hätte sie es eilig, bog sie vor der Brücke links ab, ging ein paar Meter am Kanal entlang und wählte den Eingang eines kleinen Hotels, dessen Tür offen stand. Schwer lehnte sie sich in den Türrahmen und versuchte, ihr Herzklopfen in den Griff zu bekommen. Hoffentlich hatte Cyrill sie nicht gesehen! Wie peinlich wäre es, sich von ihm erwischen zu lassen! So wie früher, wenn sie herauszufinden versucht hatte, ob Cyrill wirklich keine Lust hatte, ein Mädchen zu küssen, das ihn anhimmelte.

Mit einem Mal bemerkte sie, dass sie nicht die Einzige war, die sich zu verbergen suchte. Zwei, drei Meter entfernt hatten sich zwei Männer auf Treppenstufen niedergelassen, die die niedrige Mauer durchbrachen, damit Boote und Gondeln anlegen konnten. Maria hörte eine Stimme, die sie gut kannte. Sie beugte sich vor und sah nun zwei gebeugte Rücken. Mehr war von den beiden nicht zu sehen. Aber die wohlbekannte Stimme war deutlich zu vernehmen.

»Cyrill wird hier heute noch erscheinen, ich bin ganz sicher«, hörte sie Adrian sagen. »Er ist nicht mehr bereit, Rücksicht zu nehmen. Nimm dich also vor ihm in Acht.«

Leanders Stimme klang seltsam kräftig, nicht so leise und zögernd wie früher. »Das kann er Judy nicht antun.«

Adrians Stimme wurde jetzt unruhig und fahrig. Er schien den Lärm auf dem Campo vor dem Restaurant zu hören und zu fürchten, dass er mit Leander zu tun haben könnte. »Momentan ist ihm Judy egal.«

»Ich wollte, ich könnte noch einmal mit ihr sprechen, ehe es zu spät ist.« Das war wieder Leanders Stimme, wie Maria sie kannte, zaghaft, mit einem rauen Unterton, den sie damals geliebt hatte.

Adrian stützte sich mit den Händen hinter dem Körper ab und dehnte sich. »Lass Judy ihren Frieden«, sagte er. »Sie darf nicht wissen, dass du lebst. Sieh also zu, dass Cyrill dich nicht findet. Kein Auftritt mehr auf dem Markusplatz! Und hier …« Adrian nickte zum *Da Roberto.* »Hier auch nicht mehr.«

»D'accordo!« Leander erhob sich und setzte sich auf die Mauer. »Hast du deinen Schlüssel zurückbekommen?«

Adrian quälte sich soeben in die Höhe und versuchte, dabei sein geschädigtes Kniegelenk zu schonen. Maria sah die Überraschung in seinem Gesicht und erschrak. »Habe ich ihn bei dir liegen lassen? Ich dachte, ich hätte ihn unterwegs verloren.«

Er stand nun aufrecht da, die beiden schienen sich sicherer zu fühlen. Was, wenn sie Maria entdeckten?

Leanders Stimme klang erstaunt. »Ich habe dir eine SMS geschickt, dass du dir den Schlüssel in der Trattoria abholen kannst, in der Aurora arbeitet.«

»SMS?«

Adrian griff in seine Jackentasche, als wollte er sein Smartphone hervorholen und kontrollieren, unterließ es dann aber. Unruhig blickte er zurück, als hätte er Cyrills Stimme erkannt. »Ist ja auch egal. Ich war beim Immobilienbüro und habe mir einen Zweitschlüssel geholt.«

Er machte einen Schritt von Leander weg, aber dieser hielt ihn mit einer schnellen Bewegung zurück. »Ich habe dir noch eine zweite SMS geschickt. Mit der Adresse und der Telefonnummer. Du weißt doch …«

Adrian schien es tatsächlich zu wissen, denn er fragte nicht nach.

»Yorick hat mir versprochen, Judy zu helfen. Noch in Thailand. Er hat gesagt, er kann es. Und er wird es kostenlos machen.«

»Judy hat genug Geld.«

»Sicherlich nicht so viel, wie Yorick normalerweise verlangt.«

»*Venezianische Liebe* hat ihr einiges eingebracht.«

Einiges? Das war die Untertreibung des Monats. Reich war Judy mit diesem Lied geworden.

»Vielleicht hat sie auch nie von Yorick gehört und sich deswegen nicht an ihn gewandt. Ich konnte ihr schließlich diesen Tipp nicht geben. Aber wenn du das tust, Adrian …«

»Okay, ich versuch's.«

»Sag Yorick, wer dich schickt, dann ist alles klar. Er hat es mir versprochen.«

»Meinst du, er erinnert sich noch daran?«

»Du weißt nicht, in welcher Situation wir waren. Mit dem Tod vor Augen macht man keine leeren Versprechungen. Und man vergisst sie auch nicht. Wenn er noch lebt, wird er wissen, wovon die Rede ist.« Leanders Stimme wurde jetzt so leise, dass Maria ihn kaum noch verstehen konnte. »Yorick ist wirklich sehr teuer. Der König von Jordanien hat sich sogar von ihm helfen lassen. So viel Geld kann *Venezianische Liebe* unmöglich eingebracht haben.«

Leander hatte vielleicht eine Ahnung! Aber das war typisch für ihn. Die Zahlen, die Judy in ihre Verträge setzte, hatten ihn nie interessiert. Andererseits … der König von Jordanien? Wovon redete Leander eigentlich? Wozu brauchte Judy Hilfe, die auch der König von Jordanien nötig hatte?

»Ich wäre so froh, wenn ich ihr helfen könnte.« Das rhythmische Geräusch, das aus seiner Kehle stieg, konnte ein leises Lachen, aber auch ein Schluchzen sein. »Obwohl ich tot bin.«

»Okay«, antwortete Adrian noch einmal, aber Maria hörte die Ungeduld aus seiner Stimme heraus.

»Du bist immer ein guter Freund gewesen.«

Wieder drängte Maria sich so tief wie möglich in den Hauseingang. Davon wollte sie nichts hören. Hatte Leander vergessen, mit wem er da sprach? Dem Mann, mit dessen Frau er ein Verhältnis gehabt hatte! Sie hatten früher oft darüber diskutiert, was es bedeutete, wenn ein Freund dem anderen so etwas antat, so etwas Schwerwiegendes. War so jemand dann noch ein Freund? Leander war dabei geblieben: Adrian war ein guter Freund für ihn, trotz allem. Dass er mit seiner Frau schlief, habe damit nichts zu tun …

Heut sind wir noch jung an Jahren,
doch die Zeit vergeht im Wind.
Ob wir wohl mit grauen Haaren
noch wie heute Freunde sind?
Ja, das wird es, wenn wir taten,
was wir uns versprochen haben.
Einer wird des anderen Paten
bei den Kindern, die wir haben.

Maria wurde von einem Bootsmotor geweckt, der unter ihrem Fenster vorbeituckerte. Auf der Brücke waren schnelle Schritte zu hören, zwei Stimmen, die sich einen Gruß zuwarfen. Venedig erwachte. Die Venezianer und diejenigen, die in dieser Stadt arbeiteten, waren bereits unterwegs, die Touristen schliefen noch.

Ein paar Tage vor der Abreise nach Venedig, als sie nach einem alten Gegenstand für Amelies Brautausstattung gesucht hatte, war ihr das Poesiealbum in die Hände gefallen. Ihre Oma hatte es ihr geschenkt, als sie ins Gymnasium kam, und Judy war die Erste gewesen, die ihr Sprüchlein hineingeschrieben hatte. Da stand es schwarz auf weiß: Sie hatten einander versprochen, die Patenschaft für das Kind der jeweils anderen zu übernehmen. Tatsächlich! Irgendwann hatten beide nicht mehr gewusst, wie dieses Versprechen zustande gekommen war. Maria war schließlich zu der Ansicht gelangt, dass Judy sich ihre Zusage eingebildet hatte, dass sie die Freundschaft ausgerechnet dort erhalten und vertiefen wollte, wo Maria sie gern gelockert hätte. Es hatte sogar eine Zeit gegeben, in der sie Judys Anhänglichkeit und Treue verwünschte. Mit Leander war darüber ja nicht zu reden gewesen. Er hatte verdrängt, was ihm nicht gefiel, entschuldigt, was ihn bedrückte, erklärt, was nicht zu erklären war, und die Affäre mit Maria beendet, als sie ihre Leichtigkeit verlor. Auch da war er weggelaufen, Maria hatte es damals nur anders genannt.

So hatte Judy also auf die Patenschaft für Amelie bestanden und Maria zähneknirschend zugestimmt. Sie war ihr nicht angetragen worden, Judy war nicht gebeten worden, sie hatte die Patenschaft beansprucht, einfach an sich gerissen, und Maria war nicht mutig genug gewesen, sie ihr abzuschlagen. Dann aber, als Judy das Baby übers Taufbecken hielt, mit Tränen der Rührung in den Augen, und so herzergreifend bemüht war, alles richtig zu machen, hatte Maria sich geschämt. Sehr sogar. Und immer, wenn sie Judy und Amelie zusammen sah, schämte sie sich aufs Neue.

Maria dehnte und reckte sich, ließ den neuen Tag heranrücken, ihr etwas zuflüstern und sich von ihm umarmen. Wie war dieser kitschige Poesiealbumspruch in ihren Kopf geraten? Graue Haare! Warum hatten sie damals angenommen, dass der Weg vom Wochenbett direkt zu grauen Haaren führte? Maria legte sich auf die Seite, rollte sich zusammen, stellte fest, dass ihr Bauch im Wege war, und griff, um sich darüber nicht zu ärgern, in ihre Haare. Volle, dicke, gut geschnittene Haare. Und natürlich blondiert! Von wegen alt und grau!

Ihre Gedanken wanderten zu Amelie. Wie mochte es ihrer Tochter gehen? Ob sie aufgeregt war? Oder kam sie vor lauter Business gar nicht dazu, sich auf ihre Hochzeit zu freuen? Maria versuchte manchmal, Amelie an die wirklich wichtigen Dinge des Lebens zu erinnern, kam sich dann aber immer vor wie ihre alte Großtante, für die der Bikini, den Maria sich als Sechzehnjährige gekauft hatte, der Anfang des Weltuntergangs gewesen war. Amelie sollte glücklich und entspannt sein, wenn sie an Adrians Arm in die Kirche ging. Am Arm ihres Vaters. Glücklich würde sie sein, keine Frage. Aber entspannt? Maria nahm sich noch einmal vor, jetzt an nichts anderes mehr als an die Hochzeitsvorbereitungen zu denken. Amelie sollte sich darauf verlassen können, dass alles so gemacht wurde, wie sie es sich wünschte, und musste, wenn sie in Venedig eintraf, zu sehen bekommen, dass alles perfekt organisiert war.

Im Haus schlug eine Tür. Judy? Maria setzte sich auf, horchte auf Schritte, wartete auf ein Klopfen, auf eine Stimme. Aber alles blieb ruhig. Vielleicht war es der Wind gewesen, der eine offene Tür ins Schloss geworfen hatte. Sie ließ sich zurücksinken, spürte aber bald, dass sie nicht wieder einschlafen würde. Dabei war die Nacht verdammt kurz gewesen. Himmel, was für eine Nacht!

Adrian und Leander hatten ziemlich spät mitbekommen, welche Gefahr drohte, konnten jedoch ihre günstige Ausgangsposition und Leanders gute Ortskenntnisse nutzen und waren im Nu verschwunden. Als Maria sich aus dem Schutz des Hauseingangs herausgetraut hatte, sah sie die beiden am Kanal entlanglaufen, in entgegengesetzter Richtung. Vorsichtig hatte sie ein paar Schritte aufs *Da Roberto* zugemacht. Was ging dort vor?

Auf bloßen Füßen, mit den hochhackigen Schuhen in der Hand, war sie zur Hausecke geschlichen und hatte zu erkennen versucht, was vor dem Restaurant geschah. Auf der Brücke standen nur ein paar Touristen, Cyrill und Mike waren nicht mehr zu sehen. Als sie dann aber den Ruf hörte, war sie zusammengefahren. Um Himmels willen!

Und er erklang noch einmal: »Mike Reinert!«

Maria vergaß ihre Vorsicht und machte einen Schritt vor, um besser sehen zu können. Cyrill hatte offenbar nichts gehört, er stand vor dem Kellner, ruderte mit beiden Armen, als hätte er Spaß daran, dass der arme Mann vor Aufregung zu schielen begann, fragte immer wieder nach dem Geiger, ohne dem Kellner Gelegenheit zu geben, seine Frage in vollständigen Sätzen zu beantworten. Und als dieser es endlich geschafft hatte, etwas von Pause und neuen Noten hervorzuhaspeln, wollte Cyrill unbedingt wissen, wo der Geiger seine Pause verbrachte. Er müsse ihn sprechen. *»Subito!«*

Der Kellner hatte augenscheinlich keine Ahnung, womit der Geiger sich die Zeit vertrieb, während er Pause machte, er wollte diesen breiten, schwadronierenden, gestikulierenden Mann loswerden und versuchte es mit einer vagen Bewegung in Richtung Kanal und Brücke. Dann machte er sich von

Cyrills imaginärer Umklammerung frei und ging, als hätte er soeben einen Angreifer abgeschüttelt, zum nächsten Tisch, um ein *dolce* anzupreisen. Aber dort war niemand an Tiramisu und Pannacotta interessiert, denn der alarmierende Ruf ertönte erneut.

»Mike Reinert?«

Nun hörte es auch Cyrill und begriff endlich, welche Gefahr auf ihn und seinen Geliebten zukam. Er fuhr herum und konnte gerade noch sehen, wie Mike die Stufen der Brücke hinaufhastete, verfolgt von den Blicken der Touristen, die nicht glauben konnten, was ihnen für ein Schauspiel geboten wurde.

So schnell es Cyrill möglich war, setzte er ihm nach, mit kurzen Schritten, rudernden Armen, wehendem Mantel und sehr viel Kraftaufwand … aber er kam kaum schneller voran als der durchschnittliche Venedigtourist auf dem Weg zum Dogenpalast. Durch seine Art zu übertreiben schienen jedoch seine Schritte weit ausholend und sein Tempo enorm zu sein. Zum Glück! Zwei Frauen, die vom Tisch aufgesprungen waren, sahen ein, dass es keinen Sinn machte, die Verfolgung aufzunehmen, und ein Mann mit der Ausstattung eines Berufsfotografen brauchte so lange, um Kamera und Stativ in seiner Tasche zu verstauen, dass er, als er es endlich geschafft hatte, resigniert auf seinen Stuhl zurücksank und nach einem Espresso rief. Ein Mann jedoch, mit nichts als seinem Smartphone gerüstet, folgte Cyrills flatterndem Mantel über die Brücke. Und dieser Mann war jung, sportlich und lief sehr dynamisch …

Maria wollte ihm nach, um das Schlimmste zu verhindern, wurde aber durch das Erscheinen einer Frau zurückgehalten. Sie kam von San Zaccaria heran. Langsam, zögernd setzte sie einen Fuß vor den anderen, als fürchtete sie sich vor dem Licht auf der Piazza, vor der Unruhe, vor den Menschen an den Tischen und ihren Blicken. Judy wirkte unsicher, aber nicht mehr betrunken. Sie schwankte nicht, stolperte nicht, musste sich nicht auf den Weg konzentrieren, es war, als hätte sie sich mit reiner Willenskraft von der Wirkung des reichlich genossenen Rotweins befreit. Nur ihr T-Shirt zeigte am Halsausschnitt noch einen verräterischen roten Fleck.

Maria schlüpfte in ihre High Heels und lief auf sie zu. »Judy! Was machst du hier?«

Judy zeigte, dass sie schon wieder auf der Höhe war. Sie konterte, ohne zu zögern. »Und du? Was willst du hier?«

Maria wurde verlegen. »Ich dachte, ich werfe mal einen Blick auf den Geiger. Vielleicht ist er ja doch nicht so schlecht, wie Cyrill vermutet.«

»Genau!« Judys Blick trug noch den Schleier, der sich immer vor ihren Augen schloss, wenn sie trank, aber ihre Stimme klang kräftig und klar. »Das habe ich mir auch gedacht.«

»Aber er spielt nicht. Nicht mehr.« Maria versuchte zu lachen. »Wir müssen wohl doch auf David Garrett zurückgreifen. Hast du ihn schon angerufen?«

Zum Scherzen war Judy noch nicht nüchtern genug. »Wenn meine Patentochter einen Geiger will, dann bekommt sie ihn. Und zwar von mir!«

Sie wollte auf den Eingang vom *Da Roberto* zugehen, aber Maria griff nach ihrem Arm. »Ich habe bereits nachgefragt. Der Geiger ist nicht mehr da. Er hat schon Feierabend gemacht. Komm, lass uns nach Hause gehen.«

Aber Judy hatte sie mit einer so heftigen Bewegung abgeschüttelt, dass Maria keinen weiteren Versuch machte, sie zurückzuhalten. Und sie hatte auch darauf verzichtet, Judy zu folgen. Sollte sie doch nach dem Geiger fragen! Sie würde ihn nicht zu Gesicht bekommen, nur darauf kam es an.

Maria schob sich ein Kissen in den Nacken, richtete sich auf und rief sich Judys Blick ins Gedächtnis. Trotzig war er gewesen, aufbegehrend, aber auch zornig und gleichermaßen hilflos. Ihre Lippen hatten gebebt, das Lachen, mit dem sie Maria irgendetwas weismachen wollte, war gründlich misslungen. Maria ahmte dieses verrutschte Lächeln nach, versuchte, ihre Lippen zittern zu lassen, scheiterte aber an Judys Augenausdruck. Nein, in diesem Fall war es ihr nicht gelungen, den Gefühlen ihrer Freundin auf die Spur zu kommen.

Die Glocke von Santa Maria della Fava rasselte, als wäre sie versehentlich in Gang gebracht worden, dann erklangen sieben Schläge. Maria rieb sich die Augen, streckte sich und seufzte tief auf. Hoffentlich war Judy sicher nach Hause gekommen. Und hoffentlich gab sie es nun auf, für Amelie nach einem Geiger zu suchen!

Sie beschloss aufzustehen, obwohl es erst sieben war, und sich einen Espresso zu kochen. Auf dem breiten Fenstersims direkt über dem Kanal würde sie ihn trinken. Ein hübsches schmiedeeisernes Gitter sorgte dafür, dass sie nicht ins Wasser fiel, ein Kissen lag bereit, das genau auf dieses Fensterbrett passte. Der Blick auf den Canale della Fava war bezaubernd. Dort begann der Tag schon früh, für die meisten bereits im Morgengrauen. Sie hörte die Stimmen zweier Zimmermädchen aus dem Hotel *Ai Reali* und das Tuckern der Bootsmotoren.

Die Espressomaschine funktionierte auf Anhieb. Maria nahm die Tasse, rückte das Kissen auf dem Fenstersims zurecht und kletterte darauf. Weder sportlich noch anmutig, aber sie durfte darauf hoffen, dass niemand sie beobachtete. Schließlich lehnte sie sich in den Fensterrahmen und legte einen Ellbogen auf das Gitter, um dem Schauspiel des erwachenden Venedig so nah wie möglich zu sein. Während sie trank, ließ sie den Blick nicht von den Booten, die ihr mehr erzählten als die wesentlich schöneren Gondeln. In diesen Booten saßen die Venezianer, in den Gondeln nur die Touristen.

Der Himmel war noch grau, aber es gab schon ein paar helle Flecken, ein fernes Blau, das bald die Wolken vertreiben würde. Möglicherweise stand ein sonniger Tag bevor, aber der Himmel war noch nicht poliert worden. Sie brauchte lediglich zu warten, bald würde er in vollem Glanz über ihr stehen. Oder auch nicht… dieser Morgen hatte etwas Trügerisches, als wollte er den Touristen ein Schnippchen schlagen.

Beim Warten konnten die Fragen kommen und gehen, glitten heran wie die erste Gondel unter ihr und vorbei, als hätte es sie nicht gegeben. Sie betrachtete die kurzen Wellen, die ans Haus schwappten, nachdem ein Lastkahn vorübergefahren war, ließ ihre Gedanken zu der Gondel fliegen und mit dem Lastkahn zurückkehren. Warum war Judy zum *Da Roberto* gekommen? Wirklich nur, um den Wunsch ihres Patenkindes zu erfüllen? Ein Wunsch, den Amelie selbst gar nicht gehabt hatte? Der ihr von ihrer Patentante unterbreitet worden war? War es Judy wirklich darum gegangen, etwas für Amelie zu tun, was nur von ihr kam? Nur von ihrer Patentante? Oder steckte etwas ganz anderes dahinter? Maria trank die Tasse in einem Zuge leer und kletterte vom Fenstersims herunter, um sich einen weiteren Espresso zu kochen. Als sie erneut auf dem Kissen Platz gefunden hatte, die Nase über dem aufsteigenden Dampf des Espressos, stand es fest: Nein, Judys Interesse an dem Geiger hatte nur etwas mit Amelie zu tun, nichts mit Leander. Vielleicht etwas mit einer kleinen nostalgischen Verklärung, die sie anfiel, wenn von einem Geiger die Rede war. Mehr nicht.

Sie hatte auf Judy gewartet, die schon bald wieder in der Tür des Restaurants erschienen war und auf die Piazza stolperte. Mit einem Mal wirkte sie wieder so betrunken wie in Giovannis Trattoria. Maria beobachtete sie, ohne zu ihr zu gehen und sie anzusprechen, und stellte beruhigt fest, dass Judys Orientierungssinn nicht gelitten hatte. Sie nahm den richtigen Weg. Als Maria ohne Sorge war, dass Judy sicher im Palazzo ankommen würde, blieb sie stehen und sah ihr nach. Sie fühlte sich nicht wohl. Warum hatte sie nicht den Arm ihrer Freundin genommen und war mit ihr zusammen zurückgekehrt? Die Antwort auf diese Frage fiel ihr schwer. Sie musste Judy eine ganze Weile zusehen, ehe sie sich eingestehen konnte, dass Leander zwischen sie getreten war. Wieder einmal! Musste sie ihn nicht beiseiteschieben und Judy folgen? Ja, das hätte sie tun müssen. Aber schon damals, als sie sich Hals über Kopf in Leander verliebte, war sie ausgewichen und hatte es nicht fertiggebracht, Judy ins Gesicht zu sehen, deren Arglosigkeit die schlimmste Strafe für die Affäre mit Leander war.

Maria wählte absichtlich einen anderen Weg als Judy und ging über den Kirchplatz von San Giovanni Nuovo. Kurz darauf überquerte sie den Campo Santa Maria Formosa und blieb auf der Brücke, die zur Salizada San Lio führte, stehen, zog die Schuhe aus, die ihre kleinen Zehen quälten, lehnte sich über das Brückengeländer und ließ die Sandaletten an den Fingern baumeln. Sie hatte vor der Reise nach Venedig lange nicht mehr an die Zeit gedacht, in der das Leben voller Lügen und Heimlichkeiten, aber auch prall gefüllt mit Glück und Lebendigkeit gewesen war. Ein flüchtiges Glück nur, eine hastige Lebendigkeit, beides klein und schäbig, aber dennoch in der Lage, für eine Weile den Alltag zu verändern. Am Ende war es nichts anderes als das gewesen, Beschönigung des Alltags, wie ein Glas Champagner, im Putzkittel, mit dem Schrubber in der Hand, oder ein Abendkleid, über den Kopf gezogen, wenn alle aus dem Haus waren und niemand sehen konnte, wie der Tag um sein Einerlei betrogen wurde. Trotzdem war etwas übrig geblieben, von dem nur Maria wusste …

Sie war ganz froh über den Applaus in ihrer Handtasche. Der Hochzeits-Chat war eine willkommene Ablenkung. Ihre

Sandaletten schwankten gefährlich über dem Kanal, während sie ihr Smartphone hervorholte. Eine Nachricht von Gundula! ›Weiß jemand von euch, wo Adrian ist? Ich kann ihn nicht erreichen. Er nimmt nicht ab, wenn ich ihn anrufe, und antwortet auf keine SMS. Bin in Sorge.‹

Gundula gehörte nicht zu denen, die ihre Gefühle mit kreisrunden Gesichtern dekorierte, die lachten, weinten, sorgenvoll dreinblickten oder rot vor Wut waren. Maria steckte ihr Smartphone wieder weg, ohne zu antworten. Doch im selben Moment bekam sie ein schlechtes Gewissen. Sie konnte Gundula die Sorge nehmen. Warum tat sie es nicht?

Sie war schon im Begriff, das Smartphone wieder hervorzuholen, da zeigte sich unter der Brücke die Spitze einer schwarzen Gondel. Lautlos glitt sie voran, düster, dämonisch und so wirklichkeitsfremd und entrückt wie ein Traumbild. Die Darbietung des Zaubers von Venedig! Nein, sie wollte jetzt nichts davon hören oder lesen, wie wichtig es Gundula war, dass Adrian seine Tabletten pünktlich nahm und sein Knie schonte. Diese Nacht war zu milde, zu leicht, zu duftend für Alltagssorgen.

Maria sah der Gondel nach, bis sie am Ende, dort wo der Kanal in einen größeren überging, verschwand. Ob sie eins mit der Nacht geworden oder in einen Nebenkanal eingebogen war, konnte sie nicht sagen. In diesem Augenblick trat jemand hinter sie und griff nach ihren Schultern …

VENEZIANISCHE LIEBE UND *NEVER EVER!* EIN SUPERHIT UND EIN FLOPP!

München, 06.04.2005.
Wie kann eine Melodie auf der Geige ein Riesenerfolg werden, während dasselbe Lied, gesungen von Mike Reinert, es nicht einmal in die Charts schaffte? Wir haben Judith Emerick, die Inhaberin von *Künstler-Fuchs* und Ehefrau des Geigers Leander Emerick gefragt.
Als Erstes stellt sie klar, dass sie nichts zu den Plagiatsvorwürfen sagen wird. Wie es möglich war, dass dieselbe Melodie unterschiedlich interpretiert auf den Markt kommen konnte, sei nach wie vor unklar, erklärt sie uns, während im Branchengeflüster längst von Diebstahl die Rede ist. Doch da bislang kein Strafantrag gestellt wurde, scheint diese Angelegenheit kein juristisches Nachspiel zu haben.
Doch zurück zu unserer Frage. Warum also der eine Riesenerfolg und der andere Reinfall? Frau Emerick räumt ein, dass der Erfolg ihres Mannes wohl darauf zurückzuführen sei, dass sein Schicksal die Menschen bewegt habe. »Die Zuhörer übertrugen ihre sentimentalen Gefühle auf die Melodie, auf das letzte Stück, das Leander Emerick veröffentlichte«, so die Betreiberin von *Künstler-Fuchs* weiter. Leander Emerick wurde am zweiten Weihnachtsfeiertag 2004 Opfer des Tsunamis in Thailand. Ein paar Wochen zuvor verschwand der Geiger von einem Tag auf den anderen, wurde von der Polizei gesucht, die feststellte, dass er noch am Tag seines Verschwindens ein Flugzeug nach Thailand genommen hatte.
Ohne Abschied, ohne Erklärung. Als sich herausstellte, dass Leander Emerick in Thailand ums Leben gekommen war, hatte *Venezianische Liebe* gerade die Charts erklommen, danach wurde das Stück zu einem Welterfolg.
Und was sagt Frau Emerick zu

der Vermutung, dass ihr Mann die Melodie gestohlen hat? »Kein Kommentar.« Frau Emerick bleibt dabei, sie möchte sich nicht dazu äußern. Tatsächlich aber spricht einiges gegen diese Theorie. Sollte Leander Emerick tatsächlich plagiiert haben, wäre Mike Reinert doch sicherlich längst vor Gericht gezogen? Warum äußert Reinert sich nicht? Warum schweigt sein Management, auch nach wiederholten Anfragen unserer Redaktion? Eine letzte Frage stellen wir noch: Warum reiste Leander Emerick damals so überstürzt nach Thailand? Auch dazu will sich die Musikmanagerin nicht äußern. Das habe private Gründe, sagt sie, und gehe die Öffentlichkeit nichts an.

Der Schreck war Maria in die Glieder gefahren, auch in die ihres Zeige- und Mittelfingers, die prompt die Gewalt über das verloren, was ihnen anvertraut worden war. Während die geübte rechte Hand die Schrecksekunde gerade noch rechtzeitig überwand und sowohl Geschicklichkeit als auch Kraft bewies, versagte die linke komplett. Das einzig Positive daran war, dass der Schuh, als er in den Kanal fiel, ein kaum lauteres Geräusch verursachte als das Ruder eines Gondoliere.

Adrian entschuldigte sich mit einem schiefen Grinsen. »Tut mir leid, ich wollte dir keine Angst machen.«

Ihre Gefühle bekamen nicht die Zeit, die nötig gewesen wäre. Natürlich hätte Maria sich sagen müssen, dass Adrian ihr etwas vormachte, dass er nicht ehrlich zu ihr war, etwas verschwieg und damit ein weiteres Mal bewies, dass es richtig gewesen war, die Ehe mit ihm aufzugeben. Ihre Gefühle hätten auch daran erinnert werden müssen, dass sie selbst viel getan hatte, um diese Ehe scheitern zu lassen, aber leider war sie einfach vornübergefallen, in Adrians Arme, an seine Brust. Und da war sie liegen geblieben, bis ihre Vernunft energisch protestiert hatte. Natürlich zu spät, viel zu spät.

Noch immer war es still im Haus, über ihr, in Adrians Apartment, knarrte keine Fußbodendiele, unter ihr war weder in Judys noch in Cyrills Wohnung etwas zu hören. Judy würde ihren Rausch ausschlafen, aber Cyrill? Was war mit ihm geschehen? Hatte er Mike in Sicherheit bringen können? Waren die beiden unbehelligt nach Hause gekommen?

Über den Canale della Fava fuhr eine Gondel, keine schwarz glänzende mit einer Sitzbank, die mit rotem Samt bespannt war, und mit einem Gondoliere, der wusste, was Touristen wünschten, sondern ein zerkratztes Ding, das zum Lastkahn geworden war. Dort, wo die gepflegten Gondeln ihre Sitzbank hatten, waren hier ein paar Kisten übereinandergestapelt worden. Der Gondoliere – nein, der Bootsführer – gestikulierte, schrie und schimpfte, ganz anders als der Gondoliere der vergangenen Nacht, der sie zum Canale Grande gefahren hatte. Der hatte sofort verstanden, dass das Paar auf der Brücke, dem er gewohnheitsgemäß seine Dienste angeboten hatte, obwohl er längst auf dem Weg in den Feierabend war, nicht an den Sehenswürdigkeiten interessiert war, die sie passierten, nicht an den Palazzi, den Kirchen und Museen, an denen die Gondel vorüberglitt. Er war verdutzt gewesen, als die beiden sein Angebot annahmen, nicht über den Preis verhandelten und nicht einmal die Dauer der Fahrt festlegten, und war schweigend mit erhabener Langsamkeit durch das nächtliche Venedig gefahren.

Sicherlich hatte der Gondoliere sofort gemerkt, dass seine Fahrgäste zwar nicht verliebt, aber vertraut waren, keine Romantik wollten, sie dann aber genossen, dass die Stimmung zwischen ihnen voller Spannungen war, aber auch voller Nachgiebigkeit. Und dass es auf der einen Seite Wünsche und ein deutliches Verlangen, auf der anderen vor allem Verwirrtheit und Ambivalenz gab, hatte er garantiert auch gespürt.

Sie hatten eine Weile geschwiegen, wie alle schweigen, die sich mit einem Mal in eine andere Zeit versetzt fühlen und sich an das Lautlose, Langsame erst gewöhnen müssen. Judy, Cyrill und Mike waren schon nach wenigen Ruderschlägen vergessen, Leander ebenfalls. Dann hatte Adrian den Arm um Marias Schultern gelegt und sie zu sich herangezogen. »Schön, deine Nähe zu spüren.«

Er hatte geflüstert, ein lautes Wort hatte sich von vornherein verboten. Aber irgendwann war die Stille gesättigt, die Worte konnten nicht mehr stören, sie fielen in die Stille wie Regentropfen ins Wasser und wurden ein Teil von ihr. Leise Stimmen vertrugen sich sehr gut mit ihr, genau wie das winzige Geräusch des Ruders in der Holzgabel, das Zischen der Gondelspitze, das Echo des Atems unter einer niedrigen Brücke.

»Was ist mit unserer Liebe passiert?«, fragte Adrian.

Maria wusste, was passiert war. Es auszusprechen war unvorstellbar, damals zu schwer, heute unmöglich. »Du warst mit der Firma beschäftigt.« Keine Lüge, kein Vorwand, keine Ausrede, aber auch kein wahrer Grund. Es war damals etwas zwischen sie getreten, so wie an diesem Tag, als sie erfuhr, dass es etwas zwischen Adrian und Leander gab, von dem sie nichts wusste. Von dem niemand etwas ahnte!

»Du hast dich von mir entfernt. Ich konnte dich nicht mehr erreichen.«

»Hast du es wirklich versucht?«

Versuchte sie selbst es? Tat sie etwas, um Licht in das Dunkel zu bringen, in dem ihre Fragen umhertasteten und nach Klarheit suchten? Nein! Aber sie wusste doch, wie das ablief, wie das früher schon, während ihrer Ehe, abgelaufen war.

Adrian würde unzählige Ausflüchte parat haben und sie am Ende noch verwirrter dastehen als zuvor. Außerdem hätte sie sich zu ihrer Indiskretion bekennen müssen …

Auch Adrian zögerte. »Vielleicht habe ich es nicht genug versucht.«

»Du hast dich zurückgezogen, von Jahr zu Jahr mehr. Als ich zum Arzt gegangen bin, weil ich nicht schwanger wurde, warst du nicht einmal bereit, mich zu begleiten.« Ja, es war richtig, über den Schlüssel zu schweigen und kein Wort darüber zu verlieren, dass sie Adrian und Leander belauscht hatte. Sie hätte sich selbst geschwächt, dabei brauchte sie unbedingt eine starke Position. »Das war der Tag, an dem ich zum ersten Mal Angst um unsere Ehe bekam.« Nun hatte sie zu laut gesprochen, schaffte es aber, die letzten Worte wieder zu flüstern.

»Weil ich keine Zeit hatte mitzukommen?« Seine Stimme klang, als wollte er spotten.

»Nein, weil du nicht mitkommen wolltest.« Sie betonte das letzte Wort. »Es war dir egal, ob ich schwanger wurde oder nicht.«

»Nein, nicht egal. Es war nur … dir waren Kinder wichtiger als mir.«

»Du hast von Anfang an gewusst, dass ich mir ein Leben ohne Kinder nicht vorstellen konnte.«

Adrian drückte sie wieder an sich, wie er es auf der Brücke getan hatte, kurz bevor der Gondoliere zu ihnen hochgerufen hatte. »Wir haben dann ja ein Kind bekommen, und niemand ist darüber glücklicher als ich. Ohne Amelie wäre mein Leben leer gewesen. Heute weiß ich es.«

Nun wurde die Gondel zu einem kleinen Kosmos, in den niemand eindringen konnte, der ihnen ganz allein gehörte, zu dem auch der Gondoliere am Heckschnabel der Gondel nicht zählte.

»Hoffentlich wird sie glücklich mit Sandro.«

Der Canale Grande war erreicht, auf dem es nie ganz still war. Die Vaporetti waren zwar an den Anlegestellen vertäut worden, der Menschenstrom, der sich am Vormittag wieder von dort zwischen die Häuser ergießen würde, war versiegt. Ein paar eilige Passanten waren noch zu sehen, ein Wassertaxi, ein Privatboot. Venedig schlief.

Maria war nicht klar gewesen, wie lange sie geschwiegen hatte, als Adrian sagte: »Man unterschätzt die Macht der Schuld. Vielleicht hat Leander es richtig gemacht.«

»Es soll richtig gewesen sein zu verschwinden?« Maria starrte den Lichtern eines Bootes nach, als interessierte sie sich für die Insassen und für deren Ziel. Sie zauderte. Hatte Adrian recht? Konnte man vor der Schuld fliehen? Solange sie noch jung und unverschämt war, hatte sie nur das Ziel, unentdeckt zu bleiben. Kaum einer, der sich schuldig machte, ahnte, dass die Probleme erst später anfingen und das Ziel nicht erreicht war, wenn es gelungen war, die Schuld zu verbergen. Denn dann erst nahm sie an Gewicht zu und wurde immer schwerer, von Jahr zu Jahr mehr. Woher wusste Adrian davon? Hat auch er mit einer Schuld zu kämpfen?

Maria zog es vor, nichts zu fragen, nichts zu entgegnen, weil ihre eigene Schuld in der Erinnerung mit einem Mal wieder jung und unverschämt wurde. Dabei wusste sie doch genau, dass sie längst schwer geworden war, viel zu schwer, um sie mit der Leichtigkeit aufzuwiegen, in der sie entstanden war.

Als sie feststellte, dass der Gondoliere von der anderen Seite des Kanals auf die Brücke zuhielt, an der sie zugestiegen waren, war es zu spät, um Adrian zu fragen, was ihn mit Leander verband, warum er ihn heimlich in seiner Wohnung besucht hatte, warum er ihm half, sich zu verstecken, und was es mit diesem Yorick auf sich hatte. Sie hatte den Moment zu lange hinausgezögert, denn letztendlich fehlte ihr der Mut, ihn zu fragen, aus Angst vor einer Antwort, die als Frage zurückgekommen wäre.

Die erste Ehe von Adrian Welhorn hatte nicht lange gedauert. Ein Jahr des Glücks, ein weiteres mit vielen Zweifeln, ein drittes voller Wut und im vierten Jahr die Scheidung. Danach wollte er nie wieder heiraten, aber als er Maria sah, war er davon überzeugt gewesen, dass es die große Liebe wirklich gab. Was ihn mit seiner ersten Frau verbunden hatte, war eben ein Irrtum gewesen, sagte er sich damals, an die Überzeugung, in Annette die Richtige gefunden zu haben, konnte er sich nach drei Jahren kaum noch erinnern. Warum diese Ehe gescheitert war, ließ sich sehr präzise erklären, wie er später ebenso genau sagen konnte, warum er Maria niemals hätte heiraten dürfen. Das Scheitern seiner ersten Ehe war nicht vorhersehbar gewesen, das seiner zweiten durchaus. Aber er hatte eben geglaubt, dass die Liebe alles möglich macht, alles verzeiht und alles verändern kann. Am Morgen, als er sich fürs Standesamt anzog, hatte er gewusst, dass er zu viel verlangte. Nichts von dem, was er sich wünschte, würde möglich sein, auf Vergebung konnte er nicht hoffen, auf Veränderung auch nicht. Trotzdem hatte er zwei Stunden später »Ja!« gesagt und während der Flitterwochen alles zu vergessen versucht.

Danach schon war es mit seinem Unglück losgegangen, trotz aller Liebe für Maria, trotz der Liebe, die sie für ihn aufbrachte. Ahnungslos! Aber obwohl Maria ohne Arg geblieben war, hatte er sie ganz allmählich verloren, diese Liebe. So lange hatte er sie von sich gewiesen, weil er glaubte, sie nicht zu verdienen, bis sie ihm schließlich nicht mehr entgegengebracht wurde. Und als er es merkte, hatte er wieder geschwiegen, noch eiserner, noch verbohrter, geradezu verbissen. Schweigen, bis auch diese Ehe zu Ende gegangen war. Von ihm selbst zerstört! Obwohl er sich doch nichts mehr gewünscht hatte, als sein Leben an Marias Seite zu beschließen. Er hatte es nicht geschafft, die Liebe über die Schuld siegen zu lassen. Er hatte es auch nicht geschafft, die Schuld mit Marias Liebe zu vermengen, bis sie absorbiert werden konnte. Marias Gefühle waren mit einer dicken Schicht Gewissheit imprägniert gewesen, damit hatte er nicht gerechnet. Sie hatte alles abperlen lassen, was ihrer Beziehung gefährlich werden konnte, nichts hatte in sie eindringen können, nicht einmal seine Schuld. Sie war ein Fremdling geblieben, von dessen Gefährlichkeit Maria nie etwas erfahren, dessen Bedrohung sie nie erkannt hatte, der aber irgendwann zu lange gelauert hatte, von Adrian geleugnet, von Maria verscheucht. So war es dann irgendwann aus ihr rausgeplatzt: »Ich halte das nicht mehr aus, ich gehe!« Und Amelie nahm sie mit.

Aber sie war fair. Sie unterstützte die Vater-Tochter-Beziehung so lange, wie es nötig war. Dann war Amelie erwachsen geworden, sie brauchte die Hilfe ihrer Mutter nicht mehr, und Maria schwieg von da an, wenn Amelie von ihrem Vater sprach. Das hatte sie Adrian oft berichtet. »Mama schweigt!«

Nicht einmal, als Amelie ihr von Adrians Leukämie erzählt hatte, war von Maria ein Kommentar gekommen. Sie war Zaungast geblieben. Bis Amelie sich verlobte und ihre Hochzeit in Venedig plante …

Maria verließ ihre Wohnung erst, als die Tür in der oberen Etage ins Schloss fiel und Adrians Schritte zu hören waren. Er nahm trotz seiner Kniebeschwerden die Treppe, das bedeutete: Er wollte an ihrer Tür vorbeikommen und anklopfen. Bei diesem Gedanken, dieser Gewissheit geriet ihr Herz aus dem Takt. Ja, er wollte ihr einen guten Morgen wünschen, solange sie allein waren, wollte sie unter Ausschluss der Öffentlichkeit umarmen und vielleicht sogar küssen. Deswegen nahm er nicht den Aufzug. Dieser Mann, der sie belog. Dieser Mann, der ihr etwas verheimlichte.

Sie wartete nicht, bis er vor ihrer Tür angekommen war, sondern öffnete bereits, als er noch ein paar Schritte entfernt war. »Du bist schon fertig?« Sie gab sich überrascht. »Dann lass uns bei Giovanni auf die anderen warten.«

Er antwortete nicht, zog sie nur in seine Arme und drückte sein Gesicht in ihr Haar. Frisch gewaschen natürlich, mit Zitronenshampoo, und mit einer Feuchtigkeitsspülung zum Glänzen gebracht. Sie spürte seine Sehnsucht und wusste, dass er die ganze Nacht unter ihr gelitten hatte, dieser Sehnsucht nach etwas, das eigentlich vorbei war. Heute noch mehr als gestern! Aber natürlich musste er gespürt haben, dass nicht viel gefehlt hatte, dass die Fahrt in der Gondel für ein paar Stunden etwas verändert hatte. Wie viel sie aber hätte vergessen müssen, um ihn in ihrer Wohnung übernachten zu lassen, ahnte er nicht einmal, und auch ohne all die Geheimnisse, die zwischen ihnen standen, wäre es verrückt gewesen. Sie waren geschieden! Und er spielte irgendein falsches Spiel! Gemeinsam mit Leander. Es war gut und genau richtig gewesen, dass Gundula in dem Moment angerufen hatte, als Maria mit Adrian aus dem Aufzug gestiegen war und er ihr weismachen wollte, dass es ihm nur darauf ankam, die Tür für sie aufzuschließen. Natürlich tat er so, als interessiere ihn der Anruf nicht, als hätte sich jemand verwählt, weil kein vernünftiger Mensch mitten in der Nacht die Handynummer eines anderen wählte … aber Maria hatte auf der Stelle durchschaut, wer am anderen Ende der Leitung war. »Geh nur ran«, hatte sie gesagt. »Gundula macht sich Sorgen um dich.«

Der Zauber war verflogen, geradezu verpufft. Gott sei Dank! Maria war in ihre Wohnung gehuscht, gleichzeitig enttäuscht und erleichtert, hatte die Tür hinter sich ins Schloss gezogen und dann auf Adrians Schritte gelauscht. Schwer waren sie gewesen, langsam und zögernd. Und seine Stimme hatte ebenso geklungen, schleppend und unlustig.

Sie machte sich von Adrian frei und lachte ihn an, als hätte es die vergangene Nacht nie gegeben. »Komm! Ich habe Hunger!«

Jetzt brach sich das Sonnenlicht in den kleinen bunten Fenstern des Treppenhauses, flirrte über die Wände und huschte über ihre Gesichter. Ein Morgen in Venedig! Er roch nach frischem Gebäck und nach Motorenöl, nach kaltem Wandverputz und Espresso. Maria fragte sich, was die knallenge Jeans, in die sie sich gezwängt hatte, mit ihr machen würde, wenn sie ein paar von Giovannis Brioches aß, vertraute aber auf die gute Qualität. Diese Jeans hatte sogar im Einkauf einen Preis, den man nur unverschämt nennen konnte. Ihr weißes T-Shirt war zum Glück weit, aber so raffiniert geschnitten, dass es mehr verhieß, als ein enges Top hätte verraten können. Sie merkte schon beim Besteigen des Aufzugs, dass Adrian ihr mit einem langen Blick ein stummes Kompliment machte.

Judy kam in die Trattoria gestolpert, als Giovanni gerade versuchte, seinen Bruder davon zu überzeugen, sich an der Doppelgängershow, die für den Abend geplant war, zu beteiligen. Offenbar waren zwei Doppelgänger ausgefallen, und da Jacopo angeblich als kleiner Junge mit *Ganz in Weiß* … bei allen Tanten der Familie gepunktet hatte, hielt Giovanni diese Lösung für die beste. Jacopo wehrte sich mit Händen und

Füßen, woraufhin an der Theke eine Diskussion einsetzte, die für jeden Deutschen nur in einer Schlägerei enden konnte und in die sich alle einmischten, die dort ihren Espresso tranken, erst recht diejenigen, die es schon mit *vino rosso* versuchten. Den Ausschlag gab dann ein Blumenverkäufer, der sich vor Freude nicht zu lassen wusste, als Giovanni ihm all seine weißen Rosen abkaufte und damit das Streitgespräch zu seinen Gunsten entschied. Nach dieser Investition durfte Jacopo den Wunsch seines Bruders nicht mehr abschlagen, zu dieser Meinung kamen sämtliche Espresso- und Rotweintrinker im Nu. Daraufhin verzichtete Jacopo auf die Tageseinnahme als Gepäckträger und zog sich in die Küche zurück, um mit dem Koch seine Textsicherheit zu erproben und ihn um den schwarzen Anzug und die Seidenkrawatte zu bitten, die dieser vor zwei Wochen für seine Hochzeit angeschafft hatte.

Judy ließ sich stöhnend nieder, als hätte sie selbst gerade nach endlosen Debatten ihre Meinung durchgesetzt, wies aber Marias Verdacht, sie habe einen Kater, energisch zurück.

»Ich habe mich gestern Abend noch entschlossen, mir den Geiger anzusehen«, wandte sie sich an Adrian.

Maria sah sein Erschrecken, wechselte einen schnellen Blick mit ihm und beobachtete, wie er sein Seidentuch nervös vom Hals zog und wieder umlegte. Als überprüfte er die Halbmastwurfsicherung eines Kletterers, der bei ihm einen Einsteigerkurs gebucht hatte. Er wusste, dass Judy zu spät zum *Da Roberto* gekommen war, aber er wusste nicht, dass Maria es ebenfalls wusste.

»Und?«, fragte er, während er an seinem Seidentuch herumzupfte. »Hat er dir gefallen?« Ob Judy merkte, dass er ihr nicht ins Gesicht sah?

Sie rief nach einem Espresso und einem Zwieback, ehe sie Adrian auseinandersetzte, dass sie den Geiger nicht angetroffen habe. »Es hieß, er sei in der Pause, aber er hatte schon Feierabend gemacht.«

»Also ein unzuverlässiger Musiker«, schloss Adrian blitzschnell. »Der ist nichts für uns. Ich finde Mikes Idee gar nicht so schlecht. Ein Saxofonist! Das wär's!«

Maria legte eine Hand auf Judys Arm. »Ein Geiger weckt nur Erinnerungen«, sagte sie leise. »Heutzutage hat jeder Geiger *Venezianische Liebe* im Repertoire. Würdest du das aushalten?«

Judy nahm den Espresso entgegen, beanstandete, dass Giovanni ihr zwei Zwiebäcke auf den Teller gelegt hatte, wo sie doch nur einen bestellt hatte, und antwortete: »Ich höre *Venezianische Liebe* ständig im Radio. Kein Wunschkonzert ohne Leander Emerick! Ich bin also daran gewöhnt. Außerdem bin ich keine trauernde Witwe, wenn ich euch erinnern darf. Ich gönne Leander sein Schicksal. Er hat es verdient.« Nun wandte sie sich an Maria. »Oder glaubst du etwa, ich bin unglücklich, weil mir ein Scheidungsverfahren erspart geblieben ist?«

Eine Stimme drang aus der Küche. »Ganz in Weiß …« Aber es war nicht Jacopos Stimme, sondern die des Kochs, was Giovanni auf die Idee brachte, seinen Bruder am Abend vor den Pizzaofen zu stellen, damit statt seiner der Koch bei der Doppelgängershow mitmachen konnte. Der brauchte ja nicht einmal eine schwarze Perücke und auch keinen Selbstbräuner und Augenbrauenstift, um als Roy Black durchzugehen. All das war bei Jacopo, dem rothaarigen, sommersprossigen Italiener, dringend vonnöten.

Maria tat so, als lauschte sie amüsiert der Diskussion zwischen Theke und Küche, damit sie nicht auf Judys Sarkasmus eingehen musste. Und diese bestand nicht auf einer Antwort, weil in diesem Moment zwei Männer die Trattoria betraten, die aussahen, als wollte einer für den anderen gehalten werden.

Mike hatte sich Cyrills Kleidung ausgeliehen, die an seinem Körper herunterhing, als wäre er im Begriff, sich zu häuten, und würde im nächsten Augenblick alles abwerfen, was ihm zu groß geworden war. Vielleicht sogar seine Perücke, die ihm so schräg auf dem Kopf saß wie vor dem *Da Roberto,* kurz bevor sie ihm auf die Schultern gefallen war. Wenn das der Versuch sein sollte, anders auszusehen als am Abend zuvor, war er nicht hundertprozentig gelungen.

Cyrill, der mit Mike gesehen worden war, hatte alles getan, damit ihn niemand für einen Modeschöpfer oder auch nur für einen modeaffinen Mann halten konnte. Er hatte die Jacke übergeworfen, die Mikes Managerin als vollkommene Verkleidung für ihren Star erworben hatte, eine beige Windjacke, wie sie Rentner tragen, die in Ausflugsbussen unterwegs sind, und die schwarze Hose, die aus seiner eigenen Kollektion stammte, unter den Knien abgeschnitten. Cyrill konnte Hosen nicht leiden, die auch nur einen Zentimeter oberhalb der Schnürsenkel endeten, und kam sich wohl, indem er seine Hosenbeine opferte, so perfekt verkleidet vor, als hätte er sich eine Draculamaske übergestülpt. Da er dieselbe Schuhgröße wie Mike hatte, war er in dessen Trekkingschuhe gestiegen, die er ebenfalls verabscheute, und trug dazu Socken, deren obere Kante mit Disney-Figuren geschmückt war. Auch sie waren von Mikes Managerin aufgetrieben worden. Er sah aberwitzig aus, vor allem, weil er halsaufwärts natürlich Cyrill Buller geblieben war, bekannter Modeschöpfer und berühmt für seinen guten Geschmack. Anscheinend konnte er sich nicht vorstellen, dass sein Gesicht, wenn der Rest seines Körpers derart geschmacklos verkleidet war, erkannt werden könnte. Der heroische Entschluss, auf seinen Terrakottapuder zu verzichten, konnte da nicht viel ausrichten.

Die beiden hatten einen Auftritt wie zwei Paradiesvögel in einer Horde grauer Spatzen und somit ihr Ziel komplett verfehlt. Sie fielen jedem auf, der sich im *Luce della Laguna* aufhielt, schienen es aber nicht zu bemerken. Beide waren auf etwas fokussiert, was sich hinter, neben oder über den Gästen des Restaurants zu befinden schien, denen sie fahrig einen guten Morgen wünschten.

»Was ist los?«, fragte Maria besorgt, die ihren Bruder am besten kannte.

Cyrill griff in die Innentasche der beigen Windjacke, zog seine Hand aber zurück, als Giovanni an den Tisch trat und Mike überschwänglich begrüßte. Er erinnerte ihn an seinen Auftritt bei der Doppelgängershow und tat so, als stieße er für ihn die Tür in eine glanzvolle Zukunft auf. »Hast du auch andere Klamotten mit, *amico?* Ich besorge dir eine Perücke, damit du Mike Reinert ähnlicher siehst.«

Dass Mike zu allem, was Giovanni vorbrachte, nickte, machte Maria unruhig. War er etwa einverstanden? Hielt er an der Zusage fest, bei der Doppelgängershow aufzutreten, die er in einem Zustand von glücklicher Albernheit gegeben hatte? Sie konnte es sich nicht vorstellen. Dass Mike sich auf keine Diskussionen einließ, konnte nur einen Grund haben: Er wollte den Wirt loswerden, weil etwas anderes viel, viel wichtiger war.

Das merkte irgendwann sogar Giovanni selbst, der sich an die Theke zurückzog und von dort aus misstrauische Blicke herüberwarf.

Mike starrte auf Cyrills Hand, die wiederum in die Innentasche der Jacke griff und ein iPad zutage förderte. Er legte es auf den Tisch, fuhr mit flinken Fingern über die Oberfläche, lehnte sich schließlich zurück und wies mit großer Geste auf den Artikel, der nun auf dem Bildschirm erschienen war und von einem Foto begleitet wurde. Maria verschlug es die Sprache …

Dörte Liesegang war hübsch, die Einzige in der Familie, die eine gerade Nase, große Augen, einen vollen Mund, glänzende Haare und eine atemberaubende Figur hatte. Ihr Vater sagte oft, während sie heranwuchs, Dörte habe sich von all ihren Vorfahren das Beste herausgesucht, die Nase von einer Großtante ihres Vaters, die Augen von einem Cousin ihrer Mutter, die Lippen von ihrem Onkel, die Haare von ihrer Großmutter. Nur wer ihr die schlanke Figur, die schmale Taille, die langen Beine und den verführerischen Busen vererbt hatte, war unklar. Aber was spielte das für eine Rolle? Entscheidend war nur, dass sie mit ihrer Schönheit etwas erreichte, was ihren Anverwandten, die allesamt unscheinbar und einige sogar ausgesprochen unansehnlich waren, von vornherein verschlossen blieb. Manchmal überlegte ihre Mutter mit träumerischem Blick, was aus Dörte hätte werden können, wenn sie zu ihrer Schönheit auch noch die Intelligenz des unehelichen Sohnes ihres Großonkels geerbt hätte. Aber wenn sie das aussprach, gab es immer jemanden, der einwandte, dass ein derartiges Maß an Vollkommenheit zu viel wäre. Schön und klug, das durfte niemand erwarten. Jedenfalls niemand, der zu Dörtes Familie gehörte, in der alles Schöne und Kluge nur kleckerweise verteilt worden war, für jeden ein kleines bisschen, für manche gar nichts.

Mit einer eigenen Karriere würde Dörte also wohl nicht der Mittelmäßigkeit entfliehen, das wurde schnell klar, denn die Berufe, in denen es zusätzlich zu einem herausragenden Talent auf Schönheit ankam, waren nichts für Dörte. Sie eignete sich nicht zur Wissenschaftlerin, weder zur Sängerin noch zur Schauspielerin, allenfalls zum Model. Aber das, so machte sie unmittelbar nach abgeschlossener Pubertät klar, sei ihr zu langweilig. Außerdem wolle sie zwar schön sein, aber auf keinen Fall mager.

Blieb also nur die Art von gesellschaftlichem Aufstieg, die Dörte dann tatsächlich gelang. Sie heiratete einen Mann, der berühmt war und viel Geld verdiente. Als sie Heiner Liesegang kennenlernte, war beides noch nicht ganz sicher, aber bei dieser Gelegenheit zeigte sich, dass Dörte womöglich doch intelligenter war, als viele geglaubt hatten. Sie sah voraus, dass Heiner Liesegang als Mike Reinert eine große Karriere bevorstand, und sie sollte recht behalten. Das war besonders schön, weil niemand ihr vorhalten konnte, sie habe ihren Mann wegen seines Erfolges und seines Geldes geheiratet. Im Gegenteil wurde in jeder Homestory erwähnt, dass Mike Reinert und seine Frau schon ein Paar gewesen waren, als der Schlagersänger gerade mal sein erstes Album herausgebracht hatte und von dem Komponisten und Texter Carlo Ahland, der ihm später seine Hits auf den Leib schrieb, noch nicht die Rede war.

Aus Dörte wurde eine Hausfrau, die es nicht nötig hatte, berufstätig zu sein. Der Himmel auf Erden! Mehr wollte sie nicht. Sie konnte sich ganz dem Muttersein und dem Haushalt widmen, noch dazu ohne die schwersten und unangenehmsten Aufgaben selbst erledigen zu müssen. Denn selbstverständlich sorgte Heiner für ein Kindermädchen, eine Haushaltshilfe, einen Gärtner und einen Fensterputzer. Dörte ging es gut. Ihren Kindern ebenfalls, die in Geborgenheit aufwuchsen und nur unter wenigen Vorsichtsmaßnahmen zu leiden hatten, die sich aus der Prominenz ihres Vaters ergaben. Auch ihrem Mann ging es gut, davon war Dörte überzeugt. Er hatte alles, was er brauchte: einen Beruf, der ihn ausfüllte, Erfolg und Geld und zu Hause eine liebende Gattin und wohlgeratene Kinder. Was wollte er mehr? Tja, von dem, was Mike Reinert außerdem haben wollte, konnte Dörte nichts wissen. Davon hatte sie nicht einmal eine Vorstellung. Jedenfalls bis zu dem Tag, an dem ihr eine Freundin einen Überraschungsbesuch abstattete und Dörte ihr Tablet unter die Nase hielt …

MIKE REINERT INKOGNITO!

Venedig, 26.06.2017. Warum versteckt sich der Schlagerstar in Venedig? Und warum wurde der bekannte Modeschöpfer Cyrill Buller in seiner Nähe gesehen? Unser Italienkorrespondent ist den beiden Prominenten auf der Spur…

Maria hielt sich nicht lange mit den Mutmaßungen, die auf die Schlagzeile folgten, auf, Adrian scrollte den Bericht aufgeregt vom Anfang zum Ende und wieder zurück, während Judy wie gebannt auf die Überschrift starrte und so aussah, als verstünde sie nicht, wie es dazu hatte kommen können, dass Mike und Cyrill in der Nähe der Trattoria *Da Roberto* fotografiert worden waren.

Natürlich verstand sie es durchaus. »Keiner hatte angeblich Interesse an dem Geiger! Aber alle sind losgelaufen, um ihn sich anzusehen? Alle außer…« Ihr Blick hetzte von Adrians Haarspitzen zu seinem Kinn, von seinem linken Ohr zum rechten. »Außer Adrian?«

Das war eine Frage, keine Feststellung. So, als hätte sie Adrian bis zu diesem Augenblick geglaubt, wäre aber nun plötzlich von Zweifeln befallen worden. In ihren Augen entstand die Unruhe, die jeder kannte, der schon einmal mit Judith Emerick verhandelt oder versucht hatte, ihr einen vielversprechenden Künstler abspenstig zu machen. »Oder?« Dieses eine Wort enthielt eine Reihe von Sätzen, die alle mit »warum« begonnen hätten, wenn Judy es gewagt hätte, sie auszusprechen.

Adrian erinnerte nervös daran, dass er am Abend angekündigt habe, die Zeit bis zum Schlafengehen für ein Telefonat mit Gundula und die Erledigung von geschäftlichen Mails zu nutzen, und schien sich damit sicher zu fühlen, obwohl in Judys Gesicht nach wie vor unverhohlenes Misstrauen stand. Cyrill faselte etwas von einem Abendspaziergang, der rein zufällig in die Nähe von *Da Roberto* geführt habe, suchte verzweifelt nach seiner Augencreme und tupfte, als er sie gefunden hatte, eine so dicke Schicht auf seine Krähenfüße, dass sie nicht einziehen konnte. Nun saß er da, als hätte ein Schönheitschirurg die Stellen markiert, die geliftet werden sollten. Mike wich Judys Blick aus, und auch Maria wagte nicht, sie anzusehen, sondern fixierte das Madonnenbild an der gegenüberliegenden Wand, als mache sie sich Gedanken über das Jahr seiner Entstehung. Während Cyrill noch immer etwas von herrlicher Nachtluft brummelte, Mike einfiel, dass man sich in San Marco einfach nicht aus dem Weg gehen könne, Adrian murmelnd darlegte, welche Events er anbot, um Venedig als reinstes Abenteuer zu erleben, sagte Maria: »Wir wollten dir die Erinnerung an Leander ersparen, Judy.«

Sie wusste im selben Moment, dass sie es falsch angegangen hatte. Judy konnte Rücksichtnahme nicht ertragen. Genauso gut hätte sie ihrer Freundin Schwäche vorwerfen können, das wäre für Judy ähnlich herabwürdigend gewesen. Sie hatten alle versucht, ein Problem von Judith Emerick fernzuhalten? Lächerlich! Die Empörung stand schon in ihrem Gesicht, die Antwort sprühte bereits aus ihren Augen, die Grundierung brach schon aus den Härchen ihrer Augenbrauen, alle duckten sich … und waren heilfroh, als Cyrills Handy die aufgeladene Stimmung durchschnitt. *Never ever* ertönte, was bedeutete, dass Cyrill von seiner Sekretärin angerufen wurde. Der Song drang aus der Tasche seiner Jacke, in der Mike zu versinken drohte, und anscheinend hatten die beiden vergessen, dass sie ihre Kleidung getauscht hatten, denn nun reagierten sie derart verwirrt, dass Maria und Adrian aufs Angenehmste von Judys Misstrauen befreit wurden und sich gerne daran beteiligten, das Smartphone in den Taschen von Cyrills Jacke zu suchen, die bis zum Boden herunterhing, und es dem rechtmäßigen Besitzer in die Hände zu legen, bevor Cyrill in seiner Hysterie die ganze Trattoria auf sich aufmerksam gemacht hatte. Die beiden zerrten noch aneinander herum, als Adrian schon das Handy vor Cyrill hinlegte, aber da im selben Augenblick Mikes Handy in der beigen Windjacke klingelte, die Cyrill noch am Leibe trug, war das Chaos perfekt. Mike stürzte sich auf Cyrill und fuhr ihm in die Jacke, sodass Cyrill die Arme hochnehmen musste, um sein Smartphone bedienen zu können, was den Eindruck erweckte, als würde er von Mike bedroht und wolle sein Eigentum vor ihm in Sicherheit bringen. Giovanni machte bereits Anstalten, für Ordnung in seiner Trattoria zu sorgen, da hatten sich die Verhältnisse endlich entwirrt, und jedes Handy hatte an das richtige Ohr gefunden. Beide Gespräche dauerten lange, obwohl weder Cyrill noch Mike viel sagten, sondern jeweils aufgeregtem Geschnatter lauschten und nur gelegentlich einen Laut des Entsetzens von sich gaben. Das aber immerhin so durchdringend, dass ihnen sämtliche Frühstücksgäste des *Luce della Laguna* ihre Köpfe zuwandten und eifrig darüber diskutiert wurde, ob der große dicke Mann eine Todesnachricht erhalten habe und dem anderen in der viel zu weiten Jacke von seiner Frau die Scheidung angedroht wurde. Cyrill beendete sein Telefonat als Erster und wunderte sich darüber, dass ihm von den Nachbartischen kondoliert wurde, während Mike, als er das Handy wegsteckte, vom Kellner auf die Schulter geklopft und ihm geraten wurde, die Sache nicht so ernst zu nehmen. Beide waren zum Glück klug genug, nichts richtigzustellen, sondern einfach abzuwarten, bis sich das Interesse an den Nachbartischen wieder von ihnen abwandte.

Dann stöhnte Cyrill: »Meine Sekretärin sagt, eine Frau habe angerufen und sich erkundigt, wo ich in Venedig wohne.«

Mike brauchte länger, bis er herausbrachte: »Dörte ist auf dem Weg nach Venedig.«

Und dann benötigten beide dringend den *vino rosso*, den Giovanni ihnen kredenzte, damit sie ihre Schicksalsschläge verkrafteten. Denn sie erkannten im selben Augenblick, was sich Maria, Adrian und Judy auch ohne Rotwein erschloss: Die Sekretärin war auf Dörte Liesegang hereingefallen.

Was für ein schrecklicher Tag! Er hatte so schön angefangen, Sonne verheißen und Wärme versprochen, aber nun war alles ganz anders gekommen. Die Sonne hatte sich von Venedig abgewandt, die Stadt strahlte nicht mehr, die Wolken hingen tief über der Lagune und Sprühnebel verwischte die Konturen der Palazzi. Venedig lachte nicht mehr, die Touristen zogen die Kapuzen über die Köpfe und folgten mürrisch ihren Reiseleitern. Venedig war ohne Gesang, denn die Straßenmusikanten waren zu Hause geblieben oder spielten hinter den geschlossenen Türen der Cafés. In Venedig herrschte kein Trubel mehr, die Straßen waren nun leer. Und das Wasser stieg. Die hölzernen Stege lagen in allen Gassen bereit, die dafür sorgen sollten, dass die Touristen trockenen Fußes durch die Stadt kamen. Der Markusplatz stand schon zur Hälfte unter Wasser. Venedig gehörte denen, die gebucht hatten und nun versuchten, trotz des schlechten Wetters zu bekommen, was sie erwartet und wofür sie bezahlt hatten.

Maria fragte sich noch immer, wie es Dörte Liesegang gelungen war, so schnell nach Venedig zu kommen. Anscheinend hatte sie beschlossen, dass in so einem Fall Geld keine Rolle spielen durfte, einen Privatflieger organisiert und war am Flughafen von Venedig in ein Wassertaxi gestiegen, was jeder normale Tourist vermied, der wusste, dass die Fahrt mit so einem Boot fünf- bis zehnmal so viel kostete wie mit einem Vaporetto.

Sie hatten lange im *Luce della Laguna* gesessen und beratschlagt, was zu tun sei. Maria hatte ihre Augen nicht von ihrem Bruder gelassen, dessen Sorge und Angst nicht halb so groß waren wie Mikes. Hoffte er, auf diesem Wege zu seinem Glück zu finden? Träumte er bereits heimlich davon, demnächst im Blitzlichtgewitter der Fotografen zu stehen, den Arm um Mike gelegt, und zu verkünden, wie glücklich er sei, sich endlich zu seiner Liebe bekennen zu können? Hatte er womöglich sogar daran gedreht, dass sie entdeckt wurden? War Cyrill dieser Ort geeignet erschienen, sein Schicksal endlich zu klären? Die Sorge in seinem Gesicht war jedenfalls beiläufiger als die Hoffnung, die in seinen Augen stand, und seine Angst vor der Presse war auch wesentlich weniger ausgeprägt. Seine Homosexualität war längst bekannt und in seinem Beruf eher etwas Positives als ein Problem. Männer und Mode! Ein Hetero wurde erstaunt angesehen, während für einen schwulen Mann so viel Verständnis aufgebracht wurde wie für eine modebegeisterte Frau. Und Mikes Karriere? Cyrill hatte sich schon mehrmals unterstanden, wenn er mit Maria über seine Liebe sprach, von Geld zu reden. Er habe genug Geld, und er würde gerne sein ganzes Vermögen mit Mike teilen. Dass es diesem nicht nur um Geld, sondern um die Musik ging, um seine Fans, um seine Karriere, um sein Ansehen, das schien Cyrill nicht gerne zu bedenken. Auch von Mikes Kindern sprach er nach Marias Geschmack viel zu selten.

Im *Luce della Laguna* äußerte sie natürlich keine ihrer Bedenken. Hier ging es vor allem um Mikes Zukunftssorgen. Was sollte er Dörte sagen, wenn sie vor ihm stand? Versuchen, sich rauszureden? Oder alles zugeben? Sich um Versöhnung bemühen? Oder um eine faire Scheidung? Eine großzügige Abfindung, wie Cyrill vorschlug, damit Dörte bereit war, auf das Waschen von schmutziger Wäsche in der Öffentlichkeit zu verzichten?

Keine einzige dieser Fragen war beantwortet, als Mikes Managerin anrief, um ihren Schützling zu warnen. Seine Frau sei bereits in Venedig gelandet. Sie glaubte, Mike etwas Neues zu verraten, als sie ihn mit unheilvoller Stimme darauf vorbereitete, dass Dörte irgendwie an seine Adresse gekommen sei. »Nicht von mir!« Das versicherte sie immer wieder.

Mike erhob sich so schwerfällig, als wären die Taschen von Cyrills Jacke mit Pflastersteinen gefüllt. »Besser, ich warte in der Wohnung auf sie.«

Cyrills Angebot, an seiner Seite zu stehen, wenn er Dörte empfing, wies er ab. »Nein, ich muss mit ihr allein reden.«

Cyrill war die Enttäuschung anzusehen, aber er war bereit, sich zu fügen. Lieber hätte er sich seine beste Kleidung übergeworfen, auf die Schnelle eine prächtige Pose vor dem Spiegel einstudiert und Mikes Hand ergriffen, wenn er auf Dörte zutrat. Aber davon wollte Mike nichts hören. Er wusste zwar noch nicht, was richtig war, hatte aber durchaus eine Ahnung davon, was falsch sein musste. Und dazu gehörte, sich voreilig zu Cyrill zu bekennen. Womöglich hatte er sogar schon eine Ausrede im Kopf, die er jetzt noch nicht verraten wollte.

Giovanni begleitete Mike bis zur Tür, der das *Luce della Laguna* verließ, als führte sein Weg direkt zum Schafott. »Bis heute Abend, *amico!* Ich habe schon eine Perücke gekauft, damit wirst du aussehen wie Mike Reinert! Und Klamotten von meinem Schwager habe ich auch bereitgelegt. Der hat ungefähr deine Figur, aber einen besseren Geschmack!« Giovanni lachte, als hätte er einen guten Scherz gemacht, und klopfte Mike so aufmunternd die Schultern, dass dieser nicht auf den Campo della Fava trat, sondern in Richtung Kanal stolperte und beinahe zu spät den Kurs zur Brücke eingeschlagen hätte. Besorgt beobachtete Maria ihn durchs Fenster, wie er auf die Haustür zuging und dort lange nach dem Schlüssel in den Taschen der viel zu großen Jacke suchte.

Sie sahen sich schweigend an, die vier, die übrig geblieben waren. Maria, Adrian und Judy wollten Mike auf keinen Fall ins Haus folgen, um in ihren Wohnungen nichts von dem mitzubekommen, was sich im Erdgeschoss abspielte. Cyrill war es sogar verboten worden. Drei hatten Angst vor Dörtes Erscheinen, Cyrills Mut war dagegen nicht gefragt.

»Was nun?« Judy sah Maria fragend an. »Was muss noch für die Hochzeit erledigt werden? Soll ich mich jetzt um einen Musiker kümmern, der beim Empfang spielt? Muss ja kein Geiger sein …«

Maria zwang sich, ihrer Stimme einen fröhlichen Ton zu verleihen. »Gute Idee! Mach's dir doch einfach irgendwo gemütlich, wo du in Ruhe alle Künstler abtelefonieren kannst, die infrage kommen.« Sie sah sich um. »Am besten hier.«

Judy zögerte nur kurz und entschloss sich dann, Marias Vorschlag anzunehmen. Giovanni winkte mit der Rotweinkaraffe und wies gleichzeitig mit fragender Miene auf die Espressomaschine. Als Judy zu beiden Angeboten nickte, beschloss Maria, sich um den Tischschmuck zu kümmern. »Ich gehe zum Campo Santa Maria Formosa. Dort steht der beste Blumenhändler Venedigs. Mal sehen, was er mir als Tischschmuck empfiehlt.«

Adrian beschloss, sich ihr anzuschließen, ohne zu fragen, ob es ihr recht war, während Cyrill verkündete, dass er einen venezianischen Kollegen aufsuchen werde, der ihm hundert Jahre alte venezianische Spitze angeboten hatte, die Cyrill an den Saum des Brautkleides nähen wollte. Vorausgesetzt Amelie war damit einverstanden und die Wohnung, die er dafür zur Schneiderwerkstatt umfunktionieren musste, wäre bis dahin frei von keifenden Ehefrauen. Unruhig tupfte er eine viel zu dicke Schicht Augencreme auf, und das, obwohl die letzte noch nicht richtig eingezogen war, als ihm einfiel, dass Amelies Brautkleid an der Gardinenstange hing und Dörte Liesegang ihren Mann womöglich mit Ketchupflaschen, Marmeladengläsern oder Pralinen bewerfen könnte, die ihr Ziel verfehlten. Dieser Gedanke versetzte auch Maria und Adrian in allergrößte Unruhe, dennoch hatte niemand den Mut, sich in die Höhle der Löwin zu begeben, damit die Gefahr abgewendet wurde.

Sie waren bedrückt, als sie das *Luce della Laguna* verließen. Maria warf einen Blick zurück auf Judy, die einsam an ihrem Tisch saß, den Zwieback, den Giovanni ihr serviert hatte, noch vor sich auf dem Teller, und ihr Smartphone vor den Augen. Wie schmal ihr Gesicht war, wie mager ihre Gestalt! Die Schultergelenke stachen durch die dünne weiße Bluse, ihr Dekolleté, das sie merkwürdigerweise betonte, indem sie fahrlässig vier Knöpfe offen ließ, war knöchern, als hätte sie eine lange Krankheit hinter sich. Judy sah schlecht aus. Die gute Laune vom ersten Abend war längst dahin.

Maria blieb stehen, weil Adrian mit seinem Seidentuch beschäftigt war und sich währenddessen Cyrills Lamento anhörte, der sich Sorgen machte, dass sein venezianischer Kollege ihn in der Windjacke, der abgeschnittenen Hose und den Trekkingschuhen nicht erkennen, ihm die Tür nicht öffnen oder sich weigern würde, einen derart schlecht gekleideten Menschen überhaupt zu bedienen. Zum Glück kam Adrian auf die hervorragende Idee, die Cyrill schlagartig beruhigte. Er hielt es für möglich, dass Cyrill an diesem Tag einen neuen Look kreierte und demnächst ganz Venedig in beigen Windjacken, abgeschnittenen Hosen und Trekkingschuhen herumlief. Im Nu war Cyrills Selbstbewusstsein wiederhergestellt, wenn er auch beschloss, sich diesem Trend selbst nicht anzuschließen.

Maria hörte nur mit halbem Ohr zu, sie blieb auf Judy konzentriert, deren Anblick sie gleichermaßen besorgte wie anrührte. Judys Augen waren halb geschlossen, die Lippen eingezogen und zusammengepresst, die Schultern verkrampft, die Hände krallten sich um ihr Telefon. Maria ahmte sie nach, kniff Augen und Lippen zusammen und machte ihren Körper klein. Das Mitleid nahm ihr fast den Atem, als sie am eigenen Leib spürte, wie schlecht es Judy ging. Ihre Freundin fühlte sich minderwertig und alt, ungeliebt und abgewiesen. Am liebsten wäre sie zurückgegangen, um Judy zu bitten, sie zum Blumenmarkt zu begleiten. Aber in diesem Moment griff Adrian nach ihrem Arm und sorgte dafür, dass sie sich von Judys Anblick losriss.

»Komm! Wir sind in Venedig, um die Hochzeit unserer Tochter zu feiern. Nicht, um Cyrills und Judys Probleme zu lösen.«

Cyrill eilte schon die Calle degli Stagneri entlang und winkte allen huldvoll zu, die ihn fragend ansahen, damit sie merkten, dass sie es mit Cyrill Buller, dem genialen Modeschöpfer, zu tun hatten, dessen Outfit in jeder Situation ohne Fehl und Tadel war. Und wenn jemand daran zweifeln sollte, dann nur deshalb, weil er nichts von neuen Trends wusste!

Maria folgte Adrian mit gesenktem Kopf und sprach erst, als sie den Campo San Bartolomeo überquerten. »Wir konnten ja nicht ahnen, dass wir Leander wiedersehen würden.«

Der Blumenhändler vom Campo Santa Maria Formosa mit der gehäkelten Mütze auf dem Kopf war entzückt über Marias Erscheinen und versicherte ihr, er habe seit ihrem letzten Besuch über nichts anderes nachgedacht als über den Blumenschmuck für die Kirche und die Hochzeitstafel. Adrian, der kein Italienisch sprach, überließ Maria die Verhandlungen, stand nur da und beobachtete sie lächelnd. Maria wurde nervös, machte ihn darauf aufmerksam, dass es hier Blumen aus südlichen Gegenden Italiens und sogar aus Ägypten gab, aber ihn schien das nicht zu interessieren. Auch dass der Blumenhändler nicht etwa Venezianer war, sondern aus Asolo kam, nickte er ab und schien es im nächsten Augenblick vergessen zu haben. Offenbar hatte er nur Augen und Ohren für Maria.

»Sag mir wenigstens, für welche Blumen wir uns entscheiden sollen.«

»Wir? Das ist Amelies Sache.«

»Sie hat mir Vollmacht erteilt.«

»Besser ich frage sie.« Adrian griff in die Jackentasche, um sein Smartphone hervorzuholen, zog aber nur seine leeren Hände zurück. »Ich habe mein Handy vergessen.« Er streckte die Hand aus. »Gib mir deins.«

»Aber ruf sie besser an«, bat Maria. »Wenn du in die Hochzeitsgruppe schreibst, haben wir nachher sieben verschiedene Meinungen.«

Nun war sie es, die beobachtend danebenstand. Sie hatte es immer geliebt, Adrian im Gespräch mit seiner Tochter zu betrachten, dieses Lächeln, das niemand außer Amelie bekam, die Stimme, die nur so leise und sanft war, wenn er mit ihr redete, sein Blick, der bei ihr war, auch wenn er sie nicht sehen konnte. »Spatzi!« So hatte er sie immer genannt.

Doch schon nach wenigen Sekunden legte er wieder auf. »Sie ist im Gespräch mit einem Kunden. Sie sagt, wir sollen das Richtige aussuchen. Hauptsache, weiß.«

Der Blumenhändler unterstützte sie nach Kräften, favorisierte Chrysanthemen, sicherte ihnen aber schließlich weiße Rosen in allerbester Qualität zu. Seine Frau würde am Tag der Hochzeit den Stand auf dem Campo Santa Maria Formosa betreuen, damit er höchstpersönlich die Rosen ins Hotel liefern könne. Er würde sie am frühen Morgen im Großmarkt von Asolo erwerben und auf der Fahrt nach Venedig besonders sorgsam behandeln, das versprach er hoch und heilig. Und Maria, die eigentlich wusste, was von den Versprechungen eines feurigen Italieners zu halten war, glaubte ihm dennoch.

Sie kehrten ins *Da Carletto* ein und aßen Fegato alla Veneziana, redeten über Mike und dachten gemeinsam darüber nach, zu welchen Konsequenzen der plötzliche Besuch seiner Frau in Venedig führen könne. Adrian vermutete, dass Mike sich bereits auf dem Heimweg befand, von seiner Frau am Kragen gepackt und in sein Leben zurückgezerrt, Maria glaubte eher daran, dass Dörte Liesegang ihrem Mann den Ehering vor die Füße geworfen hatte, ohne ihn zurückfuhr, die Scheidung einreichen und die Sensationspresse verständigen würde. »Cyrill wäre glücklich. Aber Mike?«

»Dessen Karriere ist dann womöglich vorbei.«

»Während Cyrill eine zweite Karriere beginnen kann, als Carlo Ahland, der Erfolgskomponist.«

»Puh!«, machte Adrian. »Das wird die Liebe nicht lange aushalten. Am Ende hat Mike alles verloren, seine Karriere, seine Familie und auch Cyrill.«

Maria konnte diesen Gedanken nicht ertragen. »Vielleicht schätzt er sein Publikum falsch ein. Als Rex Gildo seine Homosexualität vertuschen musste, waren die Zeiten noch anders. Heute sind die Menschen toleranter.«

Aber Adrian wollte es nicht glauben. »Frauen schwärmen nicht für einen Mann, der nicht an Frauen interessiert ist. Der ihnen überdies jahrelang etwas vormachte, indem er seine heile Familie in allen Homestorys vorgeführt hat.«

Maria genoss das Vertraute, das wieder zwischen ihnen entstand, fühlte sich beinahe so wie früher, wenn sie über Adrians Angestellte sprachen oder über ihre Verkäuferinnen, über gemeinsame Freunde oder Verwandte. Als aber die Rede auf Leander kam, veränderte sich alles. Adrian erinnerte sich an eine Homestory über Leander, in der sie als seine Freunde vorgekommen waren. Nun konnte Maria wieder an nichts anderes denken als an den Schlüssel, den Adrian in Leanders Wohnung vergessen hatte, an das getuschelte Gespräch am Campo San Provolo und an Judy. Warum glaubte Leander, dass Judy Hilfe brauchte? Wer war dieser Yorick, dessen Adresse er Adrian übermittelt hatte? Und warum diese Heimlichkeit?

Adrian sprach aus, was auch Maria bedrückte: »Wir sind wegen Amelies Hochzeit hier. Und jetzt reden wir nur über Leander, Mike und Cyrill.«

»Und über Judy.« Sie warf ihm einen langen Blick zu, aber Adrian reagierte nicht. »Ich glaube, es geht ihr nicht gut.« Wieder wartete sie vergeblich auf eine Entgegnung. Adrian verriet mit keiner Silbe, warum Leander der Meinung war, seine Frau brauche Hilfe von einem gewissen Yorick. Was mochte das für ein Mann sein? »Glaubst du, dass sie noch um Leander trauert?«

Adrian brauchte nicht zu überlegen. »Sie hat nie um ihn getrauert. Sie musste erkennen, dass er ein Feigling ist. Ein rücksichtsloser Egoist. Um so jemanden trauert man nicht. Judy hätte sich garantiert von ihm scheiden lassen, wenn er nicht verschwunden wäre.«

»Ob er irgendwann zurückgekehrt wäre?«

»Auch dazu wäre er zu feige gewesen. Wetten?«

Maria musste gegen den Wunsch angehen, Leander zu verteidigen. Sie dachte an Auroras Worte, an Leanders Verzweiflung, der nicht geahnt hatte, was Todesangst aus einem Menschen machen konnte. Auch aus ihm!

»Leander war jemand, der seine Frau im Stich gelassen und zudem seine Freunde betrogen hat.«

Sein Blick war mit einem Mal nicht mehr verächtlich, sondern lauernd. Was wusste er? Ahnte Adrian, dass seine Frau einmal in Leander verliebt gewesen war? Hatte er es nur nie beweisen können? Und warum redete er so über Leander, wenn er sich andererseits heimlich mit ihm traf und ihm half?

»Wir haben ihn wohl alle nicht richtig gekannt.«

Der Regen wurde dichter, die Sorge, dass die Braut am Sonnabend unter großen Regenschirmen aus der Kirche treten würde, ohne ihr sensationelles, von Cyrill Buller entworfenes Brautkleid zeigen zu können, führte sie wieder enger zusammen, nachdem Leanders Name sie voneinander weggeführt hatte. Als Maria merkte, dass ihr Zusammensein sich kaum noch von dem eines Paares unterschied, das die Silberhochzeit hinter sich hatte und über Familie und Verwandte redete, ohne sich etwas erklären zu müssen, war sie alarmiert. Sie wollte nicht noch einmal mit der Frage konfrontiert werden, woran ihre Ehe eigentlich gescheitert war.

Adrian kaufte einem Straßenhändler einen Regenschirm ab und legte einen Arm um Maria. Unter dem Dach des Schirms rückten sie zwangsläufig noch näher zusammen, was Maria nicht gefiel. Immer weniger, je wohler sie sich in Adrians Nähe fühlte.

»Lass uns ein wenig spazieren gehen«, schlug Adrian vor. »Im Palazzo herrscht sicherlich noch dicke Luft. Ich möchte nicht in einen Ehestreit platzen. Es reicht, wenn wir heute Abend deinen heulenden Bruder trösten müssen.«

Sie flanierten an den Boutiquen der Mercerie entlang und verirrten sich in den Gassen zwischen Rialto und Markusplatz. Adrian kaufte ein Spitzentuch und einen handbedruckten Stoff für Gundula, Maria erwarb handgeschöpftes und marmoriertes Papier für einen ihrer Lieferanten und für ihre Verkäuferinnen die typischen venezianischen Karnevalsmasken und Armbänder aus Muranoglas. Im Hutsalon von Giuliana Longo in der Calle del Lovo wollte Adrian ihr unbedingt einen knallroten

Hut kaufen, aber Maria wehrte so lange ab, bis er endlich einsah, dass er ihr damit keine Freude machen konnte. »Damit sehe ich aus wie meine Mutter!«

Stattdessen kauften sie bei Aliani an der Fondamenta Riva Olio viel zu viel Käse, während sie sich gegenseitig versicherten, dass es wunderbar sein würde, abends beim Wein sämtliche Sorten zu probieren, um dann, als sie vor der Tür standen, die gefüllten Tüten zu betrachten und sich zu fragen, wer das alles essen sollte. Adrian lenkte Maria von dieser Frage ab, indem er sie ins *Naranzaria* einlud, eine Edelkneipe, die sie sich an ihrem ersten Hochzeitstag, als sie nach Venedig gereist waren, nicht hatten leisten können. Damals waren sie stundenlang durch die Stadt gelaufen, hatten sich verirrt, darüber gelacht und waren weitergelaufen. Jetzt merkte Maria, dass Adrian Schwierigkeiten mit seinem Knie bekam. Sein Gang wurde unregelmäßig, oft blieb er vor einer Auslage stehen, damit er sein rechtes Bein entlasten und strecken konnte. Sie merkte es, sagte aber nichts dazu, sondern stöhnte ihrerseits über ihre High Heels und behauptete, eine Pause im *Naranzaria* hätte sie dringend nötig.

Es lag zwischen Fischmarkt und Rialto, direkt am Canale Grande, dort wurden pikante Häppchen, aber auch Hauptspeisen serviert. Sie bestellten einen großartigen Wein aus dem Friaul und genossen den Blick auf das Treiben vor ihren Augen in angenehmer Entfernung, wie von einer ruhigen Insel aus.

»Ich mache mir Sorgen um Judy«, griff Maria das Thema wieder auf. »Ich will nicht, dass sie allein ist, während wir hier sitzen und es uns gutgehen lassen.« Sie holte ihr Handy heraus. »Ich rufe sie an und sage ihr, wo wir sind. Dann kann sie dazukommen. Vielleicht ist Cyrill ja auch schon zurück …«

Adrian griff mit einer schnellen Bewegung nach ihrer Hand

und verhinderte damit ihren Blick aufs Handy. »Lass uns allein bleiben. Bitte! Ich genieße es so sehr.«

Sie wollte sich erkundigen, was es war, das er genoss, wollte infrage stellen, dass er es tat, und sah dann doch nur einem alten Boot nach, das an ihnen vorbeituckerte, als interessiere sie sich für dessen Ladung. Als Applaus in Marias Handtasche aufbrandete, war sie dermaßen erleichtert, dass sie schnell zugriff, ehe Adrian sie hindern konnte. »Mal sehen, wer in die WhatsApp-Gruppe geschrieben hat.«

Adrian blickte gemeinsam mit Maria aufs Display ihres Smartphones. »Amelie!« Sie schickte einen Gruß und erkundigte sich, wie die Hochzeitsvorbereitungen vorangingen.

Lächelnd antwortete Maria, dass sie mit Adrian im *Naranzaria* saß, und verriet damit natürlich auch Cyrill und Judy, wo sie zu finden waren. Adrian schaffte es nicht, das zu verhindern, und warnte Maria, dass in wenigen Minuten die hektische Judy und der verzweifelte Cyrill an ihrem Tisch erscheinen würden.

Als kurz darauf das Telefon klingelte, trank er das Glas aus und winkte nach einem neuen, als befürchtete er, gleich könne eintreten, was nur mit gutem Wein zu ertragen war.

Aber weder Judy noch Cyrill waren am anderen Ende. Marias Augen lächelten Adrian an, sodass er sofort verstand: Ihre Tochter rief an. »Ihr beide? Allein im *Naranzaria*? Wie schön! Genießt ihr es?«

Maria wurde unruhig. »Es hat sich zufällig so ergeben.« Auf keinen Fall wollte sie bei Amelie einen falschen Eindruck erwecken. Es war doch verrückt, dass Kinder, selbst wenn sie erwachsen waren, Papa und Mama zusammen sehen wollten und glücklich waren, wenn sie sich verstanden.

Adrian mischte sich in ihr Gespräch ein, wie er es früher schon gern getan hatte und wie Maria es früher schon nicht leiden konnte. Er beugte sich über Marias Handy, sodass seine

Haare ihr Gesicht kitzelten, und rief in den Hörer: »Wir sind beinahe so glücklich wie an unserem ersten Hochzeitstag.«

Maria versetzte ihm einen Stoß mit dem Ellbogen und sah ihn strafend an. »Dein Vater redet Unsinn.«

Aber das Glück war nicht mehr aus Amelies Stimme herauszubekommen. Selbst dann nicht, als Maria über Adrians Verschwendungssucht schimpfte, weil er unbedingt den teuersten Wein haben wollte, und über seinen schlechten Geschmack, als sie ihrer Tochter den Hut schilderte, den er für sie kaufen wollte. Amelie lachte und blieb dabei, dass ihre Eltern sich ganz offensichtlich sehr gut verstünden. »Du hast früher schon behauptet, Papa hätte keine Ahnung von Mode.«

Mit früher meinte sie ganz offensichtlich die Zeit, in der ihre Ehe noch harmonisch gewesen war. Und dann redete sie so lange davon, wie es sein würde, wenn Adrian sie in die Kirche führen würde, bis Maria die Gefühlsduselei zu viel wurde und sie das Gespräch beendete. Amelies romantische Stimme und Adrians sentimentale Miene – das war einfach zu viel. Maria gehörte nicht zu den Menschen, die auf schöne Gefühle so reagierten wie auf schlechte. Amelie weinte immer, wenn sie glücklich und gerührt war, auch Adrian hatte sich dann immer über die Augen wischen müssen, während es Maria stets so vorkam, als verlören sich die glücklichen Momente, wenn man sie herausweinte, statt sie in sich einzuschließen und zu bewahren.

Als sie eine Stunde später in die Calle degli Stagneri einbogen, hielt Adrian sie mit einem Mal zurück. Maria tappte in die Falle, drehte sich zu ihm um, und er nutzte diesen Augenblick, sie an sich zu ziehen. Sie wollte es nicht, wollte sich empören, ihm erklären, warum er sich so nicht verhalten durfte, ihn an Gundula erinnern… aber sie tat nichts dergleichen. Jedenfalls in den nächsten zehn Sekunden nicht. Dann erinnerte sie sich wieder an seine Heimlichkeiten, daran, dass er nicht ehrlich war, und löste sich unwillig von ihm. »Was soll das?«

»Ich möchte mit dir allein sein.«

»Nein!« Maria wies in die Richtung des Palazzos und der Trattoria *Luce della Laguna.* »Ich will mich frisch machen, in ein oder zwei Stunden können wir uns zum Abendessen bei Giovanni treffen.«

»Wir beide?«

»Unsinn!« Sie ging ihm nun mit großen Schritten voraus. »Judy wird auf jeden Fall mit uns essen. Was mit Mike und Cyrill sein wird, werden wir ja sehen.«

Er war mit zwei, drei großen Schritten neben ihr. »Maria, ich möchte mit dir über unsere Ehe sprechen. Bitte!«

Sie blieb stehen und sah ihn spöttisch an. »So viele Jahre nach der Scheidung?«

»Unsere Tochter heiratet. Wenn das keine gute Gelegenheit ist!«

»Unsere Ehe hat nicht funktioniert, das weißt du doch. Mehr gibt es nicht zu bereden.« Sie zögerte nur ganz kurz, ehe sie anfügte: »Ehrlichkeit ist das Wichtigste in einer Beziehung. Eigentlich haben wir das früher schon gewusst. Oder?«

Sollte er doch darüber nachdenken, was sie damit meinte! Sollte er sich doch fragen, was sie wusste! Vielleicht dachte er sogar darüber nach, was sie früher mit Leander verbunden hatte? Wenn er sie jetzt fragen würde, dann wäre sie vielleicht sogar bereit, ihm die Wahrheit zu gestehen. Was spielte es noch für eine Rolle, dass sie vor vielen Jahren eine Liaison mit Leander gehabt hatte? Das war vorbei. Alles! Ihre Ehe und genauso ihre Affäre mit Leander!

»Ja, du hast recht.« Adrian sah sie an, als läge ihm ein Geständnis auf den Lippen. »Ich würde dir gerne die Wahrheit sagen. Die ganze Wahrheit! Aber …« Er brach ab, und Maria schüttelte unwillig den Kopf.

»Nein!«

Für die Wahrheit war es zu spät. Jedenfalls für die ganze Wahrheit! Was Adrian damit meinte, musste ihr egal sein. Sie wollte gar nicht wissen, welches Geheimnis ihn mit Leander verband. Dann hatte sie das Recht, auch ihr Geheimnis für sich zu behalten. Sie tat es ja nicht für sich selbst. Nicht nur! Es gab so vieles, was sie zerstören würde, wenn die ganze Wahrheit ans Licht kam.

»Du bist genauso ein Feigling wie Leander!«

Er sah sie überrascht an. »Wie meinst du das?«

Darauf antwortete Maria nicht. Sie ging mit großen Schritten, soweit ihre hohen Absätze es zuließen, auf die Haustür des Palazzos zu. Und Adrian wiederholte seine Frage nicht. Als sie die Tür aufschloss, vergaßen sie die Frage beide. Denn sie hörten eine unbekannte Frauenstimme schreien: »Du machst mit bei dieser Doppelgängershow! Hörst du? Das ist unsere einzige Chance!«

»ER IST MEINE GROSSE LIEBE!«

13.07.2014.
So einfach lässt sich erklären, warum es auch in Prominentenkreisen Ehen ohne Skandale gibt. Dörte Reinert, die Frau des Schlagerstars Mike Reinert, bringt es auf den Punkt: »Ich vertraue meinem Mann, ich halte ihm den Rücken frei, ich bereite ihm ein Heim, in das er gern zurückkommt.«
Dörte Reinert räumt aber ein, dass eine Ehe, in der nicht beide Partner im Rampenlicht stehen, womöglich leichter zu führen ist. Auch für die Kinder, die relativ normal heranwachsen können, sei es so besser.

Wenn beide Elternteile prominent sind, werden die Kinder häufig von Nannys aufgezogen und später in Internaten untergebracht. Außerdem, so erläutert uns Dörte Reinert, leidet ein Ehepartner manchmal unter der Konkurrenz des anderen, wenn einer bessere Engagements bekommt als der andere, wenn einer besser verdient oder populärer ist. All das gibt es im Hause Reinert nicht. »Mike ist der einzige Star in der Familie, aber nur dann, wenn er sein Heim verlässt, um wieder auf der Bühne sein Bestes zu geben. Zu Hause ist er ein Familienvater und Ehemann wie jeder andere.«
Wir gratulieren Mike Reinert zu dieser Ehefrau, die für ein Familienleben sorgt, das ihm die Kraft für seinen aufreibenden Beruf gibt.

Maria sah Cyrill schon von Weitem. Völlig aufgelöst kam er über die Brücke gelaufen und hielt direkt auf die Eingangstür des *Luce della Laguna* zu. Kein stattlicher, imposanter, sondern ein dicker Mann, keiner, der seine Leibesfülle trug wie ein Statussymbol, sondern einer, der sich von ihr niederdrücken ließ, kein Prominenter, der darauf wartete, erkannt zu werden, sondern einer, über den alle hinwegsahen. Und das, obwohl er seine Verkleidung längst wieder gegen das eingetauscht hatte, was er in seinen Katalogen »Straßenkleidung« nannte, mit einem frechen kleinen Attribut aus der Rubrik »Freizeitkleidung«, einem knallroten Schal. Als er Maria sah, begann er zu weinen und fiel ihr um den Hals, kaum dass er die Stufen bewältigt und sie erreicht hatte, womit er endlich das Aufsehen erregte, das er bei anderer Gelegenheit genoss. Diesmal nahm er es nicht zur Kenntnis. Er klammerte sich an seine Schwester, sie hatte Mühe, ihn zu halten, diesen großen, breiten Mann, dessen Verzweiflung so schwer wog, und war froh, als Adrian ihr beisprang, Cyrills Kopf von ihrer Schulter löste und ihm männlich-derb auf den Rücken klopfte. Ein Trost, der Cyrills Trauer allerdings verfehlte.

»Sie ist noch immer bei ihm!«, heulte er. »Was soll ich tun?« Hektisch wischte er an seinen Augen herum, um die künstlichen Wimpern zu entfernen, die seinen Tränenströmen nicht gewachsen waren, bis ihm aufging, dass er an diesem Morgen auf sie verzichtet hatte.

Seine Frage konnten weder Maria noch Adrian beantworten. Gemeinsam bugsierten sie Cyrill in die Trattoria, wo Giovanni die Theke im Stich ließ und erschrocken auf sie zukam. Ob etwas passiert sei? Ein Unfall, eine plötzliche Erkrankung, ein Schicksalsschlag? Sei etwa dem Freund des großen, unglücklichen Mannes etwas zugestoßen, der in einer Stunde auftreten solle? Giovanni wies in den Raum, in dem schon einige Tische besetzt waren. »Die kommen alle wegen der Doppelgängershow!«

Cyrill verweigerte jede Antwort. Er ließ sich auf den erstbesten Barhocker und die Stirn auf die Theke fallen. Maria konnte nur hilflos die Schultern zucken, während Adrian versuchte, den händeringenden Wirt darauf vorzubereiten, dass er möglicherweise an diesem Abend auf Mike Reinerts Doppelgänger verzichten müsse. Den Satz, den sie beim Betreten des Hauses aufgeschnappt hatten, wollte er anscheinend nicht glauben.

Giovannis Gedanken begannen zu rasen, das war ihm von der Stirn abzulesen, und schließlich richtete er sein Augenmerk auf Maria und bot ihr an, als ginge es um die Chance ihres Lebens, sie mit einer schwarzen Langhaarperücke in Nana Mouskouri zu verwandeln. Die weißen Rosen, die er am Morgen für Roy Blacks Auftritt erworben hatte, würde er stattdessen ihr in den Arm drücken. »Meine Nachbarin hat eine schwarze Brille, die wird sie mir leihen. Das geht schon.« Er führte Daumen und Zeigefinger zum Mund und schnalzte. »Du wirst wunderbar aussehen, *amica. Bella donna!*«

Maria wies sein Ansinnen strikt zurück und auch Adrian wollte partout nicht als Udo Jürgens auftreten und den anwesenden Damen *Merci, Chérie* ins Ohr hauchen.

Daraufhin stürzte sich Giovanni kopfüber in tiefste Verzweiflung, kündigte an, die Schürze abzubinden, die Trattoria sich selbst zu überlassen und sich auf dem Rialto-Markt das Fischmesser des erstbesten Händlers in den Leib zu rammen… da betrat eine Frau das *Luce della Laguna,* deren Anblick Maria das Blut in den Adern gefrieren ließ. Dörte Liesegang! Sie hatte Mikes Frau noch nie gesehen, war aber sicher, dass sie niemand anderen vor sich hatte. Diese Frau sah genauso aus wie eine, die gerade ihr Leben rettete, die entschlossen war, alles zu verteidigen, was sie besaß, und es auf keinen Zufall ankommen lassen wollte. Mikes Frau, die begriffen hatte, wie dünn das Eis war, auf dem ihr Lebensglück stand!

Klein und schlank war sie, teuer, aber unauffällig, sogar bieder gekleidet, mit blonden Locken und großen blauen Augen. Giovanni merkte sofort, dass in diesem Augenblick ein Schicksal entschieden wurde, vergaß sowohl seine Verzweiflung als auch das Fischmesser, schob Dörte Liesegang einen Stuhl zurecht und bot ihr Espresso oder *vino* sowie Pizza oder Tramezzini an, gerne auch alles, in der Reihenfolge, die der Dame beliebte.

Dörte Liesegang beließ es bei einem Espresso, dann lehnte sie sich zurück, schlug die Beine übereinander und sah erst Maria, dann Adrian und schließlich Cyrill herausfordernd an; Cyrill, der sich auf seinem Barhocker umgedreht hatte und sich kraftlos an die Theke lehnte, besonders lange. So lange, bis ihm der Schweiß ausbrach. Trotzdem merkte Maria, dass ihr Selbstbewusstsein gespielt war. Dörte Liesegang fühlte sich längst nicht so sicher, wie sie wirken wollte.

Cyrill gab sich einen Ruck, rutschte von seinem Barhocker und trat an ihren Tisch. »Sind Sie meinetwegen hier?«

Dörte zeigte als Antwort auf einen Stuhl und Cyrill setzte sich gehorsam. Maria brachte es nicht übers Herz, ihren Bruder in dieser verzweifelten Lage allein zu lassen, und ließ sich an seiner Seite nieder, ohne dazu aufgefordert zu werden, und Adrian wollte entweder nicht allein an der Theke stehen bleiben oder für den Notfall bereit sein und gesellte sich dazu, ebenfalls ungefragt. Dörte Liesegang sah verwirrt von einem zum anderen, tat aber nichts, um Marias und Adrians Anwesenheit zu unterbinden. Als sie den Kragen ihrer hellblauen Hemdbluse sorgsam aufgestellt, ihre weiße Hose glatt gestrichen und ihren zarten Goldschmuck in die richtige Position gebracht hatte, schien sie entschlossen, sich nicht verunsichern zu lassen. Sie wusste, was sie wollte, und sie fühlte sich im Recht. Das konnte jeder sehen und hören, dem es darauf ankam.

»Sie brauchen nichts zu leugnen«, wandte sie sich an Cyrill, »Mike hat mir alles gestanden.«

Dieser Satz verriet bereits, dass Mike ihr entweder doch nicht alles gestanden oder sie nicht alles verstanden hatte. Cyrill war natürlich weit davon entfernt, irgendetwas zu leugnen, ihm war an der Nasenspitze anzusehen, dass er freudig alles zugeben würde, was Dörte Liesegang ihm vorhalten wollte.

»Ich liebe ihn«, sagte er in einer Schlichtheit, die nicht zu ihm passte. »Wo ist Mike überhaupt?« Cyrill setzte sich aufrecht hin, spreizte die Ellbogen, machte sich so breit wie möglich, um klarzumachen, dass er seinen Geliebten aus jedweder Gefahr erretten würde.

Dörte Liesegang war leider nicht besonders beeindruckt.

»Er kommt gleich«, antwortete sie mit einer Gleichgültigkeit, die nur gespielt sein konnte, in der sie sich aber augenscheinlich stark genug fühlte, um diese aberwitzige Situation zu bewältigen. »Er zieht sich um. Für die Doppelgängershow.«

Maria lachte, ohne es zu wollen. Sie erschrak sogar regelrecht über das Lachen, das aus ihr herausrollte. »Da will er jetzt noch mitmachen?«

Dörte Liesegang blieb todernst. »Jetzt erst recht. Ich habe die Presse wissen lassen, dass ich mir den komischen Kerl, der meinem Mann so ähnlich ist, genauer ansehen werde.«

Cyrill fiel die Kinnlade herunter, als verstünde er nicht, Adrian zog sein Seidentuch mal links, mal rechts herunter, als förderte das seinen Denkprozess, aber Maria begriff schnell, was Dörte Liesegang plante. Sehr clever! Diese Idee nötigte ihr Respekt ab.

Dörte gab Giovanni einen Wink, der vorsichtig, als fürchtete er sich vor der ernst dreinblickenden Frau, an den Tisch trat. »Sie haben versprochen, meinem Mann modernere Klamotten zu geben, damit er Mike Reinert ähnlicher ist.«

Giovanni war begeistert, als er begriff, was das bedeutete. »Ich habe auch eine Perücke!«, jubelte er. »Ich hole alles.«

Er wieselte hinter die Theke und von dort in die Küche, danach verklangen seine Schritte irgendwo im Haus.

Cyrill hatte nun lange genug nachgedacht. »Sie wollen der Presse weismachen, der Mann, der mit mir gesehen wurde, war jemand, der Mike nur ein bisschen ähnlich sieht?«

Nun lächelte Dörte Liesegang zum ersten Mal. »So ist es. Und Sie werden mich dabei unterstützen. Alles, was ich der Presse sage, wird von Ihnen bestätigt. Kapiert?«

Cyrill wollte sich gegen ihren barschen Ton verwehren, fragte aber vorsichtshalber erst mal nach, welches Ziel Mikes Frau damit verfolgte. »Es soll alles so weitergehen wie bisher?« Ob er damit die Ehe der Liesegangs oder seine Liebe zu Mike meinte, wusste Maria nicht.

Doch sie erfuhr es augenblicklich. »Sie nehmen mir meinen Mann nicht weg«, sagte Dörte Liesegang mit eiskalter Stimme. »Meine Familie machen Sie nicht kaputt. Meine Kinder werden ihren Vater behalten und ich meinen Ehemann! Ist das klar?«

Cyrill dachte nicht daran, freundlich zu nicken. »Was wollen Sie damit sagen? Mike soll mit mir Schluss machen?« Tapfer fügte er an: »Das wird er nicht tun.«

Dörtes Blick verfinsterte sich. Das Saubere, Hausbackene, Spießige fiel von ihr ab, sie wirkte von einem Augenblick zum anderen düster, trotz ihrer hellen, makellosen Kleidung, und so streng, als hätte sie ihr krankenschwesterfarbenes Outfit noch bis vor wenigen Minuten unter einer Ordenstracht versteckt. »Seine Karriere bedeutet ihm viel«, erklärte sie Cyrill. »Er wird kein Risiko eingehen. Sie werden mir heute Abend helfen, das betrachte ich als Wiedergutmachung. Danach ist Schluss.«

»Schluss?« Cyrills Stimme klang schrill. »Sie glauben, dann wird Mike zum Hetero? Dann wird er wieder mit Ihnen ins Bett gehen? Dann wird ihm einfallen, dass seine Liebe zu mir ein Irrtum war?« Es schien ihm nun besser zu gehen, sein Kampfgeist erwachte. »Sagten Sie nicht gerade, Mike bedeute seine Karriere sehr viel?«

Der Klang seiner Frage war so anzüglich, dass Dörte Liesegang aufmerkte. Aber sie fragte nicht nach, sondern wartete, bis Cyrill fortfuhr.

»Was, wenn Carlo Ahland nicht mehr seine Hits produziert? Glauben Sie, es findet sich ein anderer, der ihm die Songs auf den Leib schreibt? Oder haben Sie vergessen, dass seine Erfolge längst alle von Carlo Ahland abhängig sind?«

Dörte Liesegang verstand kein Wort. »Was hat Carlo

Ahland damit zu tun? Er wird natürlich weiterhin für Mike arbeiten.«

»Wird er nicht.« Cyrill verschränkte die Arme vor seinem Bauch und starrte Dörte Liesegang so lange an, bis diese endlich verstand.

Maria ahmte Giovannis Lachen nach, sein Strahlen, warf den Kopf zurück wie er und versuchte es heimlich mit einer seiner großen Gesten. Nun wusste sie, wie es Giovanni ging: Er war hingerissen. Auf ein solches Interesse war seine Doppelgängershow noch nie gestoßen. Sogar die Presse war diesmal zugegen! Der Fotograf, der zwischen den Tischen herumwuselte, den Kellnern im Wege war und den Gästen die Sicht versperrte, war für Giovanni der lebende Beweis dafür, dass seine Trattoria auf dem besten Weg zum In-Lokal war. Demnächst würde für die Venedigtouristen kein Weg am *Luce della Laguna* vorbeiführen, er würde vermutlich in ein größeres Ladenlokal umziehen müssen. Mit diesen Gedanken beschäftigte er sich bereits, als er die improvisierte Bühne vor dem Madonnenbild betrat und eine Begrüßungsansprache hielt, die diesmal länger ausfiel als sonst. Es kamen Worte wie »keine Kosten und Mühen gescheut« vor und »seit Jahren bekannt und beliebt«.

An allen Tischen herrschte ausgelassene Fröhlichkeit und eine Spannung, die Maria mit Sorge erfüllte. Ob Giovanni den Erwartungen seiner Gäste gerecht werden konnte, die durch die Anwesenheit der Presse beträchtlich gesteigert worden waren? Es begann sich sogar herumzusprechen, dass die Frau von Mike Reinert anwesend war, die sich unbedingt ansehen wollte, wie perfekt ihr Mann von einem Doppelgänger imitiert werden würde. Die Nachricht, die am Morgen in der Onlinezeitung erschienen war, hatte sich ebenfalls herumgesprochen. Außerdem waren im Laufe des Tages weitere Meldungen hinzugekommen, in denen es zwar nicht um neue Erkenntnisse, auch nicht um Fakten, aber um jede Menge Mutmaßungen ging. Die Berichterstattung war dermaßen aufdringlich, dass kaum jemand an der Neuigkeit vorbeigekommen war. Am nächsten Tag würde es im Blätterwald der deutschen Presse rauschen, so viel stand jetzt schon fest. Dörte Liesegang gab bereits das erste Interview, ließ sich fotografieren, lachend, unbekümmert, amüsiert, und spielte ihre Rolle, das musste Maria anerkennen, perfekt. Diese harmlos aussehende Hausfrau war nicht halb so treuherzig, wie sie aussah und sich gab. Während sie darüber sprach, wie sehr sie von den Onlinemeldungen erheitert worden war, die behauptet hatten, ihr Mann halte sich inkognito in Venedig auf, lachte sie geradezu ausgelassen. Maria war davon überzeugt, dass die Reporter ihr jedes Wort abnahmen.

»Und da dachte ich, diesen Herrn schaue ich mir mal an. Ein Kurztrip nach Venedig ist doch immer nett. Mein Mann hat ja leider zu tun. Ein Meeting mit seinen PR-Leuten im Bayerischen Wald.«

Ein Raunen des Bedauerns ging durch das *Luce della Laguna.* Womöglich hatten einige darauf gehofft, auch Mike Reinert würde auftauchen, um sich seinen Doppelgänger anzusehen. Aber trotz dieser Enttäuschung steigerte sich die Heiterkeit an den Tischen, vor allem an denen, die von Frauen besetzt waren, noch erheblich. Nur dort, wo Judy, Maria und Adrian saßen, hielt sich der Frohsinn in Grenzen. Sie waren lediglich anwesend, weil Cyrill sie darum gebeten hatte, der es selbst nicht fertigbrachte, diesem Spektakel beizuwohnen, das von Mike höchste Professionalität verlangen würde. Aber immerhin wollte Cyrill sichergehen, dass nichts geschah, was nicht in seinem Sinne war, und nichts, womit Mike über den Tisch gezogen wurde, vor allem nichts, was ihre Liebe mit Schmutz bewarf. Deswegen sollten die Menschen, denen er vertraute, ein Auge auf alles haben, was nun geschehen würde. Für den Fall, dass Dörte Liesegang etwas tat, um Cyrill Buller zu verunglimpfen, waren die drei angewiesen, auf der Stelle eine Pressekonferenz einzuberufen, die den Ruf des Modeschöpfers reinwusch. Maria hoffte inständig, dass es dazu nicht kommen würde. Schon deswegen, weil sie keine Ahnung hatte, wie jemand wie sie eine Pressekonferenz einberufen sollte.

Judy war vor zwei Stunden mit der frohen Botschaft ins *Luce della Laguna* geplatzt, dass David Garrett tatsächlich nicht abgeneigt sei, einen Trip nach Venedig zu machen und bei dieser Gelegenheit während des Ringwechsels von Judys Patentochter und ihrem Bräutigam das *Ave Maria* zu spielen. »Sein Management findet die Idee großartig. David Garrett und eine rein private Gefälligkeit! So was macht sich gut. Und Amelies Hochzeit wird auf die Titelseiten kommen!«

Dann erst, als die Freude verhalten ausfiel, bemerkte sie die fremde Frau, die am Tisch saß und weder freundlich noch vergnügt aussah. Und nun fiel ihr auch auf, dass es bei den drei anderen genauso war. Niemand war vergnügt, niemand blickte ihr freundlich entgegen, trotz ihrer spektakulären Nachrichten, alle schienen mit einem Problem zu tun zu haben. Dass es Mikes Frau war, die ihnen die Petersilie verhagelt hatte, begriff Judy erst, als man es ihr ausführlich darlegte.

Dörte Liesegang hatte sich mittlerweile an den Tisch der Pressevertreter begeben, der weit genug entfernt war, um unauffällig über sie zu reden. Seitdem entwickelte Judy eine Idee nach der anderen, wie man Mikes Frau dezent beseitigen oder zumindest außer Gefecht setzen könnte. Dass es das Beste war, auf ihre Bedingungen einzugehen und im Gegenzug zu erwarten, dass auch sie Cyrills Bedingungen erfüllte – davon wollte sie nichts hören. »Ihr meint, sie akzeptiert die homosexuelle Beziehung ihres Mannes? Das glaube ich nicht. Schlagerkomponisten gibt es wie Sand am Meer. Sie wird dafür sorgen, dass Mike einen anderen findet. Wenn nicht heute, dann morgen oder übermorgen. Mit Carlo Ahland lässt die sich nicht erpressen.«

Maria hatte die gleichen Zweifel wie Judy, behielt sie aber für sich. Cyrill war so voller Hoffnung, dass sie es nicht fertigbrachte, irgendetwas zu sagen, mit dem sie ihm genommen wurde – nicht einmal in seiner Abwesenheit. Was sie aber so bald wie möglich in Erfahrung bringen wollte, war, was er eigentlich genau hoffte. Vertraute er darauf, dass seine Beziehung zu Mike so weitergehen konnte wie bisher? Oder war aus seinem Traum nun eine echte Zuversicht geworden? Wollte er Mikes offizieller Lebenspartner werden?

Judy berührte Marias Arm, während Giovanni die Historie seiner Doppelgängershow erläuterte, von der ersten Idee bis zur zunächst zaghaften Umsetzung und den dann rauschenden Erfolgen, wie er behauptete, ohne rot zu werden. Er habe sogar schon Whitney Houston und Gilbert Bécaud im Programm gehabt, berichtete er, als hätten die Herrschaften höchstpersönlich einen Auftritt im *Luce della Laguna* absolviert. Als er von den Standing Ovations reden wollte, die angeblich Frank Sinatra zuteilgeworden waren, bekam er von seinem Bruder einen Wink. Offenbar hatte Jacopo gemerkt, dass Giovanni Gefahr lief, mit seiner langen Ankündigung die Aufmerksamkeit seiner Gäste zu verlieren.

»Wo ist Cyrill eigentlich?«, fragte Judy flüsternd.

Maria zuckte die Achseln. »Er wird durch die Stadt laufen, bis das hier vorbei ist.«

»Hast du mit Mike reden können?«

Nein, das war nicht möglich gewesen. Nicht einmal Cyrill war vorgelassen worden. Und Mike selbst hatte keinen Versuch unternommen, der Aufsicht seiner Frau zu entkommen. Dörte hatte dafür gesorgt, dass er in der Wohnung blieb. Dass diese Wohnung nicht nur Mike, sondern auch Cyrill gehörte, hatte sie kaltgelassen. Anscheinend wollte sie ihren Mann keinem Einfluss aussetzen, der ihren Plan ins Wanken bringen könnte. Dass Cyrill in diesen Stunden auf sein Wohnrecht verzichtete, kam ihr nur recht und billig vor. Tatsächlich wagte Cyrill es nicht, seinen Schlüssel zu benutzen und die Wohnung zu betreten. Er wählte nur immer wieder Mikes Telefonnummer, aber dessen Handy war abgestellt. Mike würde im *Luce della Laguna* auftreten, nur so viel stand fest. »Aber was dann passiert…« Maria wusste es nicht.

»Sie wird Mike am Kragen packen und nach Hause schleifen«, glaubte Judy.

»Sie will die Frau eines berühmten Sängers sein. Und dieser Sänger braucht Hits. Und zwar regelmäßig. Ein Flop, und Mike Reinerts Stern sinkt.«

»Hits von Carlo Ahland?«

Maria nickte. »Sie wird sich nach einem anderen Komponisten umsehen, das glaube ich auch. Aber erst mal…« Sie schüttelte den Kopf, weil ihr plötzlich einfiel, wie unsinnig es war, sich diese Gedanken zu machen. »Es kommt darauf an, was Mike will«, schloss sie und machte Judy mit einer Handbewegung klar, dass Spekulationen hier nicht weiterhalfen. »Wenn er Cyrill genug liebt, dann… Aber wenn er seine Frau auch liebt… wenn er seine Kinder nicht verlieren will… wenn ihm seine Karriere wichtiger ist als sein Lebensglück… Wenn er das Risiko eingeht, sich vor seinen Fans zu outen…« Sie brach ab. »Wenn, wenn, wenn.«

In diesem Augenblick sah Giovanni ein, dass er zur Sache kommen und aufhören musste, sein übervolles Herz vor seinen Gästen auszuschütten. Mit viel Pathos in der Stimme kündigte er die Künstler an, die an diesem Abend in Gestalt ihrer Doppelgänger im *Luce della Laguna* auftreten würden: »Roy Black wird wieder auferstehen, Jürgen Drews hat Mallorca für uns im Stich gelassen, Elvis lebt, Mike Reinert…« Hier erlaubte sich

Giovanni ein kleines Augenzwinkern, das von seinen Gästen richtig verstanden wurde. Ein paar Frauen kreischten prompt los, als er anfügte: »Mike Reinert wurde schon gestern in Venedig gesehen, heute singt er im *Luce della Laguna*!«

Dörte Liesegang kicherte einem Pressevertreter etwas zu und bekam nicht mit, welchen Künstler Giovanni zuletzt ankündigte: »Noch jemand ist wieder auferstanden. Ein großer Musiker, der leider seit über zehn Jahren nicht mehr unter uns weilt. Leander Emerick! Auch er ist mit seiner Geige im *Luce della Laguna*!«

Erschrocken griff Maria nach Judys Hand. »Komm, wir gehen. Das musst du dir nicht antun.«

Aber Judy entzog ihr die Hand. »Ich bin ein großes Mädchen. Das macht mir nichts.«

Roy Black, der Koch des *Luce della Laguna,* hatte in diesem Moment seinen Auftritt. Maria brach der Schweiß aus. Leander Emerick! Wer konnte es sein, der sich als Doppelgänger zur Verfügung stellte? Jemand, der auch groß und schlank war und wusste, wie man eine Geige hielt? Oder … ihr Blick flog zu Adrian, und sie merkte, dass er das Gleiche dachte wie sie. Er hatte dieselbe Befürchtung. Da die Musik so laut dröhnte, dass Judy nicht hören konnte, was sie Adrian ins Ohr tuschelte, ging Maria das Wagnis ein: »Du glaubst, er könnte es sein?«

»So verrückt ist er nicht.«

»Er weiß ja nicht, wo wir wohnen. Er hat keine Ahnung, dass das *Luce della Laguna* unser Stammlokal geworden ist.«

Adrian rückte von ihr ab und starrte sie erschrocken an.

»Oder hast du ihm davon erzählt?«

Adrian tappte nicht in die Falle. »Wie denn? Ich habe doch nie mit ihm gesprochen.« Er merkte, dass Judy auf ihr Getuschel aufmerksam wurde, und stand auf, als wollte er zur

Toilette gehen. Was er zu Maria sagte, war kaum zu verstehen. »Wenn er es wirklich ist, fange ich ihn draußen ab.« Er tastete mit den Händen sein Jackett ab, obwohl er eigentlich wusste, dass er nicht fündig werden würde. »Wenn Gundula sich per WhatsApp meldet, schreib ihr bitte, dass ich mein Handy in der Wohnung vergessen habe und zurückrufen werde.«

Damit schob er sich zum Ausgang durch. Bevor er sich statt nach rechts zu den Toiletten auf den Campo begab, sah er sich um, damit er sicher sein konnte, dass Judy nichts bemerkte. Aber sie amüsierte sich gerade königlich über Roy Black und schien Adrian schon vergessen zu haben.

Maria war nicht durch *Ganz in Weiß…* zu berühren, ihre Gedanken waren bei Adrian und Leander. Wieder sorgte also Adrian dafür, dass Leander nicht in eine Falle tappte. Auch diesmal half er ihm. Warum? Wann würde sie diese Frage endlich beantworten können?

Dann aber wurde sie von der Gestalt einer Frau abgelenkt, die in der Eingangstür des *Luce della Laguna* erschien und sich hektisch umsah. Geradezu panisch wirkte sie…

WER IST CARLO AHLAND?

16.10.2016.
Er gehört zu den bekanntesten Schlagerkomponisten Deutschlands, ist so erfolgreich wie kaum ein anderer, hat das Ohr am Ton der Zeit, weiß, was die Leute hören wollen, schafft den Spagat zwischen Schnulze und Chanson und sorgt dafür, dass Mike Reinert regelmäßig in den Charts landet. Dennoch kennt ihn niemand.
Carlo Ahland ist ein Mann ohne Gesicht, sein Name

scheint ein Pseudonym zu sein. Nur Mike Reinert kann wissen, wer hinter diesem Namen steckt. Aber er schweigt. Warum?
Dazu gibt es bis jetzt nur Spekulationen. Ein Lyriker, der nicht zugeben will, dass er regelmäßig in die Niederungen des Schlagertextens hinabsteigt? Ein Politiker, der niemanden wissen lassen will, was sein liebstes Hobby ist? Ein Schriftsteller, der nicht von seinen Büchern leben kann und sich mit Songs für Mike Reinert seinen Lebensunterhalt sichert? Oder verhält es sich ganz anders?
Auch die Frau des erfolgreichen Schlagersängers behauptet, die Identität von Carlo Ahland nicht zu kennen. Sie allerdings ist der Auffassung, dass die Plattenfirma den Namen des Erfolgskomponisten unter Verschluss hält. »Mein Mann kennt Carlo Ahland nicht persönlich«, verrät sie uns. »Er hat keine Ahnung, wer hinter diesem Namen steckt.«
Ist das glaubhaft? Kann es sein, dass Mike Reinert nicht weiß, wer ihm seine großen Hits schreibt? Was ist das für ein Mann, der nicht zeigen will, wie erfolgreich er ist?
Mittlerweile wird gemunkelt, dass sich hinter dem männlichen Pseudonym eine Frau verbirgt. Aus gut unterrichteten Kreisen bekamen wir zu hören: »Mike Reinert und die Frauen, das ist ein Kapitel für sich.«
Der Schlagerstar selbst erklärt diesen Satz so: »Ich führe seit Jahren eine harmonische Ehe und lasse mir von keiner Frau schöne Augen machen. Soll ich mir das etwa vorwerfen lassen?«
Nein, Mike Reinert! Auf keinen Fall! So weit wollen wir nicht gehen, dass treue Ehemänner sich verteidigen müssen, wenn sie nicht auf die Avancen ihrer Anhängerinnen eingehen.
Glückwunsch an das Ehepaar Reinert für viele Jahre vorbildlicher Ehe!
Doch die Frage bleibt: Wer ist Carlo Ahland …?

Maria sprang auf, als triebe sie ein plötzlicher Schmerz in die Höhe. Mitten in den Applaus hinein, den der Koch des *Luce della Laguna* erhielt, der sich mit dem hinreißenden Lächeln bedankte, das auch Roy Black zu Lebzeiten auf Knopfdruck produzieren konnte, und der nun huldvoll weiße Rosen verteilte, besonders viele an Dörte Liesegang, die sich am Pressetisch zudem mit Dank überschütten ließ, weil sie alle Fragen bereitwillig beantwortete, scheinbar sogar einige, die bis zu diesem Tag vergeblich gestellt worden waren.

»Ist was?«, fragte Judy.

»Ich muss unbedingt raus.«

»Magen-Darm? Habe ich dich etwa angesteckt?«

Darauf antwortete Maria nicht. »Du bleibst hier und verteidigst den Tisch!« Sie zeigte auf eine Runde vergnügungswilliger Frauen, die sich im Eingangsbereich drängten und nach freien Plätzen Ausschau hielten.

Judy setzte ein Grinsen auf, das Kampfeslust demonstrieren sollte. »Wenn du in zehn Minuten nicht zurück bist, lasse ich dich suchen.«

Maria drängte sich durch die Tische, an denen fast ausschließlich Frauen saßen, vor sich bunte Cocktails oder Proseccogläser, die Frau von Mike Reinert fest im Auge, und versuchte, Aurora auf sich aufmerksam zu machen, deren Blick nach wie vor durch den Raum hetzte und die sich nun abwandte, als wollte sie gehen, weil sie nicht gefunden hatte, was oder wen sie suchte. Maria schob sich derart rücksichtslos an den Stühlen vorbei, dass man hinter ihr herschimpfte, als Jacken und Taschen von den Rückenlehnen rutschten. Doch sie war noch nicht an der Tür angekommen, da hatte Aurora sich schon umgedreht und das *Luce della Laguna* verlassen. Maria sah ihre schlanke Gestalt über die Brücke laufen, als sie selbst es endlich geschafft hatte, aus dem *Luce della Laguna* herauszukommen.

»Aurora!«

Sie blieb auf der ersten Treppenstufe stehen und drehte sich um. Angst stand in ihrem Gesicht, und Maria wurde von der Erkenntnis getroffen wie von einem Schlag: Aurora liebte Leander. In Thailand, während die beiden auf einem Dach auf Hilfe gewartet hatten, war etwas zwischen ihnen entstanden, was Aurora tief in sich verborgen hielt und was in diesem Augenblick zutage trat. In ihrer Angst um Leander.

»Aurora! Was ist passiert?«

Nun stand Maria vor ihr, und Auroras Augen veränderten sich. Die Angst verschwand, sie wirkte wieder so gleichmütig, als hätte sie vor gut zehn Jahren verlernt, Gefühle zu zeigen.

»Oh! Sie waren im *Luce della Laguna*? Ich habe Sie nicht gesehen. Es ist ja so voll da drin …«

»Was ist los?« Maria hätte am liebsten nach ihrem Arm gegriffen, um sie zu schütteln, damit sie endlich erklärte, worum es ging.

»Der Mann war bei uns. Er hat bei uns geklingelt. Hat nach Leander gefragt.«

»Welcher Mann?«

»Ihr Bruder.«

»Sie kennen ihn?«

Aurora zögerte, dann schüttelte sie den Kopf. »Leander hat mir von ihm erzählt, hat ihn beschrieben. Ich habe ihn sofort erkannt. Er muss es gewesen sein.«

»Aber er kennt Leanders Adresse gar nicht.«

»Er hat sie herausbekommen. Der Geschäftsführer vom *Caffè Florian* hat sie ihm verraten.«

»Mist!« Maria zog Aurora zurück auf den Campo della Fava und von dort in die Calle degli Stagneri. »Leander muss verschwinden, bis die Hochzeit vorbei ist.« Den Gedanken, mit Aurora in ihre Wohnung zu gehen, verwarf sie gleich wieder, dirigierte sie am Palazzo vorbei und schob sie zwei

Häuser weiter in die Bar *Ai Stagneri*, die sich zur Gasse hin öffnete, ohne Türen, ohne Fenster. Des Nachts wurden die Rollläden heruntergelassen, die sich erst am Morgen zur Frühstückszeit wieder öffneten. Hastig bestellte sie zwei Espressi. »Leander darf sich nicht mehr blicken lassen.«

Aurora nickte. »Deswegen bin ich hier.«

»Sie wollten ihn warnen? Er macht also tatsächlich bei dieser Doppelgängershow mit und spielt sich selbst?« Während Maria es aussprach, lief ein Schauer über ihren Rücken. Der lebende Leander spielte den toten Leander. Und dann verneigte er sich vor dem Beifall des Publikums, das sich über die Ähnlichkeit wunderte. Was für ein grausames Theater!

Maria wies zum Campo San Bartolomeo. »Adrian hält nach ihm Ausschau. Er fängt ihn ab, wenn er kommt.«

»Adrian.« Aurora hatte Schwierigkeiten mit diesem Namen, sie ließ den schließenden Konsonanten klingen, als endete der Name mit einem E. »Der Mann, mit dem Sie bei mir waren? Guter Mann.«

Ja, guter Mann. Maria wiederholte es unhörbar. Ein guter Mann, der alles für Leander tat.

»Das hat auch Leander gesagt«, fuhr Aurora fort. »Ich kam zufällig dazu, als er mit ihm telefonierte. Sein Freund, hat er gesagt. Der wird ihn nicht verraten. Leander musste einfach wissen, was er in Deutschland hinterlassen hatte.«

Maria starrte Aurora an. Sie kam sich vor wie ein Tölpel, dem etwas erklärt worden war, was jedem halbwegs intelligenten Menschen spontan einleuchten musste. Sie aber verstand es nicht. »Sie haben gehört, wie Leander mit Adrian telefoniert hat?«

Das konnte nicht sein. Leander hatte Aurora in Thailand getroffen, er war dorthin geflohen, und lange Zeit hatte niemand gewusst, wo er geblieben war.

Aurora wurde ungeduldig. »Er wollte wissen, was mit seiner Frau geschehen war, wie sie den Angriff der Hunde …«

Sie brach ab, denn in die Calle degli Stagneri trat ein Mann, der im Strom der Touristen, die zur Rialtobrücke wollten, beinahe unterging. Langsam und gebückt, die Augen auf die Fußspitzen gerichtet, den Geigenkasten unter dem linken Arm. Leander! Und nur wenige Meter hinter ihm … Cyrill, der für alle sichtbar auf dem Strom schwamm. Mit schnellen, kurzen Schritten, rudernden Armen, den Bauch vorgereckt, und einem Blick, der über die Passanten hinwegging, die vor ihm her bummelten. Anscheinend kehrte Cyrill in die Trattoria zurück, weil er sich entschlossen hatte, Mikes aberwitziger Darbietung beizuwohnen. Zwar hatte er es weit von sich gewiesen, dieses Spektakel mit seiner Anwesenheit zu würdigen, nein, auf keinen Fall wollte er Zeuge dieser Farce werden, aber Maria konnte sich vorstellen, dass Cyrill der Gedanke gekommen war, es könne besser sein, Dörte Liesegang nicht das Feld zu überlassen. Um Himmels willen! Auf keinen Fall durfte er auf Leander aufmerksam werden!

Es waren nur zwei, drei Schritte, bis Maria vor Leanders Füße sprang, der zu Tode erschrak. Ehe er etwas sagen konnte, griff sie schon nach seinem Arm und zerrte ihn auf die Brücke zu, die den Canale della Fava überquerte. Hinter sich eine ganze Reisegesellschaft, die Richtung Markusplatz wanderte und sie optisch und akustisch von Cyrill trennte. Hoffentlich hatte Aurora genug Geld dabei, um die beiden Espressi zu bezahlen.

Erschrocken stolperte Leander voran, taumelte die Stufen hoch und auf der anderen Seite der Brücke wieder hinab. »Was ist …?« Weiter kam er nicht.

Vor den Stufen der Kirche Santa Maria della Fava baute sich soeben eine Wand in Form einer Reihe heiterer Damen auf, die entschlossen waren, der kommenden Nacht das Maximale abzugewinnen. Der erstbeste Mann, der sie begleiten wollte, schien ihnen recht zu sein, und der Einzige, der in diesem Augenblick dafür infrage kam, war Leander. Maria riss ihn herum, ehe er ins Visier genommen werden konnte. Wohin?

Anscheinend war das *Luce della Laguna* das Ziel der vergnügungslustigen Damen, aber bevor sie den Eingang erreicht hatten, erkannte eine von ihnen Cyrill, der natürlich viel interessanter war als Leander. Sie lachten und kreischten, winkten ihm zu und versperrten dabei den Fluchtweg zum Markusplatz, lenkten aber andererseits auch von Leander ab. Cyrill wurde um Autogramme gebeten! Maria atmete auf. Das konnte eine Weile dauern.

Sie zog Leander nach rechts, der immer noch nicht verstand, was vor sich ging, aber zumindest begriff, dass es einen guten Grund für Marias Verhalten geben musste und er vermutlich besser daran tat, ihr zu folgen und sich erst später über ihr merkwürdiges Gebaren zu wundern. Er ließ sich von ihr stoßen, weg von der weiblichen Barrikade, weg von Cyrill, wieder zur Brücke zurück, Richtung Rialto, aber dort tauchte soeben ein Kellner des *Luce della Laguna* auf, der Leander kennen musste. Erneut griff Maria nach Leanders Ellbogen und dirigierte ihn zum Kanal, wo sie eine Gondel sah, die sich zur Flucht eignete. Aber der Gondoliere wies sie schon zurück, ehe sie dort angekommen waren. »No, no!« Er war bestellt und wartete auf seine Fahrgäste, die jeden Moment eintreffen konnten.

Der Kellner versperrte noch immer den Zugang zur Brücke, Cyrill nach wie vor den Weg, der zum Markusplatz führte. Und jetzt beendete er seine Autogrammstunde und wandte sich um. Leander musste nun direkt in sein Blickfeld geraten. Es gab nur noch einen einzigen Ausweg! Mit der flachen Hand auf Leanders Rücken trieb sie ihn hinein ins *Luce della Laguna*. Im selben Moment wurde ihr klar, dass sie keine kluge Entscheidung getroffen hatte, dass Leander hier in der Höhle mehrerer Löwen gelandet war, aber es war zu spät und in Ermangelung einer Alternative die einzige Lösung. Leander warf einen Blick zurück und verstand mit einem Mal alles, stolperte nicht mehr vor Maria her, sondern entwickelte eine eigene Dynamik, mit der seine Flucht begünstigt wurde.

Die Treppe zu den Waschräumen im Keller führte hinter der Eingangstür hinab. Zum Glück gab der Koch gerade mit theatralischem Augenaufschlag eine Zugabe zum Besten, die ihm johlende Zustimmung einbrachte. Maria konnte sehen, dass sich sogar Judy nicht lumpen ließ, als Roy Black an ihr vorbeiging und ihr eine lange Silbe auf einem hohen Ton in die Augen sang oder zumindest so tat, als käme der wunderbare Laut aus seinem Mund. Sie reagierte mit einer exaltierten Kusshand, was so gar nicht zu Judith Emerick passte.

Maria sorgte dafür, dass der Druck in Leanders Rücken nicht nachließ, ihr Zeigefinger schob ihn in die Richtung, die er nehmen sollte, machte klar, dass er nicht zaudern durfte. »Weiter, weiter!«, flüsterte sie. »Ich sorge dafür, dass du ungesehen wieder rauskommst.«

Wie sie das bewerkstelligen sollte, war ihr nicht klar. Aber sie korrigierte sich schnell. Doch, natürlich war die Sache klar. Adrian würde sich darum kümmern, sobald er aufgetaucht war. Sie würde ihm erklären, wo Leander steckte, und er würde dafür sorgen, dass er aus dem Haus kam, ohne dass Judy und Cyrill ihn bemerkten. Auf Adrian war Verlass. Ein guter Mann, hatte Aurora gesagt. Jemand, dem Leander vertraute. Den er nach seiner Flucht aus Thailand angerufen hatte …

Leander hastete auf die Tür der Herrentoilette zu, die in dem Moment aufsprang, als er zum Glück noch zwei, drei Meter entfernt war. Jacopo erschien, und Leander fuhr herum, als wäre er gegen eine Mauer geprallt. Der Bruder des Wirtes, für den er regelmäßig in der Doppelgängershow auftrat! Auch Maria begriff sofort, was das bedeutete. Jacopo würde Leander mitnehmen und Judy in Kürze ihrem tot geglaubten Ehemann in die Augen sehen. Vermutlich genau in dem Augenblick, in dem auch Cyrill an den Tisch trat. Auf keinen Fall durfte das passieren. Wie hatte sie nur so dumm sein können, Leander ausgerechnet hier zu verstecken? Aber für diese Frage war es nun zu spät.

Leander drehte Jacopo rasch den Rücken zu und machte sich mit sinnlosen Bewegungen am Zigarettenautomaten zu schaffen, während Jacopo, der offenbar nichts bemerkt hatte, zur Treppe ging und Maria die Tür der Damentoilette öffnete, um nicht dadurch aufzufallen, dass sie herumstand und schuldbewusst grinste.

»Dort rein!« Sobald die Luft rein war, nickte sie zur Tür der Herrentoilette, hinter der jedoch Stimmen zu hören waren, die Leander verunsicherten. Anscheinend fragte er sich, wen er dort antreffen, wer ihn dort in Verlegenheit bringen könnte und wem er eine Erklärung abgeben müsste. Also zauderte er, machte einen Schritt vor, einen kleinen zurück … und Maria spürte wieder die Ungeduld, die sie früher oft ergriffen hatte, wenn Leander es nicht schaffte, auf ein Ziel zuzugehen, einen Entschluss in die Tat umzusetzen, zu seinem Wort zu stehen. Leander, der ewige Zauderer! Für Judy war er der richtige Mann gewesen, der sich leiten, schieben, notfalls drängen und sogar stoßen ließ.

»Ich sorge dafür, dass Adrian dich rausholt, wenn die Luft rein ist. Er wird sich die Hände waschen und dabei *Venezianische Liebe* summen. Dann weißt du Bescheid.«

Leander nickte zwar, zögerte aber immer noch. Und dann … hatte er zu lange gezögert. Auch das war typisch für Leander. So explosiv dieser Augenblick war, in dem es nur darauf ankam, schnell zu handeln und das Richtige zu tun, ließ sich Maria dennoch von dem kurzen Zorn ablenken, der sie immer erfasst hatte, wenn Leander so lange wankelmütig gewesen war und gewartet hatte, bis das Schicksal oder der Zufall die Entscheidung für ihn traf. So wie in diesem Augenblick, als Schritte auf der Treppe zu hören waren.

Maria erkannte die Lackschuhe ihres Bruders sofort und wusste, dass es zu spät war. Wenn Leander jetzt noch in die Herrentoilette huschte, würde die Zeit nicht reichen, in einer Kabine zu verschwinden und sich einzuschließen. Cyrill würde ihn am Wickel haben.

Natürlich reichte die Zeit ebenfalls nicht, Leander zu erklären, worauf es ankam. Er drehte der Treppe den Rücken zu und begriff nicht, was in Maria vorging. Aber er schien den Schrecken in ihren Augen gesehen zu haben, nur damit war es zu erklären, dass er sich von ihr in die Damentoilette zerren ließ, ohne Widerstand zu leisten. Sie drückte die Tür ins Schloss und lehnte sich dagegen, als wollte sie allen anderen den Zutritt versperren. »Cyrill«, stöhnte sie leise, und Leander begriff, aus welcher Gefahr er gerettet worden war.

Weitere Schritte waren auf der Treppe zu hören, leichte Schritte, das Klappern von hohen Absätzen, Frauenstimmen. Wieder stand Leander nur da und starrte Maria an. Die Erinnerung fuhr wie ein Blitz durch ihren Kopf. So hatte er auch dagestanden, als sie ihm von ihrer Schwangerschaft erzählte. Bewegungs- und ratlos. Und es war ihm nichts anderes eingefallen, als die Beziehung zu ihr zu beenden. Eine Affäre mit einer schwangeren Frau? Er hatte gar nicht erst gefragt, was Maria wollte, er war vor der Liebe zu ihr geflüchtet und hatte sich nicht halten lassen.

Sie griff nach seinem Arm, stieß ihn in die nächste Kabine, deren Tür offen stand, folgte ihm und verriegelte die Tür. »Still!«

Schon wurde der Vorraum mit mehreren weiblichen Stimmen gefüllt. Gekicher, Getuschel, dann fielen die Kabinentüren links und rechts ins Schloss, die anschließenden Geräusche bereiteten Maria eine Pein, die sie sich nicht hatte vorstellen können. Die Nähe zu Leander machte aus der Intimität mit Unbekannten, die in dieser Situation notgedrungen geteilt werden musste, eine Qual. Sie starrten beide die hölzerne Wand an, die sie von einer Fremden trennte, und kamen sich wie Spanner vor, die in das ganz Private eines anderen eindrangen.

Leander ertrug es nur, indem er etwas tat, um sich abzulenken, das Einzige, was in dieser Enge und Heimlichkeit getan werden konnte. Er stellte den Geigenkasten sorgfältig und so vorsichtig, dass es kein Geräusch verursachte, in einer Ecke ab, direkt neben der WC-Bürste. Dann atmeten sie auf, weil mehrere Spülungen so viele Geräusche erzeugten, dass sie sich für einen Moment im Lärm ein wenig geschützt vorkamen. Zum Glück kehrte die Stille vorerst nicht zurück. Türen schlugen, Wasser rauschte, Gespräche hallten von den Fliesen wider, eine neue Intimität tat sich auf, aber gottlob ein paar Kabinen weiter. Sie begannen sich sicherer zu fühlen. War es möglich, Leander zu fragen? Würde er ihr so leise, dass sie nicht auffielen, sagen, warum er Adrian aus Thailand angerufen hatte?

Leander legte einen Arm um Maria und zog sie an sich. Die Toilette war im Weg, sie konnte sich nicht entspannt an ihn lehnen, sondern sich nur zu ihm hinbeugen, unter Anspannung aller Beinmuskeln. Er merkte es, rückte näher an sie heran und machte die Umarmung vollkommen. Wie früher versuchte er, seine Wange auf ihr Haar zu legen, aber entweder waren ihre Absätze besonders hoch oder Leander war kleiner geworden, gebeugter, besiegter. Auf diese Weise passten sie nicht mehr zusammen. Sie war zu groß für ihn geworden oder er zu klein für sie. Dennoch war es schön. Schön genug, um alle Fragen zu vergessen. Die Umgebung war alles andere als romantisch, die Geräusche und Gerüche, die sich nicht ausblenden ließen, waren weiß Gott nicht angenehm, die Heimlichkeit, die früher gleichermaßen Qual wie diebische Freude gewesen war, machte keinen Spaß mehr, war nur noch Drangsal. Aber es war auch ein Stück Erinnerung dabei, die die Nähe zu Leander wohltuend machte. Sie konnte Maria nicht mehr überwältigen, dafür war zu viel Fremdes hinzugetreten. Leanders Körper war nicht mehr so muskulös wie früher, er war mager geworden, vielleicht sogar gebrechlich, sein Bart war neu und ungewohnt, die Perücke, die ihn äußerlich nur für die Augen fremd machte, die ihn nicht gut kannten, war der alten Verbundenheit weiterhin im Wege, weil sie sich den Fingerspitzen entgegenstellte und alles Intensive störte. Dennoch blitzte etwas auf, was an früher erinnerte, jede Berührung löste das aus, was es schon einmal gegeben hatte, es sprang ein Gefühl auf, das neu schien, aber doch etwas Altes war, was sich lediglich anders anfühlte durch das Ungewöhnliche ihrer Lage. Nur deshalb kam es zu dem Kuss, der Maria so glücklich machte wie kaum etwas vorher. So glücklich, wie es nicht sein durfte. So glücklich, dass sie sich fragen musste, ob sie nichts gelernt hatte in den vergangenen Jahren. Sie hatte doch eingesehen, worauf es ankam!

Aurora war in der Nähe von Mailand geboren worden und in der Sicherheit aufgewachsen, dass sich alles im Leben von selbst regelte, wenn man sich nicht ausdrücklich gegen die Entwicklung stellte, die das Schicksal vorgesehen hatte. Ihre

Mutter hatte ihr eingebläut, sich auf keinen Kampf einzulassen, den sie verlieren konnte. So etwas war Männersache, Frauen fanden sich am besten mit dem Leben ab, so wie es ihnen geboten wurde. Dass die Erziehung ihrer Mutter nicht von Weisheit, sondern von Bequemlichkeit geprägt war, fand Aurora erst später heraus. Bis dahin begnügte sie sich mit minimaler Schulbildung, während ihr Bruder das Abitur machte, und gab dem erstbesten Mann das Jawort, der sich zum Ehemann zu eignen schien, obwohl ihr Bruder alles tat, um sie davon abzuhalten. Dummheit nannte er Auroras Entschluss, Schicksal nannte ihn ihre Mutter, und ihr Vater, der sich immer mehr um den Sohn als um die Tochter gekümmert hatte, sprach von einer vernünftigen Entscheidung.

Aurora folgte ihrem Schicksal eine Weile ergeben, unterstützt von den Durchhalteparolen ihrer Mutter, aber nach einigen Jahren, in denen sie einen Sohn bekommen, den Haushalt tadellos geführt, die Koffer ihres Mannes für seine Geschäftsreisen gepackt hatte und die Umzugskisten ebenfalls, weil ihr Mann von einer Stadt in die andere versetzt wurde, kamen ihr Zweifel. Aurora wurde klar, dass das Schicksal nicht unbedingt etwas war, was man hinnehmen musste, sondern etwas, was sich lenken und formen ließ, wenn man es wollte und die nötige Kraft dafür aufbrachte. Ihre Eltern waren entsetzt, als sie von den Scheidungsabsichten ihrer Tochter hörten, nur der Bruder unterstützte Aurora. Er war der Einzige, der Verständnis dafür aufbrachte, dass sie sich von einem Mann trennte, der sie nie geschlagen hatte, der ihr pünktlich das Haushaltsgeld gab und ihr ein großzügiges Taschengeld zubilligte, der ihr zu Weihnachten und zum Geburtstag ein teures Geschenk überreichte und sie nicht betrog. Letzteres hatte sich zumindest nicht nachweisen lassen. Wie konnte man einen solchen Mann verlassen? Auroras Mutter lief täglich in die Kirche, um den Herrgott anzuflehen, ihre Tochter nicht dafür zu bestrafen, dass sie sich gegen ein Schicksal auflehnte, für das sie eigentlich dankbar sein sollte. Die Sorgen des Vaters waren eher pragmatischer Art. Wie sollte Aurora zukünftig ihren Lebensunterhalt bestreiten? Sie hatte doch, in Erwartung eines Lebens als Ehefrau, nicht viel gelernt! Aber Aurora war entschlossen, sich und ihren Sohn als Verkäuferin oder Kellnerin durchzubringen, und plante sogar, das Abitur nachzuholen und zu studieren. Am liebsten Jura, so wie ihr Bruder.

Als die Scheidung dann ausgesprochen und das gemeinsame Vermögen, von dem ihr Mann geglaubt hatte, es gehöre ihm allein, geteilt worden war, ging es Aurora besser als erwartet. Sie hatte keine Ahnung gehabt, wie gut ihr Mann verdient und wie viel er auf die Seite gelegt hatte, um sich bald eine Segeljacht leisten zu können. Diesen Traum musste er nun begraben und rächte sich dafür, indem er das Sorgerecht für den Sohn erstritt. Es war ein schrecklicher Augenblick für Aurora, als sie durchs Fenster zusehen musste, wie der Junge sein Gepäck im Wagen des Vaters verstaute und ein letztes Mal zu ihr hochwinkte. Aber sie war nicht mehr die Frau, die sich mit dem Schicksal abfand, sondern eine, die bereit war zu kämpfen. Sie spürte geradezu, wie die Kraft in ihr heranwuchs, die sie befähigen würde, ihr Kind zurückzuholen. Da ihr Exmann ihr einen regelmäßigen Umgang mit dem Sohn nicht verbieten konnte, machte sie den Vorschlag, gemeinsam mit dem Jungen in die Ferien zu fahren, in ein exotisches Land, irgendwohin, wo es fremd und abenteuerlich war. Das konnte sie sich leisten. Aber der Sohn zog es vor, mit seinem Vater Urlaub in Florida zu machen, und so lud Aurora ihre Eltern und ihren Bruder ein, mit ihr zu verreisen. Nach Thailand sollte es gehen …

Als Maria zum Tisch zurückkam, an dem neben Judy nun auch Cyrill saß, flatterten ihre Hände. Sie spürte die eigene Blässe wie einen Schleier auf der Haut und wusste, dass ihr Make-up verrutscht war und man ihr womöglich ansah, was sie getan hatte. Der Großteil ihrer Foundation war vermutlich an Leanders Kragen zurückgeblieben, die Wimperntusche zu dunklen Schatten unter den Augen zerlaufen. Der Schweiß stand ihr auf der Stirn, was zum Glück mit der aufgeheizten Atmosphäre im *Luce della Laguna* zu erklären war.

Judy jedoch hatte eine noch bessere Erklärung. Sie betrachtete Maria besorgt. »Du siehst elend aus. Mein Gott, ich muss das Virus nach Venedig geschleppt haben.«

Cyrill rückte seinen Stuhl zurück. »Virus? *Mon dieu!*« Mit zitternden Händen tastete er nach seiner Augencreme.

Der König von Mallorca wurde soeben angekündigt und sprang derart dynamisch auf die Bühne, dass auf den ersten Blick zu erkennen war: Dieser König war nicht in den Sechzigern, sondern höchstens ein Mann von Mitte vierzig. Aber die ungepflegte Frisur von Jürgen Drews hatte er perfekt imitiert, und die Krone, die er trug, ließ keinen Zweifel aufkommen, um wen es sich handelte. Das rhythmische Klatschen der Zuschauer setzte schon ein, als die ersten Takte von *Ein Bett im Kornfeld* erklangen.

»Wo ist Adrian?«, fragte Judy.

Maria konnte zurzeit an keinen anderen Ort denken als an den, wo sie ein paar Minuten auf total verrückte Weise glücklich gewesen war. »Vermutlich auf der Toilette.«

Cyrill tupfte nervös die Augencreme auf. »Da war ich selbst gerade. Adrian ist mir nicht begegnet.«

Judy maß ihn mit einem vorwurfsvollen Blick. »Er hockt vermutlich in einer Kabine und würgt. Dieses Virus ist aggressiv. Hast du nichts gehört?«

Cyrill dachte nach, während er die Augencreme einklopfte und Jürgen Drews mit gerunzelter Stirn betrachtete. »Nein.«

Judy stöhnte auf. »Hier grassiert etwas. Und ich bin schuld.«

Cyrill warf Dörte Liesegang einen Blick zu, die ihm demonstrativ den Rücken zudrehte. Trotzdem war zu erkennen, wie gut und geradezu professionell sie ihr Vergnügen an dieser Veranstaltung präsentierte. »Soll ich Adrian suchen?«

Bevor Judy antworten konnte, sah Maria, wie Adrian am Eingang auftauchte. Mühsam versuchte er, sich einen Weg durch die Frauen zu bahnen, die dort auf einen freien Tisch warteten.

Wieder sprang Maria in die Höhe. »Bin gleich zurück.«

Judys besorgter Blick entging ihr nicht. Und sie dachte nicht daran, den Verdacht der Freundin zu entkräften. Was Judy vermutete, brachte sie in die angenehme Lage, für ihr plötzliches Verschwinden keine Begründung geben zu müssen. Sie bestärkte Judy sogar in ihrer Vermutung, indem sie eine Hand vor den Mund schlug.

Adrian blieb stehen, als er Maria auf sich zukommen sah. Was ihre Miene ausdrückte, bannte ihn auf die Stelle. Er machte sogar einen Schritt zurück, als sähe er Marias Gesicht an, dass sein Erscheinen zurzeit nicht gefragt war.

»Komm mit«, rief sie ihm zu, während sie sich durch die Frauen zur Treppe drängte. Schweigend folgte er ihr die Stufen hinab und blieb mit ihr vor dem Zigarettenautomaten stehen. »Ist Leander etwa aufgetaucht?«

Maria war verblüfft. »Weißt du, dass er hier normalerweise seinen eigenen Doppelgänger spielt?«

»Ich habe Aurora getroffen.«

»Er darf auf keinen Fall auftreten und auch nicht in seine Wohnung zurück.«

Adrian konnte sich ein Grinsen nicht verkneifen, als er erfuhr, dass Leander in der Damentoilette saß und dort auf

Rettung wartete. Maria ertrug sein Lächeln nur schwer. Warum fiel ihr jetzt erst ein, was sie Adrian antat? Wieder einmal betrog sie ihn mit Leander. Sie hatte ihn geküsst, war ihm ganz nah gewesen … und erwartete jetzt von Adrian, dass er Leander in Sicherheit brachte. Andererseits … spielte nicht auch Adrian ein falsches Spiel?

»Du musst ihn da rausholen«, ordnete Adrian an.

»Und dann?«

»Ich weiß schon, wo ich ihn hinbringen kann.« Er nickte zur Tür der Damentoilette. »Schau nach, ob jemand drin ist.«

Maria öffnete die Tür, vor den Waschbecken war alles leer. Aber nicht nur die Tür der Kabine, in der Leander wartete, war verschlossen, sondern auch eine weitere. Eilig drehte sie das Wasser an und begann *Venezianische Liebe* zu summen. Als in der zweiten Kabine die Spülung ging, trat sie näher an die Tür der anderen heran und summte lauter und nachdrücklicher. Da endlich ging die Tür auf, Maria griff nach Leanders Arm und drängte ihn hinaus in den Vorraum. Ein Mann, der gerade die Tür der Herrentoilette ansteuerte, stutzte.

Maria rettete die Situation. »Sie haben sich wohl in der Tür geirrt«, schnauzte sie Leander an.

Adrian sagte kein Wort. Eine Kopfbewegung reichte, damit Leander zur Treppe ging. Langsam, zögernd. Adrian schob ihn, drängte ihn. Maria sah die Hand auf seinem Rücken und Leanders Zaudern.

Jürgen Drews erhielt frenetischen Applaus, als Maria zu Judy und Cyrill zurückkehrte. »Geht schon besser«, behauptete sie, schüttelte jedoch auf die Frage, ob sie nicht lieber ins Bett gehen wolle, den Kopf. Den Auftritt Mike Reinerts wollte sie sich nicht entgehen lassen. Aber noch war es nicht so weit. Jürgen Drews wurde zu einer Zugabe genötigt, sein Doppelgänger zog die Schuhe aus und schaffte das Playback für den

Song *Barfuß durch den Sommer* spielend. Man huldigte ihm, als wäre Jürgen Drews persönlich in Venedig erschienen.

In den Applaus hinein erschien Adrian wieder am Tisch. Judy betrachtete ihn besorgt. »Hat's dich auch erwischt?«

Adrian, der die Frage nicht verstand, wollte nachhaken, aber Maria antwortete an seiner Stelle: »Wahrscheinlich hast du recht.« Sie klopfte einen aufgeregten Takt auf seinen Oberschenkel. »Ein Virus grassiert.«

Adrian verstand kein Wort, enthielt sich aber einer Äußerung, weil er merkte, dass es etwas zwischen Maria und Judy gab, was er besser nicht hinterfragte.

Und dann, endlich, kam der große Moment. Mike Reinert wurde angesagt. Maria konnte sehen, wie sich Dörte Liesegang aufrichtete. Kerzengerade saß sie nun da, wenn sie auch versuchte, sich locker zu geben und Vorfreude zu zeigen. Auf Cyrills Gesicht breitete sich große Angst aus. *»Mon dieu«*, flüsterte er. Und Adrian raunte Maria ins Ohr, als sich die gesamte Aufmerksamkeit auf Mike Reinert richtete: »Er ist in Sicherheit.«

Es war beinahe Mitternacht, als Maria die Brücke über den Canale della Fava überquerte. Der Lärm aus dem *Luce della Laguna* verfolgte sie nicht lange, die Musik, das Reden und Gelächter blieben bald zurück, Fenster und Türen waren geschlossen worden. Kühl und regnerisch war es, trotzdem schob Maria den Gedanken an die Hochzeit ihrer Tochter beiseite. Amelies schönster Tag war in den Hintergrund getreten angesichts der turbulenten Entwicklungen. Gut, dass ihre Tochter nichts davon wusste! Sie war überzeugt, dass ihre Mutter den ganzen Tag damit beschäftigt war, sich um das Hochzeitsfest zu sorgen, mit Cyrill über die Schürzen des Bedienungspersonals zu diskutieren und mit Judy über die Lautstärke des Glockengeläuts. Aber wie es jetzt aussah, würde Amelie froh sein müssen, wenn ihre Mutter wenigstens die allerwichtigsten Hochzeitsvorbereitungen auf die Reihe bekam.

Maria schob vorsichtig die Fingerspitzen in ihre Handtasche. Zum dritten Mal! Ja, der Schlüssel war noch da. Aber konnte sie es wirklich riskieren? Was, wenn es herauskam? Gefährdete sie damit Amelies Hochzeit? Nahm sie sich das Recht heraus, ihre Neugier über das Glück ihrer Tochter zu stellen?

Sie drückte sich an eine Hauswand, als einige Passanten vorüberkamen, die Hand noch in der Tasche, das kalte Metall des Schlüssels an ihren Fingerspitzen. Nein, es war keine Neugier, es war viel mehr. Das Geheimnis, dem sie auf die Spur kommen wollte, war eine Bedrohung, die womöglich auch Amelie gefährdete. Sie musste etwas unternehmen, und dies war eine Gelegenheit, die sie nicht ausschlagen durfte. Wie sollte es sonst weitergehen? Ohne Gewissheit!

Dennoch ging sie noch einmal zurück, stieg die Treppe zur Brücke hoch und stützte sich aufs Geländer. Das Wasser lag still und glatt unter ihr, kein Boot zerteilte es, die Gondolieri hatten längst Feierabend gemacht. Eigentlich durfte sie nicht zögern. Wenn sie nicht zurückkehrte, würde Judy über kurz oder lang nach ihr suchen und irgendwann feststellen, dass sie keineswegs in einer Toilettenkabine hockte und mit einem Magen-Darm-Virus kämpfte, sondern verschwunden war.

Ein junges Paar trat aus dem *Luce della Laguna*. Die Frau kicherte. »Der sah wirklich so aus wie Mike Reinert. Kein Wunder, dass er am Abend vorher mit ihm verwechselt worden ist.«

»Aber an den echten Mike Reinert kommt er nicht ran«, meinte der Mann. »Die Posen waren lächerlich, die hätte er noch üben müssen.«

Maria sah den beiden hinterher, bis sie hinter der Kirche Santa Maria della Fava verschwunden waren. Die Posen lächerlich? Brillant waren sie gewesen. Mike Reinert hatte eine Show geboten, von der nur die Eingeweihten wussten, wie großartig sie war. Genau das richtige Maß hatte er gefunden. So viel Mike Reinert, dass er als Doppelgänger durchging, und wenig genug, damit der böse Verdacht, der durch den Blätterwald gerauscht war, widerlegt werden konnte.

Die Klamotten, die Giovanni für Mike besorgt hatte, waren tatsächlich sein Stil gewesen, aber er hatte es dennoch geschafft, sie so zu tragen, wie Mike Reinert es nie tun würde. Die Ärmel des Blazers hochgekrempelt, wie es in den Achtzigern modern gewesen war, den oberen Hemdkragen geschlossen wie bei einem Landarbeiter, dessen Frau für den Kirchgang angemessene Kleidung angemahnt hatte, die Hose zu weit hochgezogen und die Perücke, die seiner eigenen Frisur verdammt ähnlich war, ein wenig schief aufgesetzt. Seine Posen waren zwei Nummern zu groß, sein Lächeln war zu breit und viel zu großtuerisch und übererregt, seine Art, mit dem Publikum zu flirten, war so grotesk wie possierlich. Mike Reinert hatte sich selbst perfekt in Szene gesetzt, so gut, dass das Publikum des *Luce della Laguna* begeistert war, und gerade so schlecht, dass niemand ihm glaubte.

Cyrill hatte er während seines Auftritts kein einziges Mal angesehen. Weil er sich nicht verraten wollte? Oder weil Cyrill nicht mehr zu seinem Leben gehören sollte? Cyrill befürchtete Letzteres, während Maria tuschelnd versuchte, ihn von Ersterem zu überzeugen. Aber Cyrill wimmerte leise vor sich hin: »Ich werde ihn verlieren. Diese Hexe …«

Auch Dörte Liesegang spielte ihre Rolle mit einem Talent, das wohl erst in diesen Stunden geboren worden war. Sie amüsierte sich über Mikes Auftritt mit genau der richtigen Überheblichkeit und sah über die Fehler, die den Doppelgänger von dem echten Mike unterschieden, mit genau dosiertem Selbstbewusstsein hinweg.

Cyrill dagegen spielte seine Rolle so schlecht wie ein unbegabter Schauspielschüler. Als er von einem Journalisten gefragt wurde, wie gut er den Doppelgänger von Mike Reinert kenne, stritt er zunächst eine Verbindung rundheraus ab, räumte dann eine bedeutungslose Bekanntschaft ein, nannte ihn dann aber beim Namen, woraufhin der Reporter interessiert nachhakte: »Ach, der Doppelgänger heißt auch Mike?«

Daraufhin warf Cyrill Wahrheit und Lüge derart gründlich durcheinander, dass sich Dörte Liesegang, die sich unauffällig herangepirscht hatte, genötigt sah einzugreifen. Man solle Cyrill Buller in Ruhe lassen, bat sie, es sei doch offensichtlich, dass er die wahre Identität des Mannes, mit dem er gesehen worden sei, nicht preisgeben wolle. Es gebe eben immer noch viele, die sich mit ihrem Coming-out schwertäten.

Der Reporter verstand blitzartig und wusste, was zu tun war, als Dörte Liesegang ergänzte: »Oder haben Sie etwas gegen Homosexuelle?«

Das wies der Vertreter der Regenbogenpresse weit von sich und bauschte sein Verständnis für Männer wie Cyrill derart auf, dass es bis an die Grenze zum Unglaubwürdigen getrieben wurde. Maria, die sich schon als junges Mädchen darin üben durfte, ihren Bruder zu verteidigen, hätte einerseits gerne die Toleranz des Reporters mit ein paar scharfen Bemerkungen, allesamt jahrelang bewährt, durchlöchert, wollte sich aber andererseits nicht auffällig verhalten und merkte im nächsten Augenblick schon, dass dieser mit seinem schlechten Gewissen zu tun hatte. Eine gute Voraussetzung dafür, dass die Berichterstattung wohlwollend ausfiel.

Am Ende hatte sich Cyrill Buller einigermaßen geschlagen, unter der strengen Aufsicht seiner Schwester und mit den nötigen Hinweisen und Ergänzungen Dörte Liesegangs. Was jedoch aus seiner Beziehung zu Mike Reinert werden sollte, war unklar. Sein Liebster hatte sich nach seinem Auftritt zurückgezogen, ohne ein Wort mit Cyrill zu wechseln, und Dörte Liesegang war ihm bald gefolgt. Sie hatte zu verstehen gegeben, dass der Rest der Show sie nicht interessierte, sie war ja nur gekommen, um den Doppelgänger ihres Mannes zu erleben. Aber sie habe sich gut amüsiert, das versicherte sie nicht nur der Presse, sondern auch Giovanni, und wurde damit zwar ungern, aber doch mit Dank entlassen.

Cyrill bestellte schon einen Grappa, als Dörte Liesegang von einem Herrn im dunklen Anzug aus dem *Luce della Laguna* geführt wurde, anscheinend ein Bodyguard, der bis zu diesem Augenblick niemandem aufgefallen war. Er würde vermutlich dafür sorgen, dass sie unauffällig in das Haus zurückkam, wo ihr Mann auf sie wartete. In dem Apartment, das Cyrill ebenfalls bewohnte.

Er stürzte den Grappa hinunter und rief gleich nach einem zweiten. »Kann ich bei dir pennen, Maria?«

Er wartete eine Antwort nicht ab, vermutlich weil er sicher war, dass er keine Abfuhr erhalten würde, und widmete sich gründlich und ausschließlich seiner Verzweiflung. Die Autogramme, um die er gebeten wurde, bekleckerte er mit Grappa, wenn er von Männern darum gebeten wurde, nannte er sie »Schnuckelchen« und sah aus, als wollte er ihnen an den Hintern greifen, sobald einem von ihnen der Kosename gefiel. Das kam zum Glück nur ein- oder zweimal vor. Und natürlich war Adrian wieder zur Stelle, um das Schlimmste zu verhüten. Er sorgte für den nötigen Abstand zwischen Cyrill und den Autogrammjägern, verhinderte, dass Cyrill in Tränen ausbrach, solange die Fotografen noch im Raum waren, und versuchte, dessen Alkoholkonsum in Grenzen zu halten. Das allerdings vergeblich.

Maria gab sich einen Ruck, stieß sich vom Brückengeländer ab und ging nun mit festen Schritten auf die Tür des Hauses zu. Genauso entschlossen zog sie den Schlüssel aus der Tasche. Die Tür schwang auf, sie betrat den Aufzug, ohne an der Tür der Erdgeschosswohnung zu lauschen. Ob es dort Geräusche gab, Stimmen, Streitgespräche … sie wollte es nicht wissen. Statt in die erste ließ sie den Aufzug in die zweite Etage fahren, stieg aus und zögerte auch diesmal nicht. Leise, sehr leise öffnete sie die Tür zu Adrians Apartment. Warum so leise? Sie konnte es nicht erklären. Es war wohl so, dass jeder, der etwas Unerlaubtes tat, leise agierte, selbst dann, wenn es niemanden gab, der hören konnte, was geschah. Sie drückte die Tür vorsichtig ins Schloss, schlich auf Zehenspitzen zum Lichtschalter, verzichtete dann aber darauf, ihn zu betätigen. Von außen sollte niemand sehen, dass hinter den Fenstern von Adrians Apartment das Licht anging.

Sie griff in ihre Handtasche, ihre Finger fanden das Handy sofort. Das Display leuchtete auf und gab genug Licht, Adrians Telefonnummer war schnell gefunden. Wo würde er sein Handy aufbewahren? Er hatte nur gesagt, dass er es in der Wohnung vergessen habe. Es konnte genauso gut im Schlafzimmer wie im Bad liegen, zwischen zwei Kissen oder unter ein Handtuch geraten sein. Sie drückte den grünen Knopf und wartete mit angehaltenem Atem, bis in ihrer Nähe ein Licht aufflackerte und gleichzeitig ein melodischer Ton erklang.

Adrians Handy lag auf dem Garderobenkästchen direkt neben der Wohnungstür. Auch in ihrem gemeinsamen Haus hatte es eine Ablagemöglichkeit neben der Eingangstür gegeben, wo Adrian stets alles deponierte, was er beim Verlassen des Hauses bei sich haben wollte. Diesmal hatte er es vergessen.

Maria sorgte dafür, dass das Handy verstummte, dann griff sie danach und sah sofort, dass Gundula mehrfach angerufen hatte. In der Hochzeits-WhatsApp-Gruppe hatte sie sich nicht gemeldet, aber sicherlich würde sie sich Sorgen machen, dass sie Adrian nicht erreichen konnte. Gundula machte sich ja gerne Sorgen. Wenn sie nicht befürchten musste, dass Adrian bei einem Fallschirmabsprung ums Leben kam oder auf dem Amazonas aus einem Boot direkt in das aufgerissene Maul eines Krokodils fiel, hatte ihr Leben keinen Sinn. Ein Dasein ohne Sorgen wäre für Gundula sinnlos gewesen.

Maria fand sich schnell in dem Menü zurecht, sie besaß ja das gleiche Handymodell wie Adrian. Leanders Worte hatte sie noch im Ohr. Eine SMS habe er geschickt, mit einer Adresse und einer Telefonnummer. Und was er sagte, hatte sich so angehört, als sei von einem Arzt die Rede. Einer, der den König von Jordanien behandelt hatte.

Die Liste der SMS-Nachrichten war nicht lang, Maria stieß schnell auf eine Mitteilung, deren Absender Adrian mit einem großen L gespeichert hatte. Das musste Leander bedeuten.

Doch sie kam nicht mehr dazu, die SMS zu öffnen, denn in diesem Augenblick legten sich zwei Hände auf ihre Schultern.

Krankenhaus Südstadt, Abteilung Innere

Professor Dr. Severin Altermann

Sehr geehrter Herr Welhorn,
wir bedauern, Ihnen mitteilen zu müssen, dass die Person, die sich zur Stammzellenspende bereit erklärt hatte und sich typisieren ließ, nicht als Spender infrage kommt. Die wichtigsten Gewebemerkmale stimmen

leider nicht überein. Wir werden nun deutschland- und weltweit nach einem geeigneten Stammzellenspender für Sie suchen und versichern Ihnen, dass wir alles daransetzen werden, einen anderen Spender zu finden. Ihr Wunsch, die besondere Art Ihrer Beziehung zu dem potenziellen Stammzellenspender geheim zu halten, kam leider zu spät. Die Information, die sich aus dem kompletten Fehlen von Übereinstimmungen ergab, war bereits an den Spender weitergegeben worden. Das bedauern wir natürlich, geben aber zu bedenken, dass in einem so außergewöhnlichen Fall rückhaltlose Offenheit vermutlich das Beste ist.

Mit freundlichen Grüßen

Prof. Dr. Severin Altermann

»Du wusstest, dass ich hier bin?«, flüsterte eine Stimme an ihrem linken Ohr.

Maria fuhr herum, wollte verneinen, irgendetwas sagen, womit sich ihr Eindringen in diese Wohnung erklären ließ, legte dann aber nur den Kopf an Leanders Schulter und genoss die Arme, die sich um sie legten. Sollte er doch denken, was er wollte!

»Maria! Meine Liebe! Meine einzige Liebe!«

Vielleicht war es gut, dass er das sagte, dass er den Zauber des Augenblicks, der in einer Toilettenkabine begonnen hatte, damit so schnell zerstörte. Einzige Liebe? Nein! Er hatte sie verlassen, als der Weg holprig geworden war und das Weitergehen schwerfiel! Und er hatte Adrian aus Thailand angerufen, nicht sie.

Behutsam löste sie sich von ihm. Trotz der Dunkelheit konnte sie das Bedauern in seinen Augen erkennen. Oder bildete sie sich das nur ein? Wollte sie wieder etwas in ihm sehen, was er nie würde sein können? Verlangte sie schon wieder etwas, was er niemals geben konnte?

»Ich bin nur gekommen«, stotterte sie, »um dir zu sagen, dass du nicht in deine Wohnung zurückkannst.«

»Adrian hat es mir schon erklärt. Cyrill hat meine Adresse rausbekommen.«

»Du musst verschwinden, bis die Hochzeit vorbei ist.«

»Du meinst, Cyrill lässt mich in Ruhe, wenn er wieder in Deutschland ist?«

»Zurzeit hat er andere Probleme, das könnte deine Rettung sein.«

Leanders Stimme schwankte. »Ich bin schon lange in Venedig. Aber ich kann auch woanders leben. Trotz meiner Agyrophobie.«

»Du willst schon wieder weglaufen?«

Das Schwanken hatte ein Ende, er stand so dicht vor ihr, dass sie spüren konnte, wie sein Körper sich aufrichtete. »Ich will nie wieder weglaufen, aber …« Dieses Aber ließ er schweben, bis es wie eine Seifenblase über ihren Köpfen zerplatzte.

Maria schob Adrians Handy unauffällig in die Gesäßtasche ihrer Jeans und war nun erleichtert, nichts mehr in der Hand zu halten, was ihr schlechtes Gewissen symbolisierte. Mit einer kleinen Drehung wandte sie sich zur Tür. »Sag Adrian nicht, dass ich hier war.«

»Du willst schon wieder gehen?« Er nahm ihren Arm und zog sie an sich, als wollte er nicht zulassen, dass sie sich gegen seine Nähe wehrte. Und tatsächlich kam wieder diese Schwäche über sie, die vor Jahren schon so vieles möglich gemacht und noch mehr verhindert hatte.

Während sie sich küssten, zogen viele Bilder durch Marias Kopf. Ein heimlicher Kuss auf einer Gartenparty, hinter dem Bierzelt. Die stürmischen Küsse, wenn es ihnen gelungen war, sich in einem Hotelzimmer zu treffen. Die Bussi-Bussi-Küsse, wenn sie zu viert einen Abend verbrachten. Die Küsse im Auto, wenn Leander seinen Wagen in einen Waldweg gefahren hatte, damit sie eine halbe Stunde allein sein konnten. Und dann der Kuss, nachdem sie ihm gesagt hatte, dass sie schwanger war, der Kuss, von dem sie nicht wusste, dass er ihr letzter sein würde, und der nun tatsächlich nicht ihr letzter gewesen war.

Sie löste sich von ihm. »Wir müssen vorsichtig sein.«

Wie oft hatten sie früher diesen Satz ausgesprochen, mal Leander, mal Maria!

Er lachte leise und zog sie zur Wohnzimmertür. »Komm.«

Sie wehrte ihn nun heftiger ab. »Nein! Adrian soll nicht merken, dass ich hier war.«

»Er ist noch immer eifersüchtig? Obwohl ihr geschieden seid?« Leanders Stimme wurde lauter, als wollte er auf die leise Zärtlichkeit nun verzichten. »Warum gibt er dir dann seinen Schlüssel?«

Er steckte noch außen im Schlüsselloch, wie die Mahnung, es nicht zu übertreiben, sich nicht ganz und gar zu verlieren und den Weg leicht zurückzufinden.

Leander stand nun so, dass das Licht einer Straßenlaterne auf sein Gesicht fiel. Sein Lächeln war noch immer so vertraut, aber vieles war auch fremd, das Niedergedrückte, das Schwermütige, die Hoffnungslosigkeit. Sein Lächeln hatte nicht mehr die Kraft, eine ganz eigene Stärke zu beweisen, es konnte nicht mehr leuchten.

»Adrian hat dir den Schlüssel gar nicht gegeben, oder? Du hast den genommen, den du bei Aurora abgeholt hast.«

Maria wurde nervös. »Adrian hatte mich gebeten, das für ihn zu erledigen. Er sagte, du hättest ihm eine SMS geschrieben, die aber nicht angekommen ist.« Hoffentlich redete er nie mit Adrian darüber, betete Maria heimlich. Sonst würde ihm aufgehen, dass sie von dem Schlüssel nichts wissen und von dem Gespräch in der Nähe des *Da Roberto* nichts hatte hören können.

Leander grinste. »Und dann hast du den Schlüssel einfach behalten.«

Maria öffnete die Tür, zog den Schlüssel heraus und steckte ihn zu dem Handy in die Tasche ihrer Jeans. »Ich muss gehen. Die anderen fragen sich vermutlich längst, wo ich geblieben bin.«

Sie zögerte. War dies die richtige Gelegenheit, Leander zu fragen? ›Warum hast du Adrian angerufen? Heimlich? Hast du ihn gebeten, nicht zu verraten, wohin du geflüchtet warst? Hatte Adrian versprochen zu schweigen?‹

Aber es war unklug, so wichtige Fragen zwischen Tür und Angel zu stellen. Womöglich würde die Zeit für eine Antwort nicht reichen, man würde sie stören, bevor Maria erfahren hatte, was damals geschehen war, Leander würde nach Ausflüchten suchen und sie keine Zeit haben, ihn zu drängen und auf einer Antwort zu bestehen.

Sie machte einen Schritt auf die Tür zu. »Ich muss gehen«, wiederholte sie. »Judy wird sich Sorgen machen.«

Der Name hatte eine merkwürdige Wirkung, Maria merkte es gleich. Sie musste an die Unruhe denken, die sie gespürt hatte, das Misstrauen, als sie mit Leander im *Vecchio Gondoliere* eingekehrt war. Seine Fragen nach Judys Leben, mit wem sie zusammen sei, wer ihr half.

Er veränderte seine Haltung, als hätte er Angst, als fürchtete er einen Angriff. »Judy? Wie kann sie sich Sorgen machen, wenn du nicht in die Trattoria zurückkommst?«

Maria fiel die Antwort schwer. Was war das für eine merkwürdige Frage? »Judy glaubt, dass es mir nicht gut geht …«

»Willst du damit sagen …« Leander holte tief Luft, ehe er fortfuhr: »Judy ist hier? In Venedig? In diesem Haus?«

»Nein, im *Luce della Laguna.*« Maria ging einen weiteren Schritt zurück. Leanders Heftigkeit machte ihr Angst.

Aber er folgte ihr. »Wie kann das sein? Wie kommt sie hierher?«

Aus Marias Verständnislosigkeit wurde nun so etwas wie Angst, eine kleine, aber stechende Angst. »Mit dem Zug. Du kennst doch ihre Flugangst.«

»Aber … wie hat sie das geschafft? Sie ist doch krank!«

Nun lachte Maria erleichtert auf, weil sie endlich verstand. »Adrian hat dir davon erzählt? Tatsächlich sah es so aus, als könnte sie gar nicht oder erst später kommen. Aber der Arzt hat ihr Tabletten verschrieben, die haben geholfen. Obwohl sie immer noch vorsichtig sein muss. Sie ernährt sich hauptsächlich von Zwieback.«

Leander ging zu einem Lichtschalter. Die grelle Lampe tat Maria in den Augen weh, die Helligkeit absorbierte alles, was an diesem Zusammentreffen erinnerungsreich gewesen war. Ihre Erleichterung fiel in sich zusammen, als sie Leanders Gesicht sah. Das Lächeln war verschwunden, hatte nicht einmal einen schwachen Glanz hinterlassen, seine Augen waren hart, die Falten entstellten seine Züge, eine Frage stand darin wie eingemeißelt.

»Du musst mir nichts vormachen, Maria. Ich habe noch eine Weile Kontakt gehalten. Von Thailand aus.«

»Mit Judy?«

»Natürlich nicht. Aber ich wusste, was mit ihr passiert war.«

Wieder wich sie zurück. Er gestand es ein, er belog sie nicht. Diese Erkenntnis kam über sie wie ein Schwächeanfall, raubte ihr alle Kraft. Aber nur kurz. In diesem Augenblick hörte sie Geräusche im Hausflur, kurz darauf setzte sich der Aufzug geräuschvoll in Bewegung. Eine Sekunde später stand sie auf der Fußmatte und legte den Zeigefinger auf die Lippen. »Pscht.« Dann zog sie die Tür ins Schloss. Dahinter blieb es ruhig, als wäre Leander stehen geblieben und hoffte darauf, dass sie zurückkehrte.

Panisch sah sie sich um. Wo konnte sie sich verstecken? Der Aufzug musste jeden Augenblick anhalten, dann durfte sie in der zweiten Etage nicht mehr gesehen werden.

Sie riss sich die Schuhe von den Füßen und lief zur Treppe. Vielleicht schaffte sie es, rechtzeitig in der ersten Etage anzukommen.

Aber schon auf der dritten Stufe wurde ihr klar, dass der Aufzug nicht in die zweite, sondern in die erste Etage fuhr. Er hielt an, die Tür öffnete sich. Maria machte auf dem Absatz kehrt und hetzte die Stufen wieder hoch. Schwer atmend drängte sie den Rücken an die Wand des Treppenhauses und lauschte. Wer war in die Etage gefahren, in der ihre Wohnung lag? Wer klopfte an ihrer Tür?

Nun hörte sie eine Stimme. »Maria! Mach auf! Ich bin's.«

Die Erleichterung pustete ihr wie eine eiskalte Windbö die Angst aus dem Kopf. Mit einem Mal konnte sie wieder klar denken.

»Maria! Hörst du mich?«

Sie verhielt sich mucksmäuschenstill, bewegte sich nicht, gab keinen Laut von sich.

»Maria! Ich glaube nicht, dass du schon schläfst!«

Nach einer Weile, in der sie versuchte, nicht zu atmen, weil jedes noch so winzige Geräusch verräterisch sein konnte, hörte sie Adrians Schritte, das Öffnen der Lifttür und das einsetzende Surren und Klacken der Maschinerie. Er hatte aufgegeben. So schnell es ging, schlich sie in die kleine Einbuchtung zwischen Fahrstuhl und Treppengeländer. Sie würde den

Bauch einziehen müssen, um nicht gesehen zu werden. Aber jemand, der aus dem Fahrstuhl in die entgegengesetzte Richtung auf eine Wohnungstür zuging, würde sie nicht bemerken.

Sie sah Adrians Schatten an der Wand, konnte beobachten, wie er nach dem Schlüssel suchte und sich dann zum Schloss hinabbeugte. Sein Schatten verschwand kurz darauf, die Tür fiel ins Schloss.

Nur wenige Augenblicke später betrat Maria ihre Wohnung im ersten Stock. Erleichtert ließ sie sich in einen Sessel fallen, ohne das Licht anzuknipsen. Mit weit aufgerissenen Augen starrte sie in die Dunkelheit, die sich ganz allmählich, als sich ihre Augen an die Nachtschwärze gewöhnt hatten, mit Lichtern füllte, an die Zimmerdecke getupft von vorbeifahrenden Booten, ins Fenster schimmernd aus dem Hotel auf der anderen Seite des Kanals. Mit einem Mal kamen ihr die Tränen. Sie fühlte sich so verloren und verängstigt, als hätte sie sich verlaufen und wäre ohne Chance, sich zurechtzufinden. Wo hatte sie sich verirrt? In Adrians Lügen? In Leanders Fragen?

Schwerfällig erhob sie sich und trat ans Fenster. Der Kanal unter ihr war nun tiefschwarz, die beiden Laternen auf dem Campo brachten kein Licht in die Nacht, sie zeigten nur, wie dunkel sie war. Ohne den Blick von dem Bild vor ihrem Fenster zu nehmen, griff sie in die Tasche ihrer Jeans und holte Adrians Handy hervor. Die SMS, die sie aufgerufen hatte, als Leander plötzlich hinter ihr auftauchte, erschien sofort auf dem Display. Sie brauchte sie nur noch zu öffnen.

Lange starrte sie die Buchstaben auf dem Display an, las die Worte immer wieder, aber sie wollten einfach nicht zu Sätzen werden, die sie verstand …

Maria erwachte früh, weil in ihrer unmittelbaren Nähe ein Holzfäller begonnen hatte, den Waldbestand zu dezimieren. Das rhythmische Sägen war zunächst in ihre Träume gedrungen, nun wurde sie davon aus dem Schlaf geholt. Verwirrt starrte sie den dicken Mann auf der anderen Seite des Doppelbettes an, der auf dem Rücken lag, den Mund weit geöffnet, und Geräusche von sich gab, wie sie die Ehefrau eines Sägewerkbesitzers am Morgen zu hören bekommen mochte, wenn die Arbeiter ihres Mannes früh ihr Tagewerk begonnen hatten. Jetzt fiel Maria ein, dass sie im Laufe der Nacht mehrfach versucht hatte, für Ruhe zu sorgen, indem sie ihren Bruder an der Schulter gerüttelt und ihn angefleht hatte, sich auf die Seite zu drehen. Jedes Mal hatte Cyrill sich erst beschwert und dann getan, was sie verlangte. Nur, um sich ein paar Minuten später wieder auf den Rücken zu drehen und sich den Rest des Waldbestandes vorzunehmen.

Maria war alles andere als ausgeruht, wusste aber, dass sie nicht noch einmal einschlafen würde, solange Cyrill sich neben ihr wie ein Arbeiter im kanadischen Holzfällercamp gebärdete. Sie stand auf, ging ins Wohnzimmer, öffnete das Fenster und legte das Sitzkissen auf den Fenstersims. Zum Glück hatte der Regen aufgehört, die Sonne stieg in einen blauen Himmel, auf dem nur ein paar Wolkenschäfchen standen, die ihre Herde verloren hatten. Ein sonniger Tag wartete über der Lagune, ein Tag, wie Maria ihn sich für die Hochzeit ihrer Tochter wünschte.

Eine Weile sah sie dem Erwachen Venedigs zu, dann stand sie auf und zog Adrians Handy hinter dem Radio hervor, wo sie es eilig hingesteckt hatte, als Cyrill bei ihr erschienen war. Noch einmal öffnete sie die SMS, die Leander an Adrian geschickt hatte: ›Professor Dr. Yorick Broadbaker, Facharzt für Plastische Chirurgie‹. Es folgte eine New Yorker Adresse und eine Telefonnummer mit amerikanischer Vorwahl.

Also wirklich ein Arzt! Sie starrte die Nachricht an, als könnte sich dadurch ein Sinn ergeben. Aber die Worte blieben ihr so rätselhaft wie gestern Abend. Ein Chirurg! Wozu brauchte Judy einen solchen Arzt? Oder hatte dieser Name eine ganz andere Bewandtnis? Wenn ja … welche? Wie und womit wollte Leander seiner Frau helfen, die eigentlich seine Witwe war? ›Ich habe gewusst, was mit Judy los war. Ich habe Kontakt gehalten …‹ Was hatte er damit gemeint? Kontakt … mit wem? Mit Adrian? Oder gab es noch jemand anders, der damals wusste, wo Leander geblieben war?

Sie war nicht mehr zum Nachdenken gekommen. Cyrill war über sie hereingebrochen wie ein Unwetter. Sie hatte sich nur festhalten und den Sturm von Cyrills Wehklagen über sich ergehen lassen können. Dörte Liesegang hatte es geschafft, ihre Umgebung in Angst und Schrecken zu versetzen. Cyrill traute sich nicht in seine eigene Wohnung und auch Maria war nicht bereit gewesen, sie zu betreten, um für ihren Bruder Nacht- und Waschzeug herauszuholen. Jammernd war Cyrill durch Marias Apartment gelaufen und hatte aus seinem Liebeskummer und seiner Angst um Mike ein Bekleidungs- und kosmetisches Problem gemacht. Anscheinend konnte er damit seine Sorgen leichter ertragen.

»Meine Nachtcreme! Meine Zahnbürste! *Mon dieu!*« Eigentlich hatte er ausrufen wollen: »Mein Geliebter! Meine Zukunft! Was soll aus mir werden ohne Mike?«

Keiner von ihnen wusste, was mit Mike geschehen war, nachdem er seinen Auftritt absolviert hatte. Er war hinter den Kulissen der Trattoria verschwunden und nicht mehr gesehen worden. Dass er in die Wohnung zurückgegangen war, dass seine Frau ihm dorthin gefolgt war, all das war lediglich eine Vermutung, keine gesicherte Erkenntnis. Aber da Judy behauptete, sie habe hinter der Tür Geräusche gehört, blieb der Verdacht bestehen, dass das Ehepaar sich dort aussprach und in dem Doppelbett übernachtete, in dem Cyrill schon eine Reihe von glücklichen Stunden erlebt hatte. Dieser Gedanke setzte ihm dermaßen zu, dass er Dörte Liesegang die Pest an den Hals wünschte und sich sogar in wüste Mordfantasien verstieg. Immer wieder musste er daran erinnert werden, dass seiner Feindseligkeit die Gewissheit fehlte und dass, wenn diese jemals erlangt werden sollte, Mike ebenso wie Dörte dazu beigetragen hatte.

Dann wieder ging es nur darum, in welches Nachtgewand er sich hüllen solle, hatte er doch während seines Venedigaufenthaltes nichts anderes als die Männer-Negligés tragen wollen, die er extra für diese Reise entworfen hatte.

Maria glaubte sich verhört zu haben. »Negligés für Männer?«

Cyrill beschrieb sie ihr in allen Details, kümmerte sich nicht um Marias Entgeisterung und fügte an, dass er damit ein großes Geschäft machen wolle. Homosexuelle würden ihm diese Nachtkleidung aus den Händen reißen. So vermutete er jedenfalls und konnte darüber sogar für ein paar Minuten seinen Herzschmerz vergessen. Dann fiel ihm wieder ein, dass die Negligés seinen Liebsten in Entzücken versetzt hatten, und der Kummer drückte ihn erneut nieder.

Dem war nur beizukommen, indem Cyrill ein adäquates Nachtgewand geboten wurde, das seine Trauer erträglich machte. In seiner Unterwäsche wollte er auf keinen Fall schlafen, erst recht nicht, als ihm einfiel, dass er am nächsten Morgen womöglich immer noch nicht den Mut haben würde, in seine Wohnung zurückzukehren, und somit gezwungen sein würde, diese Unterwäsche einen weiteren Tag zu tragen. »*Mon dieu!* Völlig ausgeschlossen!« Hübsche Nachthemden hatte Maria zwar im Koffer, aber kein einziges davon hätte es über Cyrills Kopf oder gar über seinen Bauch geschafft. Auf den Vorschlag, gänzlich auf Nachtkleidung zu verzichten, wollte er jedoch auf keinen Fall eingehen. *»Mon dieu!«* Auch eine Schwester sei schließlich eine Frau. Und niemals würde er sich vor einem weiblichen Wesen nackt zeigen. Das gehöre zu seinen Prinzipien.

Maria hatte sich schließlich ihr eigenes Nachthemd übergezogen und geseufzt: »Mach, was du willst. Ich bin jedenfalls müde und gehe jetzt schlafen.«

Jammernd und klagend war Cyrill noch eine Weile in Marias Apartment hin und her gelaufen, während sie sich die Decke über die Ohren zog und ihn zu ignorieren versuchte. Dann hatte er, nachdem er sämtliche der laut knarrenden Schranktüren mehrmals geöffnet und wieder geschlossen hatte, Marias seidenen Kimono entdeckt. Probeweise wickelte er ihn sich um den Körper und stellte erleichtert fest, dass damit seine Blöße einigermaßen bedeckt und gleichzeitig für seine Bequemlichkeit gesorgt war. Was Maria von der Beanspruchung ihres kostbaren China-Andenkens hielt, schluckte sie herunter, damit Cyrill sich endlich sowohl mit seinem Erscheinungsbild als auch mit der Qualität der Seide zufriedengab, in die er seinen Körper hüllen wollte. Locker band er den Gürtel über seinen Bauch, ließ die beiden Enden anmutig flattern, drehte sich nach links und rechts, war mit seinem Spiegelbild zufrieden und schlüpfte endlich unter die Decke. Dort knüllte er die Seide zusammen, focht einen Kampf mit dem Bindegürtel, befürchtete, dass er sich des Nachts damit strangulieren könne… und fing dann wieder an zu weinen, weil ihn nun erneut der Liebeskummer übermannte. Maria war heilfroh gewesen, als er endlich einschlief, obwohl kurz darauf die Säge eingesetzt hatte.

Frenetischer Applaus, und das gleich mehrfach, riss Maria von dem Blick auf den Canale della Fava los. Adrians Smartphone, das sie in Händen hielt, vibrierte, ihr eigenes, das auf dem Sideboard lag, auch, und aus der Küche drang ebenfalls ein Signalton, wo Cyrill sein Handy neben dem Kühlschrank abgelegt hatte, als er noch glaubte, all das Entsetzliche, das ihm widerfuhr, mit einem Glas Prosecco in den Griff zu bekommen.

Die WhatsApp-Gruppe! Maria stellte erschrocken fest, dass Amelie in den vergangenen Stunden, vom frühen Abend bis spät in die Nacht, eine Nachricht nach der anderen verschickt hatte, ohne von irgendjemandem eine Antwort zu erhalten. Doch! Eine Person hatte sich ihrer Sorgen angenommen. Diesmal hatte Gundula sich eingeklinkt. Während Cyrill durch Venedig geirrt war, Mike versuchte, seine Karriere und womöglich auch seine Ehe zu retten, während Leander in Sicherheit gebracht werden musste, Maria ihn auf der Damentoilette des *Luce della Laguna* geküsst hatte, Judy sich mit dem Verdacht herumplagte, die Hochzeitsgesellschaft mit einem Magen-Darm-Virus lahmgelegt zu haben, Aurora etwas verraten, Leander etwas gestanden und Maria versucht hatte, hinter Adrians Geheimnis zu kommen, war Amelie in Zürich während eines Geschäftstermins in Panik geraten. Anscheinend war ihre ganze Familie, Mutter, Vater, Onkel und Patentante, im Dogenpalast eingeschlossen worden, *acqua alta* zum Opfer gefallen oder von der Mafia entführt worden. Anders konnte sie sich das Schweigen im Hochzeits-Chat nicht erklären. Nun sah Maria, dass Amelie auch zu telefonieren versucht hatte. In Adrians Anrufliste stand zweimal ihr Name, in ihrer eigenen vermutlich ein Dutzend Mal. Bei dem Lärm im *Luce della Laguna* hatte niemand das Klingeln gehört. Zum Glück hatte Gundula, die gern früh schlafen ging und morgens zeitig aufstand, vor einer guten Stunde Amelies Hilferuf zur Kenntnis genommen und sich bemüht, sie zu beruhigen.

›Sicherlich ist alles in Ordnung. Die vier werden in einem Konzert sein oder einen Spaziergang machen. Alles wird sich bald aufklären.‹

Maria hätte beinahe den Fehler gemacht, spontan ebenfalls zu antworten, aber gerade noch rechtzeitig fiel ihr ein, dass sie Adrians Handy und nicht ihr eigenes in der Hand hielt. Nicht, dass nach Dörte Liesegang auch noch Gundula in Venedig auftauchte, um herauszufinden, wie es sich mit der Treue ihres Lebensgefährten verhielt, dessen Exfrau am frühen Morgen sein Handy benutzte. Erleichtert stellte Maria fest, dass auch Judy schon erwacht war. Sie teilte Amelie gerade mit, dass es keinen Grund zur Sorge gebe. ›Ein Magen-Darm-Virus! Sicherlich wird es ihnen heute schon besser gehen.‹ Und sie fügte das Versprechen an, dass dieser Tag ausschließlich der Vorbereitung ihrer Hochzeit dienen solle.

Beruhigt zählte Amelie auf, was sie in den nächsten Stunden geklärt haben wollte: Ein Straßenfeger solle engagiert werden, der dafür sorgte, dass der Platz vor San Zaccaria sauber war, damit ihr Brautkleid keinen Schaden nahm, und zwischen den Pflastersteinen müsse unbedingt Unkraut gejätet werden. Die Blumenkinder, die aus Sandros Verwandtschaft rekrutiert worden waren, mussten in ihre Aufgaben eingeführt werden. Deren weiße Körbchen sollten auf jeden Fall rosa Schleifen erhalten und mit Buschwindröschen gefüllt sein, natürlich ebenfalls in Rosa. Der Pfarrer solle überredet werden, eine rosa Schärpe umzulegen. Der Musiker, der beim Empfang aufspielen sollte, müsse unbedingt ein rosa Hemd tragen. Der Teppich, der von der Anlegestelle des Hochzeitsbootes zum Hoteleingang führte, solle mit Rosenblättern bestreut sein, und natürlich müsse dafür gesorgt werden, dass die Sonne schien! Und die Gewissheit, dass David Garrett beim Ringwechsel das *Ave Maria* spielte, brauche Amelie ebenfalls.

Maria lehnte sich zurück und betrachtete zufrieden die hochgereckten Daumen, mit denen Judy auf jedes Ansinnen Amelies reagiert hatte. Sie hätte jetzt gern ihren Seidenkimono übergezogen, befand aber, dass sie in diesem Haus, in dem sie mit Familienangehörigen wohnte, genauso gut im Nachthemd auf der Treppe erscheinen durfte. Sollte Dörte Liesegang ihr begegnen, würde dieser damit vor Augen geführt, dass sie sich in das Privatleben fremder Menschen gedrängt hatte, das konnte nicht schaden. Sie griff nach ihrem Schlüssel, lief barfuß die Treppe hinab und klopfte an Judys Tür. Während sie darauf wartete, dass ihr geöffnet wurde, lauschte sie, aber aus der Nachbarwohnung drang kein Laut. Schliefen Dörte und Mike noch?

Judy öffnete und zeigte sich hocherfreut, als sie Marias rosige Wangen sah. »Es geht dir besser? Gott sei Dank!«

Sie selbst war auch noch im Pyjama, das Coco-Chanel-Emblem prangte unübersehbar auf ihrer flachen Brust. Schneeweiße Seide!

Judy sah alt aus, hatte eine graue Gesichtshaut, ihr fehlte eindeutig Puder und Rouge, mit dem sie immer sehr verschwenderisch umging. Die Haare standen ihr über den Ohren ab, hatten sich auch auf dem Oberkopf aufgestellt wie bei einem Hamster, der zu lange durchs Rad gelaufen war. Aber sie sah nicht nur alt und verbraucht, sondern auch unglücklich aus. Maria betrat nur zögernd ihre Wohnung, mit einem schlechten Gewissen, weil sie sich so lange nicht um Judy gekümmert hatte, monatelang, weil sie nie nach München gefahren war, um sie zu besuchen, obwohl sie es bei jedem Telefonat versprochen hatte. Und schon fiel ihr wieder der Name des Professors ein. Ein plastischer Chirurg. Wie sollte der Judy helfen?

»Du willst wissen, was nebenan passiert ist?«

Maria nickte, folgte Judy, die ihr in das kleine Wohnzimmer vorausging, und zu den hohen Fenstern, die ein genauso breites Fensterbrett und ein ebenso passendes Sitzkissen besaßen. Direkt darunter war eine Gondolierestation mit einigen Stufen, die zum Wasser hinabführten. Hier nahmen die Gondeln ihre Fahrgäste auf, hier wurden sie wieder entlassen. Die Kunden der Gondolieri kamen und gingen durch die Gasse, die parallel zur Calle degli Stagneri verlief.

»Hast du was gehört? Cyrill schläft noch. Aber sobald er wach ist, wird er mich löchern. Er hat Angst, seine eigene Wohnung zu betreten.«

Judy schwang sich auf das Kissen im Fenster und zog die Beine an, damit auch Maria Platz fand. »Seit ich wach bin, ist von nebenan kein Laut gekommen.«

Judy saß so nachlässig, dass das Oberteil ihres Pyjamas klaffte und eine Brust freilegte, und Maria war es egal, dass ihr Nachthemd hochrutschte, als sie die Füße anzog. Mit einem Mal entstand zwischen ihnen wieder das, was es gegeben hatte, als sie sich gemeinsam in ein Bett gekuschelt hatten, um sich etwas zu erzählen, was niemand hören durfte, sich gegenseitig die Beine rasiert oder rosa Strähnen ins Haar gefärbt hatten.

»Könnten sie gestern Abend oder in der Nacht noch abgereist sein?«

Judy nickte. »Ein Wassertaxi findet sich auch nachts. Aber wohin dann? Zum Flughafen? Der ist nachts geschlossen.«

»Ein Hotel? Irgendein Luxushotel, in dem man daran gewöhnt ist, Promis zu beherbergen, die nicht gesehen werden wollen?«

»Vielleicht hat Mike eine Nachricht für Cyrill hinterlassen.«

»Hoffentlich.« Maria bedauerte es, dass sie zu deprimiert war, um das formlose Zusammensein mit Judy zu genießen. »Er wird schrecklich leiden.«

»Man muss Mike aber verstehen. Er würde viel verlieren.«

»Auch so wird er viel verlieren. Cyrill wird nicht mehr für ihn komponieren und texten. Carlo Ahland ist gestorben.«

Sie schwiegen eine Weile. Das Vertraute versickerte nach

und nach, die Erinnerungen veränderten sich. Ihre Freundschaft brauchte inzwischen viele Worte, um ihre Kraft nicht zu verlieren, sie verkümmerte, wenn nicht immer wieder deutlich gesagt wurde, dass es sie nach wie vor gab. Maria fühlte sich mit einem Mal nicht mehr wohl in ihrem Nachthemd, Judy zog das Oberteil ihres Pyjamas zurecht, Förmlichkeit schlich sich zwischen sie.

»Geht es Adrian heute auch besser?« Judys Frage klang wie die einer Frau, die höflich sein wollte.

»Ich werde gleich nach ihm sehen.« Das war die Antwort einer entfernten Bekannten.

Der Zauber war verflogen, ohne dass Maria sagen konnte warum. Die Zeit der Intimitäten war wohl doch vorbei. Vielleicht hatte nur Maria es bemerkt, sie selbst war es ja gewesen, die diese Vertrautheit aufs Spiel gesetzt hatte. Vor vielen Jahren. Judy hatte immer versucht, sie zu erhalten, und nicht gewusst, warum es nicht gelang. Jetzt war es noch schwieriger als vorher, auch das wusste nur Maria. Leander hielt sich in diesem Haus auf und Judy hatte keine Ahnung, was vorging. Maria schwang die Beine vom Sims und stand auf, als sie sich vorstellte, welche Vorhaltungen Judy ihr machen würde, wenn sie wüsste, was Maria verschwieg. Von Betrug würde sie reden, von einem Vertrauensbruch, von Unehrlichkeit und Heuchelei. Und sie hatte recht. Es würde nichts geben, womit Maria sich verteidigen könnte. Nur damit, dass sie der Freundin ersparen wollte, ihrem Mann gegenüberzustehen. Wenn Judy alles wüsste, was Maria tief in ihrem Herzen verschloss, dann würde sie auch das als Lüge erkennen.

»Ich sage Cyrill Bescheid.« Maria ging durchs Wohnzimmer zur Tür. Dort fiel ihr Blick auf den Revolver, der neben Judys Notizblock lag, als wäre er ein nützliches Accessoire wie ein Kuli oder ein Lineal. Sie blickte sich um und bemerkte erst jetzt, dass Judy ihr nicht gefolgt war. Sie war in der Sonne sitzen geblieben, streckte nun die Beine aus und starrte aufs Wasser. »Bis gleich im *Luce della Laguna.*«

Judy antwortete nur mit einer kleinen Handbewegung, ohne sich umzudrehen.

07.04.2005

Liebe Maria,

heute muss ich dir einen Brief schreiben, wie wir das früher oft getan haben. Eine Mail ist für das, was ich dir erzählen muss, zu unpersönlich und zum Telefonieren bin ich zurzeit nicht in der Lage. Ich würde sofort anfangen zu heulen. Stell dir vor, mich hat jemand angerufen, der Leander in Thailand gesehen hat, in einem Hotel in Khao Lak, kurz vor dem Tsunami. Dieser Bekannte – ein Musiker, den ich vertrete – hat Leander mit einer Frau am Strand gesehen. Dieses Schwein! Anscheinend ist er dem Tsunami zum Opfer gefallen. Halleluja! Der Musiker hatte sich am Abend vorher in einen Bus gesetzt, um zum Flughafen zu fahren. Was meinst du, wie froh der gute Mann ist! Er ist bereit, vor der Polizei auszusagen, dass er Leander in Khao Lak gesehen hat. Er kann sich auch an den Namen des Hotels erinnern. Wenn von dort eine Bestätigung kommt, darf ich mich an den Gedanken gewöhnen, Witwe zu sein. Ein gutes, ein sehr gutes Gefühl! Zehn Jahre muss ich warten, dann kann ich Leander für tot erklären lassen. Darauf freue ich mich jetzt schon. Ich habe mich bereits erkundigt, es wird keine Probleme geben. Ich bin ja nicht die Einzige, die einen Angehörigen in Thailand verloren hat, von dem nichts übrig geblieben ist. Ich bin voller Hass, Maria, ob ich es will oder nicht. Nein, ich will es nicht, und dieses schreckliche Gefühl ist ja auch nicht das einzige, das in mir tobt. Sonst müsste ich nicht ständig weinen, wenn ich an Leander denke und über ihn rede. Ich schaffe es nicht, seinen Namen auszusprechen, ohne in Tränen auszubrechen. Aber er hat mich so wahnsinnig enttäuscht, dass ich alles tun werde, um meine Trauer zu überwinden, meine Liebe zu ihm sowieso. Ich will ihn hassen. Unbedingt! Und wenn ich den Hass überwunden habe, soll er mir gleichgültig werden. Das ist mein einziger Wunsch. Ich hoffe, das schaffe ich.

Ganz liebe Grüße, deine Freundin Judy

Cyrill saß wie ein moderner Buddha auf dem Sofa im Wohnzimmer und starrte das Smartphone an, das er in der Hand hielt. Den Seidenkimono hatte er nur nachlässig in Bauchnabelhöhe gegürtet, darüber glänzte seine rasierte Brust, darunter… Maria schrak zurück. Cyrill schien vergessen zu haben, dass er unter dem Kimono nackt war. Nicht einmal die Frage, ob Mike noch im Hause war, schien ihn in diesem Augenblick zu bewegen. Er starrte das Handy an, das auf seinem nackten Oberschenkel lag, und sah Maria fragend entgegen.

»Was macht Adrians Handy hier?« Cyrill wies auf das Kissen, unter dem das Handy versteckt gewesen war.

Maria trat auf ihn zu. »Wie kommst du an das Handy?«

»Es hat geläutet. Ich dachte, es wäre deins.«

»Wieso gehst du an mein Handy?«

»Es ist ja nicht deins.«

»Aber du dachtest, es wäre meins.«

Schon als Kinder hatten sie oft gestritten, weil Cyrill Marias Kleider anprobierte, sich später an ihren Schminkutensilien bediente und immer dabei sein wollte, wenn Maria mit ihren Freundinnen geheime Gespräche über Menstruation, Jungs im Allgemeinen und den feuchten Kuss eines Klassenkameraden im Besonderen geführt hatte.

»Gundula war dran«, verteidigte sich Cyrill. »Ich dachte, es ist besser, wenn ich das Gespräch annehme. Wenn Gundula so früh bei dir anruft, muss es ja einen wichtigen Grund geben.«

»Sie hat aber Adrians Nummer gewählt.« Maria fror mit einem Mal, was nicht nur an ihrem dünnen Nachthemd und den nackten Füßen lag.

»Ich habe ihr das erklärt. Ihr habt das gleiche Handymodell. Da kann man die Geräte schon mal verwechseln.«

Cyrill wuchtete sich aus dem Sofa hoch und näherte sich seiner Schwester bedeutungsvoll. So sah er immer aus, wenn er etwas zu vermelden hatte, was entweder für ihn oder für seinen Gesprächspartner unerwartet kam. Dann war er so eifrig, es loszuwerden, dass er manches andere darüber vergaß. In diesem Fall sogar seinen Liebeskummer und darüber hinaus die Tatsache, dass der Kimono unterhalb des Gürtels auseinanderklaffte und es doch eigentlich zu seinen Prinzipien gehörte, sich einer Frau niemals nackt zu zeigen. Maria interessierte erst in zweiter Linie, was er von Gundula berichten wollte, vorher hätte sie lieber erfahren, warum sich ein Mann nicht nur die Brust, sondern auch den Schambereich rasierte.

»Ich habe eine Weile mit Gundula geplaudert.« Cyrill streckte Maria das Handy hin, als steckte darin der Beweis, dass er ein vernünftiges Telefonat mit Adrians Lebensgefährtin geführt hatte. »Über dies und das, wir kamen von Hölzchen auf Stöckchen … Wusstest du, dass Amelie sich damals für Adrian als Stammzellenspenderin zur Verfügung gestellt hat?«

Das Smartphone fiel zu Boden, das Gehäuse sprang auf, der Akku fiel heraus. Cyrill und Maria bückten sich gleichzeitig und stießen mit den Köpfen zusammen. Cyrill taumelte zurück und sank, als wäre er einem Attentat zum Opfer gefallen, aufs Sofa zurück und Maria klaubte die Einzelteile des Handys vom Boden auf und machte sich daran, es wieder zusammenzusetzen.

»Wusstest du es?«, fragte Cyrill, nachdem er lange genug gewehklagt und sich lautstark gefragt hatte, ob seine Abdeckcreme einen blauen Fleck verschwinden lassen konnte. »Ich für meinen Teil hatte keine Ahnung.«

»Ich auch nicht. Zu der Zeit haben wir nie über Adrian gesprochen. Amelie wusste, dass ich nichts hören wollte von ihrem Vater, von Gundula und … überhaupt.« Sie setzte den Akku mit einer so heftigen Bewegung ein, dass er gleich wieder heraussprang.

»Aber sie wurde nicht als Spenderin akzeptiert. Die wichtigsten Merkmale passten nicht zusammen.«

Maria schwieg so lange, bis das Handy zusammengebaut war. Dann hatte sie entschieden, dass sie nicht antworten wollte, stand auf und ging zur Tür. »Ich bringe es Adrian.«

»Im Nachthemd?«

»Adrian hat mich schon öfter im Nachthemd gesehen. Sicherlich möchte er das Handy zurückhaben, um Gundula anzurufen.« Sie sah an sich herab, dachte an Leander und entschied sich anders. »Okay, erst duschen und anziehen. Ist vielleicht doch besser.«

Cyrill war beruhigt, aber noch immer nicht so weit, über sein eigenes Äußeres nachzudenken. Warum, wurde Maria klar, als endlich die Frage kam, die sie schon lange befürchtete. Cyrill gehörte zu den Männern, denen die Begabung der Frauen zum Multitasking ein Rätsel war. Er konnte sich immer nur auf eine Sache konzentrieren. Das Gespräch mit Gundula war abgeschlossen, das mit Maria auch, nun konnte er sich dem eigentlichen Problem widmen. Nicht dem Seidenkimono und dem, was er enthüllte, sondern dem, was ihm prompt die Tränen in die Augen trieb. »Weißt du, ob Mike noch in der Wohnung ist?«

Maria entschloss sich, den Weg ins Badezimmer fortzusetzen und von dort zu rufen: »Judy sagt, von nebenan sei nichts zu hören.«

Es blieb still im Wohnzimmer. Maria wickelte sich in ein Handtuch und ging zurück. Cyrill lag bäuchlings auf dem Sofa und schluchzte in den roten Velours. Sein Hintern unter der dünnen Seide bebte wie ein großer Pudding, der auf den Dorfplatz getragen wird, damit alle Bewohner sich daran laben können. Seine Beine zuckten, als würden sie mit Nadelstichen gequält.

Maria war nicht in der Lage, zu ihm zu gehen und ihn zu trösten. Sein Leid verschwamm, wurde undeutlich vor ihren Augen und schwer fassbar. Etwas anderes hatte sich davorgedrängt, etwas Neues, schon wieder etwas, das zustach und verletzte. Etwas, von dem Maria nichts gewusst hatte. Amelie hatte versucht, ihrem Vater Stammzellen zu spenden. Wie viele Geheimnisse gab es noch? Was enthielt Adrian ihr noch vor? Und warum? Wie hatte er Amelie dazu gebracht, ihrer Mutter einen solchen Entschluss zu verschweigen?

Sie setzte sich nun doch zu Cyrill und legte eine Hand auf seinen Rücken. Aber in ihren Fingerspitzen war keine Leichtigkeit, kein echter Zuspruch. Das merkte sie selbst. Ihre Hände lasteten schwer auf ihm, sie hätten lieber nach einer Antwort gegriffen, das spürte auch Cyrill bald.

Er drehte sich um und sah seine Schwester aus glasigen Augen an. »Ich wusste es. Mike hat mich verlassen.«

Amelie meldete sich schon nach dem ersten Klingeln. »Mama! Ist was? Gibt's Probleme? Was macht diese blöde Magen-Darm-Geschichte?«

Maria lächelte, wie sie immer lächelte, wenn sie die Stimme ihrer Tochter hörte, hoch wie die eines kleinen Mädchens, frisch und ausgeruht, selbst wenn sie gestresst und überarbeitet war. Ein Dauerzustand, seit sie sich selbstständig gemacht hatte. »Nein, mein Schatz, keine Probleme. Wir haben alles im Griff. Ich wollte bloß mal deine Stimme hören. Ein Gespräch nur zwischen uns, ohne Smileys und erhobene Daumen.«

Amelie lachte. »Manchmal ist es nervig. Geht meine liebe Patentante dir auf den Zeiger?«

Maria hätte gern geantwortet, dass sie sich Sorgen um Judy mache, hätte Amelie gern erzählt, wie schlecht Judy aussah, wie krank und überfordert, wie stark sie gealtert war. Maria stellte sich Judys Gesicht vor, wie es am Morgen ausgesehen hatte, senkte die Lider um ein paar Millimeter, öffnete die Lippen leicht, ließ die Mundwinkel sinken … und fühlte sich schlagartig müde, schrecklich müde. So müde wie Judy. »Ich glaube, sie schläft schlecht. Und dann dieser Magen-Darm-Virus kurz vor der Abreise …«

»Dass sie euch dann auch noch angesteckt hat!«

»Das war nur eine leichte Magenverstimmung. Ich glaube, die Spaghetti alle Vongole waren schuld. Vielleicht waren die Muscheln nicht frisch.«

Sie plauderten noch eine Weile über Belanglosigkeiten. Amelie berichtete über ihren neuesten Auftrag, Maria erzählte von Giovanni, der Doppelgängershow im *Luce della Laguna* und Cyrills Liebeskummer. Dann merkte sie, dass Amelie nervös wurde. Ihre Antworten wurden fahrig, bestanden nur noch aus Zustimmung oder Verneinung, sie beschäftigte sich neben dem Telefonat mit etwas anderem. Es wurde Zeit!

»Was ich noch fragen wollte, Schatz … Gundula hat zufällig erwähnt, dass du deinem Vater Stammzellen spenden wolltest. Warum hast du mir nie davon erzählt?«

Die Unruhe im Telefon, die bis nach Venedig gedrungen war, das Papiergeraschel, die dumpfe Stille, wenn Amelie eine Hand über die Muschel gelegt hatte … das alles war mit einem Schlag verschwunden. Maria wusste, dass Amelie ihr nun ungeteilte Aufmerksamkeit schenkte.

»Das mit Papa und dir war damals noch schwierig. Du hättest wahrscheinlich versucht, es mir auszureden. Das wollte ich verhindern. Es war mir wichtig, diese Entscheidung ganz unbeeinflusst zu fällen.«

»Ich hätte dich nicht zurückgehalten.«

»Nein? Okay, dann habe ich mich geirrt. Ist ja auch egal. Ich kam als Spenderin sowieso nicht infrage. Der Arzt hat mir erklärt, dass die größte Chance zwischen Geschwistern besteht, am besten unter gleichgeschlechtlichen. Aber einen Versuch war es wert.«

»Dein Vater hat auch nicht darüber gesprochen.«

»Ihr versteht euch jetzt ganz gut?« Die Hoffnung, die in dieser Frage lag, tat Maria weh. Wenn es um die Beziehung der Eltern ging, unterschied sich ein kleines Mädchen kaum von einer erwachsenen Frau.

Sie bestätigte die Frage ihrer Tochter so leichthin wie möglich. »Alles okay.« Aber als wäre diese Frage vor zehn Jahren gekommen, ergänzte sie: »Seine Beziehung mit Gundula scheint sehr gut zu sein. Ich glaube, die beiden lieben sich wirklich.« Amelie sollte sich keine Hoffnungen machen. Ihre Ehe war aus und vorbei!

Aber dann drang dieses spöttische Lachen durch den Hörer. »Hat er dir das weisgemacht? Nee, Mama! Zwischen den beiden funkt es schon lange nicht mehr. Wer will denn bitte stündlich gefragt werden, ob er seine Tabletten genommen hat? Seit er die Knieprobleme hat, bekommt er ständig zu hören, dass Gundula es ja immer schon gewusst hat: Kitesurfen ist nichts für Männer in seinem Alter. Er hätte sie lieber an die Ostsee zum Fahrradfahren begleiten sollen. Natürlich E-Bike, damit er sich nicht überanstrengt.«

»Amelie!« Maria musste lachen, hatte aber sofort das Gefühl, Adrians Autorität zu untergraben. Deswegen bemühte sie sich um einen strengen Tonfall. Aber dann fiel ihr wieder ein, dass Adrian etwas vor ihr verschwieg. Etwas? Eine ganze Menge! Wirklich schade, dass sie mit ihrer Tochter nicht darüber sprechen konnte, dass ihr Exmann und ihr Exgeliebter ein Geheimnis hatten, hinter das sie immer noch nicht gekommen war. Amelie wusste ja nicht einmal, dass der tote Ehemann ihrer Patentante noch lebte. Sie sollte es auch nicht erfahren. Da Judy für einen regelmäßigen und innigen Kontakt mit ihrer Patentochter sorgte, würde Amelie nur in Loyalitätskonflikte geraten. Oder sich am Ende noch verplappern! Beides wäre schrecklich. Also lenkte Maria das Gespräch wieder auf Cyrill und Mike, erzählte von Dörte Liesegang und ihrem raffinierten Plan, mit dem es ihr tatsächlich gelungen war, die gesamte Presse an der Nase herumzuführen. Dann konnte sie nicht mehr darüber hinwegsehen und -hören, dass in Amelies Gegenwart viele Stimmen durcheinanderredeten und tuschelnd Fragen gestellt wurden. »Sorry, Mama!«

»Schon gut!« Eilig ergänzte Maria, weil sie den Verdacht hatte, dass dieses Telefongespräch in den nächsten Sekunden beendet werden würde: »Versuch bitte, pünktlich zu deiner Hochzeit zu kommen!«

Aber eine Antwort bekam sie nicht mehr. Amelie hatte bereits aufgelegt.

Es musste sein. Und zwar schleunigst! Vielleicht hatte Adrian in der vergangenen Nacht nach dem Smartphone gesucht, spätestens heute Morgen würde er es vermisst haben und litt nun womöglich unter der entsetzlichen Sorge, die Welt könne untergegangen sein und er es nicht mitbekommen haben, weil ihm der Zugang zum Internet verwehrt worden war. Möglich natürlich auch, dass er einfach ein wichtiges Gespräch zu führen hatte, wie das ja bei Unternehmern gelegentlich vorkam, selbst dann, wenn sie Urlaub machten und die Lebensgefährtin zu Hause ein Auge aufs Geschäft hatte. Oder – und jetzt kam der kleine Feigling zu Wort, der in jedem Menschen direkt neben der behäbigen Vernunft herumzappelt – er hatte das Fehlen des Handys noch gar nicht bemerkt. Und Maria würde es unauffällig irgendwo ablegen können, während sie sich nach Leander und dem Verlauf der Nacht erkundigte, die ihr Exmann und ihr Exgeliebter gemeinsam in einem Doppelbett zugebracht hatten. Wenn aber Adrian schon vor dem Schlafengehen und gleich nach dem Aufstehen nach seinem Handy gefahndet hatte, würde er nicht gut auf diejenige zu sprechen sein, die zugeben musste, dass das Gerät, das ihn mit der Außenwelt verband, eine Etage tiefer seinen Akku entleert hatte.

Es würde schwer sein, Adrian von ihrer Unschuld zu überzeugen, und vermutlich nur deswegen möglich sein, weil nichts gegen sie vorlag, nicht der geringste Verdacht. Nein, Adrian konnte nicht wissen, über welche Informationen sie verfügte. Der Schlüssel, den er bei Leander vergessen hatte, die SMS, die Leander ihm geschrieben hatte, der Name des New Yorker Chirurgen … Er musste ihr glauben, dass er sein Smartphone mal wieder in ihrer Handtasche untergebracht hatte, und akzeptieren, dass ihm dieser Umstand entfallen war. Was das anging, war Maria guter Hoffnung. Während ihrer Ehe hatte Adrian schon unzählige Dinge gesucht, die sich in

Marias Handtasche wiedergefunden hatten, manchmal ohne dass sie selbst eine Ahnung gehabt hatte, dass sie den ganzen Abend die Fanartikel für einen Fußballverein oder einen Flaschenöffner in Form einer bayerischen Bierzeltkellnerin mit sich herumgetragen hatte. Andererseits hatte das Smartphone während ihrer Ehe noch nicht die Bedeutung gehabt wie nach ihrer Scheidung, und noch dazu war es möglich, dass Gundulas pädagogisches Wirken gefruchtet hatte und Adrian nun immer wusste, wo sich sein Hab und Gut befand.

Maria sah Judy auf der Hälfte der Treppe, ihre dünnen Beine in den weißen Röhrenjeans, die Füße in den goldenen Flipflops. Am liebsten hätte sie kehrtgemacht, aber Judy hatte das Klappen ihrer Wohnungstür und ihre Schritte auf der Treppe gehört und sah ihr schon entgegen. Was wollte sie von Adrian? Wieso stand sie vor seiner Tür? Lieber Himmel, hinter dieser Tür schlief, duschte oder zog sich ihr Ehemann an, den sie für tot hielt! Maria brach der Schweiß aus. Wie konnte sie Judy aus Leanders Nähe weglocken? Aber Marias Hirn war wie leer gefegt, es fiel ihr nichts ein. Ihre Kreativität, die während der Affäre mit Leander in voller Blüte gestanden und fantasievolle Lügengeschichten produziert hatte, war scheinbar jämmerlich verkümmert. Vermutlich infolge fehlender Inanspruchnahme. Sie stand wie gelähmt da und brachte kein Wort hervor.

Judy lächelte nicht. »Guten Morgen«, sagte sie förmlich. »Ich habe geklopft, aber es öffnet niemand.« Sie wies auf die geschlossene Tür. »Führt Adrian neuerdings Selbstgespräche?«

»Wahrscheinlich telefoniert er.« Immerhin! Das war doch eine ziemlich spritzige Antwort, die darauf schließen ließ, dass es in Maria doch noch so etwas wie Schlagfertigkeit gab. Unauffällig tastete sie nach Adrians Handy, das in ihrer Gesäßtasche steckte, verborgen unter einer weiten Tunika in grellen Farben. »Was willst du von ihm?«

»Mich erkundigen, wie es ihm geht. Ich fühle mich verantwortlich für eure Magen-Darm-Probleme.«

»Bei mir ist alles wieder okay!«

»Dann bin ich ja beruhigt.« Judy klopfte noch einmal, und Maria fiel nichts ein, womit sie ihre Freundin daran hätte hindern können. Mit der Schlagfertigkeit war es schon wieder vorbei, sie konnte nur dastehen, die Tür anstarren und beten, dass sie sich nicht öffnete.

Aber das hatte sie nun davon, dass sie schon seit Jahren in keinem Gotteshaus mehr gewesen war. Ihr Gebet wurde nicht erhört. Schritte kamen auf die Tür zu, sie wurde aufgerissen, als wüsste Adrian genau, wer davorstand. Klar, er rechnete mit Maria. Wohl nicht damit, dass sie ihm sein Handy zurückbrachte, aber damit, dass sie sich nach Leander erkundigte und mit ihm zusammen beriet, wie es weitergehen sollte.

Maria musste sich zwingen, nicht die Treppe hinunterzufliehen, während er Judy anstarrte, als könne er nicht fassen, dass sie es wagte, ihn zu stören, und dann Maria, die er augenscheinlich gerne gefragt hätte, wie sie dazu kam, mit Judy vor seiner Tür zu erscheinen. Ausgerechnet mit Judy! Er war nur mit Boxershorts bekleidet, barfuß, ungekämmt und unrasiert, als wäre er gerade erst aus dem Bett gesprungen. Maria starrte auf seine Brust, als wäre das Wichtigste dieses Moments die Erkenntnis, dass er sie früher nie rasiert hatte.

Judy gab sich Mühe, das Heikle dieser Situation zu übersehen und so zu tun, als stünde Adrian in angemessener Kleidung vor ihr und freue sich über ihren Besuch. »Ich wollte mich nur erkundigen, ob es dir besser geht.«

Lieber Himmel, wie würde Leander reagieren, wenn er jetzt Judys Stimme hörte?

Adrian starrte sie an, als hätte sie ihn gefragt, ob es die Pest oder die Cholera sei, unter der er litt. »Hä?«

»Der Magen-Darm-Virus!«, drängte Judy, die endlich

wollte, dass ihr Ansinnen verstanden wurde. »Gestern ging es dir nicht gut.«

»Ach so.«

Judy schien damit zu rechnen, dass Adrian nun die Tür freigeben und sie hereinbitten würde, aber er machte im Gegenteil sogar einen winzigen Schritt nach vorn, als wollte er sie zurückdrängen. »Alles wieder okay. Mir geht's prima.«

»Frühstück im *Luce della Laguna*?«, fragte Judy unsicher. »Wie immer?«

»Klar. Wie immer.« Adrian warf Maria einen Blick zu. Ihm schien einzufallen, was gesagt werden musste, damit die Komödie glaubhaft blieb. »Und du? Geht's dir auch besser?«

Maria bestätigte es hastig, während sie fieberhaft überlegte, was nun mit dem Handy geschehen sollte. Das unauffällige Ablegen in Adrians Wohnung konnte sie vergessen, er wollte sie natürlich nicht einlassen, nicht solange Judy neben ihr stand. Aber brauchte sie nicht eine Erklärung, warum sie vor seiner Tür stand? Oder sollte er etwa glauben, sie sei einträchtig mit Judy in die zweite Etage gestiegen, um sich nach Adrians Befinden zu erkundigen? Nein, es ging nicht anders, sie musste das Handy herausrücken.

Sie zog es hervor und hielt es ihm hin. »Das wollte ich dir zurückbringen. Du hast es in meiner Handtasche vergessen.«

Er wies mit dem Daumen über seine Schulter zurück. »Ich hatte es in der Wohnung liegen lassen.«

»Dachtest du«, korrigierte Maria. »Es war aber in meiner Tasche.«

»Das kann nicht sein.«

»Hätte ich es dann in meiner Tasche gefunden?«

Adrian wurde prompt unsicher. »Aber …«

»Mach dir keine Sorgen. Gundula weiß Bescheid.«

Nun endlich nahm er ihr das Handy ab. »Eine halbe Stunde

brauche ich noch.« Ohne ein freundliches Wort anzufügen, warf er die Tür ins Schloss.

»Er hat also telefoniert, als ich seine Stimme hörte?« Judy zog die Mundwinkel herab. »Wie denn, wenn du sein Handy hattest?«

»Was weiß ich.« Maria rettete sich in Bärbeißigkeit.

»Ich glaube, es geht ihm nicht halb so gut, wie er vorgibt. So brüsk habe ich den charmanten Adrian ja noch nie erlebt.« Judy zögerte, als wollte sie vor der Tür Posten beziehen, um zu lauschen, wie oft in Adrians Wohnung die Toilettenspülung ging.

Aber dann ließ sie sich doch von Maria zur Treppe dirigieren. »So ist er immer«, behauptete sie, »bevor er geduscht und sich rasiert hat. Ein Morgenmuffel!«

Judy sah ein, dass Maria es wissen musste, und verzichtete auf eine Diskussion. Als sie in der ersten Etage ankamen, vergaß sie Adrian sogar sehr schnell. Denn dort wartete Cyrill, weil er sich nicht traute, die Höhle der Löwin, wie er sein eigenes Apartment nannte, ohne weiblichen Beistand zu betreten. Er ließ sich von Maria von Stufe zu Stufe schieben und von Judy immer wieder erklären, dass es sein gutes Recht sei, den Schlüssel der Wohnung zu benutzen, die auf seinen Namen angemietet worden war.

Aber als sie davorstanden, brach er prompt in Tränen aus. »Was, wenn sie noch im Bett liegen?«

Maria hatte schon als kleines Mädchen gelernt, dass sie ihren Bruder gelegentlich mit derber Hand anfassen musste, damit er tat, was getan werden musste. »Los, Cyrill! Mach schon! Wenn wir die beiden beim Sex stören, weißt du wenigstens, woran du bist!«

Cyrill stieß ein schrilles Wimmern aus, ließ sich dann aber bereitwillig den Schlüssel aus der Hand nehmen und betrat die Wohnung, als Maria die Tür aufgeschlossen hatte. Dass sie leer war, konnten sie auf den ersten Blick erkennen. Alles, was Mike gehörte, war nicht mehr da, und die Betten waren noch in demselben Zustand wie vorher. Dörte und Mike hatten nicht hier übernachtet. Maria hielt nach einem Abschiedsbrief Ausschau, aber nirgendwo lag etwas, was wie ein letzter Gruß Mikes an seinen Geliebten aussah. Cyrill warf sich hysterisch schluchzend aufs Bett und beschloss laut klagend, sich nie wieder erheben zu wollen. Höchstens, um ein Boot nach San Michele zu besteigen, sich während des Übersetzens über Bord zu werfen und seine Leiche auf die Insel treiben zu lassen, wo man ihn dann gleich auf dem Friedhof von San Michele beerdigen könne.

Der Himmel strahlte, als habe er den Regen, die Kälte und das *acqua alta* vom Vortag vergessen – und als wisse er um das große Ereignis, das bevorstand, die Hochzeit von Amelie Welhorn und Sandro Pompili. Venedig roch nach Salz, Blumen und Ciabattabrot und klang wie ein Murmelspiel: Die Arbeiten für den erwachenden Tag rollten übereinanderher, stießen aneinander und kugelten in alle Richtungen davon. Duft und Lebensfülle! Eine Stadt zum Verlieben und zum Heiraten! Trotzdem sahen Maria, Adrian, Judy und vor allem Cyrill nicht so aus, als könnten sie die Lebendigkeit Venedigs riechen und hören, sie wirkten eher, als wären sie sich des Verfalls der Lagunenstadt bewusst.

Giovanni zog ein erschrockenes Gesicht, als sie die Trattoria betraten, und warf einen langen Blick in ihre Gesichter. »*Buongiorno!*«, jubelte er probeweise. »*Come sta?*«

Aber die Mienen hellten sich nicht auf. Sein Hinweis auf die Sonne und den blauen Himmel führte ebenfalls zu keiner Veränderung, die Frage nach dem Mann, der am Vorabend den Doppelgänger von Mike Reinert gegeben hatte, sogar zum kompletten Gegenteil. Giovanni konnte es nicht fassen, dass seine freundliche Nachfrage zu einem Gefühlsausbruch bei Cyrill führte, der sogar auf einen dramatisch veranlagten Italiener Eindruck machte. Cyrill nahm augenblicklich die Haltung eines gebrochenen Mannes ein, dem das Liebste genommen worden war, rief die Mutter Gottes an, was bei Italienern immer gut ankam, und machte Anstalten, sich die Haare einzeln auszureißen. Als er schließlich in Tränen ausbrach, vermittelte sich Giovanni das ganze Ausmaß des Unglücks. Er zückte ein Taschentuch und erkundigte sich mit Grabesstimme nach der Art des Unfalls – »Vaporetto, Gondel, steile Treppe oder wackeliges Brückengeländer?« – und nach dem Tag der Beisetzung, der er selbstverständlich beiwohnen würde. Als er erfuhr, dass Cyrills Geliebter noch unter den Lebenden, nur leider nicht mehr in Cyrills Gegenwart weilte, milderte das sein Mitgefühl nur einen kurzen Moment. Denn die Liebe seines Lebens an einen besitzergreifenden Ehepartner zu verlieren war für einen Italiener beinahe noch tragischer als der Tod. In diesem Fall gab es wenigstens ein Grabmal mit vielen weißen Rosen, jeder Menge Kitsch und sonstigem Brimborium, während in Cyrills Fall nichts als heimliche Wut zurückblieb und ein Denkmal, das nur in seinem Herzen geschmückt werden konnte, wo es niemand sah. Für Menschen, die gern laut und sichtbar trauerten, kein schöner Gedanke. Für einen Venezianer nicht, aber auch nicht für einen Mann wie Cyrill, der die Öffentlichkeit liebte und beleidigt war, wenn seine Gefühlsregungen bei der Presse auf wenig Interesse stießen.

Er weigerte sich, feste Nahrung zu sich zu nehmen, stürzte stattdessen mehrere Espressi hinunter, schielte dann aber doch zu Giovannis Kuchentheke, bis Maria den altbewährten Satz von sich gab: »Du brauchst Kraft, um das alles zu überstehen.«

Daraufhin bestellte Cyrill, wenn auch laut seufzend, Giovannis gesamtes Frühstücksangebot, das zum Glück überschaubar war. Während Cyrill also dafür sorgte, dass er bei Kräften blieb, berieten die drei anderen, wie die organisatorischen Aufgaben am besten verteilt wurden, die noch zu erledigen waren. Cyrills Aktivitäten sollten sich auf das Brautkleid beschränken. Auf diesem Gebiet kannte er sich aus, auch mit Depressionen würde er es schaffen, die Spitze an den Saum zu nähen, die er bei seinem venezianischen Kollegen erstanden hatte. Er war auch Profi genug, um dafür zu sorgen, dass seine Tränen die teure Seide nicht ruinierten. Und sollte er auf die Idee kommen, zu Auroras Adresse zu gehen, um nach Leander zu fragen, würde er vergeblich klingeln. Aurora würde ihm keine Auskunft geben, und ihr Sohn würde es nicht können. Möglich, dass Cyrill stundenlang in der Nähe der Wohnung auf Leander warten würde, aber auch das war nicht schlimm. Leander würde dort nicht auftauchen. Dass Cyrill nur zwei Treppen hochsteigen und an Adrians Tür klopfen müsste, würde er nie, nie erfahren. Niemals!

Judy erbot sich, mit dem Pfarrer, der ihr – nach eigenen Angaben – aus der Hand fressen würde, noch einmal die Zeremonie durchzugehen. Außerdem musste sie mit David Garretts Management telefonieren. »Den Geiger, den uns der Hotelier vorgeschlagen hat, können wir ja vergessen.«

Maria entspannte sich. Endlich schien sich alles zu klären oder in Wohlgefallen aufzulösen. Leander würde verschwinden und sich erst wieder auf den Markusplatz trauen, wenn Amelie und Sandro in die Flitterwochen aufgebrochen waren und ihr Gefolge sich auf den Heimweg gemacht hatte. Blieb nur noch die Frage, was zwischen Adrian und Leander vorging …

Eine Stunde später trennten sie sich von Giovanni und auch von seinem Bruder Jacopo, der an der Theke Platz genommen hatte, um sich einen Espresso zu genehmigen, und sofort erfuhr, welche Tragik über die *tedeschi* hereingebrochen war, die in dem Palazzo gegenüber wohnten. So wurden sie alle, Cyrill natürlich ganz besonders, mit großem Mitgefühl verabschiedet und erhielten das Versprechen mit auf den Weg, am Abend den frischesten Schwertfisch zu bekommen, den es in ganz Venedig zu kaufen gab.

Tatsächlich schien sich Cyrill wunderbar getröstet zu fühlen und in der Lage zu sein, sich die kommenden Stunden mit Amelies Brautkleid statt mit Selbstmordgedanken zu beschäftigen. Auch Judy wirkte tatkräftig und wollte nicht einmal etwas von einem gemeinsamen Mittagessen hören. Sie vermutete, dass ihr die Zeit dafür fehlte. Am besten würde es sein, sich am Abend bei Giovanni einzufinden und dann zu vergleichen, was jeder von ihnen geschafft hatte, um hoffentlich festzustellen, dass alles getan sei, was für den reibungslosen Ablauf der Hochzeit vonnöten war. »Maniküre, Pediküre, Enthaarung und Friseur?« Sie sah Adrian und Maria fragend an. »Darum kümmert ihr euch?«

»Der Stylistin werden wir auch einen Besuch abstatten«, ergänzte Maria, »und uns jeden Termin schriftlich bestätigen lassen.«

Maria sah Judy nach, wie sie im Palazzo verschwand und schon ihr Handy zückte, bevor sie die Tür aufgeschlossen hatte. Hoffentlich versuchte sie nicht, ihre eigenen Pläne zu erzwingen, durchzusetzen, was ihr gefiel, und zu vergessen, was die Hauptakteure haben wollten.

Adrian berührte sanft ihre Hand und riss sie damit aus ihren Erinnerungen. »Fangen wir mit dem Friseur an?«

Schweigend gingen sie los, meist hintereinander, weil die Gassen so eng und der Menschenstrom, der ihnen entgegenkam, so breit war. Schließlich, als die Entgegenkommenden ihnen ein wenig Platz ließen und hinter ihnen niemand drängte, fragte Adrian: »Wusstest du, dass Leander im Schlaf grunzt und murmelt?«

Ja, sie wusste es. Natürlich war es längst vergessen, so etwas überdauerte die Jahre nicht, wenn es vieles andere gab, was die Erinnerungen füllte. Aber jetzt fiel es ihr wieder ein. »Wie sollte ich das wissen?«, fuhr sie Adrian an. »Habe ich schon mal mit Leander im Doppelbett geschlafen?«

Ja, das hatte sie, damals in Frankfurt. Als er ein Konzert in Frankfurt hatte und sie die Gelegenheit bekam, ihn zu begleiten, weil zeitgleich eine Bekleidungsmesse in Basel stattfand. Zwei gemeinsame Nächte hatten sie damals rundum glücklich gemacht. In der letzten dieser Nächte war das erste Mal die Frage aufgekommen, wie es weitergehen sollte mit ihnen. Eine gemeinsame Zukunft? Aber eine Antwort hatten sie nicht gefunden.

»Sorry«, murmelte Adrian. »Blöde Frage.«

Und schon war das Schuldgefühl wieder da. Adrian half dem Mann, mit dem seine Frau ihn betrogen hatte. Er hatte neben einem Mann schlafen müssen, von dem er hintergangen worden war. Zwar nannte Leander ihn immer noch einen guten Freund, aber das machte die Sache eigentlich nur noch schlimmer.

Was *la sera*, das Abendblatt von Venedig, das kostenlos in Hotels und Restaurants verteilt wurde, zu vermelden hatte, fand sich oft am nächsten Morgen in der *Bild*-Zeitung wieder. Auch im *Luce della Laguna* lag *la sera* aus, das Giovanni jedem Gast aufdrängte, damit sich sein Papierabfall in Grenzen hielt. Dass Cyrill es ausgebreitet vor sich liegen hatte und aufgeregt die Augencreme auf seine Krähenfüße tupfte, gab Maria gleich zu denken. Ihr Bruder war emotional angegriffen, so etwas sah man bei ihm auf den ersten Blick. In diesem Fall war allerdings nicht gleich zu erkennen, ob es sich um positive oder negative Emotionen handelte. Cyrill lachte nicht, weinte aber auch nicht. Und dass seine Hände zitterten, konnte alles Mögliche bedeuten. Dass es ihm die Sprache verschlagen hatte, versetzte Maria allerdings in Unruhe. Das passierte bei Cyrill nur, wenn er ganz schlechte Presse bekommen oder Demi Moore es vorgezogen hatte, zur Oscarverleihung in einem Kleid von Guido Maria Kretschmer zu erscheinen.

Als Maria und Adrian sich zu ihm setzten, klopfte er mit dem Daumen, dem einzigen Finger, der unberingt war, auf die Titelzeile des Abendblattes. Cyrill sprach kein Italienisch. Entweder hatte er sich die Meldung zusammengereimt oder Giovanni hatte sie für ihn übersetzt. Vielleicht hatte ihm auch gereicht, dass der Name Mike Reinert darin vorkam. Mit bebenden Händen steckte er die Augencreme weg und fand, wenn auch mühsam, seine Sprache wieder. »Übersetz mir das, Maria!«

MIKE REINERT ENTLARVT?

Als gestern eine bekannte Online-Zeitung ein Foto von Mike Reinert veröffentlichte, ging ein Raunen durch seine große Fangemeinde. Hält sich der Schlagerstar inkognito in Venedig auf? Was hat es damit auf sich? Und was hat es zu bedeuten, dass der bekannte Modeschöpfer Cyrill Buller an seiner Seite gesehen wurde? Die Frauen, die für Mike Reinert schwärmen, sind verunsichert. Aber keine Geringere als die Ehefrau des Sängers, Dörte Reinert, klärte die Sache auf. Ein Doppelgänger von Mike Reinert sei der Mann auf dem Foto gewesen, teilte sie unseren Reportern mit, ein Freund von Cyrill Buller. Buller und Reinerts Doppelgänger hätten sich lediglich einen Spaß erlaubt. Wie amüsant sie diesen Scherz findet, zeigt Dörte Reinert, indem sie höchstpersönlich anwesend ist, als ausgerechnet jener Mann im Rahmen einer Doppelgängershow in einer Trattoria Venedigs auftritt, der für so viel Aufhebens gesorgt hat.

La sera war ebenfalls bei der Doppelgängershow anwesend und kann Dörte Reinert und dem begeisterten Publikum nur zustimmen: Der Mann, dessen Namen bislang unbekannt geblieben ist, sieht dem weltberühmten Schlagersänger tatsächlich verblüffend ähnlich! Kein Wunder – Reinerts Doppelgänger hat sich große Mühe gegeben, den Star zu kopieren: Sogar das Muttermal im Nacken, das Kettchen, das Mike Reinert in der letzten Talkshow trug, der Ring, den er von seinem Vater geerbt hat, waren täuschend echt kopiert worden. So echt, dass man nicht umhinkommt, sich die Frage zu stellen: Was, wenn es sich bei dem vermeintlichen Doppelgänger gar nicht um einen Doppelgänger handelt …?

Maria ließ die Zeitung sinken. »Bedeutet das etwa, ihr seid durchschaut worden?«

Die Bilder, die den Artikel begleiteten, sah sie sich nur flüchtig an. Ein Foto von Mike Reinert und daneben eines von seinem Doppelgänger. Es sei unstrittig, so die Bildunterschrift, dass die Proportionen des Gesichtes, die Länge der Nase, die Breite der Stirn absolut identisch waren.

Sie betrachtete ihren Bruder lange und nachdenklich. »Hast du der Zeitung einen Tipp gegeben?«

»Mon dieu!« Cyrill fuhr erschrocken in die Höhe. »Niemals!«

Maria ließ sich von seiner Empörung nicht beeindrucken. »Dein letzter Versuch, doch noch gegen Dörte Liesegang zu gewinnen?«

Cyrill legte eine Hand aufs Herz. »Ich schwöre …«

Adrian unterbrach ihn. »Das wäre auch sehr unvernünftig. Denn das hieße noch lange nicht, dass er sich für dich entscheidet. Immerhin würdest du ihm damit die Karriere versauen.«

»Diese Schweine!« Aus Cyrills Verzweiflung wurde blanke Wut. »Die haben so getan, als glaubten sie uns. Und dann … dann …« Ihm fehlten die Worte für die Niedertracht der Journalisten.

Maria sah sich um. »Wo ist Judy?«

Cyrills Worte waren kaum zu verstehen, weil sein Kopf auf die Brust gesunken war und sein eingeschnürtes Doppelkinn die Lippenbewegungen lähmte. »Noch nicht zurück. In ihrer Wohnung ist sie nicht, jedenfalls macht sie die Tür nicht auf. Vielleicht hat sie ein Techtelmechtel mit dem Pfaffen angefangen. Obwohl …« Nun hob er den Kopf wieder. »Steht der überhaupt auf Frauen?«

Diese Frage blieb unbeantwortet, denn Judy erschien nicht. Zwei Stunden nachdem Giovanni den Schwertfisch serviert und ein beleidigtes Gesicht gezogen hatte, weil der Stolz seiner Küche Judy kein frühes Heimkommen wert gewesen war, sahen sich Maria und Adrian ratlos an. Judy ging nicht ans Handy und kam auch der Aufforderung zurückzurufen nicht nach. Nur Cyrill, der nichts anderes im Kopf hatte als seine Zukunft mit Mike oder seinen seelischen Untergang ohne Mike, schien sich keine Sorgen um Judy zu machen.

Maria stand auf. »Ich schau mal, ob sie in ihrer Wohnung ist.«

Adrian zog sie auf ihren Stuhl zurück. »Sie hat Cyrill die Tür nicht geöffnet und geht nicht an ihr Handy. Also will sie nicht gestört werden.«

Cyrill dachte laut darüber nach, ob die Meldung in *la sera* ein guter Grund sei, Mike anzurufen, oder ob es klüger wäre, auf seine Reaktion zu warten. Lang und breit ließ er Maria und Adrian an sämtlichen Überlegungen teilhaben, hatte Judy augenscheinlich vergessen und dachte an Leander überhaupt nicht mehr. Jedenfalls hatte es den Anschein. Cyrills Gedanken kreisten nur um ihn selbst. Er sah nicht, dass Maria sich Sorgen um Judy machte, und merkte nicht, dass Giovanni auf Komplimente für den exzellenten Schwertfisch wartete. Die bekam er von Maria und Adrian reichlich und so übertrieben, wie ein Italiener das erwartete, aber dass Cyrill den Teller zur Seite schob, ohne seine Portion vertilgt zu haben, war ein schwerer Schlag für Giovanni. Es sah sogar so aus, als wollte er Cyrill bestrafen, indem er sich kein bisschen für sein Herzeleid und erst recht nicht für die Meldung in *la sera* interessierte. Das allerdings gelang ihm dann doch nicht. Als er abräumte, schaffte er es lediglich, seine Frage lapidar klingen zu lassen, so, als käme es ihm auf die Antwort nicht an.

»Stimmt es, was die Zeitung schreibt? Der Mann war wirklich Mike Reinert?«

»Nein!« Maria und Adrian riefen es gleichzeitig, während Cyrill nur kurz aufschreckte, als er den Namen seines Geliebten hörte, und beschloss, sich in die Wohnung und ins Bett zu schleppen, in dem ihn vermutlich die Erinnerungen übermannen und am Einschlafen hindern würden. Als hätte er Giovanni gar nicht bemerkt, stand er auf und bewegte sich auf den Ausgang zu, übersah neugierige Blicke, überhörte das Getuschel an den anderen Tischen und vergaß das Bezahlen. Wenn sich diejenigen, die *la sera* gelesen hatten, nun fragten, was an der Meldung dran war, brauchten sie nur Cyrill anzusehen und wussten Bescheid. Das jedenfalls befürchtete Maria. Und Adrian schien den gleichen Gedanken zu haben.

»Glaubst du, dass er den Reportern einen Wink gegeben hat?«

Maria wusste nicht, was sie glauben sollte. »Ich verstehe Mike nicht. Wie kann er einfach gehen und sich nicht einmal bei Cyrill melden?«

»Seine Frau wird es verlangt haben.«

»Waschlappen!«

Adrian lachte. »Dabei fällt mir Leander ein. Ich glaube, es wird Zeit, dass ich nach ihm sehe.«

»Du hältst ihn auch für einen Waschlappen?«

Adrian wollte nach der Rechnung winken, nahm die Hand aber wieder herunter. »Wie würdest du ihn denn nennen?« Er wartete nicht lange und fuhr fort, als von Maria keine Antwort kam: »Für jemanden, der sich selbst in Sicherheit bringt, während es ihm egal ist, was mit seiner Frau geschieht, ist der Begriff ›Waschlappen‹ noch ziemlich freundlich. Wenn man dann noch bedenkt, dass er Cyrill bestohlen hat…«

»Er war mal dein Freund. Unser Freund.«

»Da wusste ich noch nicht, was für ein Feigling er ist und wie skrupellos, sonst wäre er nicht mein Freund geworden. Und dass ich… dass wir ihm jetzt helfen, tun wir nicht für Leander, sondern für Judy.« Er sah Maria lange an, sie spürte den Blick auf ihrem Gesicht, erwiderte ihn jedoch nicht. »Vor allem tu ich es für dich.«

Maria schreckte auf. »Für mich?«

»Ich merke doch, wie wichtig er dir ist. Immer noch. Leander war dir immer wichtig.« Er legte eine Hand auf ihren Unterarm und sagte nichts dazu, als sie von ihm abrückte. »Wir ziehen das durch und sorgen dafür, dass es ein gutes Ende nimmt. Unsere Tochter wird ihre Traumhochzeit bekommen, das ist das Wichtigste. Und Judy soll so weiterleben wie bisher.«

»Sie wirkt nicht gerade glücklich.«

»Sie wirkte auch früher nicht glücklich, als Leander noch bei ihr war.«

»Deswegen müssen wir uns jetzt um sie kümmern. Wir müssen herausfinden, was mit ihr los ist. Irgendwas ist geschehen. Aber was?«

Adrians Stimme klang ganz ruhig. »Wir machen es so wie verabredet. Heute Nacht! Lass es uns tun, ehe wir es uns anders überlegen.«

»Ja, es muss sein.«

»Also los!«

Es war still in Venedig, die Nacht hatte die Stadt mit Schlaf überflutet. Nur die Lagune, die niemals schlief, war nach wie vor zu hören, ihre Unruhe noch zu spüren. Das Murmeln der Wellen, das sanfte Rauschen, wenn ein Boot das Wasser durchschnitt, das Schwappen an den Seitenwänden der Gondeln, ihr Auf und Ab. Zwischen den Häusern herrschte Ruhe und Finsternis. Nur das *Luce della Laguna* sandte noch ein paar Lichter in die Nacht. Giovanni stand an der Theke und sah drei Nachtschwärmern beim Trinken zu, die sich nicht trennen oder nicht dahin zurückkehren wollten, wo ihr Platz war. Der Gondoliere zu seiner Frau, der Tourist in sein Hotelzimmer, der Geschäftsmann dorthin, wo der Konkurs ihm auflauerte. Alle drei sahen sie unglücklich aus und versuchten einander weiszumachen, dass alles in bester Ordnung sei.

Als Maria und Adrian das *Luce della Laguna* betraten, war Giovanni alles andere als erfreut. »Ich dachte, Sie schlafen schon.«

»Nur noch ein Absacker«, beruhigte ihn Adrian. »Wenn Sie schließen wollen, gehen wir.« Er warf Maria einen Blick zu, ehe er fortfuhr: »Wir haben ein Abenteuer hinter uns. Da muss man sich abreagieren, ehe man schlafen geht.«

Giovanni erkundigte sich nicht, was geschehen war, fragte auch nicht, was sie trinken wollten, er hielt zwei Gläser unter eine Flasche, die kopfüber hinter der Theke hing, und stellte ihnen ein giftgrünes Getränk hin. »Geht aufs Haus.«

Sie wagten nicht zu fragen, worum es sich handelte, nippten vorsichtig daran und versicherten sich mit einem kurzen Nicken, dass es erstaunlich gut schmeckte.

Maria fuhr sich durch die Haare, lehnte sich zurück, bog ihren Rücken durch und stöhnte auf. Sie fühlte sich, als hätte sie eine lange Wanderung, eine Mountainbiketour oder eine Bergbesteigung hinter sich. Dann ließ sie den Oberkörper zusammenfallen und stützte sich auf die Tischplatte. »Was sollen wir jetzt tun? Nach dieser verrückten Aktion? Die Polizei verständigen?«

»Was wird dann auf uns zukommen?«, fragte Adrian zurück. »Befragungen, Verhöre! Wir wissen doch nichts. Wir vermuten nur.«

»Und wenn alles schiefläuft, haben wir Judy in Schwierigkeiten gebracht.«

»Wir müssten alles offenlegen. Leanders Verschwinden und den Grund, warum er sich nach Thailand abgesetzt hat. Ob wir verhindern können, dass das durch alle Zeitungen geht? Judy wird keine ruhige Minute haben.«

»Und wie wird Cyrill reagieren?«

»Und Leander … er wurde immerhin für tot erklärt! Was wird das für ein Verwaltungsakt, ihn wieder lebendig zu machen!«

»Judys Geld! Es wird ihr nicht mehr allein gehören.«

»Sie muss sich scheiden lassen und mit Leander teilen.«

Maria sah auf und stellte erschrocken fest, dass Giovanni sie interessiert betrachtete. Hatte er etwas mitbekommen? Belauschte er sie? »Wir müssen abwarten«, flüsterte sie.

»Aber wie erklären wir es morgen früh Cyrill?«

»Wir sagen, Judy liegt krank im Bett.«

Der Gondoliere stellte sein Glas so laut zurück, dass Giovanni klar war: Er durfte endlich kassieren. Der Tourist tat es ihm nach, der Geschäftsmann brummte vor sich hin, fand sich dann aber damit ab, dass sich das wahre Leben woanders abspielte. Maria und Adrian erhoben sich und gingen zur Tür.

Giovanni nickte zu dem großen Tisch in der Nähe der Madonnenfigur. »Soll ich den wieder fürs Frühstücken reservieren? Oder reicht ein kleiner?«

Maria und Adrian sahen sich an. »Der kleine Tisch reicht«, sagte Adrian dann. »Sieht so aus, als wären wir morgen früh nur zu dritt.«

Und Maria ergänzte, ohne aufzusehen: »Judy wird nicht da sein.«

Sie traten vor die Tür, und als ihnen die Nachtluft entgegenschlug, warm, schwer und noch voller Gerüche, merkte Maria, wie müde sie war. Adrians Vorschlag, noch einen kleinen Spaziergang zu machen, lehnte sie ab. Als Adrian sie vor der Tür des Palazzo fest an sich zog, wand sie sich ärgerlich aus seinen Armen. Energisch stieg sie die Treppe hoch und scherte sich nicht darum, dass Adrian ihr ungern folgte, weil die Arthrose ihn beim Treppensteigen besonders quälte. Dennoch ließ er es sich nicht nehmen, sie bis zu ihrer Wohnungstür zu begleiten.

Als er sich an ihren Rücken drängte, während sie aufschloss, kam Maria ein böser Gedanken. Ärgerlich fuhr sie herum. »Ich bin müde.«

Adrian sah ertappt aus und machte einen Schritt zurück. »Schon gut. Ich will mich nicht aufdrängen.«

Die Idee kam über sie wie eine Welle. »Hast du mit Leander nach seinem Verschwinden telefoniert? Hat er dich aus Thailand angerufen? Als wir alle noch nicht wussten, was mit ihm geschehen war?«

Sie sah das Erschrecken in seinen Augen. Das war ihr Bestätigung genug.

»War es so? Hattest du mit Leander Kontakt? Warum, Adrian? Warum hast du uns das verheimlicht?«

»Leander wollte es so. Er hat mich angefleht, niemandem etwas zu sagen. Vor allem Judy nicht. Er wollte niemals zurückkommen. Auf keinen Fall wollte er sich der öffentlichen Meinung stellen. Er wollte nur …« Adrian zögerte.

»… wissen, wie es Judy geht? Wie schwer sie bei dem Angriff der Hunde verletzt wurde?«

»Ja.« Diese Silbe war wie das Ausatmen nach einer großen Erleichterung.

»Und natürlich konntest du Leander beruhigen. Cyrill hatte die Hunde rechtzeitig zurückgepfiffen, ihr war nichts passiert.«

Sie beobachtete ihn genau, aber er merkte es nicht. »Ja, natürlich. Er war sehr erleichtert.«

Sie betrat ihre Wohnung, schlug die Tür hinter sich zu, schnitt Adrians »Gute Nacht« in der Mitte durch. »Gute …« Den Rest hatte sie ihm vor die Stirn geschlagen. Lügner!

Maria öffnete das Fenster und beugte sich weit vor, um sich an das Gitter lehnen zu können. Sie würde nicht einschlafen können, obwohl es bereits nach zwei war. Dieser Abend, diese Nacht! Sie musste jede Stunde Revue passieren lassen, um zu wissen, wo sie falsch reagiert und richtig gehandelt hatte und was sie jetzt erst verstand, weil ihre Verwirrung zu groß gewesen war.

Nachdem Cyrill vor den Lesern von *la sera* ins Bett geflüchtet war, hatte Maria sich in Aktionismus gerettet. »Lass uns gehen«, hatte sie Adrian aufgefordert. »Ich will wissen, was mit Judy los ist. Solange werde ich klopfen, bis sie die Tür öffnen muss.«

Genau das hatte sie getan, aber hinter Judys Tür war alles still geblieben. Sogar, als sie mit den Fäusten dagegengeschlagen und immer wieder den Namen der Freundin gerufen hatte. »Wir müssen die Tür aufbrechen. Da stimmt was nicht.«

Adrian hatte das stabile Schloss angestarrt und dann den Liftknopf gedrückt. »Ich schaue erst mal nach Leander.«

Maria hatte zugesehen, wie die Aufzugtüren sich schlossen, hatte das Lichtzeichen verfolgt, das darüber informierte, wo der Lift sich befand, hatte auf die Geräusche gehört, die zeigten, dass Adrian in der zweiten Etage ausgestiegen war und seine Wohnungstür öffnete. Während dieser Zeit hatte sie sich gezwungen, das Gedankenkarussell in ihrem Kopf anzuhalten. Leander und Judy! Judy und Leander! Schluss damit!

Schon Augenblicke später fiel die Tür in der zweiten Etage wieder ins Schloss, der Aufzug surrte herab. Adrian war blass, als er ausstieg. »Er ist weg.«

»Was?«

»Auch seine Sachen. Alles weg!«

Maria schossen die Tränen in die Augen. »Jetzt will ich es wissen. Ich muss es wissen.«

Adrian wusste, was sie meinte. Ja, sie mussten herausfinden, ob Judy in ihrer Wohnung war oder nicht. Ein Verdacht reichte jetzt nicht mehr aus, sie brauchten Gewissheit.

Aber Adrians Versuche, die Tür gewaltsam zu öffnen, brachten nichts. Das Schloss war stark, das Türblatt ebenfalls. Sie hatten nur eine Möglichkeit. »Wir nehmen den Weg über eine Gondel.«

Parallel zur Calle degli Stagneri verlief eine dunkle, schmale Gasse. Das Ristorante *Da Momo* hatte Eingänge, die sowohl zur der einen als auch zu der anderen Gasse hinausgingen. Aber mittlerweile waren die Türen geschlossen, drinnen brannte kein Licht mehr. Auch die Trattoria *Mario alla Fava* war verschlossen, die Tische davor und auf dem winzigen Platz daneben festgezurrt. Die Calle lag finster und verlassen da. Ob an ihrem Ende eine Gondel befestigt war, konnten sie nicht ausmachen. Erst als sie näher herangekommen waren und sich ein Lichtschimmer auf der anderen Straßenseite im schwarzen Lack spiegelte, war es zu erkennen.

»Wir haben Glück«, flüsterte Adrian.

Er sprang in die Gondel, die an einem langen Tau festgemacht war. Adrian zog sie zu dem Fenster von Judys Wohnung und griff nach dem Gitter des Fenstersimses.

»Noch mal Glück«, rief er leise. »Das Fenster ist gekippt.«

Er stieg auf einen der mit rotem Samt bezogenen Stühle der Gondel und schaffte es schließlich, das Gitter zu packen und dafür zu sorgen, dass sich die Gondel stabilisierte, dann ergriff er den oberen Holm und zog sich hoch. Aber seine Kraft reichte nicht aus. Bevor er ein Knie auf den Sims gesetzt hatte, rutschte er schon wieder ab.

»Pass auf! Deine Arthrose!«, entfuhr es Maria.

Der Blick, den Adrian ihr zuwarf, war vernichtend. »Halt die Gondel fest«, schnaubte er. »Sie darf nicht so wackeln. Dann wird es schon gehen.«

Maria streifte die High Heels von den Füßen, legte sich bäuchlings auf die Erde und griff mit beiden Händen nach dem Seitenrand der Gondel. Sie hielt sie so fest wie möglich, konzentrierte sich auf nichts anderes als darauf, dass sie die Seitenwand an die Mauer drückte, und hob den Kopf nicht, um zu kontrollieren, was Adrian tat. Erst als er rief: »Alles klar!«, ließ sie los und sah auf. Tatsächlich! Er stand nun auf dem Fenstersims, kaum zu erkennen. Der Mond hatte sich versteckt, der Himmel sich mit Wolken verschlossen. In den Nachbarhäusern war alles dunkel, nur im Hotel gegenüber glomm noch ein kleines Licht.

Während Adrian in den offenen Spalt des Fensters griff, erinnerte sich Maria daran, wie häufig er früher dafür gesorgt hatte, dass sie ins Haus kamen, wenn sie den Schlüssel vergessen hatten. Adrian hatte oft gescherzt, dass er notfalls eine Karriere als Einbrecher ins Auge fassen könnte, wenn es mit den Abenteuerreisen nicht mehr klappte. Er wäre sicherlich erfolgreich gewesen, denn das Öffnen des Fensters gelang ihm ohne jedes Geräusch.

Bevor er ins Zimmer sprang, sagte er: »Geh vorne rum. Ich lasse dich rein.«

So schnell es ging, zog Maria ihre Schuhe wieder über, lief durch die finstere Gasse auf den Platz, der tagsüber von Touristen wimmelte, auf der jetzt aber nur ein paar Vergessene vor dem Goldoni-Denkmal hockten und ihre Alkoholvorräte vernichteten. Fünf, sechs Schritte und sie war in der Calle degli Stagneri. Die Stilettos knallten einen Rhythmus aufs Pflaster, der womöglich die ganze Straße aufweckte, aber Maria achtete nicht darauf. Im Nu war sie an der Haustür angekommen und zog den Schlüssel hervor. Als sie den Flur betrat, öffnete Adrian gerade Judys Tür. Noch war alles dunkel in der Wohnung, Adrian hatte kein Licht gemacht. Zaghaft griff Maria nach seinem Arm. Mit einem Mal war die Angst, etwas Schreckliches zu finden, so groß, dass sie kaum den Mut hatte, den Lichtschalter zu bedienen. Erst als sie ihn gefunden hatte und das trübe Licht hinter dem Milchglas einer altmodischen Lampe anging, wurde die Angst erträglich. Dieses Zimmer war leer. Die kleine Küche, der Essplatz – alles sah so aus, als hätte Judy es nie benutzt. Sie gingen ins Schlafzimmer, das Bett war unberührt. Dann ins Wohnzimmer. Auch hier war alles aufgeräumt, aber dieser Raum zeigte wenigstens, dass Judy hier wohnte. Auf absurde Weise erzeugte das in Maria eine Beruhigung, die sie sich nicht erklären konnte. Als hätte sie vorher die Sorge bedrängt, in eine falsche Wohnung eingestiegen zu sein.

»Sie ist nicht da«, flüsterte sie. »Mein Gott! Wo kann sie sein?«

Die Sofakissen waren zerknautscht, auf einem kleinen Tisch lagen mehrere Bücher. Ein Schreibblock daneben, als hätte Judy telefoniert und sich Notizen gemacht. Ein paar Medikamente lagen auf der Fensterbank, Schmerztabletten, Beruhigungsmittel, ein Schlafpulver.

Adrian kam aus dem Badezimmer zurück. »Nichts!«

Maria griff nach dem Notizblock, ohne sich etwas von ihm zu erhoffen. Sie wollte nur etwas zur Hand nehmen, was Judy vorher angefasst hatte, wollte ihr damit näherkommen und fühlen, was mit ihrer Freundin geschehen war. Mit dem Daumen blätterte sie ihn durch. Namen standen darauf, eilig hingekritzelt, verschiedene Telefonnummern, Notizen, deren Sinn Maria nicht verstand. Dann aber stockte ihr der Atem. Ihr wurde übel, im Kopf drehte sich alles, sie musste sich setzen, weil sie fürchtete, ohnmächtig zu werden.

»Was ist los?« Adrian zog sie erschrocken aufs Sofa und schob ihr ein Kissen in den Rücken. »Sag schon!«

Maria konnte nur stumm auf den Notizblock zeigen, sprechen konnte sie nicht.

Adrian blätterte darin herum und sah Maria ratlos an.

»Die letzte Seite«, hauchte sie. Und dann sprang sie so unvermittelt auf, dass Adrian zu Tode erschrak. »Die Pistole! Wo ist die Waffe?«

Maria wachte zur gewohnten Zeit auf, obwohl sie nur drei Stunden geschlafen hatte. Diesmal war sie nicht langsam an die Oberfläche des Schlafes gestiegen und dann ins Erwachen getrieben worden, an diesem Morgen war sie aus dem Schlaf direkt in die Wirklichkeit geschreckt. Als hätte ein lautes Geräusch sie geweckt. Aber es war der Gedanke an Judy gewesen, der sie aufgestört hatte. An Judy und Leander! Sie waren verschwunden. Was in der Nacht nur für heillose Verwirrung gesorgt hatte, stand ihr mit einem Mal klar vor Augen: Es musste etwas Schreckliches geschehen sein. Ein Unglück!

In Venedig einen Menschen zu suchen, schien ein Ding der Unmöglichkeit zu sein. Dennoch hatten sie es versucht, waren zu allen Plätzen gelaufen, an denen Leander sein konnte – und damit auch Judy. Sie waren zu Leanders Adresse gelaufen, aber hinter den Fenstern seiner Wohnung war es dunkel, auf ihr Klingeln öffnete niemand. Sie hatten es auf dem Markusplatz versucht und im *Da Roberto*, aber auch hier vergeblich. Leander hatte sich versteckt, vor allem vor Cyrill, aber auch vor allen anderen, die zu seiner Vergangenheit gehörten. Dass er sich sogar vor Judy verstecken musste, ahnte er nicht. Hatte sie diese Tatsache genutzt? Hatte sie ihn finden können, weil er ihr gegenüber arglos war?

Diesen Gedanken konnte Maria nicht ertragen, während sie im Bett lag, in der wohligen Wärme, in diesem weichen Schutz. Sie musste sofort aufstehen. Wo mochte sie sich zurzeit aufhalten? Was geschah mit ihr? War sie auf der Flucht? Hatte sie sich an Leander gerächt und versuchte nun, sich ihrer Strafe zu entziehen? War sie weggelaufen, so wie Leander damals weggelaufen war?

Während sie unter der Dusche stand, konnte Maria endlich klar denken, wozu sie am Abend und in der Nacht nicht imstande gewesen war. Mit einem Mal glaubte sie nicht mehr an eine kopflose Flucht. Nein, nicht Judy! Sie würde gleich im *Luce della Laguna* erscheinen, behaupten, sie habe die Nacht mit dem Pfarrer verbracht, und sich über den Einbruch in ihre Wohnung beklagen. Lang und breit würde sie sich daruber wundern, dass nichts entwendet worden war, und Maria und Adrian würden dasitzen und versuchen, sich nichts anmerken zu lassen. Oder Judy würde vorgeben, die Diebe hätten ihre Kamera und ihr Handy gestohlen. Sie war schon früher immer darauf aus gewesen, die Versicherungsprämien durch einen gelegentlichen Versicherungsschaden erträglicher zu machen. Und wenn sie vorgab, dass ihr das Handy gestohlen worden war, hatte sie auch gleich eine wunderbare Erklärung dafür, dass es Maria nicht gelungen war, sie zu erreichen.

Je länger das Wasser auf sie herabprasselte, desto sicherer wurde Maria, dass es so oder so ähnlich ablaufen würde. Vermutlich war Judy wutentbrannt losgezogen, aber schnell zur Vernunft gekommen und im Laufe der Nacht wieder in ihre Wohnung zurückgekehrt. Oder aber … tatsächlich ein Mord? Judy hatte sich vielleicht ihre Chancen genau ausgerechnet. Wenn Leander auf dem Grund eines Kanals lag, konnte es lange dauern, bis er gefunden wurde. Und da sein Name in keinem Register der Lebenden mehr zu finden war, würde man seinem Schicksal lange nicht auf die Spur kommen. Dass sich seine Frau zum Zeitpunkt seines Verschwindens in Venedig aufgehalten hatte, würde vermutlich nie ans Licht kommen. Und dass Maria auf ihrem Notizblock Leanders Adresse gesehen hatte, wusste Judy nicht.

Maria trocknete sich sorgfältig ab und cremte sich gründlich ein, ehe sie in ihre Kleidung stieg. Wie hatte Judy herausgefunden, dass Leander lebte? Wie war sie an seine Adresse gekommen? Und wie hatte sie merken können, dass Adrian ihn in seiner Wohnung versteckte? Oder war doch alles ganz anders? Hatte das Verschwinden des einen mit dem des anderen nichts zu tun?

Sie zog eine helle Jeans an und entschied sich für eine bunte Tunika. Obwohl sie reichlich Puderrouge benutzte, verriet ihr Spiegelbild, dass sie sich schlecht fühlte. Sie hatte keinen Appetit und wäre am liebsten wieder ins Bett gekrochen. Die Hoffnung, dass Judy in der Nacht nach Hause gekommen war und gleich wie ein Unschuldslamm im *Luce della Laguna* erscheinen würde, hatte die Dusche nicht überdauert. Trotzdem klingelte sie an Judys Tür und verließ das Haus erst, als sich in der Wohnung der Freundin nichts rührte.

Bevor sich die Haustür hinter ihr schloss, hörte sie, wie in der zweiten Etage eine Tür klappte, der Aufzug fuhr hoch, aber Maria wartete nicht auf Adrian. Sie schlug die Haustür hinter sich zu, überquerte die Brücke und öffnete die Tür des *Luce della Laguna*. Als sich Adrian einen Augenblick später ihr gegenübersetzte, stellte sie fest, dass er so elend aussah, wie sie selbst sich fühlte. Er hatte Angst, genau wie Maria.

Bei Cyrill war es noch schlimmer, er war nur ein Schatten seiner selbst, als er ins *Luce della Laguna* schlich. Derart apathisch war er, dass er eine Papierserviette, die ihm hingehalten wurde, damit er dort sein Autogramm verewigte, wortlos zur Seite wischte. Damit war klar: Cyrill Buller war am Tiefpunkt seines Lebens angekommen. Autogramme hatte er sogar verteilt, nachdem er sich auf irgendeinem roten Teppich das Bein gebrochen hatte, und er hatte sich sogar auf dem Friedhof nach der Beerdigung seines besten Schneiders dazu überreden lassen.

»Was ist los?«, fragte Maria erschrocken. »Gibt's was Neues?«

Cyrill konnte erst nach dem zweiten Espresso sprechen. Er hatte den heldenhaften Versuch unternommen, Mike auf seinem Handy anzurufen, wollte ihn anflehen, nach Venedig zurückzukommen, ihn bitten, ihm wenigstens eine Erklärung zu gönnen oder allermindestens ein paar Abschiedsworte, die Cyrill für den Rest seines Lebens begleiten und trösten konnten. Er hatte damit gerechnet, von einer keifenden Ehefrau abgewimmelt zu werden, aber sein Anruf war automatisch an Mikes Management weitergeleitet worden, wo man Cyrill gesagt hatte, Mike Reinert sei für ihn nicht mehr zu sprechen. Der Star wolle versuchen zu retten, was zu retten war. Von der Rettung seiner Ehe war nicht ausdrücklich die Rede gewesen, aber Cyrill durfte sich keine Illusionen machen. »Wetten, dass er die letzte Nacht in ihrem Bett verbracht hat?«

Dass diese Nacht Dörte Liesegang glücklich gemacht hatte, konnte er zwar nicht glauben, aber ein echter Trost war das nicht. Maria war nur froh, dass er in seinem Kummer Judys Abwesenheit lediglich am Rande bemerkte. Die Erklärung, sie sei unpässlich, reichte ihm vollkommen.

Erst vom Applaus der Hochzeits-WhatsApp-Gruppe ließ er sich daran erinnern, dass das Leben außerhalb seiner eigenen Katastrophe weiterging. Amelie erkundigte sich nach ihrem Brautkleid und der diesbezüglichen Hingabe ihres Onkels. Während Cyrill in sein Smartphone tippte, dass das Brautkleid ein Traum sei und die venezianische Spitze am Saum der letzte Pfiff, drehte Giovanni das Radio lauter und ließ seine Gäste auf die nächste Runde Espressi warten, damit die Kaffeemaschine die Meldung von *Radio Venedig* nicht übertönte.

Adrian merkte sofort, dass Maria aufhorchte. Er selbst sprach kein Italienisch und starrte erwartungsvoll in ihr Gesicht, versuchte in ihren Augen zu lesen, die durch ihn hindurchsahen. Erst, als ihr Blick zu ihm zurückkehrte, fragte er: »Was war das für eine Meldung?«

Maria musste gegen ihre Tränen ankämpfen. »Eine leblose Person ist in der letzten Nacht aus dem Canale Grande gefischt worden. In der Nähe des Bahnhofs. Unter der Ponte della Libertà. Die Polizei tappt im Dunkeln.«

Adrians Erschrecken war so gewaltig und Marias Kampf gegen das Entsetzen derart verbissen, dass es nicht einmal Cyrill verborgen bleiben konnte.

»Ihr meint, Mike ist zurückgekommen? Mit dem Zug? Er hat am Bahnhof ein Boot genommen? *Mon dieu!*«

Maria ließ Cyrill lamentieren, ohne ihn von der Idee abzubringen, Mike habe auf dem Weg zu ihm jede Vorsicht außer Acht gelassen, sei nur dem Ruf seines Herzens gefolgt und das derart inbrünstig, dass er nicht auch noch auf das Ruder seines Schiffs achten konnte.

»Die Liebe zu mir hat ihn umgebracht«, schluchzte Cyrill und suchte die Taschen seines Hemdes nach seiner Augencreme ab.

»Leblose Person«, wiederholte Adrian leise, ohne auf Cyrill zu achten. »Was heißt das? Tot?«

Diese Frage konnte Maria nicht beantworten. »Wir müssen zur Polizei.«

Diesen Satz bekam Cyrill mit, der gerade seine Augencreme gefunden hatte und mit zitternden Fingern einen viel zu großen Strang aus der Tube drückte. »Ja, bitte! Geht für mich zur Polizei! Ich bin dazu nicht in der Lage.«

Maria wollte ihren Espresso trinken, stellte die Tasse aber weg, weil ihre Hände derart zitterten, dass sie sie nicht zum Mund führen konnte. Handelte es sich bei der leblosen Person um eine Frau oder einen Mann? Judy oder Leander? Hatte Judy sich gerächt oder Leander sich verteidigt? Wollte Judy nachholen, was der Tsunami nicht geschafft hatte, und Leander weiterhin dort bleiben, wo niemand ihn zur Verantwortung ziehen konnte? Hatten sie sich gegenseitig ins Verderben gestürzt?

Adrian hatte zu tun. »Ich muss noch ein paar Telefonate führen, dann gehen wir gemeinsam zur Polizei.«

Einer der Drachenflieger, die den Canale Grande überqueren wollten, hatte beschlossen, einen Flug zu riskieren, ohne erst auf das Okay der Behörden zu warten. Adrian wollte jedoch vorher einen letzten Versuch machen, die Genehmigung für diesen Drachenflug einzuholen. Als Erstes allerdings musste er zur Bank und sich mit Bargeld eindecken, damit er die Schmiergelder bezahlen konnte, ohne die eine Genehmigung illusorisch war.

Maria hatte zu allem genickt, aber gar nicht richtig zugehört, womit Adrian beschäftigt sein würde. Alles, was sie hörte, war, dass sie allein sein würde. Adrian war beschäftigt, Cyrill ebenfalls, und sie… sie würde ganz sicherlich nicht in ihrer Wohnung sitzen und Däumchen drehen. Nein, allein würde sie nach Judy suchen. Ohne Adrian! Dass er ein anderes Ziel verfolgte als sie selbst, wurde ja immer deutlicher. Aber solange sie nicht wusste, was er vorhatte, musste sie auf der Hut sein.

Die Questura, zu der sie sich durchfragte, lag am Canale di San Lorenzo und war in Wirklichkeit nur ein Büro der Polizia di Stato. Wäre nicht das große blaue Schild über dem Eingang gewesen, hätte man das Gebäude für ein Wohnhaus halten können. Die Marmortafel neben dem Eingang war noch unauffälliger. ›Commissariato Di P. S. S. Marco‹. Der Fahrer des Wassertaxis hatte sie besorgt angesehen, als sie ihn nach der Adresse fragte, aber auf weitere Erkundigungen verzichtet, obwohl sie ihm offensichtlich auf der Zunge lagen. Auch noch, als er sie vor der Tür absetzte.

Maria war enttäuscht. Hatte Brunetti jemals vor einem solchen Eingang gestanden? War er diese Stufen hinaufgestiegen? Oder hatten sich die Fernsehmacher, die Donna Leons Bücher verfilmten, ein Haus ausgesucht, das besser in ihr Konzept passte als das Polizeirevier Venedigs? Ja, das war ganz offensichtlich der Fall.

Der Polizeibeamte, der sie empfing, war auch nicht so dienstwillig wie Brunettis Mitarbeiter, doch als sie ihm klarmachte, dass sie gekommen war, um bei der Aufklärung eines Falls behilflich zu sein, erhellte sich seine Miene. Wenige Minuten später stand sie einem Commissario gegenüber, der sogar eine gewisse Ähnlichkeit mit Guido Brunetti hatte, mittelgroß, dunkelhaarig und sehr ernsthaft. »Sie glauben, dass Sie die Person kennen, die wir aus dem Canale Grande geholt haben?«

»Handelt es sich um eine Frau oder einen Mann?«, erkundigte sich Maria vorsichtig.

»Eine Frau.«

»Etwa mein Alter, aber viel schlanker und mit sehr kurzen Haaren?«

Nun verlor Commissario Scamozzi seine Ernsthaftigkeit, er lächelte erfreut. »Sie kennen die Frau?«

Maria erzählte ihm alles, was er wissen musste, und er revanchierte sich mit Details darüber, was geschehen war. Wenn Maria ihn richtig verstand, war ein Boot aus ungeklärten Gründen gekentert. »Die Frau muss sich dabei verletzt haben. Sie hat eine Wunde am Hinterkopf. Anscheinend war sie bewusstlos und konnte sich nicht selbst retten. Und da es schon dunkel war und niemand den Unfall bemerkt hat …«

»Wie geht es ihr?«

»Sie ist nach wie vor bewusstlos. Aber die Ärzte sind optimistisch.«

»Wie wurde sie gerettet? War sie allein an Bord?«

Der Commissario sah Maria an, als hätte er eine Antwort auf diese Frage gerne von ihr erhalten. »Wir wissen es nicht genau. Anwohner sind darauf aufmerksam geworden, dass ein Mann eine leblose Frau ans Ufer zog. Er legte sie dort ab und bat diejenigen, die zur Hilfe eilten, sich um die Frau zu kümmern. Auch er war pitschnass, so wie die Frau. Aber ob er auch in dem Boot war? Vielleicht ist er ins Wasser gesprungen, um sie zu retten.«

»Wer war der Mann?«

Der Commissario zuckte mit den Schultern. »Wir wissen es nicht. Als der Arzt kam, war er schon verschwunden.«

Durch Marias Kopf jagten die Gedanken. Leander? Konnte er dieser Mann gewesen sein? Aber warum war das Boot gekentert? Warum hatten die beiden überhaupt ein Boot bestiegen? Wohin wollten sie?

In diesem Augenblick kam ein junger Beamter herein, der mit einer Meldung aufwartete. Er sprach sehr schnell und undeutlich, aber Maria konnte trotzdem verstehen, was er sagte. Das Boot der verunglückten Frau war gehoben worden. Man habe eine Handtasche mit Papieren und einem Handy gefunden. »Und eine Pistole.«

Commissario Scamozzi runzelte die Stirn. »Pistole?« Er sah Maria fragend an. »Können Sie sich das erklären?«

»Meine Freundin trug immer eine Waffe bei sich. Sie hatte Angst, überfallen oder entführt zu werden. Sie müssen wissen … sie ist sehr wohlhabend.«

Der Commissario nickte, dann fragte er den jungen Beamten nach den Papieren in der Handtasche. »Judith Emerick?«

»Sì, Commissario.«

»Und weiter? Wurde sonst noch was in dem Boot gefunden?«

»Etwas Merkwürdiges, Commissario. Ein Geigenkasten. Mit einer Geige, die nun wohl nicht mehr zu gebrauchen sein wird.«

Das Krankenhaus Ospedale Civile lag zwischen dem Rio di San Giovanni Laterano und dem Canale delle Fondamente Nuove am Rande Venedigs gegenüber der Isola di San Michele. Das Polizeiboot legte am Rio dei Mendicanti an, wo niemand darauf aufmerksam wurde. Ein junger Arzt, groß und sehr schlank mit dem sauber gescheitelten Haarschnitt eines Klassenprimus, kam ihnen schon in der Eingangshalle entgegen. Er war offenbar von der Questura informiert worden. Mit großer Freundlichkeit begrüßte er Commissario Scamozzi und wandte sich dann ebenso verbindlich an Maria. Er war sogar so höflich, seine eher mäßigen Deutschkenntnisse zu aktivieren, und wollte es nicht zulassen, dass Maria sich um seine Sprache bemühte, wenn sie ihm auch versicherte, dass es für sie keine Beschwerlichkeit bedeutete, wenn sie Italienisch mit ihm sprach. Nein, Dr. Franchetti bestand darauf, dass jegliche Mühsal bei ihm liegen müsse.

Entsprechend umständlich und gelegentlich auch unverständlich setzte er Maria auseinander, was es mit ihrer Freundin auf sich habe. »Sie hat ihr … *come si dice*?«

»Ihr Bewusstsein?«

»*Sì!* Das hat sie wieder. Aber sie spricht nicht. Sie beantwortet meine Fragen nicht. Vielleicht eine Gedächtnis …« Wieder suchte Dr. Franchetti nach Worten.

»Eine Amnesie?«

»*Sì! Amnesia.* Mir scheint, sie kann sich an nichts erinnern. Auch nicht an ihren Namen. Jedenfalls beantwortet sie keine meiner Fragen, sieht mich nur an.«

Maria biss sich auf die Unterlippe. Judy litt an Amnesie? Wie grausam! Und wie praktisch für Leander! Was hatte er getan? War er für das Kentern des Bootes verantwortlich? Und würde er durch Judys Amnesie nun wieder einmal davonkommen?

»Kann es sein«, begann sie langsam, »dass es sich bei der Platzwunde nicht um eine einfache Verletzung handelt, sondern … um einen Schlag auf den Kopf?«

Commissario Scamozzi kniff die Augen zusammen und betrachtete sie genau. »Haben Sie jemanden in Verdacht? Wer könnte Ihre Freundin angegriffen haben?«

»*Non lo so*«, wehrte sie ab. »Ich dachte nur …« Was sie dachte, verschwieg sie, sondern bat darum, zu ihrer Freundin gebracht zu werden.

Dr. Franchetti öffnete leise die Tür zu einem Krankenzimmer in der ersten Etage, so vorsichtig, als wäre er voller Sorge, eine schwer kranke Frau mit einer Fremden zu konfrontieren, die ihr Angst machen könnte. Maria wurde prompt von derselben Sorge befallen. Vielleicht war sie wirklich eine Fremde für Judy? Weil ihre Freundin das Gedächtnis verloren hatte und Maria nicht erkennen würde?

Mit großer Angst im Herzen trat sie an das Krankenbett. Ja, Judy! Da lag sie, noch schmaler als sonst, mit eingefallenen Wangen und wirren Haaren, mit trockener, ungeschminkter Haut und blauen Schatten auf den Lidern. Ihre knochigen Finger flatterten wie Nachtfalter über die Bettdecke, sie atmete hastig, als müsste sie etwas verdrängen, Schmerz oder Angst. Dass sie merkte, was um sie herum geschah, war daran zu erkennen, dass sie die Augenlider zusammenkniff. Anscheinend wollte sie ihren Besuchern weismachen, dass sie schlief. Womöglich hatte sie schon genug von den Untersuchungen und den vielen Fragen. Entweder weil sie sie nicht beantworten konnte, oder weil sie es nicht wollte.

Dr. Franchetti atmete tief durch und der Commissario hielt sogar den Atem an, als Maria nach Judys Hand griff und flüsterte: »Judy! Ich bin's.«

Nun öffneten sich ihre Augen. Groß und weit! Maria wartete darauf, dass in ihnen ein Licht angezündet wurde, ein Lächeln, ein Erkennen, aber es blieb aus. Die Augen starrten sie an, unverwandt, leer. Jedenfalls für einen Augenblick. Dann erschien etwas in ihnen, was Maria verriet: Judy erkannte sie. Aber auf Erleichterung oder gar auf Freude wartete sie vergeblich.

Judys Mund öffnete sich, ihre Lippen hatten Mühe, etwas zu formen, als wären sie mittlerweile ungeübt im Sprechen. Sie waren trocken und Judy musste sie erst mit der Zunge benetzen, ehe sie hervorbrachte: »Verräterin!«

Das Wort hallte noch in Marias Ohren, als sie das Polizeiboot wieder bestieg. Dr. Franchetti war erschrocken gewesen, das Gesicht des Commissarios hatte sich dagegen verlängert, als wollte er dafür sorgen, dass das Fragezeichen vom Haaransatz bis zur Kinnspitze reichte. Er zog die Stirn in die Höhe und öffnete den Mund, als könnte dieses Wort etwas mit dem Unfall zu tun haben, den Judy erlitten hatte. Verräterin! Maria hatte das Gefühl, sich entschuldigen und gleichzeitig erklären zu müssen, was Judy ihr vorwarf. Aber wie sollte das gehen? Für eine Erklärung musste sie zunächst einmal mit Judy sprechen. Allein! Commissario Scamozzi sah zwar so aus, als wollte er auf der Stelle mit einem Verhör beginnen, aber Judy schloss die Augen, als er zu fragen begann, und machte deutlich, dass sie ihm nicht antworten würde.

Dr. Franchetti sprang ihr sofort zur Seite. »Meine Patientin braucht Ruhe.« Er sah den Commissario stirnrunzelnd an. »Oder glauben Sie etwa an ein Verbrechen? Oder … an eine Fahrlässigkeit? War die Signora gar nicht allein auf dem Boot?«

Commissario Scamozzi verabschiedete sich von Judy und verließ zusammen mit Dr. Franchetti den Raum. Anscheinend wollte er nicht in Judys Gegenwart antworten.

Maria beugte sich über Judy. Aber obwohl diese ihre Gegenwart spüren musste, öffnete sie die Augen nicht. »Ich komme wieder, wir müssen reden. Wenn es dir besser geht.«

Judy blieb mit geschlossenen Augen liegen, antwortete nicht. »Warst du mit Leander zusammen? Auf diesem Boot?«

Judy öffnete die Augen auch diesmal nicht. Trotzdem glaubte Maria, dass sie verstanden worden war.

»Judy, ich muss es wissen … War es wirklich Leander, der die Melodie gestohlen hat?«

Nun machte sich eine Stille in dem Raum breit, die mehr war als bloßes Schweigen. Sie fühlte sich eher an wie eine Lähmung, als wäre etwas außer Kraft gesetzt worden, was bis dahin nie fehlgeschlagen war.

Maria spürte es, und es fiel ihr schwer weiterzusprechen. »Kam dir Leanders Verschwinden gerade recht? Was hättest du getan, wenn er geblieben wäre? Wie hättest du ihm erklärt, dass sein großer Hit meinem Bruder gestohlen worden war?«

Die lähmende Stille blieb, trotz der Worte, die in sie hineingefallen waren. Sie hatten kein Echo bekommen, waren im Moment ihres Nachklangs erloschen.

»Sollen wir morgen in Ruhe darüber reden?«

Judy holte tief Luft, ehe sie wiederholte: »Verräterin!« Und nun öffnete sie endlich die Augen. »Ich will nicht mit dir reden. Hau ab!«

Maria wich zurück, als wäre sie geschlagen worden. Genauso fühlte sie sich. Judys Worte waren wie ein Schlag ins Gesicht. Sie drehte sich erst um, als sie die Tür erreicht hatte, und floh vor Judys harten Worten.

Auf dem Flur sagte der Commissario gerade zu Dr. Franchetti: »Wir haben in der Handtasche der Signora eine Waffe gefunden. Und in dem Boot einen Geigenkasten.« Er wandte sich an Maria. »Kann er Ihrer Freundin gehören?«

»Ja«, antwortete Maria mit fester Stimme. »Judy spielt leidenschaftlich gern Geige.«

Jetzt schien der Commissario nur mit Maria zu sprechen. »Wir haben Fußabdrücke sichergestellt. Die Abdrücke von großen Schuhen, vermutlich die eines Mannes. Die Spur ist zu verfolgen. Eine nasse Spur! Entweder von jemandem, der mit im Boot saß, oder von jemandem, der die Signora aus dem Wasser gezogen hat. Aber warum sollte so einer sich aus dem Staub machen?«

Ja, warum sollte Leander sich aus dem Staub machen, wenn es ihm doch gelungen war, Judy zu retten? Aber war diese Schlussfolgerung richtig? Hatte er sie gerettet? War er anschließend heimlich auf und davon? Oder war alles ganz anders? Hatte er nicht eher versucht, Judy unschädlich zu machen, und sein Ziel verfehlt?

Commissario Scamozzi fragte, wohin Maria gebracht werden wollte. Sie bat ihn, sie bis zur Ponte della Fava zu befördern, an der sie wohnte. Während der Fahrt blieb der Commissario neben dem Fahrer stehen, sprach leise mit ihm und wandte sich kein einziges Mal an Maria. Erst als das Boot in den Canale della Fava einbog, sagte er zu ihr: »Wenn die Sache ein Unfall war, wenn Signora Emerick mir das glaubhaft versichern kann, ist die Angelegenheit erledigt. Aber sie muss mir erklären, ob sie allein auf dem Boot war und wie der Unfall passiert ist. Und dann will ich auch noch von ihr wissen, wer der Mann ist, der sie gerettet hat.«

»Vielleicht weiß sie das selbst nicht.« Maria stand auf, weil der Fahrer nun das Boot dort festmachte, wo die Gondolieri ihre Fahrgäste aufnahmen. »Danke fürs Heimbringen.«

Sie spürte, dass der Commissario ihr nachblickte, als sie in die Calle Galeazza einbog, die Parallelgasse zur Calle degli Stagneri. Sie sah sich nicht um und fühlte sich erst sicher vor seinem Blick, als sie weit genug in die düstere Kühle eingedrungen war. Ein Kellner der Trattoria *da Mario alla Fava* lud sie zum Einkehren ein, aber sie winkte nur müde ab, ging weiter zur Marzarieta due Aprile und erfreute sich an der Helligkeit und der Wärme, die sie dort empfing, sogar an dem Stimmengewirr und dem überfüllten Campo San Bartolomeo vor ihren Augen.

Sie blinzelte, so grell war das Licht. Während sie in ihrer Handtasche nach der Sonnenbrille suchte, fiel mit einem Mal ein Schatten über sie. »Warum hast du nicht auf mich gewartet?«

Maria sah auf. »Ich wollte wissen, was mit Judy passiert ist. So bald wie möglich!«

»Ich habe mir Sorgen gemacht. Ich wollte mich gerade auf den Weg zur Questura machen.«

»Du verfolgst mich?«

Adrian runzelte die Stirn, als wollte er ärgerlich sein, musste aber lachen. »Habe ich dich in den letzten Tagen verfolgt? Ich dachte, du hättest meine Hilfe gebraucht.«

Er hatte ja recht! Mehr als einmal hatte sie ihn darum gebeten, ihr zu helfen, Leander zu helfen, Judy zu helfen. Immer wieder! Und Adrian war jedes Mal bereit gewesen. Immer wieder! Aber er log! So viel stand fest! Auch das immer wieder!

»Was ist mit Judy? Hast du bei der Polizei etwas herausfinden können?« Adrian griff nach Marias Arm und zog sie zur Rialtobrücke, langsam, ohne Eile, Schritt für Schritt, obwohl sie von den Menschenmassen gedrängt, geschoben und gelegentlich auch angehalten wurden. »Erzähl!«

Und Maria erzählte. Davon, dass es sich bei der leblosen Person tatsächlich um Judy handelte, dass sie eine Verletzung am Hinterkopf hatte, entweder durch einen Schlag oder durch den Aufprall im Moment des Unglücks, davon, dass sie nicht redete, dass der Arzt zunächst geglaubt habe, sie leide unter Amnesie. »Aber sie will nichts preisgeben. Sie will nicht sagen, was passiert ist.«

Adrian drückte Marias Arm, nahm sie ganz dicht an seine Seite, als wollte er nichts zwischen sie lassen. So stiegen sie nun die Stufen zur Rialtobrücke hoch, in der Mitte, dort, wo die Läden waren, die ihre Türen geöffnet hatten.

Die Ruhe, die Maria überkam, war ihr unheimlich. Sie stieß Adrian nicht von sich, löste sich keinen Zentimeter von ihm und ging weiterhin neben ihm her, Schritt für Schritt. Ein Paar, das sich sehr nahe war, das einen Spaziergang machte, ohne dass es darauf ankam, wie weit er war und wie lange er dauerte. Es war nicht wichtig, den Ausblick von der Rialtobrücke zu genießen, es ging nur darum, sie gemeinsam zu erklimmen und gemeinsam auf der anderen Seite hinabzusteigen.

Dennoch gab es in Marias Herz eine Kammer, die voller

Aufruhr war. So stark und geradezu vernichtend, dass er keine Erregung, sondern eiskalte Ruhe erzeugte. Es war so weit! Das wurde ihr in diesem Augenblick klar. Es stand wie der Schein eines Feuers vor ihren Augen, wie die Erkenntnis, dass es alles vernichten würde, was zu ihrem Leben gehörte, und wie die Schwäche, die entsteht, wenn alles umsonst ist, wenn nichts mehr helfen kann, wenn es nur noch darum geht, sich abzufinden. Sie musste ihn fragen. Jetzt!

»Warum hast du mir nicht erzählt, dass Amelie dir Stammzellen spenden wollte?«

Adrian ließ nicht erkennen, ob ihre Frage ihn verwunderte, verunsicherte oder beunruhigte. Auch er ließ keine Erregung spüren, lief nicht schneller und veränderte das Maß seiner Bewegungen nicht. »Das weißt du?«

Früher hatte Maria sich oft geärgert, wenn er die Beantwortung einer Frage hinauszögerte, indem er eine Gegenfrage stellte. Aber diesmal glaubte sie nicht, dass es ihm darum ging, Zeit zu schinden. Diesmal schien er sich wirklich nur darüber zu wundern, dass sie es wusste.

»Amelie hat es mir erzählt. Vor ein paar Tagen. Am Telefon.«

Adrian runzelte nur ganz leicht die Stirn. »Erstaunlich. Warum?«

»Weil ich sie gefragt habe.«

Nun war es eine Weile still zwischen ihnen. Sie waren am Fuß der Brücke angekommen und gingen weiter, auf den Rialtomarkt zu. Adrian schien nachzudenken. Aber es dauerte nicht lange, bis er sagte: »Gundula hat darüber gesprochen?«

»Mit Cyrill, zufällig.« Jetzt musste Maria sich anstrengen, damit sie nicht in einen schnelleren Rhythmus fiel und in die Versuchung kam, Adrian mit sich zu ziehen. Auf keinen Fall sollte er merken, wie groß ihre Angst war. »Ich habe mich nur gewundert, dass keiner von euch es erwähnt hat. Du nicht und Amelie auch nicht.«

»Du und ich, wir hatten doch gar keinen Kontakt. Schon seit Jahren nicht. Und Amelie hat immer versucht zu akzeptieren, dass wir nichts miteinander zu tun haben wollten. Sie hat selten von dir gesprochen, wenn ich mit ihr zusammen war. Und ich bin davon ausgegangen, dass sie es umgekehrt genauso gehalten hat.«

»Warst du sehr enttäuscht, als sich herausstellte, dass Amelie als Stammzellenspender nicht infrage kam?«

Adrians Antwort kam ohne Zögern. »Amelie war enttäuscht, ich nicht. Ich hatte nicht damit gerechnet, dass es eine Übereinstimmung gibt.«

Er hatte nicht damit gerechnet? Warum nicht? Er hatte nicht wissen können, dass Amelie unmöglich als Stammzellenspenderin infrage kommen konnte. Nur sie, Maria, hätte sofort gewusst, dass Amelies Angebot umsonst kommen würde. Und sie hätte sich gefragt, welche Folgen dieses Angebot haben würde. Das fragte sie sich noch immer …

10.10.2011

Lieber Papa!
Ja, ich werde dich weiterhin so nennen, das ist doch klar. Du bist und bleibst mein Vater. Du hast mich aufgezogen und geliebt, nicht der andere. Es ist gut, dass ich ihn nicht kenne. Du hattest recht, als du mir seinen Namen verschwiegen hast. Es bringt nichts. Ich will ja sowieso nichts von ihm wissen. Du musst nicht traurig sein, dass nun alles ans Licht gekommen ist. Hätte ich nicht versucht, dir Stammzellen zu spenden, wäre das Geheimnis für immer ein Geheimnis

geblieben. Ja, ich weiß, du wolltest das so. Aber ich bin doch froh, dass jetzt alle Karten auf dem Tisch liegen. So weh es mir anfänglich auch getan hat. Papa, so etwas darf man niemandem vorenthalten! So etwas muss jeder Mensch erfahren! Das ist mein gutes Recht. Dass Mama mich belogen hat, kann ich nun verstehen, wenn es auch genauso falsch war. Aber aus ihrer Sicht nur konsequent. Wenn sie mit dir nicht darüber sprach, durfte sie auch zu mir nichts sagen. Ja, ich habe Verständnis für sie, doch ich bin nach wie vor der Meinung, dass sie nicht richtig gehandelt hat. Aber okay, ich halte meinen Mund. Versprochen ist versprochen. Eigentlich gibt es nur eine Person, der ich so richtig gern die Meinung geigen würde: deine erste Frau. Was für eine blöde Tussi! Wenn man keine Kinder haben will, muss man sich selbst sterilisieren lassen und so was nicht vom Partner verlangen ...
Gruß und Kuss – Deine Tochter Amelie

Sie schwiegen, während sie über die Brücke zurückgingen. Maria hatte zu sprechen aufgehört, um Adrian die Möglichkeit zu geben, etwas zu erklären, aber er schien nicht zu spüren, dass sie den Atem anhielt und wartete. Erst auf der letzten Stufe fand sie sich damit ab, dass sie vergeblich wartete.

»Hast du alles organisiert mit dem Drachenflug?«

Über Adrians Gesicht ging ein Lächeln. »Morgen habe ich noch einen wichtigen Termin. Wenn alles gut geht, wird dann übermorgen ganz Venedig kopfstehen.«

»Ich dachte, das geschieht an dem Tag, an dem unsere Tochter heiratet.«

»Dann erst recht.«

»Hoffentlich sind morgen alle Hauptakteure in Venedig angekommen. Amelie hat noch nicht durchgegeben, welchen Flug sie nehmen wird. Und Sandro auch nicht. Seine Eltern müssten heute eintrudeln. Soviel ich weiß, haben sie ab heute ihr Apartment gebucht.«

Auf dem Campo San Bartolomeo blieb Maria so abrupt stehen, dass die Leiterin einer japanischen Reisegruppe in sie hineinlief. »Müssen wir es Cyrill nun auch sagen? Wenn er erfährt, dass er als Einziger im Unklaren geblieben ist …«

»Dass Leander lebt, ist nicht neu für ihn. Er ahnt es längst.«

»Aber wir wissen es, das ist etwas anderes. Und davon hat er keine Ahnung.«

Sie gingen Seite an Seite in die Calle degli Stagneri, dicht aneinandergedrängt, weil die Gasse sehr schmal war.

»Besser wäre es«, flüsterte Maria, »wenn Cyrill nichts erfahren müsste. Und Amelie auch nicht.«

»Sie wird nach Judy fragen.«

»Amelie weiß von dem Magen-Darm-Virus. Sie wird keinen Verdacht schöpfen, wenn wir sagen, Judy musste an den Tropf.«

Sie waren nun in der Nähe der Haustür angekommen, machten aber, ohne darüber zu sprechen, ein paar weitere Schritte und blieben auf der Brücke stehen, um den Kanal hinabzuschauen, die Gondeln zu verfolgen, den fotografierenden Japanern, die darin saßen, zuzulächeln.

»Ich werde morgen zu ihr gehen«, sagte Maria leise. »Sie muss mit mir reden. Und sie muss sich anhören, warum ich ihr nicht gesagt habe, dass Leander lebt.«

»Warum hat sie es genauso gehalten? Das könntest du sie ebenfalls fragen. Sie hat auch nicht darüber gesprochen, dass sie Leander gefunden hat.«

»Du meinst, wir sind quitt?«

Sie kamen nicht mehr dazu, Antworten auf ihre Fragen zu finden, denn mit einem Mal wurden sie von hinten angegriffen. Zwei Hände fuhren ihnen in den Nacken, und sie erstarrten vor Schreck.

Eins hatte Amelie Welhorn vom ersten Tag ihres Lebens an verinnerlicht: Es war schön, dass sie auf der Welt war. Dass es sie gab, hatte bei ihrer Mutter, ihrem Vater, eigentlich in der ganzen Familie, Entzücken ausgelöst, das wusste sie. Die Welt hatte auf sie gewartet. Kein Wunder, dass Amelie als sonniges Kind heranwuchs, zu einem Glückskind wurde, das sich das Leben nicht anders als schön vorstellen konnte.

Die Trennung ihrer Eltern war der erste und bisher gottlob einzige Stolperstein in ihrem Leben gewesen. Aber da es darüber hinaus nichts gab, was nicht nach ihren Vorstellungen verlief, verkraftete sie diesen Schicksalsschlag schnell und gut. Papa und Mama waren ja weiterhin beide für sie da, finanzielle Sorgen hatte die Auflösung der Ehe auch nicht gebracht, für keinen von ihnen.

Erst als sie zum Studium nach Köln ging, wurde ihr der eigene Stellenwert bewusst, den sie auch außerhalb der Familie besaß. Oder besser, er wurde ihr bewusst gemacht. Sie war bildhübsch, sie hatte vermögende Eltern, einen prominenten Onkel, eine Patentante, die mit einem berühmten Geiger verheiratet gewesen war, dessen erfolgreichste Melodie an allen Ecken und Enden der Stadt gespielt wurde! Nie zuvor war Amelie wegen der Verhältnisse, aus denen sie stammte, bewundert, bevorzugt oder gemocht worden. Erst in Köln, in Gegenwart vieler Kommilitonen, die von der Hand in den

Mund lebten, wurde ihr klar, dass sie privilegiert war, dass sie es immer schon gewesen war. Sie merkte nun auch, wie naiv sie war, weil sie es jetzt erst verstand. Bisher war sie eben nur mit Menschen zusammengekommen, die ebenso privilegiert waren wie sie.

Zum Glück gehörte sie nicht zu denen, die hochmütig wurden, wenn man ihnen vor Augen führte, dass das Schicksal ihnen einen besonders sonnigen Platz reserviert hatte. Amelie wurde nicht arrogant, blieb glücklich und aufgeschlossen, aber weiterhin anspruchsvoll, weil sie nie etwas anderes gelernt hatte, als vom Leben nur das Beste zu erwarten. Diese Haltung zeigte sich auch, wenn es um die Liebe ging.

Sie wies nie einen Mann ab, weil er ihr nicht bieten konnte, was sie vom Leben erwartete, nein, nie deshalb. Aber sie erkannte es sofort, als der Richtige ihr einen Antrag machte. Ihre Kommilitoninnen beglückwünschten sie, bewunderten sie, gerieten total aus dem Häuschen, weil sie einen Mann heiraten würde, der nicht nur reich, sondern auch noch attraktiv war, der alles hatte, was sich eine junge Frau wünschen konnte. Amelie lächelte dann, meistens ein wenig erstaunt, weil ihr gar nicht in den Sinn gekommen war, dass sie etwas bekam, von dem andere nur träumten. Sandro Pompili passte zu ihr und eine Hochzeit in Venedig passte zu der Ehe, die sie eingehen wollten, und zu dem Leben, das sie führen würden. Hätte Amelie es ausgesprochen, hätte es überheblich geklungen, möglich, dass sie es deshalb niemals so formulierte. Möglich aber auch, dass Amelie Welhorn überhaupt nicht in den Sinn kam, ihre Ansprüche könnten überheblich genannt werden.

Als sie vom Arzt erfuhr, dass ihre Gewebemerkmale derart von denen ihres Vaters abwichen, dass sie nicht einmal mit ihm verwandt sein konnte, war das in etwa ein Ereignis wie die Trennung ihrer Eltern. Bedauerlich, aber zu verkraften. Adrian blieb ja ihr Vater, sie hatten Stillschweigen vereinbart, und auf keinen Fall wollte Amelie mit Problemen konfrontiert werden, die sich aus der Bekanntschaft mit ihrem leiblichen Vater ergeben könnten. An ihm hatte sie keinerlei Interesse und begrüßte es, dass nie jemand mit ihr über diesen Mann gesprochen hatte. Ihre Mutter glaubte vermutlich, dass sie die Einzige sei, die davon wusste, und sie hatte zum Glück nie darüber gesprochen. Dass Maria nicht die alleinige Hüterin des Geheimnisses war, konnte sie ja nicht ahnen. Und Amelie hatte nicht die Absicht, sie mit der Realität zu konfrontieren. Manchmal interessierte es sie zwar, wie es hatte geschehen können, dass ihre Mutter sich während ihrer Ehe in einen anderen Mann verliebte, aber so groß, dass sie sich dafür mit unbequemen Wahrheiten konfrontieren ließ, war ihr Interesse nicht.

Maria hatte ein Wassertaxi kommen lassen. Es musste schnell gehen, sie musste bei Judy sein, ehe die anderen beim Frühstücken erschienen. Am besten wäre es, wenn sie schon zurück sein könnte, während ihre Familie noch im *Luce della Laguna* ihren Espresso schlürfte.

Der Morgen war noch nicht blau, erst hellgrau, aber schon silbrig glänzend, er war noch nicht weich und nachgiebig, er knisterte noch, aber er kündigte einen strahlenden Tag an. Maria hoffte sehr, dass das Wetter übermorgen, an Amelies Hochzeitstag, genauso schön werden würde. So, wie ihre Tochter es sich gewünscht hatte. Hell und sonnig!

Maria lächelte, während sie an der Gondelstation auf das Taxi wartete. Zum Glück waren alle Vorbereitungen erledigt. An diesem Tag würde es nur noch um Amelies Brautkleid gehen, ihre Frisur, ihr Make-up. Eine letzte Anprobe, ein letztes Gespräch mit dem Friseur, ein Probe-Make-up! Cyrill würde Zeit haben, noch kleinere Änderungen am Brautkleid vorzunehmen, aber vermutlich waren sie gar nicht nötig. Und wenn dann auch Sandro und seine Eltern eingetroffen waren, konnte eigentlich nichts mehr schiefgehen. Es sei denn, Judy – ihre Verfassung, ihr Zorn, ihre Trauer – machte ihnen einen Strich durch die Rechnung. Das durfte auf keinen Fall passieren. Amelie musste den schönsten Tag ihres Lebens genießen können. Unter allen Umständen! Sie war so glücklich gewesen, nachdem sie ihren Eltern einen gehörigen Schrecken eingejagt hatte. »Überraschung!« Lachend hatte sie sich über das Entsetzen der beiden amüsiert, die sich erst richtig freuen konnten, als sie ihr Zittern überwunden hatten.

Maria hatte ihre Tochter an die Brust gezogen, erschrak wie jedes Mal, wenn sie feststellte, wie mager Amelie war, und ließ geschehen, dass Adrian seine Arme um sie beide schlang. Sie war die Erste, die die Dreieinigkeit aufgab, der sie zu eng wurde. Stolz betrachtete sie Amelie, ihr schmales Gesicht mit den großen Augen, die langen blonden Haare, ihr Selbstbewusstsein, die Sicherheit, die sie ausstrahlte. Ihr Kind! Ihr geliebtes Kind! Das Wunder, das vor über zwanzig Jahren geschehen war, geschah in diesem Augenblick neu.

Amelie hatte es geschafft, ihre Arbeit liegen zu lassen, denn zu ihrer Überraschung hatten all ihre Kunden Verständnis dafür gehabt, dass sie zu ihrer eigenen Hochzeit unbedingt pünktlich erscheinen wollte. Maria schüttelte den Kopf darüber, dass Amelie offenbar nicht damit gerechnet hatte.

Sie war in das Haus an der Calle degli Stagneri geplatzt wie ein warmer Regen auf verdörrtes Land – oder auf brennende Wälder, je nachdem wie dramatisch man es ausdrücken wollte und auf welche Katastrophe es vor allem ankam. Dass Cyrill sich ihr weinend entgegenwarf, war nichts, was

Amelie aus der Ruhe brachte. Sie kannte das dramatische Talent ihres Onkels, das sich immer gleich äußerte, ob es um einen ruinierten Reißverschluss oder eine todbringende Krankheit ging. Und sie hatte mit einem Drama in mehreren Akten gerechnet, weil sie natürlich mitbekommen hatte, was die Sensationspresse in den letzten Tagen zu vermelden hatte. Nur die Tatsachen, dass Dörte Liesegang ihrem Mann auf die Schliche gekommen war und dass Mikes Management alle Versöhnungsversuche unterband, waren ihr neu. »Das klingt ja wirklich nach einer Katastrophe.«

Als Cyrill behauptete, Mike habe sowohl seiner Ehefrau als auch seinem Management die Stirn gezeigt, versucht, mit einem Boot zu seinem Liebsten zu gelangen, und sei dabei gekentert und allem Anschein nach ertrunken, wurde Amelies Blick jedoch gleich wieder wachsam. Sie sah ihre Mutter an. »Stimmt das?«

Da erst fiel Cyrill ein, dass er Maria ja beauftragt hatte, nach der leblosen Person zu forschen, von der im Radio die Rede gewesen war. »War es Mike?« Er führte beide Mittelfinger an die Schläfen, spreizte alle anderen so exaltiert wie möglich ab und schien darauf vorbereitet, entweder mit einem Schreikrampf oder mit überwältigender Tapferkeit auf den nächsten Schicksalsschlag zu reagieren.

Aber Maria schüttelte den Kopf. »Nein, eine Frau. Und sie ist auch nicht tot, sie wurde ins Krankenhaus eingeliefert und wird bald wieder gesund sein.«

Beinahe sah es so aus, als bedauerte Cyrill, dass seine persönliche Katastrophe nicht ganz so dramatisch ausgefallen war, wie er erwartet hatte. Dann fiel ihm ein, dass Marias Information bedeutete, dass sein Geliebter keineswegs einen waghalsigen Versuch unternommen hatte, zu ihm zurückzukehren, und er fing erneut zu jammern an.

Amelie fragte unauffällig, ohne ihren Onkel merken zu lassen, dass sie ihm nicht zuhörte: »Und was ist mit Tante Judy? Wo ist sie? Telefoniert sie noch mit David Garrett?«

Dass ihre Patentante im Krankenhaus lag, erschreckte Amelie weit mehr als Cyrills Lamento. Obwohl Maria versuchte, die Angelegenheit zu bagatellisieren, beschloss sie dennoch, Tante Judy am nächsten Tag einen Besuch abzustatten. »Ich kann mir meine Hochzeit ohne meine Patentante nicht vorstellen. So nervig sie auch manchmal ist. Außerdem muss sie von einer Programmänderung erfahren.«

Maria erschrak. Programmänderungen im letzten Moment hatten ihr gerade noch gefehlt.

»Sandro möchte nun doch nicht das *Ave Maria* beim Ringwechsel haben, sondern *Venezianische Liebe*. Ich muss Tante Judy fragen, ob es für sie in Ordnung ist, wenn wir dieses Lied spielen, das ist für sie ja sicher nicht einfach. Außerdem muss ich wissen, ob David Garrett das im Repertoire hat.« Amelie sprach diesen Namen aus, als handle es sich um einen Nachbarsjungen. Sie hatte in ihrem Leben schon zu viel Umgang mit Prominenten gehabt, als sich von einem großen Namen beeindrucken zu lassen.

Cyrill wurde aus seiner Verzweiflung gerissen. »David Garrett ist ein Weltstar. *Venezianische Liebe* spielt der, während er mit seinem Steuerberater telefoniert.«

»Fragt sich nur«, meinte Amelie, »ob er bereit ist, sein Talent für so einen Schmachtfetzen herzugeben. Aber ihr kennt ja Sandro. Der hat's gern gefühlvoll.«

Da Amelie nichts über die lukrative Nebentätigkeit ihres Onkels wusste, weil dieser der Meinung war, dass man erst mit Mitte dreißig in der Lage sei, angemessen mit einem Geheimnis umzugehen, hatte sich Cyrill nicht halb so heftig über die Herabwürdigung seiner kreativen Arbeit ereifern dürfen, wie er es gern getan hätte. In Wirklichkeit gefiel es ihm über alle Maßen, dass der Bräutigam sich für eine Melodie entschieden hatte, die seinem eigenen Genie zu verdanken war.

Das Taxi war pünktlich und Dr. Franchetti kam auf Maria zu, als hätte er auf sie gewartet. Sie streckte ihm lächelnd die Hand entgegen. »Wie geht es meiner Freundin?«

Kaum hatte sie die Frage gestellt, da fiel ihr der besorgte Blick des Arztes auf. Und im selben Moment wusste sie, dass etwas Schreckliches geschehen sein musste. »Um Gottes willen! Sie ist doch nicht…« Sie schaffte es nicht, das schreckliche Wort auszusprechen, von dessen Vorahnung sie wie von einem Pfeil getroffen worden war.

Dr. Franchetti antwortete nicht, sondern ging auf die Tür von Judys Krankenzimmer zu und öffnete sie. Maria folgte ihm mit zitternden Beinen und musste sich an einem Tisch festhalten, als sie sah, dass das Bett leer war. »Wo ist sie?«, brachte sie mühsam heraus.

Dass Dr. Franchetti die Schultern zuckte, verstand sie nicht. »So haben wir heute Morgen das Zimmer vorgefunden. Ihre Freundin… sie ist verschwunden.«

Commissario Scamozzi war kurz nach Maria eingetroffen, noch bevor sie darüber nachdenken konnte, was es bedeutete, dass Judy nicht in ihrem Bett lag, und niemand wusste, wo sie sich befand. Maria war noch aufgeregt zwischen Tür und Fenster hin- und hergerannt, hatte Dr. Franchetti immer wieder gefragt, wann er Judy zum letzten Mal gesehen habe, aber im nächsten Augenblick schon wieder vergessen, was er geantwortet hatte.

Das Eintreten des Commissarios sorgte endlich für Sachlichkeit. Wo die Polizei anwesend war, mussten Emotionen zurückbleiben, das war ja klar. Scamozzi begrüßte sie mit einem kurzen Handschlag, dann wandte er sich an den Arzt. »Wann ist Judith Emerick zum letzten Mal gesehen worden?«

Der Arzt wiederholte, was er auch schon zu Maria gesagt hatte: »Die Schwestern haben gestern Abend noch mit ihr gesprochen. Sie hat gegessen, das Bad benutzt, sich für die Nacht fertig gemacht … und heute Morgen war sie verschwunden.«

»Was glauben Sie?« Der Commissario zückte sein Notizbuch. »Geflüchtet oder gekidnappt?«

Maria, die soeben den Kleiderschrank öffnen wollte, fuhr herum. »Sind Sie verrückt geworden? Wovor sollte meine Freundin flüchten? Und wer sollte sie kidnappen?«

Nun wandte der Polizist sich ihr mit so erlesener Freundlichkeit zu, dass sie gleich misstrauisch wurde. »Das können Sie mir sicherlich verraten?«

»No!« Maria drehte sich um und öffnete nun den Schrank. »Meine Freundin hat keinen Grund, zu flüchten und …«

»Sie sagten, sie sei sehr vermögend. Dann ist Kidnapping nicht ausgeschlossen.«

Triumphierend zeigte Maria auf das Innere des Schranks. Er war leer. Sie lief ins Badezimmer und kam mit der gleichen Miene wieder zurück. »Alle ihre Sachen sind weg. Sie ist schlicht und einfach ausgezogen.« Munter improvisierte sie weiter: »Judy schläft nicht gern in fremden Betten. Wahrscheinlich hat sie kein Auge zubekommen und sich entschlossen, ein Taxi zu rufen und nach Hause zu fahren.«

»Aha!« Der Commissario tat so, als nähme er ihre Aussage ernst. »Und mit welchem Telefon hat sie das Taxi gerufen? Ihr Handy war in der Handtasche, die wir aus dem Canale gefischt haben. Die liegt erstens bei uns auf dem Revier, und zweitens ist das Handy sowieso unbrauchbar.«

»Es wird ja wohl einen Münzfernsprecher in diesem Haus geben.«

Der Commissario bejahte. »Aber woher hatte sie die Münzen? Ihr Portemonnaie befand sich ebenfalls in ihrer Handtasche.«

»Dann hat sie sich entweder ein Handy oder Geld geliehen.«

»Bei wem?«

»Was weiß ich!«

Dr. Franchetti wurde nervös, während der Commissario seinen Kugelschreiber aufs Nasenbein legte, als könnte ihm das beim Nachdenken helfen. »Dann müsste sie also während der Nacht oder spätabends wieder in ihrer Wohnung angekommen sein. Ist das richtig?«

Maria fiel es ein, noch ehe er sie darauf aufmerksam machen konnte. Auch Judys Wohnungsschlüssel hatte in der Handtasche gesteckt. Aber ganz gab sie sich noch nicht geschlagen. »Ich bin früh losgefahren heute Morgen. Meine Angehörigen waren noch nicht wach. Vermutlich hat Judy bei meinem Bruder, meinem Exmann oder meiner Tochter geklopft und hat dann bei einem von ihnen übernachtet.«

»Sie waren heute als Erste wach und gestern Abend als Erste im Bett?« Der Commissario zog die Schultern hoch und ließ sie ausdrucksvoll wieder fallen. »Sonst hätten Sie ja mitbekommen, dass Ihre Freundin zurückkehrt. Und Sie hätten ihr ein Bett in Ihrem Apartment angeboten.«

Maria gab es auf und ließ sich auf den einzigen Stuhl sinken, den dieses Zimmer zu bieten hatte. »Sie wird sich im Laufe des Tages bei mir melden, da bin ich ganz sicher.«

Der Commissario steckte seinen Notizblock wieder in die Innentasche seiner Jacke. »Also gut. Ich sehe auch keinen Anhaltspunkt für ein Verbrechen. Noch nicht! Wenn die Signora allerdings morgen nicht wieder auftaucht …«

»Das wird sie. Ganz bestimmt!« Maria war froh um die Galgenfrist, die sie erhalten hatte. Sie hatte etwas Zeit gewonnen, um mit Adrian zu besprechen, wie sie vorgehen sollten …

Nun stieg sie aus dem Wassertaxi und warf einen Blick zu Judys Fenster, als könnte sich dort etwas verändert haben, als könnte Judy es öffnen und ihr zuwinken. Doch hinter der Scheibe regte sich nichts. Jetzt kam es darauf an, Amelie und Cyrill nicht wissen zu lassen, was passiert war. Adrian war der Einzige …

Sie stockte. Wie selbstverständlich sie schon wieder mit seiner Hilfe rechnete! Aber wie sie allein mit den Problemen fertigwerden sollte, wusste sie nicht. Judy war verschwunden, Leander lebte, war aber ebenfalls verschwunden, Adrian war ein Lügner, jedoch der Einzige, der ihr helfen konnte. Es war verrückt! Amelie hatte Adrian Stammzellen spenden wollen, war jedoch aufgrund fehlender Übereinstimmung in den Gewebemerkmalen abgewiesen worden. Dass Maria das erst jetzt erfahren hatte, war noch verrückter. Und was hatte Adrian gemeint, als er sagte, er habe gar nicht mit einer Übereinstimmung gerechnet?

Maria wandte sich nicht nach links, um in die nächste Gasse, die Calle degli Stagneri, einzubiegen, sondern überquerte den Platz San Bartolomeo und ging zu dem kleinen Eisladen neben der Treppe, die zur Rialtobrücke hochführte. Eine riesige Kugel Zitroneneis! Die würde ihr die Kraft geben, in das Haus zurückzukehren, in dem ihre Familie wartete. Wie freudig hatte sie diesen Tagen entgegengeblickt! Amelies Hochzeit! Glücklich wollte Maria sein. So glücklich wie ihre Tochter selbst! Auch Judy hatte sich darauf gefreut – und nun? Nun war sie verschwunden. Cyrill war ebenso freudig erregt gewesen, als er nach Venedig aufbrach, nicht nur wegen Mike, sondern auch weil seine geliebte Nichte heiratete und er an dem Erfolg des Festes einen gehörigen Anteil haben würde. Aber nun litt er unter schwerstem Liebeskummer und Maria machte sich Sorgen, dass er in Amelies Schleier weinte und ihn damit ruinierte. Nichts war geblieben, wie es war und wie es sein sollte. Wahrscheinlich würde auch David Garrett nicht zur Stelle sein, so verkorkst wie die Organisation mittlerweile war. Was hatte Judy mit dem weltberühmten Geiger verabredet? Sicherlich wollte sie ihn persönlich vom Flughafen abholen und ins Hotel bringen. Maria hatte keine Ahnung, wann sein Flug kommen würde und welches Hotel für ihn gebucht worden war.

»Non piangere, Signora«, erklang da eine Stimme neben ihr.

Erschrocken wischte sie sich über die Augen. Sie weinte? Tatsächlich! Sie weinte. Wie konnte sie weinen in der Öffentlichkeit? Mit einem Zitroneneis in der Hand!

»Es kommen auch wieder gute Tage.« Der Verkäufer des Souvenirstandes hatte durchschaut, dass er es mit einer Deutschen zu tun hatte.

»Grazie«, schluchzte Maria und kaufte dem Mann eine Tasche ab, auf der stand: *I love Venice!* Danach fühlte sie sich tatsächlich getröstet und trat in den Schatten der Calle degli Stagneri. Zögernd überquerte sie die Brücke, ein Blick ins *Luce della Laguna* zeigte ihr, dass sie nicht darauf hoffen durfte, ihre Rückkehr und alle Fragen nach Judys Gesundheit mit Espresso, Tramezzini und Bruschette zu panschen und zu verdünnen, bis sie viel gesagt und wenig preisgegeben hatte. Kein Angehöriger saß dort. Blieb zu hoffen, dass im Palazzo nur noch von Hochzeit die Rede war, dass Sandro bald eintreffen würde, dass seine Eltern auch aus Mailand eingetroffen waren, einen Besuch bei den Brauteltern machten und keine Zeit blieb, näher auf die Gesundheit von Amelies Patentante einzugehen.

Als sie den Schlüssel ins Schloss der Haustür steckte, lehnte sie die Stirn an die Tür und konnte sich nicht entschließen, sie aufzustoßen. Das war auch gar nicht nötig, denn sie wurde von innen aufgerissen und Maria fand sich unversehens an der Brust von Sandros Vater wieder.

Der Tag wurde dann tatsächlich zu einem dieser Tage, die vorüberrauschen, ohne Kontur zu erhalten, ohne zu einem Tag mit einem Ziel zu werden, ohne sich einteilen oder gar mit zwei, drei Mahlzeiten zu etwas Geregeltem machen zu lassen.

Sandros Eltern hatten mittlerweile ihr Ferienapartment bezogen, das nur wenige Gassen weiter lag, sich frisch gemacht und umgezogen und erschienen im Palazzo, in dem die Familie der Braut residierte. Das Ehepaar erwies sich als äußerst umgänglich, sie priesen die Braut und ihr wunderschönes Kleid, sie waren auch so freundlich, ausdrücklich den Designer zu loben, was für gute Stimmung im Hause sorgte, denn Cyrills Laune wurde immer gern zum Maßstab für alles andere genommen. Die Pompilis waren es auch, die auf die Idee kamen, Giovanni um ein Mittagessen zu bitten, das Jacopo ins Haus lieferte, der damit erfreulicherweise für zeitraubenden Trubel sorgte. Denn er ließ zunächst den Topf mit den Spaghetti fallen und daraufhin vor lauter Schreck auch das Tiramisu. Cyrill schickte mehrere Dankgebete zum Himmel, weil das Brautkleid nicht in der Nähe gewesen war, und Sandros Mutter, die mit mehreren Venezianerinnen befreundet war und sich häufig in der Lagunenstadt aufhielt, fiel auf der Stelle eine Frau ein, die den ganzen Dreck wieder wegmachen konnte. Jacopo traute sie auf diesem Gebiet nicht viel zu, wohl aber der Putzfrau irgendeiner Bekannten, die zunächst mal ins Haus kam, um die Schweinerei in Augenschein zu nehmen. Bis sie ihre Putzfrau verständigt und diese eingewilligt hatte, umgehend zu erscheinen, vorausgesetzt, der Vaporetto von San Silvestro nach Rialto lege pünktlich ab, war angenehm viel Zeit verstrichen, in der niemand daran dachte, sich intensiv nach Judys Wohlergehen zu erkundigen. Eine kurze Frage von Amelie und eine noch kürzere von Cyrill waren bisher alles gewesen, was Maria zu bewältigen gehabt hatte. Dass jemand, der unter einem Magen-Darm-Virus litt, Gefahr lief, zu dehydrieren, und deswegen an den Tropf musste, leuchtete jedem sofort und ohne lange Diskussionen ein. Und dass außerdem niemand in allen Einzelheiten über die unappetitlichen Begleitumstände dieser Erkrankung informiert werden wollte, war ein weiterer angenehmer Aspekt. Ohne dass es ausdrücklich gesagt wurde, hielt jeder Judys Erkrankung für eine Lappalie und war sicher, dass übermorgen, zur Hochzeit, alles wieder gut sein würde.

Dass Giovanni zwei Flaschen Prosecco geschickt hatte, um Jacopos Missgeschick wiedergutzumachen, spielte Maria ebenfalls in die Hände, und dass Sandros Vater den Korken an die Decke knallen ließ, sorgte für lang anhaltende Erheiterung, die sich erst legte, als Maria und Sandros Mutter sich gegenseitig die Terrakottaperlen aus den Haaren gezupft hatten, denn der Korken war in dem Topf einer üppigen Zimmerpalme gelandet, als er von der Decke zurückprallte.

Es waren also bereits Stunden verstrichen, in denen nichts als gute Laune herrschte, von der sich auch die Stylistin anstecken ließ, während sie Amelie das Probe-Make-up auftrug. Als dann auch noch Sandro erschien und wildes Kreischen einsetzte, weil er um ein Haar, ohne es zu wollen, einen Blick auf das Brautkleid erhascht hätte, war der Frohsinn auf seinem Höhepunkt angekommen und nicht mehr zu bändigen. Längst hatte er eine hysterische Form angenommen, in der sogar über die Fliege an der Wand gelacht wurde, und als Maria sich ernsthaft mit der Frage auseinandersetzte, wo eigentlich Adrian geblieben war, ging der Tag schon beinahe zur Neige. Jedenfalls war der Schein der Sonne goldener geworden, die Wärme stand nicht mehr zwischen den Häusern, sondern stieg zum Himmel auf, und in den ganz engen Gassen wurden bereits die Lichter angemacht.

Nun endlich wurde Maria konkret und fragte Amelie: »Wo ist dein Vater?«

»Der hat zu tun.« Amelie tupfte sich die Maske vom Kinn, die die Stylistin aufgetragen hatte, damit schon jetzt, zwei Tage vor der Hochzeit, ihre Haut mit Feuchtigkeit versorgt wurde. Dass sie nicht einziehen, sondern ins Proseccoglas tropfen würde, davon hatte die Stylistin nichts gesagt.

Sandro musterte seine Braut derart entgeistert, dass Maria sich wünschte, er wäre erst später in Venedig erschienen. Männer sollten nicht zu früh, auf keinen Fall vor der Hochzeit, mit Maßnahmen zur Verschönerung konfrontiert werden, solange sie noch daran glaubten, dass die Attraktivität ihrer Zukünftigen etwas Naturgegebenes war.

Sandros Eltern hatten im Laufe des Tages mindestens ein Dutzend Mal den Satz geäußert: »Nun müssen wir aber gehen«, waren dann aber doch geblieben. Auch deshalb, weil die beiden dem Vater der Braut bei ihrem Eintreffen nur ganz kurz die Hand gereicht und das Versprechen erhalten hatten, sich später ausführlich zu unterhalten.

Maria begann unruhig zu werden. Niemand wusste, was Adrian vorgehabt hatte. Nur, dass er beruflich unterwegs war, konnten Amelie und Cyrill mit Sicherheit sagen. Und auch Maria vermutete, dass es um den Drachenflug ging, den Adrian sich in den Kopf gesetzt hatte. Er hatte ja angekündigt, dass er einen wichtigen Termin zu diesem Thema haben würde. Wahrscheinlich war es notwendig gewesen, den Bürgermeister auf ein Essen einzuladen, seine Gattin auf einer Gondelfahrt zu begleiten und den Kindern eine Tour mit dem Schnellboot zu spendieren. So was konnte sich leicht über den ganzen Tag hinziehen.

Am frühen Abend sagten die Pompilis ein weiteres Mal: »Nun müssen wir aber gehen«, ließen sich jedoch auch diesmal überreden, zu bleiben und zusammen mit der Familie der Braut im *Luce della Laguna* zu Abend zu essen.

»Aber nur ein paar Antipasti!«, sagte Signora Pompili energisch, doch ihr Mann sah so aus, als könnte er sich durchaus vorstellen, es bis zum *dolce* und zum Grappa auszuhalten.

»Amelies Vater würde uns nie verzeihen, wenn wir nicht auf ihn warten.«

Das sah auch seine Gattin ein, der Höflichkeit über alles ging. Und Maria rechnete heimlich nach, dass die Pompilis nun schon seit gut sieben Stunden auf Adrians Rückkehr warteten. Allmählich wurde ihr die Sache unheimlich. War nach Judy und Leander nun etwa auch Adrian verschwunden?

Aber ihre Sorge war unbegründet. Giovanni stellte gerade eine riesige Vorspeisenplatte auf den Tisch, die Pompilis gerieten sich gerade in die Haare, weil die Signora festgestellt hatte, dass ihr Mann die silbergraue Krawatte nicht eingepackt hatte, und Amelie diskutierte mit Sandro die Notwendigkeit, seine jüngste Schwester beim Hochzeitsessen in die Nähe eines Junggesellen zu platzieren … da öffnete sich schwungvoll die Tür und Adrian kam herein. Lachend, strahlend, ohne ein Wort der Entschuldigung, in der sicheren Erwartung, dass sein Erscheinen Freude auslösen würde. Er küsste Signora Pompili die Hand, schüttelte die ihres Gatten besonders lange und herzlich, drückte seine Tochter an sich, klopfte die Schultern seines Schwiegersohns, puffte Cyrill in die Seite und zog Maria in seine Arme. »Alles klar?«, fragte er flüsternd, ohne auf eine Antwort zu warten. Er schien durch die heitere Grundstimmung am Tisch zu der Ansicht zu kommen, dass alles in bester Ordnung war. Und so, dass jeder es hören konnte, fragte er: »Wie geht's Judy? Ist sie noch im Krankenhaus?«

Amelie war es, die antwortete: »Hoffentlich schaffe ich es morgen früh noch, sie zu besuchen.« Sie sah Maria auffordernd an. »Oder gehst du zu ihr? Wir müssen doch wissen, ob sie zur Hochzeit wieder fit sein wird.«

An dem Gespräch über die Aussicht, die Hochzeit ohne

die Patentante feiern zu müssen, beteiligte Maria sich nicht. Sie beobachtete nur Adrian, der den Eindruck erweckte, als hätte es in den letzten Tagen nie ein Problem gegeben. So war es früher schon gewesen! Sein beruflicher Erfolg war der Maßstab aller Dinge gewesen. Nach einem guten Geschäftsabschluss war das Leben wunderbar, auch wenn Maria mit Ladendiebstählen zu tun hatte, unter Zahnschmerzen und der Aussicht auf eine Wurzelbehandlung litt und sich die Nächte für eine Freundin um die Ohren schlug, die stundenlang mit ihr am Telefon das Scheitern ihrer Ehe diskutieren wollte. Hauptsache, Adrian war erfolgreich! Seine gute Laune an diesem Abend war garantiert der Tatsache zu verdanken, dass er den Bürgermeister davon überzeugt hatte, ein gelegentlicher Drachenflug über den Canale Grande würde der Stadt zu mehr Einnahmen verhelfen als die Überflutung Venedigs durch Kreuzfahrtschiffpassagiere, die die Stadt vereinnahmten, verdreckten, verstopften und dann auf ihr Schiff zurückgingen, sich dort an die Reling stellten und voller Abscheu den Massentourismus betrachteten.

Giovanni war nach wie vor der Meinung, dass er an der Gruppe der Deutschen einiges wiedergutzumachen hatte, und brachte auf den Tisch, was sein Keller und seine Küche hergaben. Bei jedem zweiten Getränk sagte er: »Geht aufs Haus!«, und da es unhöflich wäre, ein Geschenk zurückzuweisen, tranken alle wesentlich mehr, als ihnen guttat, und überdies viel mehr, als sie sonst zu konsumieren pflegten. Sogar das Brautpaar schlug über die Strenge, obwohl Amelie ihren Zukünftigen immer wieder daran erinnerte, dass man in zwei Tagen körperlich in Hochform sein müsse. Sandro war davon überzeugt, dass ein Tag der Rekonvaleszenz vollkommen ausreiche, um danach topfit zu sein.

Maria war die Einzige, die sich dem Alkohol entzog, indem sie der Topfpflanze, die hinter ihr stand und vor sich hin kümmerte, den Todesstoß verpasste. So war sie auch die Erste, die sich verabschiedete, um schlafen zu gehen. Das war der Moment, in dem Adrian einfiel, dass es doch ein paar ungelöste Probleme gab. Er machte den Versuch, in die Höhe zu kommen – »Warte, ich komme mit…« –, wurde aber von Cyrill wieder auf den Stuhl gedrückt, der gerade gemerkt hatte, dass Alkohol zwar keine Probleme löste, sie aber erträglicher machte.

»Maria ist schon ein großes Mädchen. Die braucht keine Gutenachtgeschichte mehr.«

Tatsächlich ließ Adrian sich festhalten, sandte Maria aber einen Abschiedsblick, der ihr sagen sollte, dass er bei ihr anklopfen würde, wenn er sich denn endlich von dieser munteren Gesellschaft gelöst hatte.

Maria ignorierte seinen Blick und schloss sorgfältig hinter sich ab, nachdem sie ihre Wohnung betreten hatte. Adrian würde klopfen und rufen können, wie er wollte, sie würde ihn nicht hören und ihm auf keinen Fall öffnen. Wenn ihm seine Geschäfte wichtiger waren als Judy und Leander, dann würde sie eben allein dafür sorgen, dass Amelies Hochzeit nicht beeinträchtigt wurde. Wie sie das anstellen sollte, war ihr zwar noch nicht klar, aber nach einer ausgedehnten Nachtruhe würde ihr vielleicht etwas einfallen. Ihr musste etwas einfallen! Denn morgen würde der Commissario eine Erklärung von ihr haben wollen und auch Amelie würde sich morgen nicht mehr damit abspeisen lassen, dass ihre Patentante am Tropf hing. Morgen musste Judy in der Mitte der Familie auftauchen. Als leibhaftige Patentante oder als Gespenst!

Am nächsten Morgen, schon gleich nach dem Aufwachen, bereute sie es, sich so zeitig zurückgezogen zu haben, und litt unter dem Gefühl, ausgeschlossen gewesen zu sein. Sie würde gleich beim Frühstücken im *Luce della Laguna* nicht über die gleichen Späße lachen können wie die anderen, würde Anzüglichkeiten nicht verstehen und sich am Ende darüber ärgern, dass die anderen ihr etwas voraushatten. Und vor allem würde sie sich ärgern, weil sie mit ihrer Sorge um Judy allein geblieben war.

Maria erhob sich schwerfällig und ging zum Fenster, um einen Blick auf den Canale della Fava zu werfen. Es war ruhig dort. Die Gondeln hatten ihren Betrieb noch nicht aufgenommen, es waren nur ein paar Boote unterwegs, die Vorräte in die Hotels und Restaurants brachten. Wie viel Zeit würde sie an diesem Tag haben, um sich mit Judys Schicksal zu beschäftigen? Dieser Tag vor Amelies Hochzeit würde angefüllt sein mit den letzten Vorbereitungen. Ihre Pflicht als Brautmutter war es, jede Unruhe von der Braut fernzuhalten, dafür zu sorgen, dass die Nervosität nicht überhandnahm und der Bräutigam nicht in die Nähe des Brautkleides kam. Das konnte, wenn es schlecht lief, ein Programm sein, das den Tag ausfüllte. Aber zwischendurch würde Commissario Scamozzi auftauchen und sich erkundigen, ob sie etwas von Judy gehört hatte. Wenn sie Pech hatte, würde jemand Zeuge ihres Gesprächs mit ihm sein, und wenn sie genauso ahnungslos war wie gestern, würde der Kommissar eine Fahndung einleiten. Judy würde gesucht werden wie das Opfer eines Verbrechens! Und wenn man sie fand, würde womöglich auch Leander gefunden und identifiziert werden.

»Himmel! Wo sind die beiden bloß? Und warum sind sie abgehauen?« Maria stellte sich diese Frage mehrmals hintereinander, ohne zu einer Antwort zu finden.

Die Braut war erstaunlicherweise die Ruhe selbst, saß schon im *Luce della Laguna,* als Maria eintrat, und ließ sich ein Croissant schmecken. Sandro wollte in der Wohnung seiner Eltern frühstücken, wo er auch nächtigen musste, weil natürlich ein Bräutigam in den Tagen vor der Trauung nicht unter demselben Dach schlafen durfte wie die Braut. Er würde sich anschließend mit seinem Bruder, der in der Nacht in Venedig eingetroffen war, auf die Suche nach einer Fliege machen, die seiner Staffage noch fehlte. Die Gefahr, dass er etwas sah, was bis morgen ein Geheimnis bleiben sollte, war also fürs Erste gebannt. Maria entspannte sich. Vielleicht würde der Commissario gleich erscheinen, um zu verkünden, dass Judy wieder ins Krankenhaus zurückgekehrt war und einen total harmlosen Grund für ihr Verschwinden angegeben hatte? Dumm nur, dass es dann immer noch ihre Aufgabe war, den Besuch der Polizei vor dem Rest der Hochzeitsgesellschaft geheim zu halten. Die kurze Entspannung wich prompt wieder von ihr, sie betrachtete Giovannis Frühstücksangebot, als könnte sie sich nicht entschließen, irgendetwas davon ihrem Magen zuzuführen.

Cyrill dagegen erschien mit unbändigem Appetit und dem Vorsatz, Mike für zwei Tage zu vergessen, damit er sich ganz und gar der Brautausstattung seiner Nichte widmen konnte.

»Was ist eigentlich mit David Garrett?«, fragte er kauend. »Hat Judy dir gesagt, wie er empfangen werden soll?«

Maria fuhr der Schreck durch alle Glieder. David Garrett! Den hatte sie total vergessen. Stand der vielleicht gerade in diesem Augenblick am Flughafen und hielt nach der Eskorte Ausschau, die er zu Recht erwartete? Würde er von Autogrammjägern bedrängt und konnte sich nicht wehren, weil er nicht wusste, wohin er sich wenden sollte? Ein David Garrett konnte schließlich nicht einfach in den nächsten Vaporetto steigen und ins Hotel fahren. Das Boot würde ja glatt kentern, wenn die Mitreisenden ihn erkannten und versuchten, mit ihm auf ein Foto zu kommen. Hatte Judy überhaupt ein Hotel für ihn gebucht?

»Ich habe keine Ahnung«, stieß sie hervor. »Was machen wir denn jetzt?«

»Ruf Judy an«, schlug Amelie vor. »Vielleicht hat sie ja alles längst geregelt.«

Maria starrte auf ihren leeren Teller und nickte. Was sollte sie auch sonst tun? Etwas anderes, als den Kopf auf- und abzubewegen, blieb ihr nicht.

»Wo ist dein Vater?«, fragte sie Amelie, um sich selbst abzulenken. Vielleicht würde sie ja doch noch eine Chance bekommen, mit Adrian zu reden.

»Schon unterwegs«, verkündete Amelie. »Dass der sich ausgerechnet am Tag vor der Hochzeit noch so einen Stress machen muss …«

Maria runzelte die Stirn. »Geht's immer noch um diesen Drachenflug? Damit hätte er wirklich warten können, bis ihr in den Flitterwochen seid.«

Amelie betastete ihre Haut, um festzustellen, ob sie eine weitere Gesichtsmaske nötig hatte. »Mir scheint, Papa will das unbedingt noch heute über die Bühne bringen. Beinahe kommt es mir so vor, als hätte dieser Drachenflug etwas mit unserer Hochzeit zu tun.«

Das war der Moment, in dem Maria den Commissario aus dem Polizeiboot steigen sah, das an der Gondolierestation angelegt hatte. Sie sprang so hastig auf, dass sie beinahe ihre Tasse umgestoßen hätte. »Bin gleich zurück.« Die Fragen, die ihr nachgerufen wurden, beantwortete sie nicht.

Sie erwartete den Commissario vor der Haustür. »Gibt's was Neues?« Sie spielte mit ihrem Schlüssel, unschlüssig, ob sie den Polizisten mit in ihre Wohnung nehmen sollte, wenn er nichts anderes zu vermelden hatte als sie selbst. »Ist meine Freundin ins Krankenhaus zurückgekehrt?«

Der Commissario sah mit einem Mal deprimiert aus. »Demnach ist sie auch bei Ihnen nicht aufgetaucht?«

Maria steckte den Hausschlüssel wieder weg. »Was nun?«

»Ich muss eine Fahndung einleiten.«

»Warum?«, fragte Maria. »Es gibt keinen Grund. Meine Freundin ist ein freier Mensch. Wenn sie nicht im Krankenhaus bleiben will, kann sie gehen. Sie daran zu hindern wäre Freiheitsberaubung.«

Der Commissario atmete tief durch. »Bevor Ihre Freundin verschwunden ist, wurde ein Mann gesehen, der sich im Krankenhaus aufhielt, obwohl die Besuchszeit längst vorbei war. Er könnte etwas mit dem Verschwinden von Frau Emerick zu tun haben.«

»Kidnapping?«

»Wir können es nicht ausschließen.«

»Wie sah der Mann aus?«

»Groß, schlank, grauhaarig, gebeugt, Ende fünfzig.«

Leander! So hätte Maria ihn auch beschrieben.

Der Commissario trat dichter an sie heran. »Signora«, begann er mit geheimnisumwitterter Stimme. »Wenn es einen Erpresserbrief gegeben hat, dann ist es besser, Sie zeigen ihn mir. Jeder Kidnapper verlangt: keine Polizei! Aber es ist ein Fehler, wenn Sie die Polizei nicht einschalten.«

In diesem Moment sprang die Tür zum *Luce della Laguna* auf und Cyrill stürmte heraus. Ja, er stürmte! Maria hatte ihn seit seiner Kindheit nicht mehr stürmen sehen. Aber nun schien es ihm nicht nur auf einen Eindruck anzukommen, sondern tatsächlich auf das Maß seiner Geschwindigkeit. Er wollte irgendwohin und zwar so schnell wie möglich. Das schien ihm derart wichtig zu sein, dass er den beiden jungen Mädchen, die ihm auf der Brücke entgegenkamen und ihn erkannten, keinen einzigen Blick zuwarf. Maria war sogar sicher, dass er ihnen ein Autogramm verweigert hätte, wenn sie auf die Idee gekommen wären, ihn darum zu bitten.

Amelie folgte ihm auf dem Fuße. »Da ist irgendwas an der Rialtobrücke los«, informierte sie ihre Mutter. »Papa hat angerufen, wir sollen sofort kommen. Vor allem Onkel Cyrill. Papa hat so eine komisch Andeutung gemacht…«

Maria sah den Commissario unsicher an, wollte wissen, ob seine Befragung zu Ende sei, ob sie sich ihrer Tochter und ihrem Bruder anschließen dürfe… da klingelte das Telefon des Polizisten. *»Pronto!«* Er lauschte nur ganz kurz, sein Gesicht wurde lang, das Kinn sackte herab. *»D'accordo!«*

Er lief schon los, während er noch das Handy in seiner Hosentasche unterbrachte. »Da passiert irgendwas. An der Rialtobrücke! Irgendein Idiot…« Den Rest bekam Maria nicht mehr mit.

In, auf, an und am Fuß der Rialtobrücke war der Teufel los. Was genau vor sich ging, begriff Maria nicht, und die meisten Leute, die versuchten, sich ans Geländer zu drängen, wussten es anscheinend ebenso wenig. Aber die Presse war vertreten, sogar eine Fernsehkamera war gesichtet worden, also musste etwas Außergewöhnliches geschehen. Maria suchte nach Amelie, aber ihre Tochter war im Gewühl untergetaucht.

»Maria!«

Sie sah um sich, konnte aber niemanden entdecken, der ihren Namen rief.

»Maria!«

Das war… ja, Adrians Stimme. Eindeutig. Aber wo war er?

»Maria!«

Nun endlich sah sie ihn. Er stand auf einem Podest in der Mitte der Brücke, beim Übergang von den Stufen zum Balkon, überragte alle anderen und winkte sie mit heftigen Bewegungen heran.

Maria hatte Mühe, sich durchzukämpfen, trat einigen auf die Füße, musste andere beiseiteschieben und wies dann immer wieder zu dem großen Mann, der sie rief.

Trotzdem dauerte es lange, bis sie endlich bei Adrian

angekommen war. Und sie spürte, noch bevor er sie zu sich auf den Podest ziehen konnte, dass das Ereignis nun Gestalt annahm. Einer nach dem anderen schien zu begreifen, was geschah. Alle schauten in den Himmel, einige sahen etwas, die anderen bemühten sich darum, es ebenfalls zu erkennen. Bevor auch Maria hochblickte, entdeckte sie Cyrill, der neben Adrian auf- und absprang. Ja, er sprang, winkte mit beiden Armen und kreischte etwas, was sie nicht verstehen konnte. Aber die Journalisten, die ihn umringten, die Kameras, die klickten, die Mikrofone, die auf ihn gerichtet waren, schienen alles genau mitzubekommen.

»Es war doch gut, dass ich ihm einen Tipp gegeben habe«, sagte Adrian, während er für einen sicheren Stand ihrer Füße neben seinen sorgte: »Natürlich sollte es eine Überraschung sein, aber Cyrill hätte mir nicht verziehen, wenn er morgen in den Zeitungen als begriffsstutziger Tölpel erschienen wäre statt als strahlender Liebhaber.«

»Was ist denn los?«, fragte Maria. »Ich versteh's immer noch nicht.«

Adrian wies nach oben, wo sie jetzt ein kleines Leichtflugzeug entdeckte, das auffällig langsam über der Rialtobrücke abdrehte, als hätte es seine Aufgabe erfüllt, könne zurückfliegen und dort landen, wo es gestartet war.

»Der Pilot hat das super gemacht«, erklärte Adrian zufrieden. »Und Mike auch. Genau im richtigen Moment das Seil gekappt. Sieh doch.«

»Mike?« Nun endlich entdeckte Maria die eigentliche Sensation. »Ein Drachenflieger!«

»Hängegleiter«, korrigierte Adrian, »das ist die korrekte Bezeichnung.«

»Klugscheißer!«

Adrian lachte. »In der gewünschten Flughöhe trennt der Hängegleiter die Verbindung zum Seil und fliegt frei weiter.

Das schleppende Flugzeug darf nicht schneller als die zulässige Geschwindigkeit des Hängegleiters sein. Daher werden besonders langsame Ultraleichtflugzeuge eingesetzt. Damit können Höhen von tausend bis zweitausend Meter erreicht werden. Außerdem kann ein erfahrener Schlepppilot den Hängegleiter direkt in einen thermischen Aufwind ziehen.«

»Du hast den Bürgermeister überredet?«

»Das nicht, aber … es gibt Grund genug anzunehmen, dass er beide Augen zudrücken wird.«

Nun zog der Drachenflieger – Maria weigerte sich still, einen anderen Ausdruck zu benutzen – über die Rialtobrücke. Er war nicht zu erkennen, aber die Kusshände, die er Cyrill zuwarf, sah jeder. Und als Cyrill kreischte: »Mike! Mike!«, war im Nu heraus, um wen es sich handeln musste.

»Mike Reinert?«

Die Flamme von Marias spontaner Freude fiel in sich zusammen, als hätte die Sorge hineingepustet. »Wo wird er landen?«

»Im Wasser«, gab Adrian zurück. »Sein Hängegleiter ist eine Spezialausführung.« Er zeigte auf eine große weiße Jacht, die im Canale Grande dümpelte. »Das Boot wird ihn aufnehmen. Und dann weiß alle Welt, dass Mike Reinert sich für die Liebe entschieden hat.«

»Mein Gott!« Maria war überwältigt. Doch ihre Betäubung hielt nicht lange an. Sie griff nach Adrians Arm, als sie sah, wie der Drachenflieger immer tiefer sank und Anstalten machte, auf den Booten zu landen, auf denen prompt hektische Planlosigkeit ausbrach. Sämtliche Bootsführer hatten noch oben gesehen, die Motoren gedrosselt, die Hände über die Augen gelegt. Auf dem Canale Grande herrschte Chaos, weil das sonstige Durcheinander, alles Zügige, Schnelle, alles Vorschießen und Ausweichen, das Fließende und Stockende, zum Erliegen gekommen war. Der Drachen senkte und senkte sich weiter, schien zu vibrieren, zu wackeln, zu schwanken.

»Wie lenkt er eigentlich?«, fragte Maria aufgeregt.

»Mit seinem Körper«, gab Adrian zurück, aber seine Stimme verlor nun das Siegessichere. »Er passt nicht auf. Was ist los?« Aufgeregt winkte er, als könnte er Mikes Flug dirigieren. »Er muss noch weiter geradeaus. Was macht er denn da? Er hat anscheinend seinen Landepunkt aus den Augen verloren. Dabei muss er noch ein paar Kreise fliegen.« Seine Stimme zitterte nun, Maria sah Angst in seinen Augen. »Gegenanflug, Queranflug, Endanflug … Mike scheint alles vergessen zu haben.« Er griff hart nach Marias Arm. »Oh, mein Gott!«

Maria war derart fassungslos, dass sie kein Wort herausbrachte. Ein Schrei ging durch die Menge auf der Rialtobrücke, Cyrills Schrei übertönte sie alle ohne Mühe. Der Drachenflieger war mit einem riesigen Platsch im Canale Grande gelandet, weit von der weißen Jacht entfernt, aber sehr nahe an einem kleinen Boot, auf dem sich drei Personen befanden. Befanden hatten …

Die Welle, die der aufschlagende Drachen verursacht hatte, reichte aus, um das Boot zum Kentern zu bringen. Die Personen, eine Frau und zwei Männer, schwammen schimpfend im Canale Grande, Mike Reinert lag noch immer bäuchlings auf seinem Drachen und trieb auf die weiße Jacht zu.

In diesem Moment baute sich Commissario Scamozzi vor Adrian auf und sah ihn streng an. »Ich darf Sie ersuchen, unverzüglich mitzukommen, Signore. Wie unschwer zu erkennen ist, sind Sie der Drahtzieher dieser … dieser Angelegenheit. Ich gehe wohl recht in der Annahme, dass der Drachenflug nicht genehmigt wurde?«

Adrian sprang von dem Podest. »Doch, doch, so quasi …«

Aber der Kommissar hörte nicht auf seine Ausflüchte. Er stellte Adrian vor die Alternative, ihm freiwillig zu folgen oder in Handschellen abgeführt zu werden.

Maria riet Adrian dringend, sich für die erste Variante zu entscheiden. Sie war froh, dass die Umstehenden keinen Blick für das hatten, was mit Adrian geschah, alle waren nur froh, dass sein Platz auf dem Podest frei wurde. Im Nu hatte ein junger Mann es erklommen, der laut jubelte, als er den Überblick über das Geschehen genießen konnte. »Die Jacht nimmt ihn auf. Die drei Schiffbrüchigen auch! Nein … doch nicht.«

Maria warf einen Blick zurück, ehe sie Adrian und dem Commissario folgte. Ein Polizeiboot hatte sich der Unfallstelle genähert und zog nun die drei Menschen, die um das umgekippte Boot herumschwammen, über die Reling.

Das Boot, mit dem der Commissario gekommen war, lag noch immer unter Judys Fenster an der Gondelstation. Davor standen zwei Gondolieri, die sich schrecklich darüber aufregten, dass die venezianische Polizei ihnen ihr Geschäft kaputt machte, indem sie verhinderte, dass ihre Kunden an dieser Stelle die Gondeln, die nun an ihrem langen Tau ein paar Meter weiter trieben, wo es keine Treppe gab, besteigen konnten. Scamozzi wurde mit erregten Stimmen, aufgebrachten Gesten und vielen, vielen Vorwürfen empfangen. Er jedoch reagierte nicht darauf, ließ das Gezeter an sich abprallen und kümmerte sich ausschließlich darum, dass Adrian das tat, was von ihm verlangt wurde. Marias Wunsch, ihren Exmann zu begleiten, wies er rundweg zurück. »Oder können Sie etwas zu diesem Sachverhalt beitragen?«

Dazu fiel ihr spontan nichts ein, aber eine Antwort wäre sowieso nicht beachtet worden. Denn in diesem Augenblick klingelte wieder das Handy des Commissarios. *»Pronto!«* Er ließ Adrian nicht aus den Augen, während er das Gespräch annahm, als hielte er ihn für einen ausgebufften Schurken, der eine kleine Ablenkung zur Flucht nutzen könnte.

Maria starrte in das Gesicht des Polizisten, konnte sehen,

wie sich darin etwas veränderte, sah das Staunen, mit dem er Adrian und sie auf einmal bedachte, und dann sein Bemühen, diese Verwunderung hinter einer amtlichen Miene zu verbergen. »Ich habe meine Meinung geändert«, sagte er zu Maria. »Sie kommen auch mit.«

Maria, die kurz vorher noch genau das gewollt hatte, fühlte sich nun mit einem Mal nicht mehr wohl bei der Aussicht, dem Commissario in die Questura zu folgen. »Warum?«

Scamozzi maß sie mit einem Blick, der voller Skepsis war. »Wie passt das alles zusammen?« Maria verstand seine Frage nicht. »Aber das werden wir jetzt herausfinden.«

Er schob Adrian auf das Polizeiboot und Maria gleich hinterher. Adrian wurde von einem anderen Beamten in Empfang genommen und rüde auf einer Bank platziert, Maria noch wie ein Gast behandelt. Aber sie spürte, dass es damit jeden Augenblick ein Ende haben konnte.

Der Argwohn stand immer noch in den Augen des Commissarios. »Ich habe gerade den Namen der Frau erfahren, die mit dem Boot gekentert ist. Schon wieder gekentert.«

»Schon …« Maria verschlug es die Sprache. »Sie wollen damit sagen …«

»Ja, Ihre Freundin saß in dem Boot, das durch diesen Schlagersänger …« Er starrte den Canale entlang, in den das Polizeiboot nun stach, als müsste er lange nachdenken, um auf den Namen zu kommen. Dabei war Mike Reinert in Italien beinahe genauso berühmt wie in Deutschland. All seine Lieder, vor allem die Hits, die Carlo Ahland geschrieben hatte, waren in italienischer Sprache nachgesungen worden. »Mike Reinert!« Nun war es ihm eingefallen. »Hat er das Boot absichtlich zum Kentern gebracht?«

»Wie kommen Sie denn darauf?«

»Weil alles andere ein komischer Zufall wäre.«

»Komische Zufälle gibt es jeden Tag.«

»Und dass in diesem Boot eine weitere Berühmtheit saß? Das ist auch ein komischer Zufall?«

Maria starrte Scamozzi an, der die Wahrheit anscheinend so lange wie möglich hinauszögern wollte. Adrian war es dann, der den richtigen Einfall hatte. »David Garrett?«

Der Commissario sah ihn missmutig an. Er hatte die Pointe wohl noch etwas länger hinauszögern und vor allem selbst preisgeben wollen. »Zum Glück hat er am Flughafen die Geige seiner Pressesprecherin anvertraut, die ihn nach Venedig begleitet hat. Irgendein privates Event, das er beruflich ausschlachten will. Wenn diese kostbare Geige ebenfalls in dem Boot gewesen wäre …«

Maria spürte die Gänsehaut über ihren Rücken rieseln. Das wäre dann vermutlich Judys Ende als Künstleragentin gewesen. Sie hatte also David Garrett vom Flughafen abgeholt und in ein kleines privates Boot bugsiert, während die Fans, die auf ihn aufmerksam geworden waren, von der Pressesprecherin auf irgendeine falsche Fährte geführt worden waren. So oder so ähnlich würde es gewesen sein.

»Und die dritte Person?«, fragte sie und wunderte sich, dass sie nur noch flüstern konnte. Es wäre ihr auch am liebsten gewesen, wenn der Commissario seine Antwort ebenfalls geflüstert hätte, damit sie nicht so grausam klang.

Aber sie kam klar und deutlich: »Anscheinend der Mann, der am Abend vor dem Verschwinden Ihrer Freundin im Ospedale Civile gesehen wurde.«

VENEDIG STEHT KOPF: MIKE REINERT UND DAVID GARRETT ÜBERRASCHEN DIE LAGUNENSTADT MIT IHREM BESUCH!

Spektakulärer konnte ihr Auftritt kaum sein. Mike Reinert erschien als Drachenflieger über der Rialtobrücke, David Garrett wurde sein Opfer. Ob das beabsichtigt war? Noch gibt es keine diesbezüglichen Stellungnahmen. Fest steht wohl, dass Mike Reinert Probleme mit der Wasserung hatte und statt in der Nähe der Jacht, die ihn aufnehmen sollte, direkt neben dem Boot landete, in dem David Garrett saß, zusammen mit der Geschäftsführerin von *Künstler-Fuchs* und einem Unbekannten. Es kenterte prompt, und die Bilder der im Wasser des Canale Grande treibenden Musikstars werden wohl ewig im Gedächtnis bleiben. Ein PR-Gag? Wenn ja, dann ist er gelungen. In Venedig wird über nichts anderes gesprochen als über das Coming-out von Mike Reinert – der am Ufer von dem bekannten Modeschöpfer Cyrill Buller in die Arme geschlossen wurde – und das spektakuläre Eintreffen von David Garrett, der, wie zu hören ist, für die Hochzeit von Amelie Welhorn, der Nichte von Cyrill Buller, nach Venedig kam.
An jeder Front also ein Sieg für die Liebe!
Wir berichten weiter!

Die Glocken von San Zaccaria lockten. Das geschmückte Boot, in dem die Braut mit ihrem Vater saß, bog am Palazzo Dandolo vom Canale San Marco in den Rio del Vin ein und wurde beklatscht und bejubelt. Die Schaulustigen hatten lange warten müssen, unzählige Boote waren dem schönsten und größten vorausgefahren. Die Brücke, unter der es hindurchfuhr, stand voller Menschen, die applaudierten; an ihrem Fuß hatten sich viele mit Fotoapparaten, Filmkameras und Smartphones aufgestellt, die das Ereignis unbedingt festhalten und später zu Hause berichten wollten, dass sie Zeuge einer kleinen Sensation geworden waren. Maria, die mit Cyrill und Mike in einem Boot saß, war klar, dass es den Leuten nicht um Amelie ging, obwohl sie sich das gern eingeredet hätte, sondern um das, was am Tag zuvor geschehen war. Mike Reinert und Cyrill Buller erhielten jedenfalls weitaus mehr Aufmerksamkeit als die Braut, so bezaubernd sie auch aussah. Und die Hoffnung, dass David Garrett auftauchen und zum Greifen nah sein könnte, hatte noch dazu viele zur Kirche San Zaccaria getrieben. Der Platz davor war bereits überfüllt und die Fenster in den gegenüberliegenden Häusern hingen voller Menschentrauben. Der Verdacht war nicht von der Hand zu weisen, dass dort Venezianer wohnten, die an diesem Tag ein gutes Geschäft machten. Auch der Laden mit der Naturkosmetik und der Souvenirshop direkt daneben konnten an diesem Tag so viele Besucher verzeichnen wie sonst in einem ganzen Monat nicht. Ob es sich mit den Verkäufen auch so hielt, war schwer zu sagen.

Mike Reinert und Cyrill Buller wurden begeistert beklatscht, als sie mit Maria am Campo San Provolo ausstiegen und an den Tischen vom *Da Roberto* vorbeigingen. Maria musste viel Kraft aufwenden, um die Erinnerung zu verscheuchen. Auf der Brücke, vor der das Boot anlegte, war Cyrill erschienen, um Leander zu überführen, über diese Brücke war er mit Mike geflüchtet, auf den Stufen, über die sie jetzt an Land gingen, hatten Adrian und Leander gehockt, ohne zu ahnen, dass sie von Maria belauscht wurden. Die Erinnerungen mussten auch Cyrill und Mike bedrängen, aber sie ließen sich nichts anmerken, als sie Maria in die Mitte nahmen und auf den schmalen Durchgang zugingen, der sich zum Vorplatz der Kirche öffnete.

Die Buhrufe, vor denen Mike sich gefürchtet hatte, blieben komplett aus. Die beiden hatten ihre liebe Mühe, daran zu denken, dass sie an diesem Tag nicht die Hauptpersonen waren, sondern das Brautpaar und ganz besonders die Braut. Alle Umstehenden hatten Sandro bereits die Kirche betreten sehen, der nun mit seinem Trauzeugen vor dem Altar stand und wartete.

Dass alle ganz besonders auf David Garrett warteten, sprach niemand laut aus. Maria jedenfalls hörte nichts davon, als sie mit ihrem Bruder und Mike auf das Portal der Kirche zuging. Aber sie wusste es. Besonders die jungen Frauen waren nicht nur an Amelies Brautkleid, sondern vor allem an dem Stargeiger interessiert. Sie wusste selbst nicht, ob er nach dem Schock, den er gestern erlitten hatte, kommen und, wenn ja, wann und wie er erscheinen würde. Mit Judy war ja nicht zu reden gewesen. Maria musste darauf vertrauen, dass alles, was sie zu organisieren versprochen hatte, erledigt worden war.

Als sie in der Questura eingetroffen waren, stand Maria plötzlich Judy gegenüber. Jemand hatte sie mit trockener Kleidung versorgt, ihre Hose war zwei Nummern zu groß, und der Pullover war noch weiter. Vorher hatte sie offensichtlich dafür gesorgt, dass David Garrett in sein Luxushotel kam und dort aufs Beste versorgt wurde, wie es sich für einen Stargast gehörte.

Sie hatte Maria und Adrian wie Fremde empfangen. »Ist meine Patentochter schon in Venedig?«

Maria fiel zum ersten Mal auf, dass sich Judys Gesichtsausdruck veränderte, wenn sie von Amelie sprach. Nein, nicht zum ersten Mal, Maria wusste, dass es schon immer so gewesen war, aber nun gestand sie sich zum ersten Mal ein, dass Judys Augen milde wurden, um ihre Lippen ein Lächeln spielte und ihre Körperhaltung weich und nachgiebig wurde, wenn von Amelie die Rede war. Sie liebte ihre Patentochter. Vermutlich war Amelie sogar der einzige Mensch, den sie je geliebt hatte. Leander war eine Trophäe gewesen, aber für Amelie hätte Judy alles gegeben. Maria wusste nun auch, warum sie sich das zum ersten Mal eingestand. Bisher hatte sie diese Erkenntnis weggeschoben, weil sie die Eifersucht nicht ertragen hätte. Und das Schuldgefühl noch viel weniger.

Dass Amelie schon das Einraumapartment in der ersten Etage neben Marias Wohnung bezogen hatte, war wie ein Ruck durch Judys Körper gefahren. Er hatte sie aufgerichtet und sie groß gemacht. Sie hatte verlangt, umgehend entlassen zu werden, war nicht bereit gewesen, auf die Fragen des Commissarios zu antworten. »Wenn ich gehen will, dann gehe ich. Warum ich das tue, hat Sie nicht zu interessieren.«

Der Kommissar hatte das anders gesehen. »Bevor Sie gegangen sind, ist uns ein Mann aufgefallen. Der Mann, der heute mit Ihnen in dem Boot war.«

»Na und?«

Maria war der Schweiß ausgebrochen und auch Adrian hatte gezeigt, wie unwohl er sich fühlte. Würde nun Leanders Name fallen? Hatte der Commissario etwas herausgefunden, was niemand erfahren sollte?

»War er auch bei Ihnen, als das andere Boot kenterte?«

»Was geht Sie das an?«

»Wenn er Sie bedroht hat …«

»Hat er nicht! Reicht das?«

»Wir dachten an Kidnapping!«

»Blödsinn! Ich kenne diesen Mann. Ein alter Bekannter! Ich bin mit ihm nach Murano gefahren.«

»Warum?«

»Das hat Sie nicht zu interessieren.«

»Mitten in der Nacht?«

»Ich wollte nicht, dass es jemand merkt.« Judy warf Maria einen flüchtigen Blick zu.

Scamozzi sah so aus, als verstünde er alles, was schlechterdings unmöglich war. »Wem gehörte das Boot, das heute gekentert ist? Hatten Sie das auch gemietet?«

»Nein, der Mann... er hat es von irgendeinem Bekannten geliehen und mir zur Verfügung gestellt. Ich musste von Murano zum Flughafen, um David Garrett abzuholen und zum Hotel zu bringen.«

»Dieser Mann... hat der einen Namen?«

»Sie werden ihn nicht erfahren«, blaffte Judy.

Adrian war aufgestanden und hatte sich vor dem Commissario aufgebaut. »Hat es irgendetwas gegeben, was auf ein Verbrechen hindeutet? Sie hören doch, Frau Emerick ist weder entführt noch sonst wie bedroht worden. Gibt es einen Grund, sie noch weiter festzuhalten?«

Der Commissario war in die Bredouille geraten. »Dieser Unfall mit dem Drachenflieger...« Er brach ab, weil er einsah, dass es keinen erkennbaren Zusammenhang zwischen Mike Reinerts Übermut und Judys Verschwinden gab.

Ein junger Mitarbeiter war ihm zur Hilfe gekommen. »Ich habe mit Mike Reinert gesprochen«, hatte er erklärt. »Ihm ist das Boot aufgefallen, er hat Frau Emerick erkannt... und das hat ihn so durcheinandergebracht, dass er vergessen hat, was ihm vorher eingeschärft worden war.«

Scamozzi hatte Adrian angefunkelt. »Sie haben mit diesem Drachenflug zu tun.«

»Hängegleiter«, korrigierte Adrian. »Ja, das stimmt. Wenn ich eine Geldstrafe bekomme, zahle ich selbstverständlich umgehend. Aber das ist kein Grund, mich hier festzuhalten.«

»Sie haben drei Menschen gefährdet«, fuhr der Commissario ihn an. »Frau Emerick...«

»Ich werde keinen Strafantrag stellen«, warf Judy ein. »Schadenersatz will ich auch nicht.«

»... David Garrett ...«

»Der auch nicht.«

»... und ein Unbekannter.«

»Der erst recht nicht.«

Adrian hatte Maria vom Stuhl hochgezogen. »Können Sie uns ein Wassertaxi bestellen, Commissario?«

Das Boot war kaum losgefahren, da hatte Judy zu Adrian gesagt: »Du bist der Verräter, nicht Maria. Du hast Leander belogen.«

Adrian nickte. »Stimmt.«

»Du wolltest, dass er leidet. Er sollte denken, dass ich schwer verletzt bin.«

»Ich wollte nicht, dass er leidet, ich wollte, dass er nicht zurückkommt. Wenn er gewusst hätte, dass es dir gut geht, hätte er womöglich irgendwann seine Flucht bereut. Er sollte nicht den Mut haben, jemals wieder in Deutschland aufzukreuzen.«

»Warum nicht?«

Adrian drückte Marias Hand. »Darüber möchte ich nicht sprechen.«

Judy wollte auffahren, aber Adrian hielt sie mit einer kleinen Geste zurück. »Spiel nicht den Moralapostel, Judy. Du hast Cyrill die Melodie gestohlen und Leander den Diebstahl in die Schuhe geschoben.«

Maria mischte sich ein. »Leander hat es dir auf den Kopf zugesagt. Richtig? Was hättest du getan, wenn er nicht nach Thailand geflohen wäre? Wenn du ihm diese Schuld nicht hättest aufladen können?«

Judy machte eine wegwerfende Handbewegung. »Wie hätte Cyrill beweisen können, dass ich es war? Ich musste diese Melodie haben, das war mir sofort klar, als ich die Noten sah.

Ich wusste, welches Potenzial sie hatten. Gleich auf den ersten Blick habe ich es erkannt. Dafür hätte ich alles in Kauf genommen. Alles!« Das Lächeln, das wie ein Blitzlicht über ihr Gesicht zuckte, hätte Maria am liebsten mit einem nassen Lappen weggewischt. »Und ich hatte recht.«

»Jetzt wird mir auch klar«, sagte Maria nachdenklich, »warum du darauf verzichtet hast, Leander in der Öffentlichkeit bloßzustellen. Niemand sollte wissen, was er getan hatte, weil sonst niemand *Venezianische Liebe* gekauft hätte. Das Geheimnis um Leander hat alles so interessant gemacht und das Stück so gut verkäuflich. Wenn die Welt die Wahrheit erfahren hätte, wäre *Venezianische Liebe* nicht derart berühmt geworden.«

Sie sah Judy fragend an, erhielt aber keine Antwort. Doch der Blick, den Judy so kalt und ungerührt erwiderte, war ihr Bestätigung genug.

»Was wird Leander tun?«, fragte Adrian. »Sich rechtfertigen?«

Judy zog die Mundwinkel herab. Eine Grimasse, die ein verächtliches Lächeln werden sollte, aber etwas wurde, was die Freundschaft zwischen ihr und Maria endgültig zerstörte. Ein für alle Mal! »Leander wird nichts tun, was ihn wieder lebendig macht, dafür habe ich gesorgt. Ob er nur als Feigling in Erinnerung bleibt oder als Feigling und dreister Dieb, das ist auch schon egal. Er wird den Mund halten, das ist er mir schuldig. Und er will den Mund halten, sonst müsste er sich der Öffentlichkeit stellen und sich auf jeder Titelseite einen erbärmlichen Jammerlappen nennen lassen. Das will er auf keinen Fall.« Jetzt wurde ihre Miene ernst, aber freundlich. »Alles bleibt, wie es ist.«

Maria spürte einen Würgereiz in der Kehle. »Wie hast du erfahren, dass Leander noch lebt?«

»Ich wusste es schon länger. Eine Bekannte hatte mir

erzählt, dass sie auf dem Markusplatz einen Geiger gesehen hat, der sie an Leander erinnerte. Mir wurde schlagartig klar, dass Venedig für Leander die perfekte Stadt ist, um unterzutauchen.«

»Wegen seiner Phobie.«

»Ich bin hier gewesen, vor knapp zwei Jahren. Da habe ich ihn gesehen. Und ich habe ihn natürlich zweifelsfrei erkannt. Aber Leander wusste nicht, dass ich ihn gesehen hatte.«

»Und dann Amelies Hochzeit in Venedig …«

»Gepasst hat mir das nicht«, gab Judy zu. »Ich hatte natürlich die Befürchtung, dass jemand von euch Leander ebenfalls erkennt. Als es geschehen war, habe ich es sofort gemerkt. Ihr seid nicht besonders dezent gewesen in euren Bemühungen, Leander zu verstecken.«

»Du hasst ihn immer noch?«, fragte Maria leise.

Judys Gesicht war eine Maske der Verbitterung. »Er bildet sich ein, er hätte alles wiedergutgemacht. Nur weil er mich diesmal gerettet hat.«

»Er war es wirklich, der dich an Land gezogen hat?«

»Wir haben uns derart gestritten, dass niemand mehr auf das Boot achtete. Irgendwas haben wir gerammt, das Boot fiel um … an mehr kann ich mich nicht erinnern.«

»Wenn Leander sich nicht um dich gekümmert hätte …«

»… wäre ich verreckt, ja. Aber das heißt nicht, dass ich ihm verzeihe, was er damals gemacht hat.«

Das Boot legte an, Judy und Maria stiegen aus, während Adrian den Fahrer bezahlte. »Weiß Amelie, dass Leander lebt?«, fragte Judy.

Maria schüttelte den Kopf und ging Judy in die Gasse voraus. »Und ich möchte, dass das so bleibt.«

Sie hörte Judys Stimme in ihrem Rücken. »Ja, das zwischen Leander und Amelie war immer etwas Besonderes. Du hast recht, wir sollten die Erinnerung nicht zerstören.«

Maria blieb stehen. »Etwas Besonderes? Wie meinst du das?«

Judy druckste zu ihrem Leidwesen so lange herum, bis Adrian herangekommen war. »Eigentlich war Leander nicht kinderlieb. Aber Amelie … ja, die liebte er wirklich. Wahrscheinlich, weil sie meine Patentochter ist.«

»Nein«, sagte Adrian, »weil sie seine Tochter ist.«

Der Jubel und die Hochrufe waren bis ins Innere der Kirche zu hören. Das bedeutete: Die Braut war erschienen. Am Arm ihres Vaters. Adrian und Amelie! Maria beobachtete Sandro, über dessen Gesicht ein rührendes kleines Lächeln ging. Ihre Augen ruhten auf ihm, doch ihre Gedanken wanderten weiter. Amelie und Adrian! Er hatte es gewusst, von Anfang, und Amelie hatte es erfahren, erfahren müssen, als sie ihrem Vater Stammzellen spenden wollte. Es war am Vorabend nicht viel Zeit gewesen, um darüber zu reden, aber das Wichtigste hatte Maria erfahren. Adrian hatte sie geheiratet, obwohl er zeugungsunfähig war. Er hatte gewusst, wie wichtig ihr Kinder waren, und hatte ihr verschwiegen, dass sie mit ihm keine bekommen würde. Während sie sich noch gefragt hatte, wer der Vater ihres Kindes war, hatte Adrian längst gewusst, dass er es nicht sein konnte. Wer dafür infrage kam, war ihm schnell klar geworden. Dieser Mann sollte aus Marias Leben verschwinden und niemals zurückkehren. Als die Chance da war, hatte er sie ergriffen.

Die Kirchentür öffnete sich, Maria konnte an Sandros Gesicht erkennen, wie wunderbar der Anblick war, der sich bot, noch bevor sie sich umdrehte. Amelie, eine zauberhafte Braut, am Arm ihres Vaters. Beide vor Glück strahlend! So war Maria selbst auch einmal auf ihren Bräutigam zugeschritten. Voller Hoffnung und bis oben angefüllt mit Zuversicht. Trotzdem war ihre Ehe gescheitert. Sie faltete die Hände ganz fest in einem stillen, inbrünstigen Gebet, damit Amelie davor verschont blieb. Judy schloss sie in dieses Gebet mit ein, der es nicht vergönnt war, in diesem Augenblick dabei zu sein. Amelie hatte ihre Patentante verloren, Maria ihre Freundin sowieso. Es tat weh, schrecklich weh, zu wissen, dass Judy wohl schon im Zug nach München saß, kreuzunglücklich. Sie würde sich verraten fühlen, getäuscht und verschmäht. Trotz allem wünschte sich Maria, Judy wäre jetzt hier.

Als Adrian seine Tochter ihrem Bräutigam an die Seite gegeben hatte, rutschte er auf den Platz, den Maria für ihn frei gehalten hatte. Die Unruhe in der Kirche erstarb, festliche Stille legte sich über die Bankreihen. Dass manche ihre Blicke in alle Richtungen schickten, um herauszufinden, ob David Garrett unter den Hochzeitsgästen war, fiel kaum auf. Und als die kirchliche Zeremonie ihren Anfang nahm, richteten sich die Blicke auf nichts anderes als auf das Brautpaar. Die beiden ließen sich nun auf den niedrigen, samtbezogenen Hockern nieder, zwei von Sandros Cousinen ordneten das Brautkleid, während Cyrill, der in derselben Reihe saß wie Maria, Qualen ausstand, weil er nicht selbst Hand anlegen durfte. Sein missmutiges Grunzen zeigte, dass der Faltenwurf nicht ideal war.

Adrian drückte sich so eng wie möglich an Marias Seite. »Es war die Schuld, die mich immer weiter von dir weggeführt hat. Meine Schuld, nicht deine. Ich konnte nur mit ihr umgehen, indem ich mich entzog.«

»Du hättest von Anfang an wissen müssen, dass unsere Ehe nicht gut gehen konnte mit dieser Lüge.« Nach einer winzigen Pause ergänzte sie: »Und ich auch. Meine Lüge wog nicht leichter.«

Eine schwarze Gospelsängerin, die Judy engagiert hatte, stellte sich neben den Altar. »Halleluja, Halleluja …«

Die Stimme nahm alles unter die Fittiche ihres Gesangs, auch Adrians Flüstern. »Ich habe dich immer geliebt, Maria.

Nur … ich hatte irgendwann nicht mehr den Mut, es dir zu zeigen. Mir war, als hätte ich nicht das Recht dazu.«

»Mir ging es ähnlich. Ich hatte nicht den Mut, deine Liebe einzufordern. Ich dachte, sie steht mir nicht zu.«

»Halleluja, Halleluja …«

Adrians Hand schob sich vorsichtig zu Marias. Und als sie still liegen blieb, deckte er sie behutsam mit seiner zu. »Wäre alles gut geworden, wenn ich dir vor der Ehe gestanden hätte, dass du von mir kein Kind bekommen kannst? Hättest du mich trotzdem geheiratet?«

Maria versuchte mit aller Kraft, ehrlich zu sein. »Nein, ich glaube nicht.«

Adrians Lächeln war traurig. »Dann war es ja doch nicht so falsch zu schweigen. Wir hatten ein paar wunderbare Jahre. Die möchte ich nicht missen. Auch nicht die Jahre, die danach kamen. Und danach nicht einmal die Erinnerungen.«

»Halleluja, Halleluja …«

Die Gospelsängerin steigerte sich, das Ende ihres Vortrags war nahe. »Jetzt, wo es keine Lügen mehr gibt«, flüsterte Adrian, »könnten wir es doch noch einmal miteinander versuchen.«

Maria antwortete nicht, weil der Augenblick für viele Worte nicht richtig war. Und das schlichte Ja stand an diesem Tag nur ihrer Tochter zu. Aber sie lächelte und empfand die Wärme des Glücks so intensiv, dass auch Adrian die Wohltat spürte, die Maria genoss. Ganz fest hielten sie sich an den Händen, und so gab einer dem anderen sein Jawort. Ein zweites Mal. Und ganz und gar unhörbar.

Kurz darauf begann die Trauungszeremonie, der sie beide schweigend zusahen. Während Sandros Mutter vor Rührung schluchzte und Cyrill sich derart heftig die Augen wischte, dass sein Terrakottapuder von der Haut aufs Taschentuch wechselte, waren Adrians und Marias Augen trocken. Es gab Momente, die waren zu schwer für Rührung, zu wuchtig, zu majestätisch. Rührung war etwas Leichtes, Verspieltes, mit zarten Flügeln und geringer Überlebensdauer. Was Maria und Adrian jetzt erlebten, war ernst und gewichtig, zwar vom Glück beschwert, aber auch von Wehmut am Boden gehalten.

Marias Gedanken sprangen zu Leander und Aurora. Inbrünstig wünschte sie den beiden, miteinander glücklich zu werden. Vielleicht konnte Aurora jetzt ihre Liebe gestehen und Leander sie nun zulassen. Maria würde es wohl nie erfahren …

Der fünfjährige Sohn von Sandros Schwester brachte die Ringe zum Altar. Jetzt war der Moment gekommen, in dem David Garrett aus dieser unvergesslichen Zeremonie etwas Unvergängliches machen konnte. *Venezianische Liebe*!

Eine kurze Stille, die voranging, eine kleine Anspannung, bevor die Erwartung erfüllt wurde, dann setzte die Geige ein. Und Maria wusste im selben Moment, dass es nicht David Garrett war, der spielte. Vielleicht war sie die Einzige, die es merkte. Der Geiger war nicht zu sehen, er stand auf der Empore in der Nähe der Orgel, nicht weit genug an der Balustrade, um sich zu zeigen. Viele warfen verstohlene Blicke hinter sich, legten dann aber die Köpfe verzückt in den Nacken und lauschten einem Geiger von Weltformat. Das musste David Garrett sein, daran hatte niemand einen Zweifel. Nur Maria wusste, dass ein anderer spielte. Und … ja, auch Adrian. Beide verstanden sie sein Spiel. Leander Emerick bedankte sich, ehe er sich wieder ins Vergessen zurückziehen wollte, bei seiner Tochter, bei ihrer Mutter und dem Mann, der sie aufgezogen hatte. Niemals hatte jemand so virtuos, so hingebungsvoll *Venezianische Liebe* gespielt.

Noch Wochen später wurde David Garrett dafür gelobt und niemand glaubte ihm, wenn er versicherte, dass es ein anderer Geiger gewesen sei. Jemand, dem er nur sein Instrument geliehen hatte …